주홍글자

The Scarlet Letter

주홍글자

너새니얼 호손 지음 _ 박안석 옮김

The Scarlet Letter

《주홍글자The Scarlet Letter》는 미국 소설가 너새니얼 호손의 대표작으로, 1850년에 발표된 작품이다. 세무서에서 근무하다가 실직한 호손이 부인의 격려를 받아서 쓴 소설이라고 한다.

소설 속 주인공인 헤스터는 사랑이 무엇인지도 모르는 어린 나이에 늙은 의사 칠링워스와 결혼하게 된다. 그녀의 결혼 생활은 그럭저럭 좋은 편이었고 남편과의 사이도 어느 정도 조금씩 나아지고 있었다.

현대 드라마들을 보면 불륜을 저지른 남녀의 종말을 다루는 작품들이 너무 많다. 때로는 그런 것들을 보면서 막장 드라마 상황들이 어떻게 될지 보는 이들의 관심이 집중되었다. 세태가 변하고 가정 질서가 많이 무너져 내렸다고는 하나 불륜에 대한 사람들의 냉정한 시선은 예나 지금이나 다를 게 없다. 17세기 미국의 엄격한 청교도 문화권에서 불륜에 대한 반응이 어쩠했을지는 명약관화하다. 불륜 남녀로 낙인찍힌 순간부터 사회에서 매장되어 평생 얼굴 한 번 못들고 살아가는 게 다반사다. 그런데 호손의 주홍글자에서는 이야기가 자못 다르게 전개된다.

혹독한 비난을 받아야 할 불륜남녀는 점차 사람들의 존경을 받게 되고, 불륜에 아내를 빼앗긴 남편은 동정받기는커녕 더욱 더 어두운 죄악에 빠져든다. 유부녀 헤스터 프린은 신임 목사 딤스데일과의 부적절한 관계를 통해 낳은 아기를 홀로 키우며, 주변의 따가운 시선에도 아랑곳하지 않고 참회와 봉사의 삶을 살면서 존경마저 받는다. 아이러니한 것은, 헤스터와 딤스데일은 서로 회개하며 더욱 진실된 삶을 사는 반면 헤스터의 늙은 남편 로저 칠링워스는 불륜을 저지른 아내에게 복수하기 위해 더욱 악랄하게 변해 간다.

칠링워스의 존재를 통해 진짜 죄인은 누구이며, 누가 진짜 구원에 이르렀는지 곰곰 생각해 보게 해준다. 소설 전반에 걸쳐 딤스데일의 심리 묘사가 탁월하다. 이러지도 저러지도 못하며 마냥 괴로워하는 그의 모습에 동정하지 않을 독자는 아무도 없다.

딤스데일의 죄책감과 그와 간음한 여인 헤스터의 순수한 마음을 대비시켜서 17세기 미국 청교도들의 위선에 대해서 말하고 있다. 소설 속에서 간음한 헤스터에게 A라는 붉은 낙인을 찍는다는 설정은 주홍글자를 인간을 얽매는 굴레를 뜻하게 하였다. 그 자신이 청교도였던 호손의 죄와 인간의 위선에 대한 통찰력이 담긴 점이 이 소설의 특징이다.

미국 뉴잉글랜드에서 간음 혐의를 받은 피고 헤스터에 대한 재판이 열린다. 판사들은 헤스터와 간음한 남성이 누구인지를 묻지만 그녀는 끝까지 답변하지 않는다. 간음을 뜻하는 A라는 낙인을 찍힌 채 사람들의 구경거리가 되어서도 그녀는 입을 열지 않았다.

이때부터 헤스터와 딤스데일 목사가 대비된다.

헤스터는 자신도 삯바느질을 해서 딸 펄과 단 둘이 먹고 사는 어려운 처지였지만, 가난한 이웃들을 돕기 시작한다. 물론 그녀의 도움을 받는 이웃들은 고맙다는 말을 하지 않은 채 냉담한 반응을 보인다. 이에 반해 딤스데일은 겉으로는 거룩한 개신교 목사로 행세하지만 속으로는 죄책감에 시달린다. 한편, 죽은 줄로만 알았던 헤스터의 전 남편 칠링워스가 돌아와 헤스터에게 죄를 짓게 한 사람을 찾겠다고 결심한다. 딤스데일에게서 몇몇 수상한 점을 발견한 전 남편은 그를 점점 의심하게 된다. 마침내 헤스터와 딤스데일 목사는 도망을 결심하지만, 결국 딤스데일 목사는 사람들 앞에서 죄를 고백하고 숨을 거둔다.

이 책을 통해서 인간의 불완전한 모습과 시대 속에서 독자들에게 많은 감동이 새롭게 여겨지길 바라면서 읽어보기를 권한다.

탤런트 정선일(주님의 교회 집사, 한국탤런트 기독 신우회 회장)

《주홍글자》라는 것이 무엇을 의미하는지 이 책을 읽어본 사람만이 알 것이다. 우리가 알고 있는 '주홍글자'는 말 그대로 그냥 주황색 글자이다. 그렇지만 이 소설 '주홍글자'에서 주황색 영어 대문자 'A'는 'Adultery'의 머리글자로 간음을 나타낸다. 하지만 이 대문자 A의 의미는 점점 변화해 간다.

이 주홍글자를 달고 있는 사람은 여주인공인 '헤스터 프린'이다. 헤스터의 남편은 죽었는지 살았는지 생사가 묘연한 가운데 그녀는 어떤 남자와의 관계를 통해 아이를 낳는다. 헤스터가 살았던 보스턴에서는 간음을 한 사람은 가슴에 수놓은 'A'자를 달고 살아야 한다. 헤스터는 간음을 했기에 가슴에 수놓은 A자를 달고 7년을 지냈다. 그리고 '펄'이라는 딸이 태어난다. 하지만 펄은 자신의 아버지가 누군지 모른다. 그러던 중 헤스터의 전 남편인 '로저 칠링워스'가 찾아와 펄의 아버지이자 헤스터 프린과 정을 나눈 목사 '아서 딤스데일'에게 접근한다.

'간음' 또는 '불륜'은 예나 지금이나 굉장히 큰 죄임에는 틀림이 없다. 그래도 현재에는 과거보다 그것에 대한 처벌이 크지는 않다. 소설에서는 죄인의 증표로 가슴에 그 저주받은 증표를 달고 다녀야 한다. 그리고 그것으로 인해 사람들에게 무시와 경멸을 당한다. 자신이 아는 모든 사람들이 하루아침에 자신의 적으로 돌아섰다고 생각을 해보자. 그것은 정말 굉장한 일이다. 그 눈초리와 그들이 하는 말 때문에 미쳐버릴지도 모른다. 현대에서는 인터넷 상에서의 악성 댓글 때문에 자살하는 사람들이 많은데 그것과 비슷하다고 볼 수도 있다. 하지만 헤스터는 이 상황을 잘 견뎌냈다. 아니, 견뎌냈다기보다는 견뎌내야만 했다고 말하는 것이 옳을 수도 있다. 그녀에게는 지켜야 할 딸이 있었으니까 말이다. 딸 펄이 없었다면 헤스터는 이미 오래전에 정신적으로나 육체적으로 파멸했을 것이다.

　헤스터는 딸을 위해 자신의 재능인 바느질 솜씨를 발휘해 돈을 마련했다. 물론 그 과정에서도 환멸과 무시를 당해야만 했으므로 정신적으로 힘들었을 테지만 그래도 딸을 위해서라는 모성애 정신으로 버텨냈을 것이다. 자기 자식을 위해서라면 모든 것을 참아낼 수 있는 것이 바로 어머니의 정신인데, 헤스터의 모습에서 그런 것을 엿볼 수가 있다. 게다가 바느질을 해서 번 돈으로 가난한 사람들을 도와주었다. 어쩌면 자신의 죄를 속죄하고 있다는 것을 표현하는 것일지도 모르겠지만, 그 과정에서 그 가난한 사람들에게조차 무시를 당한다. 이렇게 언제 어디서나 세상에 내동댕이쳐졌지만 7년을 버텨낼 수 있었으며, 딤스데일과 모든 사실을 사람들에게 말할 수 있었던 것은 펄이 있었기 때문이라고 할 수 있을 것이다.

헤스터가 이렇게 고군분투하고 있는 와중에 딤스데일 목사에게는 악마의 손길이 뻗쳐오고 있었다. 헤스터의 남편 로저 칠링워스였다. 이 남자는 각종 학식이 풍부하고 인디언들에게 약초를 이용한 비상한 의술까지 알고 있었기에 건강이 안 좋은 딤스데일 목사의 주치의로 쉽게 들어갈 수 있었다. 한 지붕 아래에 적과 같이 사는 셈이다. 애초에 감옥에서 칠링워스가 남편인 자신의 신분을 아무에게도 말하지 말고 그 말하지 않은 남자에 대해서도 말하지 말라는 약속을 한 것은 자신이 직접 상대를 찾아내 파멸시키기 위한 것이었다. 그렇게 딤스데일 목사의 주치의로 들어간 칠링워스는 조금씩 조금씩 딤스데일 목사의 정신을 갉아먹었다. 목사는 점점 파멸해 갔지만 그것이 무엇 때문인지는 몰랐다. 자신과 한 지붕 아래에 있는 벗이라고 생각하는 주치의가 자신을 파멸시키려고 혈안이 되어 있는 사람이라고는 생각하지 못했을 테니까 말이다.

어떻게 보면 이 소설은 심리소설이라고 볼 수도 있을 것이다. 처음에는 헤스터와 간음한 사람이 누구인지 밝히지 않고 시작한다. 그러다가 점점 암시를 던져주고 각 캐릭터의 심리상태를 조명해 가면서 그 껍질을 벗겨 나간다. 나 역시 처음에는 헤스터의 그 상대가 누구인지 감을 잡지 못했다. 하지만 그 힌트들을 따라가면서 그 남자, 목사 딤스데일이 숨겨진 그 남자라는 사실을 알아냈다.

숲 속에서 헤스터와 바다 건너서 떠나자고 말을 맞추지만 결국에는 도망치지 않고 가장 인간적인 방법이라고 할 수 있는 죄의 고백을 한다. 그것도 신임 총독 취임식에 많은 사람들이 모여 있는 광장에서 말이다.

사실 죽을 때까지 가져갈 수 있는 거짓말이 있을까라는 생각도 해본다. 그것을 숨기려면 거짓말에 거짓말을 덧붙여서 나중에는 자신도 어떻게 할 수 없는 상황까지 되어버리는 경우도 있다. 그런 것을 볼 때 아무리 심한 죄를 지었다고 해서 그것을 끝까지 숨기기보다는 그것을 사람들에게 시인하고 더 나은 삶을 살기 위해 노력하고 또 노력하는 삶을 살아야 하는 것이 아닌가 싶다.

자신의 잘못과 실수를 인정하는 것은 쉬운 일은 아니다. 어려운 일이다. 하지만 그것을 극복했을 때야말로 진정한 자신을 찾는 것이 아닌가하는 생각을 해본다.

박진석(반석교회 담임목사, KLPMI CEO Group)

주홍글자(The Scarlet Letter) 추천 Tip

청교도적 도덕률이 엄격히 고수되던 17세기 보스턴에서 간통죄를 저지른 헤스터 프린은 죗값으로 감옥에 가게 되었고, 주홍글자를 가슴에 영원히 달아야 되는 벌을 받았다. 그녀는 남편이 있는 몸이었지만, 그녀가 밝히지 않은 다른 사람과 사랑에 빠져서 아이를 낳게 되어 사람들의 따가운 시선을 받으라는 벌로 주홍글자A(Adultery)를 가슴에 달았고, 헤스터 프린의 죗값인 딸(펄)과 주홍글자를 달고 처형대 위에서 야유를 당하는 벌(crime)을 받게 되었다. 딤스데일도 군중 앞에서 자신의 죄를 말하고 모든 것을 씻어낸 뒤 그 자리에서 죽었다. 헤스터는 나중에 주홍글자를 다시 달고 돌아와서 있다가 결국 '검은 바탕의 주홍글자 A' 라는 문구 아래 묻혔다.

호손의 《주홍글자》를 통해서 죄에 대해 정확히 알아야 할 것 몇 가지를 이야기하고자 한다. 인간의 죄가 가져다준 인간의 모든 부패는 다음 두 가지로 요약될 수 있다.

첫째는 사망이다. 이는 가장 포괄적인 의미에서의 죄의 삯이다(롬 6:23).

둘째는 죄에 대한 속박과 도덕적 무능력이다. 이는 부분적으로 내적인 혼돈으로 특징지어질 수 있다. 죄의 결과는 사망이라는 것이 포괄적이고 근본적이라는 것임은 두말할 나위도 없다. 사망은 완전히 만개된 죄의 열매이다. 그것은 하나님의 의로우신 선고이며(롬 5:12ff, 18) 동시에 죄의 자연적인 그리고 내적인 귀결이다. 말하자면 죄는 사망을 지향하며, 그 사망 안에서 죄는 왕 노릇을 한다(롬 5:21). 사망은 곧 자기의 육체(죄)를 위하여 심는 자가 거두는 열매이다(갈 6:8; cf. 롬 7:5). 그러므로 사망은 죄의 마지막이다(롬 6:21).

최홍석(총신대학 신학대학원 조직신학 교수)

간통(adultery)을 뜻하는 치욕스러운 주홍글자 A는 헤스터의 성화된 삶을 통해 가능성(able)을 나타내는 A에서 마침내 천사(angel)를 상징하는 A로까지 변하게 된다. 호손은 인간의 마음을 더럽히는 죄가 가장 용서받지 못할 죄라고 정의한다. 겉으로 드러난 범죄 행위와 마음속으로 짓는 죄 중에서 어떤 편이 더욱 용서받지 못할 죄인지 판단하는 것은 독자 각자의 몫이겠지만 말이다. 죄와 용서와 구원에 호손의 명작을 읽어보기를 바란다.

김미화 집사(개그우먼, 방송인)

인산은 하나님이 주시는 두려움이 무엇인지를 알아야 된다. 인간은 초월적 창조주 하나님에 의해서 지은바 된 피조물이다. 그러므로 인간 자체로는 불완전하기에 창조주를 닮아가야 된다. 피조물 본질과 창조주의 그것과는 차원이 달라서 서로 간에 공존할 수가 없다. 인간은 하나님의 생기로 생명력을 얻었다. 그러므로 인간은 초월적 존재이신 하나님과 맞닿아 있을 때 참 평안을 누리게 된다. 그것이 참 자아의 발견이며 영원한 생명의 길로 가는 지름길이다.

호손의 작품 《주홍글자》 속에서 보면 이 세상에는 드러나는 죄인과 감추어진 죄인이 있다고 하는 것이다. 인간의 가장 심각한 병은 망각의 증세들로 인해 결과적으로 영혼이 최악의 비참하다는 것을 느끼는 것이고, 그 고통으로 차라리 죽고자 하는 마음이 생기나 죽을 수도 없는 영원히 죽음을 체험하고 살아가야 한다는 것이다.

이 책을 통해서 여러분들도 동일한 공감을 발견할 수 있기를 바란다.

한신교 목사(前 두레자연 중고등학교 교장, 선교사)

1850년에 발표된 너새니얼 호손의 장편소설 《주홍글자》는 도덕적 죄악에 빠진 인간의 내면을 진실하게 적어 내려간 위대한 걸작이다. 세상에 탄생한 지 150년이 지나도록 이 소설은 역대 미국 소설 가운데 가장 강렬한 감동을 남기는 아름다운 작품이라는 찬사를 받고 있다. 또한 미국의 고등학생들이 반드시 읽어야 하는 소설의 하나이기도 하다.

이야기의 배경이 된 17세기 보스턴은 청교도의 엄격한 계율이 지배하던 사회이다. 이곳에서 마을 주민의 존경을 한 몸에 받고 있는, 장래가 촉망되는 젊은 목사와 아름다운 여인 헤스터 프린이 사랑에 빠진다. 그리고 둘 사이에 아기가 태어난다. 이 사실을 알게 된 헤스터의 전 남편은 이들을 향한 복수심에 불타 점점 더 추악하게 변해 간다.

이야기의 주제는 흔한 것처럼 보이지만, 읽는 이는 호손의 뛰어난 인물 묘사에 빠져들지 않을 수 없다. 이 작품에는 발을 동동 구르게 하는 긴박감은 없어도, 문득문득 손에 힘을 주게 만드는 긴장감이 있다. 이야기를 읽다 보면 어느새 내가 헤스터 프린이 되며 또한 펄이 된다. 그들의 아픔과 고통을 나누고 싶어지며 함께 분노하기도 한다. 원작의 주제와 내용이 어린이들에게 어렵기 때문에 최대한 쉽고 재미있게 읽을 수 있도록 다시 썼다. 특히 호손의 문체와 작품의 분위기가 훼손되지 않고 잘 드러나게 하는 데 마음을 많이 썼다. 인간의 은밀한 죄와 비밀에 대해, 또 나의 마음속에 감추어둔 비밀에 대해 다시 한 번 생각할 수 있는 시간을 만들어줄 것이다.

강주헌 박사(펍헙에이전시 대표, 전문번역가)

호손의 작품《주홍글자》에 나오는 유혹을 이기지 못한 여인 헤스터가 감옥에 갇힌 후에도 그녀의 전 남편 로저 칠링워스는 그녀에 대한 배신감과 질투심으로 그녀와 간통한 상대를 찾아낼 것을 결심한다. 그러던 차에 헤스터의 재판 때 무척 괴로워하던 딤스데일 목사를 의심하게 되고, 이에 칠링워스는 목사의 주치의가 되어 정신적으로 목사에게 고통을 주기 시작한다.

형을 마치고 나온 헤스터는 주홍글자를 가슴에 단 채 자기보다 불쌍한 사람들을 도우며 살아간다. 주위 사람들은 그러한 그녀를 존경하게 되고 'A'자는 결국 '천사(Angel)'의 머리 글자로 일컬어지게 된다.

헤스터는 전 남편이 딤스데일 목사를 심하게 괴롭히는 것을 보고 참을 수가 없어 목사와 함께 도망갈 계획을 세운다. 그러나 죄의식을 견디지 못한 딤스데일 목사는 자신의 죄를 사람들에게 고백한 후에 생을 달리하고 만다. 목사가 숨을 거두자 헤스터의 전 남편 역시 죽음에 이르고, 헤스터는 사회 봉사에 온 힘을 기울이며 행복하게 살아간다.

함태경 박사(국민일보 종교부 차장)

호손의 작품 《주홍글자》에 나오는 주인공들은 그 죄로 말미암아 올바른 양심을 깨닫고 구원을 받게 된다. 헤스터는 고통의 경험으로부터 남에게 선행을 베풀 수 있는 마음의 선이 생기게 되어 친절과 봉사로 자기보다 불행한 삶을 살아가는 사람들을 도우며 살아가며, 숙명적인 죄를 감수하고 죄의 고통과 정신적 길등을 통해 인격적·성신적으로 더 높이 성숙에 도달한다.

또한 딤스데일은 죄를 감추는 것으로 인해 고통을 받지만 더 이상의 유혹에 빠지지 않고 진실된 자아를 찾아가며, 바른 양심에 의한 인간적인 사랑과 또 다른 사회의 질서를 발견하고 정신적 해방을 이루어 결국 죄의식 속에서도 심리적 갈등 문제를 해결함으로써 선과 악의 가치를 실현하고자 한다.

반면 로저 칠링워스는 이기적인 망상과 자신의 냉혹한 지성의 오만함으로 죄를 깨닫기보다 자신의 지성과 이성을 이용하여 복수함으로써 영원한 죄인이 된다. 따라서 이 작품은 각 인물들이 그들 개개인의 죄에 따라 고통을 겪는 과정을 통해 도덕적 발전과 구원을 얻게 됨을 표현한다.

작가 호손은 극중 인물로 하여금 각자의 입장을 나타나게 하여 진정한 구원의 의미를 제시함으로써 시대를 초월하여 현대를 살아가는 우리들에게 올바른 삶의 방향과 진실의 빛을 밝혀준다.

김영복(성실교회 담임목사, 사랑마을 훈장)

호손의 작품 《주홍글자》는 1640년대 보스턴 식민지 사회에서 일어난 일들을 소재로 하여 청교도가 지배하는 신정일치의 식민지 사회에서 억압되는 인간의 모습을 19세기 시대정신을 통해 비판하고 있다. 호손은 주홍글자를 통해 초기 청교도 사회를 역사적 배경으로 설정함으로써 당시 사람들의 청교도 관에 대해 부정적인 시각과 긍정적인 시각을 동시에 드러내었다.

청교도들은 하나님의 계명과 율법을 지키려고 노력했으나 그에 따른 부작용으로 원래의 청교도를 만든 의도와는 달리 하나님의 중심이 아닌 인간 중심의 신앙으로 바뀌게 되었다. 그로 인해 삶에 있어 가장 중요한 사랑이 빠지게 되어 생긴 모순을 작품에서 헤스터와 딤스데일의 죄를 통해 보여준다.

또한 죄의 문제는 헤스터와 딤스데일을 통해 전개되며 주인공들의 심리적 변화 과정이 곧 죄의 구원 문제와 밀접한 관계가 있으므로 그들의 표면적 행동보다는 심미적 갈등을 자세히 다루었으며, 결혼한 한 여인과 목사가 사랑하여 간음이란 죄를 짓고 그 죄를 각자의 선택을 통해 죄를 인정하고 받아들이는 과정에서의 심리적 갈등과 구원이 어떤 경로를 거쳐 이루어지는지 밝히고 있다.

이의식(수유동교회 담임목사)

주홍글자가 도대체 무슨 의미이길래……. 그러다 고전작품이라는 걸 알게되었고, 급하게 찾아 읽었다.

초반에 목사가 모른 척하고, 여자도 답답하게 혼자 희생을 감내하는 것도 싫었지만 여자는 A자를 달고 난 후 더욱 당당해지고 사람들에게 사랑을 받는다. 아마 죄가 사람들의 뇌리에서 잊혀지기 시작해서 그랬던가? 너무 쇠약한 목사는 마음이 복잡하겠지만 결국 마지막에 자신이 간통의 주인공이라는 사실을 밝히고 죽음을 맞는다. 마음이 심약해서 저것도 남자라고 했지만, 양심의 가책으로 아무리 심난하고 쇠약해져도 이렇게 밝힐 거면 셋이서 도망가서 살기로 해놓고 죽는 건 안타깝다. 헤스턴의 원래 남편도 아무리 놀라고 분노가 일어도 정신적 고통을 주는 건 야비한 짓이다.

오늘을 살아가는 우리들은 과연 이 내용을 어떻게 볼 것인가? 한국 사회 속에서도 일어나고 있는 상황들을 말이다. 생각을 올바르게 가다듬고 읽어보아야 할 고전문학서라고 본다.

황계하(마전제일교회 담임목사)

인간의 천성 속에는 불가사의하고도 자비로운 하나님의 배려가 있게 마련이다. 따라서 고통을 겪고 있는 자는, 당시에는 자기가 어느 정도의 고통을 견디고 있는지 모르는 법이다. 대개의 경우, 그 일이 지난 다음에 밀려드는 고뇌로 하여 그 크기를 짐작하도록 되어 있다.

주홍글자 내용을 통해서 살펴본다면 불륜으로 태어난 아이를 키우면서 그 아이에 대해서 7년 동안 그들이 그렇게도 숨기려고 애쓴 비밀이 제시되어, 살아 있는 상형문자로서 세상에 태어나 있었다. 추억이 마치 비문을 새긴 묘석들이 빽빽이 들어찬 묘지처럼 가슴을 채운다. 밤은 날개돋친 말처럼, 또 그는 말에 올라탄 기수처럼 순식간에 흘러갔다.

과연 인간의 속성 중에 죄에 관하여 어떻게 생각하고 있는지 다시금 생각하게 히는 주홍글사를 생각하며 읽기를 권한다. 성경을 참고하면서 말이다.

지종엽(제일성도교회 담임목사, 비블리아 선교회 대표)

주홍글자 A는 단순히 부정(不貞)의 표적으로서 헤스터의 가슴에 낙인찍혀 있었을 뿐만 아니라 양심의 가책에 몸부림치고 있던 딤스데일의 가슴에도 하나의 상징으로 자라나 있었다. 또 헤스터 모녀와 딤스데일 목사가 처형대에 섰을 때도 하늘의 유성이 주홍글자 A를 그려낸다.

상징은 주홍글자만이 아니다. 쇠약해져 가는 딤스데일의 육체는 죄를 고백하지 못한 채 고민하고 있는 그의 마음 속 상태를 상징하고 있었다. 또한 칠링워스에 대해서는 악마의 모습이라는 것이 그의 마음을 상징하고 있었다.

주홍글자가 제시하고 있는 문제는 결코 17세기의 낡은 문제가 아니다. 헤스터의 참회, 딤스데일의 위선, 칠링워스의 자학에 가까운 복수심. 결국 이들이 제시하는 인간 영혼의 문제는 시대를 바뀌가면서도 영원한 현대적 가치를 잃지 않는 인간의 본질적 문제인 것이다.

Stella(재미팝페라 보컬리스트, 월드비전 홍보대사)

너새니얼 호손의 대표작 《주홍글자》는 우리 대부분이 읽어서 알기보다는 들어서 아는 책일 것이다. 또한 부정한 사람에게 낙인을 찍었다는 이야기로 많이들 들어서 더욱 손이 안 갈지도 모른다. 이미 들어서 알고 있으니 안 읽어도 된다는 식의 주홍글자 낙인을 이 책에 찍지 않았으면 좋겠다. 이것이 전부라면, 어떻게 주홍글자가 고전의 반열에 오를 수 있었겠는가! 직접 한 번 주홍글자를 분석적 책읽기 해볼 것을 권한다.

Christian Jeong (International Coach & Consultant)

너새니얼 호손의 소설 《주홍글자》를 보며 Angel이 된 Adultery를 생각한다. 간통죄를 저지르고 간통녀라는 낙인을 안고 살아야만 되는 여인, 헤스터 프린. 간통죄는 혼자 짓는 게 아닌데, 상대가 상대인 만큼 그를 위해 묵비권을 행사하며 절대적으로 그를 지켜주었던 그녀의 천사같은 마음씨가 너무 아름답다. 결정적인 순간에는 역시 여자가 남자보다 훨씬 강하다는 건 역사가 시작된 이래 변함없는 원칙이었다던가.

드러난 죄와 드러나지 않은 죄, 밝혀진 죄와 밝혀지지 않은 죄의 차이뿐이지만, 사람들은 모두 다 드러난 죄에 대해서 분노한다. 마치 자기는 정말 의인이라도 된 것처럼, 〈요한복음 8장〉 간음장을 인용하지 않더라도 다른 사람의 죄, 특히 간음죄에 대해선 사람들은 유달리 흥분하는 경향들이 있다. 실은 자기도 똑같은 죄를 저지르고 있으면서도 말이다. 어쩌면 그런 사람들이 더 흥분하는지 모른다. 회개한 죄와 회개하지 않은 죄, 그건 곧 해결한 죄와 해결하지 않은 죄의 차이다. 회개한 죄는 잊혀지지만 회개하지 않고 은밀하게 감추어 놓은 죄는 더욱 크게 부풀어져 가기 때문이다.

박진기 전도사 (파이데이아 독서문화아카데미 대표간사)

차례

감옥 문

텁수룩하게 기른 수염에 음울한 잿빛 옷차림과 끝이 뾰족한 모자를 쓴 사나이들 한 패거리가 머리에 수건을 동여매기도 하고 혹은 맨머리 바람인 여인네들과 한데 뒤섞여 목조 건물 앞에 모여 있었다. 튼튼한 참나무로 만든 목조 건물의 대문에는 커다란 장식용 쇠못들이 군데군데 박혀 있었다.

새로운 식민지를 세운 건설자들은 처음에는 선덕(善德)과 행복이 넘쳐흐르는 낙원을 건설하기를 꿈꾸었겠지만, 그런 꿈과 더불어 건설 초기에는 으레 묘지와 감옥의 터로 처녀지의 일부를 남겨둔다는 것을 가장 중요한 일 중의 하나로 여겼다. 이러한 관례에 따라 보스턴 마을의 선조들 역시 아이작 존슨[1]의 대지 위 그의 무덤이 있던 근처에 최초의 묘지 터를 마련한 것과 동시에 콘힐 근처에 최초의 감옥을 세웠다고 보아도 무방할 것이다. 훗날 존슨의 무덤은 킹스 교회에 촘촘히 들어찬 수많은 묘들의 중심이 되었다.

---

[1] Isaac Johnson(1590~1643). 매사추세츠로 이주한 신앙 지상주의자로 훗날 추방되었다 – 옮긴이

이 마을이 건설된 지 어느덧 15년에서 20년쯤 지나고 보니 나무로 지은 감옥은 이미 온갖 풍상에 시달려 낡은 흔적이 보이고 변색되어 원래부터 침침하고 검은 모습이 한결 더 음침함을 자아냈다. 참나무 문에 박힌 녹슬고 육중한 쇠붙이들은 이 신천지 안에 존재하는 어느 것보다도 고색창연하였고, 죄악에 관련된 모든 일이 그렇듯 이 감옥 역시 일찍이 화려한 청춘 시절이라고는 누려본 적이 없는 표정이었다. 그 을씨년스러운 건물과 거리의 마찻길 사이의 풀밭에는 우엉과 명아주와 애플 페루[2]와 그 밖의 볼품없는 잡초들이 무성하게 우거져 있었다. 이 잡초들은 감옥이라는 문명사회의 악의 꽃을 매우 일찍부터 꽃피게 하였던 그 토양에서 어떤 친화력을 발견했음이 분명하다.

그런데 감옥 문 한쪽에 거의 문턱까지 뿌리박고 자란 들장미 덤불은 때마침 6월의 제철을 맞아 섬세하면서도 보석같이 고운 꽃송이들로 뒤덮여 있었다. 그 꽃송이들은 마치 감옥으로 들어가는 죄수나 형을 받기 위해 감옥에서 나오는 사형수들에게, 대자연의 깊은 마음은 때로 그들을 가엾게 여기고 그윽한 애정과 자비를 베풀고 싶어 한다는 것을 가르쳐주기 위해 향기로운 냄새와 아름다움을 풍기고 있는 듯했다. 이 들장미 덤불은 기구한 인연으로 지금까지 기억 속에 살아남아 있었다. 하지만 이 들장미가 본래 그것에 그림자를 드리우고 있던 우람한 소나무와 참나무들이 쓰러지고 난 후에도 그 예전의 황량한 광야로부터 오래 살아남았던 것인지, 아니면 후에 성자(聖者)가 된 앤 허치슨[3]이 감옥 문을 들어설 때 그녀의 발자국이 닿았던 땅바닥

---

2) Peru Apple. 높이가 1미터 내외에 달하는 관상용으로, 7~9월 오후에 피었다가 저녁에 오므라들며 다음 날 떨어진다. 외형이 꽈리와 비슷하다 하여 페루꽈리라고도 한다 - 옮긴이

3) Ann Hutchinson(1591~1643). 미국의 종교적 자유주의자로 매사추세츠 식민지에서 추방된 후 로드 아일랜드의 창건자 가운데 한 사람이 되었다. 제도화된 신앙과 목회자들의 가르침보다는 개인의 직관이 중요하다고 강조했고, 신의 은총이 있기 때문에 기독교도들은 기존의 도덕률을 준수할 필요가 없다고 주장했다 - 옮긴이

에서 솟아난 것인지에 대해서는 우리가 정할 바 아니다.

어쨌든, 이제 막 시작하려는 이 이야기의 첫머리에 저 불길한 감옥 문으로부터 들장미 덤불이 돋아나고 있는지라 불가불 그 꽃 한 송이를 꺾어 여러분에게 드리는 수밖에 없다. 바라건대, 이 꽃 한 송이가 이야기의 줄거리에 나타날 아름다운 도덕의 꽃을 상징하거나 혹은 인간의 연약함과 슬픔을 담은 이 이야기의 어두운 결말을 부드럽게 감싸주는 사랑의 꽃이 되기를 바라마지 않는다.

장터

지금으로부터 2백 년은 더 되었을 어느 여름날 아침, 감옥 앞의 풀밭에는 꽤 많은 보스턴 주민들이 모여 있었다. 그들의 모든 눈길은 커다란 쇠못으로 튼튼히 박혀 있는 참나무의 감옥 문에 집중되어 있었다. 수염이 텁수룩한 주민들의 착한 얼굴을 이처럼 무섭게 경직시키고 있는 침울함은 다른 마을 사람들이나 혹은 뉴잉글랜드의 역사에 있어서도 후세에 일어난 일이었더라면, 무언가 곧 끔찍스런 사건이 일어날 것이라는 징조로 여겼을 것이다.

혹은 어느 유명한 죄수의 사형을 예정대로 집행함을 뜻하는 것인지도 모르며, 그 죄수에 대한 법정의 판결도 필시 주민들의 감정대로 내린 판단을 확인하는 데 지나지 않았을 것이다. 그러나 초기 청교도들의 엄격한 성격에 비추어볼 때 이와 같은 추측을 그처럼 자신있게 내릴 수는 없었다.

왜냐하면 그 떠들썩한 구경거리가 혹시 일을 하는 데 있어 솜씨가 시원찮은 종〔奴〕이나 혹은 부모들이 관원에 넘긴 불효자식이 태형장(笞刑場)에서 곤장을 맞고 버릇을 고치는 일인지도 모르고, 또는 신앙

지상주의자[4]나 퀘이커교도[5], 그 밖의 종교상 이단자가 채찍을 맞고 추방당하는 일인지도 모르고, 아니면 백인의 독한 술에 만취한 집 없는 게으름뱅이 인디언이 거리에서 난동을 부리다가 회초리를 맞고 숲 속으로 쫓겨 가는 일인지도 모르는 것이다. 혹은 치안판사의 마음씨 고약한 누이인 히빈스[6] 노부인처럼 마녀라는 정죄를 받고 교수대의 이슬로 사라지는 장면이었을지도 모른다.

아무튼 경우야 어떠했던 간에 구경꾼들의 태도는 그 당시 사람들답게 하나같이 엄숙한 얼굴이었다. 그들 사이에서는 종교와 법률이 거의 동일시되었으며, 그들의 성격 속에는 그 두 가지가 혼연히 융합되어 있었으므로 공적인 규율의 가장 온건한 조례(照例)들도 가장 준엄한 조례들과 마찬가지로 존중하고 두려워한 그런 민족에게 어울리는 것이었다. 따라서 처형대에 오른 죄수가 이와 같은 구경꾼들에게 바랄 수 있는 동정이란 실로 미미하고 냉정한 것이었다. 한편 요즈음 같으면 조롱이나 수치 정도에 지나지 않았을 처벌도 이 당시에는 사형 못지않게 추상같은 위엄을 지녔을지도 모른다.

우리의 이야기가 막을 올리려는 그 여름날 아침, 바야흐로 이제 막 벌어지려는 형벌이 무엇이든 간에 구경꾼들 틈에 끼어 있던 몇몇 여자들이 그것에 대해 유달리 관심을 가진 것처럼 보였다는 사실은 주목할 만한 일이었다. 그 당시에는 교양이 별로 높지 않은 시대였으므로 페티코트[7]나 파딩게일[8]을 입은 여자들이 공적인 일에 나서는 것

---

4) 그리스도교를 믿으면 신의 구제를 받을 수 있으므로 도덕률에서 해방된다는 도덕률 패기론자를 말한다 – 옮긴이
5) 17세기 중반 영국과 식민지 아메리카에서 일어난 그리스도교 집단을 말한다. 이들은 신조, 성직자 또는 기성교회가 지니고 있는 그 밖의 다른 형식 없이도 하나님을 직접 내적으로 깨달을 수 있다고 주장했다 – 옮긴이
6) Hibbins. 1655년 마녀라는 죄목으로 재판에 회부되어 이듬해 처형당했다고 한다 – 옮긴이
7) 여자의 속옷으로, 스커트 밑에 받쳐 입는 속치마이다 – 옮긴이
8) 치마가 몸 둘레에 둥그렇게 부풀어오르도록 치마 속에 입는 속치마이다 – 옮긴이

을 삼가거나, 때때로 형벌이 집행되는 처형대 가까운 곳에 있는 구경
꾼들 사이를 비대한 몸뚱이로 파헤치며 끼어들거나 하는 것을 무례
한 짓이라고 해서 삼가는 일은 없었다. 고국 잉글랜드에서 태어나 자
란 이들 아낙네와 아가씨들의 바탕에는 육체적으로나 정신적으로나
6, 7세대 뒤에 태어난 그들의 아름다운 자손들보다는 거친 데가 있었
다. 왜냐하면 여러 대를 이어가는 동안 모든 어머니들은 그들의 자식
들에게 당돌함과 활기가 모자라는 연약한 성품을 물려주지는 않았
지만, 파리한 혈색과 섬세하고도 무상한 아름다움과 더욱 가냘픈 체
구를 물려주었던 것이다.

지금 감옥 문 주변에 서 있는 여인들은 사내대장부 같은 엘리자베
스 여왕이 여성의 대표라고 해도 무난했었던 때로부터 반세기도 채
지나지 않은 시대에 속하는 여인들이었다. 이 여인들은 엘리자베스
여왕과 같은 나라의 태생으로, 고국의 쇠고기며 맥주며 그보다 별로
세련된 것도 없는 정신의 양식과 더불어 그들의 몸속에 배어 있었다.
그러므로 그날 아침의 화창한 햇살은 넓찍한 그들의 두 어깨와 풍만
한 가슴, 그리고 아득히 먼 고향 섬나라에서 무르익은 뒤에 뉴잉글랜
드의 대기 속으로 옮겨왔어도 아직 파리해지거나 여위지 않은 불그
레하며 토실토실한 두 뺨을 내리비치고 있었다. 게다가 그녀들이 주
고받는 말은 대담하고 우렁차서 그 뜻에 있어서나 성량(聲量)에 있어
서나 오늘날의 우리를 깜짝 놀라게 했을 것이다.

"이보시오, 마나님들."

쉰 살쯤 되어 보이는 심술궂게 생긴 노파가 말문을 열었다.

"내 의견 좀 들어보시오. 헤스터 프린 같은 죄인은 나이도 지긋하
고 교인으로서 평판도 좋은 우리 부인들이 처리하는 것이 대중을 위
해서도 훨씬 이로울 것 같은데. 여러분들 생각은 어떻소? 만약에 저

뻔뻔한 것이 지금 이 자리에 모인 우리 다섯 사람 앞에서 재판을 받게 된다면 훌륭하신 판사님들이 내린 정도의 판결로 그칠 수 있겠소? 흥, 어림도 없지!"

"들리는 말로는……."

다른 여인이 입을 열었다.

"저 계집의 경건한 목자이신 딤스데일 목사께서는 그런 불미스러운 일이 어찌하여 자신의 교인 중에서 생겼느냐고 몹시나 가슴 아파 한다더군요."

"판사님들은 믿음이 두터운 분들이지만 너무 인정이 많으셔요."

중년의 여인이 세 번째로 말을 이었다.

"적어도 헤스터 프린의 이마에다 낙인은 찍어주었어야 해요. 그래야 헤스터도 따끔한 맛을 알죠. 하지만 저 고약한 화냥년은 저고리의 앞섶에 무엇을 달아주었다고 해봤자 별반 개의치도 않을 거예요! 보나마나 브로치나 이교도들이 달고 다니는 노리개 같은 것으로 가슴을 가리고 여전히 뻔뻔스럽게 활개를 치며 다닐 거라고요!"

"아아, 그래도……."

어린아이의 손목을 잡은 젊은 여인이 한결 상냥스러운 말투로 끼어들었다.

"가리고 싶다면 그냥 소원대로 감추게 놔두어요. 그렇다고 해서 가슴속에 있는 고통은 영원히 사라지지 않을 테니까요."

"도대체 가슴 위의 표적이니 이마 위의 낙인이니 하는 따위가 다 뭐요?"

스스로 나선 재판관들 중에서 얼굴이 가장 추하고 제일 매정하게 생긴 여인이 소리쳤다.

"이 여자는 우리를 욕되게 했으니 죽어 마땅해요. 세상에는 이런 경우에 내세울 법도 없단 말인가요? 아뇨, 있고말고요! 성경 말씀에도 있고, 법령집 속에도 분명히 있지요. 그런데도 그 법을 수포로 돌아가게 한 것이 바로 판사들이니, 그분들의 마누라나 딸자식들이 타락의 길을 걸어간다고 해도 그때는 할 말이 없지 뭐예요!"

"오, 저런! 마님네들!"

군중 가운데 한 남자가 외쳤다.

"그래, 부인네들은 교수대의 공포가 없으면 부덕(婦德)을 지킬 수가 없다는 말인가요? 참으로 기막힌 말씀이군요! 자, 조용히들 하세요. 감옥 문이 열리고 이제 프린 자신이 나타날 모양이니 말입니다."

그때 감옥 문이 안으로부터 활짝 열리고 마치 햇빛 속으로 뛰어든 검은 그림자인 양 허리에 칼을 차고 한손에는 관장(官杖)을 든 냉혹하고도 소름끼치는 교구리(教區吏) 하나가 불쑥 모습을 나타났다.

이 사나이는 자신의 모습을 통해 추상같은 청교도 법전의 끔찍한 가혹성을 미리 보여주고 있었다. 그의 임무는 바로 이 법전을 철저하고도 가차 없이 죄인에게 적용하여 집행하는 것이었다. 사나이는 왼손에 쥔 관장을 앞으로 내밀면서 오른손은 젊은 여인의 어깨에 올려놓고 그녀를 앞으로 떠밀며 나왔다. 여인은 감옥 문턱에 이르자 타고난 위엄성과 성격이 지닌 도도한 태도로 사나이의 손을 뿌리치고 마치 자신의 자유 의사인 양 바깥으로 나섰다. 그녀의 두 팔에 안긴 생후 석 달밖에 안 되는 젖먹이는 찬란한 햇빛에 눈이 부셔 사뭇 눈을 깜박이며 조그만 얼굴을 모로 돌렸다. 이 갓난아기의 두 눈은 여태껏 희뿌연 토굴 속의 잿빛 어두움이나 음침한 감옥 내부에만 익숙해 있었기 때문이었다.

아기의 어머니인 젊은 여인은 군중들 앞에 모습을 나타내는 순간 아기를 품에 꼭 껴안으려는 듯했다. 그러나 그 행동은 모성애가 치솟았기 때문이라기보다는, 수를 놓았는지 꿰매어 달았는지 그녀의 옷 가슴에 달라붙어 있는 표적을 감출 수 있을까 싶어서였다. 그러나 현명하게도 이미 드러난 치욕의 표적(아기)이 또 하나의 치욕의 표적(주홍글자)을 감출 수 없다는 사실을 재빨리 알아챈 그녀는 아기를 한 팔로 안고 얼굴을 붉혔다. 그러나 오만한 미소를 지으며 조금도 부끄러움 없는 시선으로 마을 사람들과 이웃 사람들을 휘둘러보았다.

여인의 저고리 가슴에는 금실로 정교하게 수를 놓고 기묘한 장식을 붙인 바탕에 빨강 헝겊으로 아로새겨 만든 A자가 돋보였다. 풍부하고 매력적인 상상력을 구사하여 지극히 예술적으로 꾸며진 그 A자는 여인의 입고 있는 옷에 가장 잘 어울리는 장식품으로서의 효과를 지니고 있었다. 그녀의 옷은 그 시대의 취향에 맞는 훌륭한 옷이었지만, 당시의 식민지 사치금지법이 허용하는 기준을 훨씬 벗어난 화려한 것이었다.

젊은 여인은 늘씬한 키에 몸맵시는 완벽할 정도로 우아한 모습을 지니고 있었다. 검고 숱이 많은 머리채는 광택이 풍부한 나머지 햇빛을 반사하여 눈부시게 윤기가 흘렀다. 단정한 용모와 좋은 혈색으로 인한 아름다움 이외에도 짙은 눈썹과 깊은 표정의 검은 눈동자는 심오한 인상을 심어주기에 충분했다. 게다가 그 당시 상류층의 정숙한 여성들이 풍기는 귀티가 났다. 현대 여성들이 지니고 있는 섬세하고, 사라져버릴 듯이 허약하며, 형용하기 어려운 아름다움이 아니라 은연중에 틀이 잡히고 위엄을 풍기는 우아함이었다. '귀부인답다'라는 말에 대한 옛날의 해석에 따른다면, 감옥 문을 나서던 순간의 헤스터 프린이야말로 진정한 귀부인이었다. 필시 불행의 먹구름에 가리워져 의기소침하고 침울한 표정을 예상했던 사람들은 그녀가 아름다움으로 빛나고, 그녀를 에워싼 불행과 치욕이 일종의 후광처럼 빛나는 것을 보고 경악을 금치 못했다.

　그러나 날카로운 눈을 가진 사람이라면 이런 헤스터의 모습 속에 심한 고통이 깃들어 있다는 사실을 알아차렸을 것이다. 그녀가 입고 나온 옷은 이날 입기 위해 감옥에서 자신의 상상대로 만든 것이었다. 야성적이면서도 다채로운 특성에 의해 만들어진 그 옷은 그녀의 정신 상태, 즉 자포자기에 사로잡힌 나머지 그녀의 절망적인 기분을 표현하고 있는 것 같았다. 그러나 모든 사람의 시선을 끌고 있으며, 헤스터 자신의 모습을 전혀 달라지게 한 것은(이 때문에 헤스터 프린을 잘 아는 사람들이 그녀를 처음 보는 듯한 인상과 함께 감탄하게 만들었다) 매우 환상적으로 수놓아져 그녀의 가슴 위에서 찬란하게 빛나고 있는 A자였다. 그 글자는 그녀를 평범한 인간 관계로부터 격리시켜 그녀 자신만의 세계에 혼자 살게 하는 어떤 마력을 지니고 있었다.

　"바느질 솜씨 하나는 참 그만이군."

　여자 구경꾼 가운데 한 사람이 말문을 열었다.

　"그렇지만 저 뻔뻔스러운 년처럼 저런 궁리를 해서 사람들에게 자랑하려고 드는 여자가 어디 있겠어요. 아니, 부인네들! 저것이 믿음 깊은 우리 판사님들을 면전에서 비웃고, 높으신 나리들이 벌이라고 내린 것을 도리어 자랑거리로 삼고 있는 게 아니고 무엇이겠어요?"

　"글쎄 말이야. 헤스터의 얄미운 두 어깨에서 저 화려한 옷을 홀랑 벗겨버렸으면 좋겠어. 그리고 저렇게 공들여 수놓은 주홍글자 대신 내가 관절염을 앓을 때 걸치던 플란넬 넝마조각을 걸쳐주면 곧잘 어울릴 거야!"

　구경꾼들 가운데서도 가장 매정하게 생긴 노파가 투덜거렸다.

　"여러분들, 좀 조용히 하세요. 조용히! 헤스터가 듣겠어요! 저 글자를 한 바늘 두 바늘 수놓을 때마다 그녀는 가슴이 찔리는 듯한 고통을 느꼈을 거예요."

그들 중 가장 앳된 여인이 속삭였다.

이때 마침 무섭게 생긴 교구리가 관장을 휘두르며 외쳤다.

"명령이오! 모두들 길을 비키시오! 길을 비켜요! 이 불륜의 여인 헤스터는 지금부터 오후 1시까지 남녀노소 모두가 그녀의 건방진 옷차림을 잘 볼 수 있는 곳에다 세워둘 것이오. 부정이 있으면 기필코 만천하에 밝혀내고야 마는 의로운 매사추세츠 당국에 축복이 있을지어다! 헤스터, 나를 따라오시오. 그리고 그대의 주홍글자를 장터에서 사람들에게 보이도록 하시오!"

이윽고 아우성치는 구경꾼들 사이로 작은 길이 마련되었다. 헤스터 프린은 질서 없이 따라오는 준엄한 표정의 남자들과 매정스러워 보이는 여자들의 엄호 하에 교구리의 뒤를 따라 벌을 받기로 된 장소로 걸음을 옮기기 시작했다. 호기심으로 가득 차서 적이 신바람이 난 한 무리의 어린 학생들은 이 사건 때문에 학교를 반나절 쉬게 되었다는 것 외에는 아무것도 모른 채 헤스터의 행렬을 앞서 달리면서 그녀의 얼굴과 두 팔에 안겨 눈을 깜박이는 아기와 가슴에 달린 치욕의 글자를 보려고 계속해서 머리를 뒤로 돌리곤 했다.

당시에는 감옥 문에서 장터까지의 거리가 그다지 멀지 않았다. 그러나 헤스터가 느끼는 그 거리는 꽤나 먼 보행길일 터였다. 왜냐하면 비록 그녀의 태도는 도도했을망정 아마도 자기를 구경하려고 모여든 사람들의 발자국 소리를 들을 때마다 마치 자신의 심장이 길바닥에 내동댕이쳐져 구경꾼들의 발길에 걸어 채이고 짓밟히는 듯한 고통을 느꼈을 것이기 때문이다.

그러나 인간의 천성 가운데에는 놀랍고도 자비로운 하늘의 섭리가 마련해 놓은 것이 있다. 그것은 다름 아니라 고통받는 자는 그것을 겪는 순간에 고통을 느끼는 것이 아니라 고통이 지난 후 마음속에 맺히는 번뇌로 말미암아 느끼게 된다는 사실이다. 그러므로 헤스터 프린은 아주 침착한 태도로 자신이 겪어야 할 시련의 길을 거쳐 장터의 서쪽 끝 한 귀퉁이에 있는, 교수대 모양으로 생긴 곳에 다다랐다. 그것은 보스턴에 제일 오래된 교회의 처마 밑에 우뚝 솟아 있었고, 마치 교회에 붙어 있는 부속물처럼 보였다.

사실 이 교수대는 형구의 하나로 지난 2, 3세대 동안은 단순히 역사적이고 전설적인 유물로 전락되었지만, 옛날에는 선량한 시민정신을 앙양시키는 데 있어 프랑스 혁명당원들 사이에서 성과를 거두었던 단두대 못지않게 효과적인 처형 도구의 구실을 했었다. 간단히 말해서 그것은 목에 씌우는 칼이 있는 형대(刑臺)로, 이 형대 위에는 죄인의 목에 씌워 뭇사람들이 구경할 수 있도록 머리를 숙이지 못하게 하는 처벌 도구의 틀이 올려져 있었다.

나무와 철로 만들어진 이 도구야말로 인간이 받은 치욕의 극치를 역력히 구현하고 있었다. 죄인이 저지른 죄과가 크든 작든 부끄러운 죄인이 얼굴도 가리지 못하게 하는 것보다 더 심한 모욕은 천하에 없을 것이다. 이것은 인간성의 도리에 어긋나는 모욕일 터였다. 그런데 바로 그것이 이 형벌의 주요한 목적이었던 것이다. 하지만 헤스터 프린의 경우에는 ─ 다른 죄인에게도 종종 있는 일이었지만 ─ 목에 칼을 쓰지 않고 정해진 시간 동안 형대 위에 서 있기만 하면 된다는 선고를 받았다. 그러나 이 추한 형틀의 가장 흉악한 특징은 목에 칼을 쓰고 머리를 들게 하는 것이었다. 자신이 무엇을 할지 잘 알고 있는 헤스터는 나무 층계를 올라가 사람의 어깨 정도 높이에 서서 주위를 에워싼 군중들 앞에 자태를 드러냈다.

만약 이 청교도들 속에 가톨릭 신자가 끼어 있었다면, 옷차림과 몸

매가 그림 같고 가슴에 아기를 안은 이 아름다운 여인의 자태에서 수많은 유명 화가들이 그토록 서로 다투어 그렸던 성모의 모습을 연상시키는 그 무엇을 발견했을 것이다. 이를테면 이 세상을 구원해 줄 아기를 낳은, 죄 없고 성스러운 어머니의 모습을 대조적으로 연상시켜 주는 그 무엇을 발견했을 터였다. 그러나 이 여인의 경우에는 가장 성스러운 모성 속에 죄의 뿌리가 깊이 박히고, 결과적으로 이 여인의 아름다움으로 인해 세상은 오히려 더 암담해졌고, 이 여인이 낳은 아기로 인해 세상은 한층 더 타락된 듯싶었다.

이러한 광경에는 두려움이 감돌고 있지 않은 바도 아니었다. 이웃 사람의 죄나 치욕을 보고도 몸서리치기는커녕 오히려 비웃을 만큼 사회가 타락하지 않은 이상 언제나 이런 일에는 두려움이 따르게 마련이었다. 헤스터 프린의 치욕을 지켜보는 사람들도 아직 그런 종류의 순박함을 간직한 사람들이었다. 설령 그녀가 받은 판결이 사형일지라도 그들은 가혹한 판결에 단 한마디의 불평 없이 그녀의 죽음을 지켜볼 정도로 엄격했다. 그리고 지금 헤스터가 받는 형벌의 광경을 보면서 조소거리나 찾을 비정이라는 또 하나의 사회적 특징을 그들은 전혀 가지고 있지 않았다. 설혹 비웃고 싶은 생각이 있었다 해도 주지사 못지않은 위엄이 있는 참의관(參議官)들과 판사, 장군, 그리고 이 마을의 목사들과 같은 인사들이 엄숙하게 자리잡고 있어서 필시 그런 기분도 짓눌려 수그러들고 말았을 것이다. 그들은 모두 예배당 발코니에 앉거나 서서 이러한 광경을 내려다보고 있었던 것이다.

이와 같은 고관대작들이 지위나 관직의 위엄이나 존엄성에 손상을 받지 않고 이런 장면에 나타날 수 있을 때 과연 법의 집행이 성실하고도 효과적인 의미를 지닌다고 추측해도 과언은 아닐 것이다. 따라서 군중들은 하나같이 우울하고 엄숙한 표정들이었다. 이 가여운 죄인은 자기와 자기의 가슴에 집중된 무수한 시선에 중압감을 느끼면서도 있는 힘을 다하여 여성다운 품위를 지키고 서 있었다. 그것은 감당할 수 없을 정도로 고통스러운 일이었다. 격정적이고 열정적인 성격을 지닌 헤스터는 갖가지 모욕으로 나타나는 군중들의 오만 방자한 태도가 가시나 혹은 독을 품은 비수처럼 자신을 찌를지라도 그것에 꿋꿋이 맞서야 한다고 자신을 격려했다. 하지만 군중들 사이에 떠도는 엄숙한 분위기는 그보다도 더욱 무서운 것이 풍기고 있었다. 그녀는 차라리 그 엄숙한 얼굴들이 자기를 업신여기는 비웃음으로 일그러졌으면 하는 마음이 간절했다.

만일 사나이와 여자들과 쨍쨍한 목소리의 아이들까지 힘을 합하여 모든 군중들이 우레와 같은 웃음을 터뜨렸다면 헤스터 프린은 쓰디쓴 비웃음으로 응했을 것이다. 그러나 참고 견딜 수밖에 없는 납덩이처럼 무거운 마음의 압박으로 인해 그녀는 목이 터지도록 고함을 지르고 형대에서 뛰어내리지 않으면 당장에 미쳐버릴 것만 같은 심정이었다.

하지만 헤스터 자신이 가장 뚜렷한 표적이 되어 있는 이 광경 전체가 갑자기 그녀의 시야에서 사라지거나 혹은 희미하게 나타난 유령과 같은 형체의 무리들처럼 눈앞에서 어렴풋이 어른거리는 순간도 가끔 있었다. 그녀의 정신, 특히 기억력은 비상하게 맑아지며 황무지 서쪽 끝에 자리잡은 이 작은 마을의 조잡스러운 거리와는 다른 풍경들, 그리고 청교도들이 쓰는 끝이 뾰족한 모자의 챙 아래로 얼굴을 잔뜩 찌푸리고 그녀를 노려보는 사람들과는 다른 얼굴들이 그녀의 뇌리에 끊임없이 떠올랐다.

그리고 극히 사소하고 하찮은 추억들, 유년 시절과 학창 시절의 일들, 운동도 하고 어린아이처럼 싸우기도 했던 일들, 그리고 처녀 시절 집에서 겪은 여러 가지 자질구레한 일 등이 그 뒤에 그녀의 삶에 일어난 중대한 일들과 얽히고설켜 밀물처럼 엄습해왔다. 그것들은 하나같이 생생해서 마치 모든 기억이 똑같은 중요성을 가진 것 같기도 했고, 혹은 모두가 하나의 연극 같기도 했다. 아마도 그것은 갖가지 환상을 머릿속에 그려냄으로써 가혹한 현실의 짓눌림으로부터 자신을 구원해 보려는 그녀의 영혼이 만들어낸 본능적인 책략이었는지도 모른다.

어쨌든 목에 칼을 씌우는 이 형대는 헤스터 프린이 행복했던 소녀 시절 이래로 그녀가 걸어온 인생 발자취의 선보를 남김없이 보이주는 하나의 조망대와도 같았다. 가련한 느낌을 주는 그 형대 위에 높이 서 있는 그녀의 눈에는 고국 잉글랜드의 고향 마을과 아버지의 옛집이 눈에 선했다. 잿빛의 무너져가는 이 돌집은 비록 빈곤이 서려 있었지만 정문 위로 반쯤 마멸된 문장(紋章)이 걸려 있어 유서 깊고 지체 높은 가문임을 나타내고 있었다.

뒤이어 벗겨진 이마에 엘리자베스 왕조 시대에 유행하던 구식의 주름 깃 위로 흘러내린 고상한 흰 턱수염을 지닌 아버지의 얼굴도 떠올랐다. 어머니의 얼굴도 보였다. 회상 속에서의 어머니 얼굴은 언제나 세심하게 염려해 주는 사랑어린 표정이었고, 그 표정은 헤스터의 기억 속에 항상 간직되어 있던 것이었으며, 세상을 떠난 후에도 그 얼굴은 딸의 인생 행로에 부드러운 충고로써 종종 그녀의 길을 바로 잡아 주기도 했다. 헤스터는 자신의 얼굴도 보았다. 소녀의 아름다움으로 빛나는 그녀의 얼굴은 언제나 들여다보곤 했던 흐릿한 거울의 내부를 온통 밝혀주고 있었다.

이번에는 그 거울 속으로 늙수그레한 어떤 남자의 얼굴이 보였다. 창백하고 여위었으며 학자풍의 얼굴에다가 두 눈은 그의 탐독(耽讀)

을 돕는 등잔불에 비치어 흐리고 어두웠다. 그러나 바로 이 몽롱한 눈이 인간의 마음속을 꿰뚫어 보려고 마음먹을 때면 신통한 통찰력을 발휘하는 것이었다. 헤스터 프린의 여자다운 상상력이 불러일으킨 은둔생활에 몰두하고 있는 이 사나이는 몸이 약간 찌그러져 왼쪽 어깨가 오른쪽 어깨보다 약간 높이 치켜 올라가 있었다.

다음으로 그녀 기억의 화랑에서 떠오른 것은 복잡하게 얽힌 좁다란 골목들과 우뚝 솟은 회색빛 집들과 거대한 사원들과 그리고 연대가 오래된 특이한 건축양식으로 지어진 공공건물들이 즐비한 유럽의 어느 도시였다. 그곳에는 아직도 그 불구의 학자와 인연을 맺는 새로운 삶이 그녀를 기다리고 있었다. 하지만 새로운 삶이라고 해야 고작 무너져가는 담벽 위에 돋아난 푸른 이끼처럼 낡은 것을 먹고 사는 생활이었다. 결국 주마등처럼 스쳐가는 장면들이 바뀌고 바뀌어 마지막으로 사람들이 모두 모여 준엄한 시선으로 헤스터 프린을 노려보는 청교도 식민지의 조잡한 장터로 되돌아왔다. 그렇다, 아기를 팔에 안고 가슴 위에는 금실로 찬란하게 수놓은 A라는 주홍글자를 달고 목칼의 형대 위에 서 있는 헤스터를 그들의 시선이 겨누고 있던 것이다!

정녕 이것이 현실이란 말인가? 별안간 헤스터가 아기를 너무 꼭 껴안는 바람에 아기가 울음을 터뜨렸다. 시선을 내린 그녀는 주홍글자를 쳐다보고, 아기와 치욕의 표적이 현실인지 확인하려고 손가락으로 만져보기도 했다. 그렇다! 이것은 그녀가 겪고 있는 현실이었다. 그리고 그 밖의 모든 것은 현실에서 모두 다 자취를 감추어버리고 말았던 것이다.

발견

　군중의 가장자리에서 저항할 수 없을 정도로 마음을 사로잡는 한 사람을 발견했을 때, 가슴에 주홍글자를 단 여인은 자신이 모든 사람들로부터 가혹한 관찰의 대상이 되고 있다는 뼈저린 의식으로부터 겨우 해방되었다. 원주민 옷차림의 인디언도 그곳에 서 있었다. 하지만 당시에는 인디언들이 영국 식민지를 곧잘 드나드는 때였으므로 이런 경황에 인디언 한 사람이 나타났다고 해서 하나도 이상할 것이 없었다. 하물며 그 인디언의 출현이 헤스터의 마음에서 다른 모든 생각을 몰아낼 정도로 중요하지도 않았을 터였다. 그러나 바로 그 인디언 옆에 동행으로 보이는 백인 한 사람이 문명과 야만이 뒤섞인 이상한 옷차림으로 서 있었다.

　키가 작달막한 백인의 얼굴에는 깊은 주름살이 잡혀 있었지만 아직 늙었다고 말할 나이는 아니었다. 얼굴에는 지적인 면이 두드러져 보였는데, 마치 정신수양에 너무도 많은 노력을 기울였기 때문에 육체도 그런 정신적인 면을 본받아 마침내는 그 정신이 온몸에 뚜렷이 나타나 있는 위인과 흡사했다. 얼핏 보기에는 서로 어울리지 않는 옷들을 마구 뒤섞어 입어 자신의 육체적 특징을 감추려고 애를 쓴 듯하나, 헤스터 프린의 눈에는 그 남자의 한쪽 어깨가 다른 쪽 어깨보다 치켜 올라가 있는 것이 분명히 보였다. 남자의 야윈 얼굴과 다소 기형적인 모습을 알아차린 그 순간 그녀는 너무 세게 아기를 끌어안았기 때문에 아기는 또다시 고통스런 울음을 터뜨렸다. 그러나 엄마는 아기의 울음소리가 들리지 않는 모양이었다.

장터에 도착한 이 낯선 사나이는 헤스터 프린이 발견하기 얼마 전부터 이미 그녀에게 시선을 향하고 있었다. 처음에는 마치 마음속의 일에만 익숙해 있기 때문에 외적으로 일어나는 일들은 마음속의 일과 관련이 없는 한 가치도 없고 하찮은 것으로 여기는 사람처럼 그저 무심코 바라보는 듯했다. 그러나 별안간 사나이의 눈초리가 무엇을 꿰뚫기라도 할 듯 날카롭게 변했다. 마치 뱀 한 마리가 그의 얼굴 표면을 쏜살같이 미끄러지다가 멈칫 서면서 꿈틀거리며 몸을 도사리듯 몸부림치는 공포가 그의 얼굴 위로 지나갔다. 그의 안색은 어떤 벅찬 감정으로 인해 잠시 어두워졌지만 너무도 신속한 의지의 노력으로 그러한 감정을 제어했기 때문에 한순간이 지나자 그의 표정은 평온함을 되찾았다.

잠시 후 그러한 흥분의 빛은 기색도 없이 사라지고 마침내 그의 타고난 천성의 깊은 곳으로 잠적해 버렸다. 헤스터 프린의 시선이 자기의 시선과 마주치고 그녀가 자기를 알아본 듯함을 눈치챈 그는 천천히 조용하게 손가락을 들어 허공에서 무슨 손짓을 해보인 뒤 그 손가락을 입술 위에 갖다댔다. 그런 다음 자기 옆에 서 있는 마을 사람의 어깨에 손을 얹으며 예의바르고 정중한 태도로 말을 건넸다.

"실례합니다만, 대관절 저 여자는 누구입니까? 그리고 무슨 곡절로 저렇게 군중들 앞에 끌려나와 모욕을 당하고 있습니까?"

"댁은 이 지방이 처음인 모양이군요."

마을 사람은 호기심을 가지고 질문한 사람과 그의 인디언 친구를 번갈아 쳐다보면서 대답했다.

"그렇지 않다면 헤스터 프린과 그녀의 고약한 행실에 관한 얘기를 벌써 들으셨을 텐데 말이오. 글쎄 저 계집이 딤스데일 목사님의 교회에서 추문을 일으켰다지 뭡니까."

"그랬군요."

짧게 대답한 사나이가 말을 이었다.

"저는 이방인입니다. 본의 아니게 여기저기로 방랑자 생활을 했어요. 그간 바다와 육지에서 여러 가지 가혹한 재난을 당하기도 했고, 저 남쪽에 있는 이교도들에게 붙잡혀 오랫동안 감금되어 있었답니다. 그러다 이제야 석방되어 이 인디언에게 이끌려 이곳까지 오게 된 것이지요. 그러니, 헤스터 프린 ─ 제가 이름을 제대로 불렀는지 모르겠습니다만 ─ 의 죄가 어떤 것인지, 무엇 때문에 처형대 위에까지 오르게 되었는지 말씀해 주시지 않겠습니까?"

"아무렴요, 그렇게 합시다. 그간 황무지에서 갖은 고초를 겪은 끝에 이 마을로 오게 되셨으니 오죽이나 기쁘시겠어요."

마을 사람은 사나이의 말에 선뜻 응해 주었다.

"이곳 뉴잉글랜드에서는 부정을 저지르면 기어이 백일하에 들추어내어 통치자들이나 우리들 눈앞에서 처벌하게 마련이죠. 저 계집은 잉글랜드 태생이었으나 암스테르담에서 오랫동안 살았던 어느 학자의 아내였답니다. 그 학자는 대서양을 건너와서 우리 매사추세츠 사람들과 운명을 같이할 작정이었나 봐요. 학자는 아내를 먼저 떠나보내고 자기는 꼭 필요한 일을 처리하느라 뒤에 남았답니다. 그런데 저 여인이 이곳 보스턴에 자리를 잡고 산 지 두 해가 되었는데도 그 학식 많은 프린 선생에게서는 아무런 소식도 없었다지 뭡니까. 그러자 젊은 아내는 혼자서 지내다가 그만 처신을 잘못했다는 말씀이지요."

"아아! 잘 알겠습니다."

낯선 사나이는 쓴웃음을 지으며 계속했다.

"당신 말씀대로 그렇게 학식이 높은 사람이라면 마땅히 그런 것도 책에서 배워두었어야 하는 것인데 말입니다. 그런데 실례입니다만, 프린 부인이 두 팔에 안고 있는 저 아기의 아버지는 누구일까요? 겨우 서너 달밖에 되어 보이지 않는데요."

"글쎄요, 그것을 아는 사람은 아무도 없답니다. 그 수수께끼를 풀어줄 명재판관이 아직 나타나지 않고 있지요."

마을 사람이 대답했다.

"헤스터 부인이 절대로 입을 열지 않기 때문에 판사님들이 모여 머리를 짜보았지만 헛일이었지요. 누구인지는 밝혀지지 않았지만 아마 죄를 지은 그 사나이는 하나님께서 자신을 보고 있다는 사실을 잊은 채 저 슬픈 광경을 남몰래 바라보고 있을 겁니다."

"마땅히 그 학자 자신이 나타나서 비밀을 해결해야죠."

낯선 사나이는 다시 웃음을 지으며 말했다.

"만일 그가 아직 살아 있다면 마땅히 그래야지요."

마을 사람이 맞장구를 쳤다.

"그런데 글쎄, 우리 매사추세츠 판사님들은 저 계집이 젊고 예쁘다 보니 분명 큰 유혹에 빠져 타락했으려니 생각하고, 또한 오래 전에 남편이 바다의 고기밥이 됐을지도 모른다고 짐작했는지 정의로운 우리 법률의 극형을 과감하게 적용시키지 못했답니다. 그 죄에 대한 벌은 의당 사형이거든요. 하지만 판사님들은 큰 자비와 다정다감한 마음으로 헤스터 프린에게 단지 세 시간 동안만 형대 위에 서 있을 것과, 저 치욕의 표적을 가슴 위에 평생토록 달고 있도록 명했을 뿐입니다."

"현명한 판결입니다!"

낯선 사나이는 근엄한 표정으로 머리를 끄덕이면서 말을 이었다.

"그러니까 저 치욕스러운 글자가 그녀의 묘비에 새겨지는 날까지 그녀는 죄악에 대한 산 설교가 되겠군요. 그러나 저 여인과 더불어 불의의 정을 맺었던 사나이가 형대에 나란히 서 있지 않았다는 것은 좀 유감스러운 일이군요. 하지만 그의 정체는 세상에 드러나고 말 것입니다! 드러나고 말고요!"

낯선 사나이는 수다스러운 마을 사람에게 정중히 인사를 하고 동행인 인디언에게 몇 마디를 속삭였다. 그런 다음 두 사람은 군중을 헤치고 어디론가 사라졌다.

이런 일이 일어나는 동안에도 헤스터 프린은 형대 위에 서서 줄곧 그 낯선 사나이에게 시선을 고정시키고 있었다. 그녀의 시선이 유독 그 방향으로만 골똘히 쳐다보는 순간에는 세상 만물이 모두 사라져 버리고 오직 그 낯선 사나이와 그녀만이 남아 있는 듯했다. 그러나 만일 그런 상황에서 두 사람이 만났다면 지금과 같은 상황에서 만나는 것보다 더 무서웠을 것이다.

뜨거운 한낮의 태양이 수치스러운 그녀의 얼굴을 밝게 비치고, 가슴 위에는 빨간 치욕의 표적을 달았으며, 품에는 죄로 말미암아 태어난 아기를 안고 있는 지금, 마치 축제를 구경하러 나오듯 몰려나온 마을 사람들이 행복한 가정의 평화로운 분위기나 어슴푸레한 난로 불빛에서나 혹은 교회에 나갈 때 부인네들이 쓰는 베일 밑으로나 보았어야 할 그녀의 모습을 뚫어지게 바라보고 있는 지금, 그를 만나는 것이 오히려 더 낫다. 그것은 소름이 돋을 만큼 끔찍스러운 일이었지만 수많은 구경꾼들이 눈앞에 있다는 사실이 헤스터에게는 도리어 하나의 피난처같이 느껴졌다. 얼굴을 마주보며 단둘이 만나는 것보다는 사나이와 자기 사이에 이처럼 수많은 군중을 두고 서 있다는 것이 다행이라는 생각이 들었다. 이를테면 그녀는 군중들에게 노출됨으로써 피난처 속으로 도망친 셈이 되었고, 그러한 보호가 제거되지 않을까 두려워하고 있었다.

이러한 생각에 골똘한 나머지 헤스터는 뒤에서 들려오는 소리도 듣지 못했다. 모든 군중들에게 들릴 정도로 드높고 엄숙한 어조의 그 목소리가 자신의 이름을 몇 번이나 불렀을 때에야 비로소 그녀는 그 소리를 알아챘다.

"헤스터 프린, 내 말을 듣거라!"

엄숙한 어조의 목소리가 드높게 들려왔다.

앞에서 말한 대로 지금 헤스터 프린이 서 있는 처형대 바로 위에는 발코니 같은 노대(露臺)가 붙어 있었다. 이곳은 재판관들이 즐비하게 늘어선 가운데 당시의 공적인 의식에 수반되는 모든 격식을 갖추고 선언문 같은 것을 발표하던 곳이었다. 이곳에는 지금 묘사한 광경을 보기 위해서 벨링엄 총독이 의자에 앉아 주위에 미늘창[9]을 든 군졸 네 명을 의장병처럼 거느리고 있었다. 총독의 모자에는 검은 깃털이 꽂혀 있고, 외투의 도련[10]에는 자수가 놓여 있으며, 그 속에는 검은 벨벳의 튜닉[11]을 입고 있었다.

나이가 지긋한 총독의 얼굴에 아로새겨진 주름살은 지난날에 겪

---

9) 막대 끝에 기다란 창이 달린 곡괭이나 도끼날을 결합한 무기의 일종이다 — 옮긴이
10) 저고리나 두루마기 자락의 가장자리를 말한다 — 옮긴이
11) 고대 지중해 연안 국가들의 남녀가 입던 속옷으로, 오늘날에는 튜닉이라는 말이 고대 형태를 본뜬 여성의류를 지칭하는 데 사용되고 있다 — 옮긴이

은 갖은 고초를 대변해 주고 있었다. 그는 젊음의 충동보다는 엄격히 다듬어진 중년의 절제된 힘과 노년의 신중한 지혜로 건설되고 발전하여 오늘날과 같은 비약에 이른 이 사회의 지도자가 되기에 알맞은 신분이었다. 이 공동체는 공연한 꿈이나 불가능한 희망을 가지지 않았기 때문에 많은 업적을 이루어놓은 것이었다. 이 최고통치자를 둘러싸고 있는 유명 인사들의 두드러진 특징은 위엄 있는 풍채였다. 그리고 이 풍채는 모든 권위가 신이 정한 제도의 성스러움을 지녔다고 믿었던 시대의 유물이었다. 그들은 의심할 여지없이 선량하고 공정한 현인들이었다.

그러나 죄악을 저지른 한 여인의 마음을 심판하고 그물처럼 얽힌 선과 악을 풀 수 있는 사람들을 구한다 할지라도, 지금 헤스터 프린이 고개를 돌려 바라본 엄숙한 표정의 현인들보다 무능하고 어진 사람들을 같은 수만큼 세상에서 찾아내기란 그리 쉬운 일이 아니었을 것이다. 헤스터 프린은 그나마 기대할 동정이 있다면 그것은 한결 너그럽고 따스한 군중들의 마음속에 있으리라는 예감이 든 모양이었다. 때문에 가엾은 그녀는 발코니를 향해 얼굴을 드는 순간 파랗게 질리며 부르르 몸을 떨었던 것이다.

헤스터의 주의를 환기시킨 목소리의 주인공은 보스턴에서 가장 연로하고 이름이 높은 존 윌슨 목사였다. 그 당시 대부분의 성직자들이 그렇듯 훌륭한 학자인데다 친절하고 다정한 위인이었다. 그러나 다정하고 친절한 이 성격은 그의 지성보다 세련되지 못해서 실상 그로서는 자랑거리라기보다는 수치스런 것으로 여기는 터였다.

목사가 쓰고 있는 모자의 가장자리 밑으로는 반백이 된 머리칼이 비어져 나오고, 서재에 켜진 갓을 씌운 등불에만 익숙했던 그의 회색빛 눈은 헤스터의 아기 눈처럼 찬란하게 쏟아지는 햇빛 아래서 깜빡

거리고 있었다. 그는 오래된 설교집 앞장에서 볼 수 있는 검은 초상화와 흡사했다. 그런 낡은 초상화나 마찬가지로 지금 그가 나서서 인간의 죄악이며 정욕이며 고뇌와 같은 문제에 대해 간섭할 권한을 가지고 있지 못했다.

"헤스터 프린."

윌슨 목사가 말을 건넸다.

"나는 여기에 있는 이 젊은 목사와 의견 다툼을 한 적이 있었지만, 그대는 교회에 앉아 이분의 설교를 들을 수 있는 특전을 누려왔던 것이오."

윌슨 목사가 곁에 있는 얼굴이 창백한 젊은이의 어깨에 손을 얹었다. 그런 다음 말을 이었다.

"나는 이 젊은 목사로 하여금 여기 하나님이 보시는 앞에서, 현명하고 공정하신 통치자들 앞에서, 그리고 모든 사람들이 듣는 가운데서 그대가 지은 더럽고 흉측한 죄를 다스리도록 설득하느라고 노력하였소. 이분이 나보다는 그대의 성품을 더 잘 알고 있는 만큼 이런 끔찍한 타락의 구렁텅이로 그대를 빠지게 만든 자의 이름을 더 이상 숨기지 않도록 그대의 외고집을 꺾기 위해 어떤 방법을 써야 할 것인지, 부드럽게 다룰 것인지 무섭게 다룰 것인지를 나보다 더 잘 판단할 수 있을 것이오. 이분은 나이에 비해 현명하지만 그러나 젊기 때문에 있을 수 있는 지나친 부드러움으로 인해 지금과 같은 백주(白晝)에 그것도 수많은 군중 앞에서 여자에게 비밀을 털어놓도록 강요하는 것은 여성의 본성 자체를 해치는 것이라고 하여 내 권유를 거절하였소. 하지만 내가 이분을 설득하려고 말했듯이, 죄를 짓는 것이 부끄러운 일이지 죄를 고백하는 것은 부끄러움이 아닌 거요. 다시 한 번 묻겠소. 딤스데일 목사는 어떻게 생각하시오? 이 불쌍한 죄인의

44

영혼을 내가 다스려야 하겠소, 아니면 그대가 다스려야 하겠소?"

발코니에 앉아 있는 위엄 있고 귀하신 분들의 사이에서 수군거리는 소리가 들려왔다. 벨링엄 총독은 젊은 목사에 대한 예의를 차리며 다소 부드러운 목소리로 수군거린 이유를 설명했지만 그 음성에는 권위가 있었다.

"딤스데일 목사님, 이 여인의 영혼에 대한 책임은 다분히 목사님께 있소이다. 그러므로 그녀를 훈계하여 회개시키고 그 증거로써 고백을 시키는 것도 마땅히 목사님께서 할 일이오."

너무나 솔직한 벨링엄 총독의 호소를 들은 군중들의 시선이 딤스데일 목사에게로 집중되었다.

이 젊은 목사는 영국의 명문대학 출신으로 그 당시의 모든 학문을 이곳 원시림 고장으로 옮겨온 위인이었다. 유창한 언변과 종교적인 열성은 그가 장차 종교계에서 두각을 나타내리라는 전조를 보여주고 있었다. 그는 수려한 용모에 깎아 세운 듯 높고 흰 이마와 우수에 잠긴 커다란 갈색 눈의 소유자였다. 입은 굳게 다물었을 때를 제외하고는 항상 떠는 듯싶어 예민한 감수성과 막대한 자제력을 동시에 드러내고 있었다. 타고난 재주와 학자다운 교양이 풍부함에도 불구하고 이 젊은 목사의 몸가짐에서는 어딘지 모르게 불안스럽고 당황하고 겁을 집어먹은 듯한 인상을 풍겼다. 그것은 마치 인생의 행로에서 길을 잃고 어리둥절하여 혼자 조용히 있을 때에만 마음이 놓이는 듯한 사람의 표정이었다.

젊은 목사는 자신의 일이 허락하는 한 그늘진 숲길을 산책하면서 순박하고 어린아이 같은 천진한 마음을 유지하고, 필요한 경우에는 싱싱함과 그윽한 향기와 이슬처럼 해맑은 사상을 지니고 있었기 때문에 사람들이 말하는 대로 천사와 같은 목소리로 그들의 마음을 감동시키는 것이었다.

월슨 목사와 벨링엄 총독의 공공연한 소개로 군중들의 주목을 끌었고, 더럽혀진 가운데에도 아직은 성스러운 여인의 영혼이 간직한 비밀의 입을 열게 하라는 청을 받은 젊은 목사는 이상과 같은 인물이었다. 난처한 입장으로 말미암아 목사의 뺨에서는 핏기가 사라지고 입술은 바르르 떨고 있었다.

"형제여! 저 여인에게 말을 하시오."

월슨 목사가 입을 열었다.

"그것은 저 여인의 영혼뿐만 아니라 귀하신 총독님 말씀처럼 그녀의 영혼을 책임지고 있는 목사님 영혼을 위해서도 매우 중대한 일이라오. 사실을 고백하도록 잘 타일러보시오!"

머리를 숙인 딤스데일 목사는 묵도를 올리는 듯하더니 마침내 앞으로 나섰다.

"헤스터 프린이여."

딤스데일 목사는 발코니 난간 위로 몸을 굽히고 헤스터 프린의 눈을 물끄러미 내려다보며 말을 시작했다.

"이분의 말씀을 들은 그대도 내가 지고 있는 책임을 이해할 것이오. 그대가 마음의 평화를 위해 도움이 된다고 느끼고, 또 지상에서 받는 형벌이 그것으로 인해 구원에 한층 도움이 된다고 믿는다면, 당신과 더불어 죄를 저지르고 괴로워하는 자의 이름을 말하시오! 부디 그자를 위한 그릇된 연민과 동정심 때문에 침묵을 지키지는 마시오. 불쌍한 여인이여, 설령 그자가 귀한 자리에서 내려와 치욕의 처형대 위 바로 당신 곁에 서게 될지라도 일평생 내내 마음의 죄를 감추고 사는 것보다는 나을 것이기 때문이라오. 그대의 침묵이 그자에게 무슨 도움이 되겠소? 그대의 침묵은 마치 그자에게 이미 저지른 죄에다 위선을 덧붙이라고 유혹, 아니 강요하는 것과 다를 바 없는 것이오. 하나님께서는 그대에게 군중들 앞에서 치욕을 당하게 함으로써 그대의 내부에 있는 죄악과 외부에 있는 슬픔을 이겨내고 승리할 수 있는 기회를 주신 것이오. 아마 그자는 고백하고 싶은 마음은 있지만 차마 용기를 내지 못하고 있는지도 모르오. 그 고백은 입에는 쓰지만 마음을 위해서는 유익한 술잔이오. 지금 당신 앞에 내민 술잔을 어찌하여 그자에게 건네주기를 거절하는 거요? 과연 어느 쪽이 현명한 처사인지 잘 생각해서 판단하시오."

젊은 목사의 떨려나오는 목소리는 곱고 굵으며 우렁찼시만 한편으로는 깊으면서도 비탄에 잠긴 듯했다. 말의 뜻 자체보다도 그 말에 담긴 목사의 감정이 모든 군중의 심금을 울리고 그들로부터 한결같은 동정심을 자아냈다. 심지어 헤스터의 품에 안긴 아기조차도 같은 감동을 받은 듯 지금껏 멍청하게 뜨고 있던 눈을 딤스데일 목사에게로 향했다. 그리고 작은 두 팔을 번쩍 들어올리며 기쁜 것 같으면서도 슬픈 듯이 뭐라고 조그맣게 중얼거렸다.

목사의 호소하는 바가 하도 감동적이어서 군중들은 헤스터 프린이 죄를 지은 자의 이름을 큰소리로 외치거나 그렇지 않으면 죄를 지은 그 자신이 지위의 높고 낮음을 가리지 않고 마음속에서 우러나오는 어쩔 수 없는 충동에 이끌려 처형대 위에 오르지 않고는 배기지 못하리라고 믿었다. 그러나 헤스터는 고개를 좌우로 흔들었다.

"여인이여, 하나님이 내려주신 자비의 한계를 벗어나지 말라!"

윌슨 목사는 좀 전보다 엄한 목소리로 외쳤다.

"저 아기까지도 타고난 목소리로 방금 들은 가르침을 좋다고 했거늘, 무엇 때문에 사나이의 이름을 밝히지 못하오! 회개를 하면 그대의 가슴에서 주홍글자를 떼어내는 데 도움이 될 것이오."

"천만에요!"

헤스터 프린은 윌슨 목사가 아니라 젊은 목사의 수심어린 움푹한 두 눈을 쳐다보며 대답했다.

"그 글자는 너무나도 깊이 아로새겨져 떼어버릴 수가 없습니다. 그리고 제 자신의 고뇌뿐만 아니라 그분의 고뇌까지도 제가 견디어 낼 작정입니다!"

"어서 말해라!"

형대 근처의 군중 속에서 차갑고도 준엄한 목소리로 어떤 사람이 외쳤다.

"어서 이름을 말하고, 아기에게 아버지를 찾아주도록 해라!"

"제 목숨을 앗아간다고 해도 절대 말할 수 없어요!"

헤스터는 죽은 사람처럼 창백해졌지만, 너무나도 귀에 익은 목소리의 주인공을 알아채고 곧 응수했다.

"이 아기는 하늘의 아버지를 찾아야 해요. 이 아기에게 결코 땅 위의 아버지를 알게 해서는 안 됩니다!"

"죽어도 고백을 하지 않겠다니!"

발코니 난간 위에 몸을 굽히고 가슴에 손을 얹은 채 자신이 한 호소의 결과를 기다리던 딤스데일 목사가 중얼거렸다. 이내 그는 긴 한숨을 내쉬면서 뒤로 물러섰다.

"이 얼마나 굳세고 마음이 너그러운 여자인가! 그녀는 끝내 입을 열지 않을 거야!"

불쌍한 죄인의 마음이 요지부동임을 확인한 윌슨 목사는 이 일을 위하여 세심하게 준비해 놓았던 죄악에 관한 설교를 군중들에게 하기 시작했다. 그리고 설교를 하는 중간 중간에 그 치욕적인 주홍글자를 끊임없이 관련시켰다. 수많은 미사여구를 곁들이면서 한 시간 이상 장황하게 주홍글자의 상징에 대해 열렬한 설교를 했기 때문에 그 상징은 군중들의 상상을 통해 새로운 공포심을 불러일으켰으며, 그 주홍빛은 마치 지옥의 불구덩이 속의 불꽃에서 나온 것처럼 보였다.

그동안 헤스터 프린은 피로에 지친 두 눈을 몽롱히 뜬 채 아랑곳 없다는 태도로 치욕의 처형대 위에 서 있었다. 이날 아침에 그녀는 인간이 참을 수 있는 것은 모두 견디어냈다. 그녀는 기절함으로써 고통을 회피하는 성미는 아니었으므로 그녀의 정신은 돌처럼 굳은 무감각이라는 껍질을 뒤집어쓰고 숨어 있을 수밖에 별 도리가 없었다. 그동안에도 육체를 지탱하는 기능은 고스란히 살아 있있다.

이런 상태에 빠진 헤스터의 귓전으로 설교자의 목소리가 천둥치듯 무자비하게 울려왔지만 헛된 일이었다. 그녀의 시련이 후반으로 접어드는 동안 아기의 울음소리가 하늘을 찌르는 듯했다. 헤스터는 기계적으로 아기를 달래려고 애썼지만 아기의 괴로움을 가엾게 여기는 것 같지는 않았다. 헤스터는 여전히 도도한 태도로 다시 감옥으로 끌려가 꺾쇠를 박은 감옥 문 안으로 자취를 감추며 군중들의 시야에서 사라졌다. 그녀의 뒷모습을 지켜보던 사람들은 감옥 속의 어두컴컴한 복도를 따라 주홍글자가 새빨갛게 불타는 듯한 광채를 발하더라고 수군거렸다.

만남

　감옥으로 되돌아온 헤스터 프린은 극도로 신경이 곤두선 나머지 혹시 스스로 목숨을 끊거나 가엾은 아기에게 해라도 입히지 않을까 염려되었기 때문에 끊임없는 감시를 받게 되었다.

　밤이 되자 헤스터의 반항은 더욱 심해졌다. 브래킷 간수는 욕설을 퍼붓기도 하고, 벌을 주겠다고 으름장을 놓기도 했지만 그녀가 끝내 진정될 기미가 보이지 않자 의사를 부르는 것이 좋겠다고 생각했다.

　간수의 말에 의하면, 그 의사는 개화된 의료법에 조예가 깊을 뿐만 아니라 토착민이 알고 있는 숲 속의 약초에 관해서도 정통한 사람이라는 것이었다.

　사실 의사의 도움은 헤스터 자신을 위해서만이 아니라 아기를 위해서도 더욱 절실했다. 엄마의 가슴으로부터 젖을 빨고 있는 아기는 엄마의 온몸에 스며 있는 혼란과 공포와 절망을 모두 흡수해 버리는 듯싶었다. 괴로움에 몸부림치며 자지러지듯 울고 있는 이 아기는 엄마가 이날 하루 종일 견디어내던 마음의 아픔을 그 조그만 몸뚱이에 강렬히 나타내고 있었다.

간수의 뒤를 따라 음침한 감옥 안으로 조용히 모습을 드러낸 의사는, 오늘 낮에 군중들 틈에 끼어 주홍글자를 달고 서 있던 여인을 관심 있게 지켜보았던 괴상한 모습의 사나이였다. 이 사나이는 감옥에 머무르고 있었는데, 무슨 죄가 있어서가 아니라 그의 몸값에 대해 이곳 관리들이 인디언 추장들과 해결할 때까지 그렇게 하는 것이 가장 편리하고 적절한 처사였기 때문이었다. 사나이는 로저 칠링워스라 불리었다. 자신이 데려온 사나이가 감옥 안에 들어서자마자 잠잠해진 데 놀란 간수는 멈칫 서 있었다. 아기는 줄곧 보채고 있었지만 헤스터 프린은 죽은 듯이 조용해졌다.

"환자와 단둘이 있게 해주겠소? 나를 믿으시오, 간수 양반. 곧 조용하게 해드릴 테니. 내 장담하지요, 이제부터 프린 부인이 당국의 말을 더 잘 듣게 해드리리다."

의사가 말했다.

"정말 그렇게 할 수만 있다면……"

간수인 브래킷이 대답했다.

"선생이 명의라는 걸 내 인정하지. 사실 저 계집은 꼭 귀신이라도 붙은 사람 같다니까. 채찍을 휘둘러서 마귀를 내쫓는 일이라면 나도 자신 있게 할 텐데."

낯선 사나이는 자칭 의사답게 감옥 안으로 들어섰다. 간수가 물러가고 여인과 단둘이 얼굴을 맞대었을 때도 사나이의 태도에는 조금도 변함이 없었다. 군중 속에 끼어 있던 이 낯선 사나이를 여인이 유심히 바라보았던 사실로 미루어 둘의 사이는 가까운 듯했다. 사나이는 먼저 아기를 보살펴주었다. 사실, 바퀴 달린 침대에서 몸부림치며 칭얼대는 아기의 울음소리를 들으면 우선적으로 아기를 달래줄 수밖에는 없었다.

사나이는 조심스레 아기를 진찰한 다음 옷 밑에서 꺼낸 가죽 가방을 열어젖혔다. 그 속에는 약이 들어 있는 듯했다. 사나이는 그중에서 약 하나를 꺼내어 컵에 넣고 물을 탔다.

"기왕에 연금술을 배운데다……."

이내 사나이가 말문을 열었다.

"약초의 효능에 정통한 사람들과 어울려 1년 남짓 지내온 덕분에 나는 박사 운운하는 작자들보다 더 나은 의사가 되었소. 자, 이걸 받으시오! 이 아기는 당신 아기지 결코 내 아기는 아니잖소. 내 목소리를 들어도 내 얼굴을 보아도 제 아비라고 생각지 않을 테니 이 약을 당신이 손수 먹이도록 하오."

헤스터는 눈앞에 내미는 약을 뿌리치면서 유난스레 근심 어린 눈초리로 사나이의 얼굴을 쳐다보았다.

"당신은 애꿎은 아기에게 앙갚음을 할 작정이세요?"

그녀는 속삭이듯 말했다.

"어리석기는!"

사나이는 냉정하면서도 일변 달래는 양 대답했다.

"무엇 때문에 가엾게 태어난 불의의 자식을 해친단 말이오? 이 약은 효능이 좋은 것이오. 그 아기가 내 자식일지라도 그렇소, 당신 자식이자 내 자식일지라도 그보다 좋은 약을 대접할 수는 없소."

사실 그녀의 정신이 아직 사리를 분별할 만한 상태가 아니었으므로 사나이가 두 팔에 아기를 안고 손수 약을 먹였다. 약은 이내 효능을 나타내며 의사의 말을 증명해 주었다. 어린 환자의 칭얼대는 소리가 가라앉고 이리저리 뒤치던 부대낌도 차츰 진정되더니, 괴로움이 사라지면 어린애들이 으레 그렇듯 잠시 후 아늑한 잠에 빠졌다. 의사라고 불러도 될 만한 사나이는 이어 아기 엄마를 돌보아주었다.

그는 조용하면서도 열성적으로 주의를 기울여 그녀의 맥을 짚어보고 눈을 들여다보았다. 무척 낯이 익으면서도 어딘지 모르게 차가운 그의 눈초리는 그녀의 가슴을 움츠러들게 만들었다. 이윽고 진찰에 만족한 사나이는 다른 약을 조제하기 시작했다.

"나는 레테[12]니 네펜테스[13]니 하는 것도 모르지만, 황무지에서 새로운 비법을 많이 배웠소. 이 약이 바로 그중 하나요. 파라켈수스[14] 때부터 전해 온 학문을 좀 나누어준 대가로 인디언 하나가 가르쳐준 처방이오. 어서 마셔봐요! 죄를 짓지 않은 양심이라면 효험이 크겠지만 그런 양심을 당신에게 줄 도리는 나에게 없소. 하시만 풍랑이 거센 바다 위에 기름을 부은 것 같은 당신의 부풀어오른 감정을 진정시켜 줄 거요."

사나이가 컵을 내밀며 말했다. 헤스터는 천천히 컵을 받아들이며 진지한 눈빛으로 사나이의 얼굴을 응시했다. 그 시선에 공포가 어렸다고 말할 수는 없었지만 사나이의 속마음을 자못 의심하는 눈빛이었다. 그녀는 고이 잠든 아기도 바라보았다.

"나는 차라리 죽었으면 좋겠다는 생각을 했어요. 아니, 죽음을 주십사 기도를 드리려고 했어요. 나 같은 것도 무엇을 바라고 기도를 드릴 수 있다면 말이에요. 하지만 이 컵 속에 죽음이 들어 있다면 내가 들이키기 전에 다시 한 번 생각해 보세요. 자, 보세요! 컵이 입술에 와닿았으니."

헤스터는 사나이를 향해 말했다.

---

12) 그리스 신화에 나오는 사후 세계의 강으로, 죽은 사람의 혼이 그 물을 마시면 자신의 과거를 모두 잊어버린다고 한다 – 옮긴이

13) 고대 이집트인 등이 고통이나 비탄을 잊기 위해 사용한 약초이다 – 옮긴이

14) Paracelsus(1493~1541). 스위스의 의학자이자 연금술사인 그는 시골 곳곳을 돌아다니면서 마법과 연금술과 점성학을 펼쳤지만 나중에는 돌팔이라고 배척당했다 – 옮긴이

"그렇다면 어서 마셔요."

사나이는 한결 같이 냉정하게 대답했다.

"헤스터, 당신은 그렇게도 나를 모른단 말이오? 내가 그처럼 소견이 좁다는 말인가? 설령 내가 복수의 흉계를 꾸미고 있다 하더라도 그 목적을 이루기 위해서는 당신을 살려두는 게 상책일 거요. 그러니까 당신의 생명을 해치거나 위태롭게 하는 것을 낫게 해주는 약을 주는 것이 가장 좋은 수단이지. 그렇게 하면 불길 같은 그 치욕의 표식을 당신 가슴에 항상 빛나게 할 수 있으니 말이오!"

사나이가 말을 하면서 길쭉한 집게손가락을 주홍글자 위에 얹었다. 그러자 글자는 마치 이글이글 타오르고 있었던 양 그녀의 가슴 속을 태우고 들어가는 듯싶었다. 헤스터가 무심결에 움찔하는 모습을 본 사나이는 빙그레 미소를 지었다.

"그러니까 살아서 다른 사람들 앞에서도, 남편이었던 사나이 앞에서도, 그리고 저 아기 앞에서도 당신의 운명을 짊어지고 다니란 말이오! 자, 살기 위해서 어서 이 약을 마셔요."

헤스터 프린은 더 이상 대꾸도 않고 이내 컵을 비워버렸다. 그리고 그가 하라는 대로 아이가 잠들어 있는 침대 위에 걸터앉았다. 사나이도 하나밖에 없는 방 안의 의자를 끌어당겨 헤스터 옆에 자리를 잡았다. 사나이의 치밀한 태도를 본 헤스터는 파르르 떨리는 몸을 억제할 수 없었다. 왜냐하면 지금 그가 육체적 고통을 덜어주기 위해 한 일이 모두 인정이나 무슨 도덕적 원칙 혹은 세련된 잔인성에 이끌려 마지못해 한 것이라면, 이제부터는 그녀 때문에 치유될 수 없는 상처를 가장 깊게 입은 남자로서 자신을 대할 것이라고 느꼈기 때문이었다.

"헤스터, 나는 당신이 그런 구렁텅이에 빠지게 된 사정을, 아니 내가 당신을 발견했던 그 치욕의 처형대 위로 올라서게 된 이유도 사정도 묻고 싶지 않소. 그 이유를 짐작하기 어려운 것은 아니오. 내가 어리석었고 당신이 나약했기 때문이지. 사색을 즐기고 커다란 서고의 책벌레에 지나지 않으며 지식에 주린 꿈을 꾸느라 가장 좋은 세월을 허송한 나 같은 시든 사람이 당신처럼 젊은 미녀와 무슨 연분이 있었겠느냐 말이오! 날 때부터 병신인 주제에 젊은 색시의 눈에 비추는 육체적인 병신의 티쯤이야 타고난 지성으로 감추어질지도 모른다는 엉뚱한 생각으로 나 자신을 속였다니! 세상 사람들은 나보고 현명하다고들 하지만 현자가 제 자신을 위해 현명하다면 나는 처음부터 이런 모든 일들을 짐작했어야 했겠지. 저 광막하고 황량한 숲을 나와 이 기독교도들의 식민지에 들어섰을 때 내 눈에 처음 들어올 모습이 군중들 앞에 치욕의 상(像)처럼 서 있는 당신, 헤스터 프린이라는 사실을 알았어야 했던 거요. 어찌 그뿐이겠소? 우리들이 신혼부부가 되어 어깨를 나란히 하고 그 교회의 오래된 돌층계를 내려서는 순간부터 우리 삶의 저 한 끝에서 타오르는 주홍글자의 큰 불길을 보았어야 했던 거요!"

"당신도 알고 있겠지만, 나는 항상 당신한테 솔직했어요."

헤스터는 너무나 비통한 심정이었기에 지금 치욕의 정표를 조용히 찌르는 이 마지막 일격만큼은 도저히 참을 수가 없었다.

"나는 당신에게 정이 들어본 적도 없었고 또 당신을 사랑하는 척한 적도 없었어요."

"옳은 말이오."

사나이가 대답했다.

"좀 전에도 말했듯이, 모두 내가 어리석었던 탓이오! 내 생애에서 그날이 올 때까지 나는 인생을 헛되이 살았던 거요. 도무지 세상은 재미가 없었지. 내 가슴은 많은 손님을 맞아들일 만큼 너그러웠지만 외롭고 싸늘하고 아늑한 불기 하나 없었소. 나는 거기에다 불을 지피고 싶었다오! 비록 나는 늙고 침울한 불구자였지만, 세상에 널리 흩어져 있어 누구든지 주울 수 있는 그 단순한 행복을 나도 얻을 수 있다고 생각한 것이 그리 엉뚱한 꿈은 아닌 듯싶었소. 헤스터, 나는 내 가슴속 가장 깊은 곳으로 당신을 끌어당겨 당신이 있음으로 해서 생긴 따뜻한 온기로 당신을 녹여주려고 했었다오!"

"나는 당신에게 몹쓸 짓을 했어요."

헤스터가 중얼거렸다.

"그것은 나도 마찬가지라오."

사나이가 말을 이었다.

"마치 꽃봉오리 같은 당신의 청춘을 유혹해 시든 나와 진실 아닌 부자연스런 인연을 맺게 했을 때 이미 나는 못할 짓을 저지른 셈이지. 나는 인생의 의미를 사색하고 깨닫고자 하는 인간일 뿐 당신에게 복수를 하거나 흉측스런 짓을 할 생각은 없소. 이제 당신과 나 사이의 저울은 균형을 잡게 된 셈이오. 그렇지만 헤스터, 우리 두 사람을 망친 그놈은 끄덕 없이 살아 있을 테지! 도대체 그게 누구요?"

"그건 묻지 마세요!"

헤스터는 사나이의 얼굴을 도도하게 마주보면서 대답했다.

"그것만은 절대로 당신에게 말할 수 없어요!"

"말을 해줄 수 없단 말이지!"

침울하지만 자신만만한 미소를 띠며 사나이가 되물었다.

"절대로 말을 해줄 수가 없다고! 그러나 헤스터, 실상 바깥세상에서나 혹은 어느 정도 눈에 보이지 않는 상상의 세계에서도 열렬히 비밀을 밝히려고 거리낌 없이 나서는 사람의 눈길을 피할 수는 없는 법이오. 당신은 비밀을 들추어내기 좋아하는 군중들이 모르게 비밀을 감출 수 있을지도 모르오. 그리고 오늘 목사와 관리들이 당신 가슴속에 간직한 사나이의 이름을 끄집어내 당신과 처형대 위에 나란히 세우려고 했을 때 그들의 눈길이 미치지 않게 비밀을 감출 수도 있었겠지. 하지만 나는 그들과는 다른 판단력을 가지고 비밀을 밝히러 왔소. 나는 책에서 진리를 발견하고 연금술로 금을 얻으려 했듯이 그 자를 찾아내고야 말겠소. 내게는 그자를 알아낼 수 있는 교감력이 있소. 내가 옆에만 가면 그자가 벌벌 떠는 꼴이 눈에 띌 테지. 그리고 니도 모르게 갑자기 내 자신이 떨리는 것을 느끼겠시. 소만간 그자는 내 손아귀에 들어오고야 말걸!"

주름진 학자의 두 눈이 이글이글 불타오르며 헤스터 프린을 노려보고 있었다. 그녀는 당장이라도 가슴속의 비밀이 드러날까 두려워 가슴 위로 두 손을 꼭 마주잡았다.

"끝내 그자의 이름을 밝히지 않겠다는 말이지? 그렇지만 결국 그놈은 내 손아귀에 들어오고야 말걸."

사나이는 마치 운명의 신이 자기편인 양 자신만만한 표정으로 말을 이었다.

"그자는 당신처럼 치욕스러운 글자를 옷에 수놓고 다니지는 않겠지만 나는 그의 심장 위에 새겨진 글자를 알아낼 수 있소. 하지만 아직 걱정할 필요는 없소. 하나님이 친히 내리시는 형벌에 내가 참견을 하려거나 혹은 나에게 손해가 되는 일이지만 그자의 이름을 밝혀서 인간이 마련한 법률의 손아귀로 몰아넣는 짓을 하리라고 생각지는 마오. 그리고 내가 그자의 생명을 해치려고 무슨 흉계를 꾸민다거나, 내 판단대로 명성깨나 높은 사람이라면 그 명예를 더럽히려 한다고도 생각지 마오. 오히려 그냥 살려둬야 해! 세상의 명예 속에 숨어 있을 수 있다면 그래 보라지! 끝내 그자는 내 손아귀에 들어오고야 말 테니까!"

"당신이 하려는 행동은 자비스럽게 보이지만, 말을 듣고 있으려니…… 당신은 아주 끔찍스러운 사람이군요!"

헤스터는 무서움에 어쩔 줄 몰라 하며 말했다.

"지난날 내 아내였던 당신에게 한 가지 일러둘 말이 있소."

학자는 말을 이어 나갔다.

"당신이 정부(情夫)의 비밀을 지켜왔듯이 내 비밀도 지켜주어야 하오! 이곳에는 나를 아는 사람이 아무도 없으니 과거에 당신이 나를 남편이라고 불렀다는 사실을 절대로 밝히지 마시오! 나는 지구의 한 귀퉁이인 황량한 이곳에 나의 천막을 세우겠소. 왜냐하면 다른 곳에 가면 나는 한갓 떠돌아다니는, 남들과 아무런 인연도 없는 사람이었소. 하지만 여기에는 나와 끊을래야 끊을 길 없는 인연이 깊은 한 여인과 한 남자와 한 아기가 있단 말이오. 그것이 사랑이건 미움이건 또는 옳은 것이건 그릇된 것이건 상관없소. 헤스터 프린 당신도, 당신의 그자도 내 수중에 있는 것이나 마찬가지요. 내 집은 바로 당신이 있는 곳이며 또한 그자가 사는 곳이오. 그러나 내 정체가 탄로나서는 안 돼!"

"어째서 내게 그런 것을 원하는 거죠? 정체를 밝히지도 않으면서 무엇 때문에 나와 인연을 끊지도 않는 거죠?"

헤스터는 눈에 보이지 않는 인연을 생각하고 움찔하며 말했다.

"아마도 그것은, 부정한 아내에게 배신당한 남편이 당하는 치욕을 겪고 싶지 않아서요. 그 밖의 이유가 또 있을지 모르지만, 어쨌든 남모르게 살다가 죽는 것이 내 소원이오. 그러니 세상 사람들에게는, 당신 남편은 이미 죽어 없어져 영원히 아무 소식도 오지 않는 사람으로 해두시오. 혹여 나를 만나더라도 말로나 태도로나 표정으로나 부디 아는 척도 하지 마오! 그리고 누구보다도 당신 정부에게는 절대로 비밀을 누설하지 마시오. 만약 이를 어길 시에는 그 작자의 명예도 지위도 생명도 내가 마음대로 한다는 사실을 명심하시오! 알겠소?"

사나이가 대답했다.

"그분과 마찬가지로 당신의 비밀도 지키겠어요."

헤스터가 말했다.

"맹세하시오!"

사나이의 말에 그녀는 맹세를 했다.

"자, 그러면 프린 부인. 당신을 혼자 두고 가겠소. 저 아기와 주홍 글자만 남기고! 기분이 어떠시오, 헤스터? 당신에게 선고된 판결문에는 잘 때도 저 글자를 달고 있으라고 쓰여 있다지? 그래, 당신은 가위에 눌리거나 끔찍스런 꿈을 꿀까봐 무섭지는 않소?"

앞으로 로저 칠링워스라 불리우게 될 사나이가 말했다.

"어째서 나를 보고 그렇게 웃는 거죠? 당신은 시내 변두리에 있는 숲 속에 자주 나타나는 악마와 같은 분인가요? 나를 함정에 빠뜨려 내 영혼을 올가미 속으로 꾀어 넣을 작정이세요?"

헤스터는 사나이의 눈초리를 보며 괴로운 듯이 물었다.

"당신 영혼이 아니오."

칠링워스가 다시 빙그레 웃으며 대답했다.

"아냐, 당신의 영혼은 아냐!"

바느질하는 헤스터

마침내 감옥살이가 끝난 헤스터 프린은 감옥 문이 열리자 햇빛 속으로 걸어나왔다. 어느 것 하나 빠짐없이 비추어주는 햇빛도 병들고 지친 그녀의 심정에서 보면 그저 가슴의 주홍글자를 환히 밝혀주는 것 외에 아무런 목적도 없는 듯했다. 그녀는 많은 사람들이 무리를 지어 뒤따라오고 그들에게 구경거리가 되었던 때보다도, 지금처럼 뒤따르는 사람 하나 없이 처음으로 혼자서 감옥 문턱을 걸어나오면서 한층 더 뼈저린 고통을 느꼈을지도 모른다. 그때 몰려나왔던 구경꾼들은 손가락질을 하며 헤스터를 치욕의 상징으로 삼았었다. 당시 그녀는 불가사의하게 긴장된 신경과 성격이 지닌 투지로 버티고 서 있었으며, 바로 그 때문에 그녀는 그 장면을 일종의 처참한 승리로 바꿔놓을 수 있었다. 게다가 일생을 통해 단 한번밖에 일어나지 않는 이 사건은 특별하고도 독립된 것으로, 그것에 대처하기 위해 다년간 조용히 살아가는 데 쓰고도 남을 생명력을 아낌없이 쏟아낼 수 있었다. 그녀에게 유죄를 선고한 법률 자체—준엄한 허울을 쓴 그 무쇠 같은 팔에는 인간을 파괴할 수 있는 힘은 물론 용기를 주는 힘도 있다─가 그녀에게 욕을 보이는 무서운 시련을 통해서 그녀를 지탱해 주었던 것이었다.

그러나 지금은 아무도 뒤따르지 않은 채 감옥 문에서 걸어나오는 것과 동시에 헤스터의 일상은 다시 시작되었다. 그녀는 본성이 지닌 힘으로 그 생활의 무게를 지탱해 나가든지 아니면 그 밑에 쓰러질 수밖에 별 도리가 없었다. 내일은 내일의 시련이 있을 것이고, 다음 날도 또 그다음 날도 마찬가지리라. 이처럼 모든 날들은 제각기 다른 시련을 싣고 닥쳐올 것이며, 그 시련들은 형언할 수 없을 정도로 몹시 고통스러운 지금의 시련과 매한가지리라. 먼 미래의 나날도 그와 똑같은 짐을 동반하고 서서히 다가올 것이며, 그녀로 하여금 그 짐을 짊어지고 끝까지 가게 할 뿐 결코 내려놓을 수는 없을 것이다. 또한 날이 가고 해가 바뀜에 따라 산더미같이 쌓인 치욕 위에 괴로움도 덧붙여지리라.

그처럼 긴 세월 동안 그녀는 개성을 잃어버리고 마침내 설교자나 도덕주의자들이 여인의 나약함과 죄 많은 정열의 정체를 뚜렷이 지적할 수 있는 일반적인 상징이 되고 말 것이다. 그리하여 순결한 젊은이들은 가슴 위에 주홍글자가 불타고 있는 그녀를─점잖은 양친의 딸이며 장차 어엿한 여인이 될 아기의 어미이며 지난날에 순결했던 그녀를─해의 상징으로 죄의 육체로 그리고 죄의 실체(實體)로서 바라보라고 가르쳐질 것이다. 그리고 그녀의 무덤에는 그녀가 내세까지 지고 가야 할 치욕만이 유일한 비석이 될 것이다.

헤스터가 받은 판결문에는 이처럼 외지고 고적한 청교도 식민지로 거주지를 제한한다는 조항은 없었다. 그러니 자유로운 천지가 그녀의 눈앞에 활짝 펼쳐져 있는 셈이었다. 그녀는 고향으로 돌아가거나 유럽의 어느 땅이라도 찾아가 새로운 사람이 된 양 새로운 모습으로 자신의 내력이나 정체를 숨기면서 살 수도 있었다. 또한 미지의 깊고 어두운 숲으로 들어가 그녀에게 유죄를 선고한 법률과는 다른 풍습과 생활로 살아가는 사람들과 동화되어 살 수도 있었을 것이다. 그런데도 오직 치욕의 상징뿐인 이 고장을 구태여 자신의 고향이라고 불렀다는 것은 정말 놀랄 만한 일이다. 그러나 이 세상에는 숙명, 이를테면 거역할 수도 뿌리칠 수도 없는 운명적인 힘을 지닌 감정이란 것이 있다. 바로 이 때문에 사람들은 그들의 일평생을 어떤 색채로 물들게 한, 중대하고 특별한 사건이 일어났던 장소의 주변을 유령처럼 떠나지 못하고 배회하기 마련인 것이다. 게다가 그런 감정을 억제하지 못하면 못할수록 인간의 일생을 슬프게 하는 색채는 더욱더 암담해진다.

헤스터의 죄와 치욕은 그녀가 땅 속에 박아놓은 뿌리와도 같았다. 그것은 마치 첫 탄생보다도 동화력이 강한 새 생명이, 그녀 이외의 순례자나 방랑자도 마음에 들지 않는 수풀지대를 헤스터 프린을 위해 황량하고 스산한 그러나 일평생 살 고향으로 바꾸어준 것 같았다. 그녀에게는 이 세상의 그 어떤 곳, 심지어 행복했던 소녀 시절과 순결한 처녀 시절이 옛날에 벗어놓은 옷처럼 아직도 어머니 품에 고이 간직되어 있을 성싶은 영국의 시골 두메산골까지도 이곳에 비한다면 하나같이 서먹서먹한 고장들이었다. 그녀를 이곳에 매어놓은 무쇠 고리로 만든 쇠사슬은 그녀의 가슴을 속속들이 아프게 쑤셔 놓았지만 도저히 끊어버릴래야 끊어버릴 수가 없었다.

헤스터는 감춰둔 비밀이 자신도 모르게 구멍에서 기어나오는 뱀처럼 그녀의 가슴속에서 꿈틀거리며 기어나오려 할 때마다 파랗게 질리곤 했다. 하지만 틀림없이 또 다른 감정이 그녀에게 치명상을 입혔던 장소와 오솔길에 그녀를 얽매이게 했을지도 모른다. 그곳에는 그녀와 인연의 끈으로 묶인 누군가가 살고 있었다. 비록 이 세상에서는 용납받지 못할 결합일지라도 최후의 심판대에 함께 서게 되는 그 자리를 결혼의 제단으로 삼아 마침내 둘이 영원토록 끊임없는 징벌을 받게 될 것이다. 영혼을 유혹하는 악마는 헤스터의 머릿속에 이런 생각을 떠밀어놓고, 그녀가 붙잡고 있던 열정적이고 절망적인 기쁨을 비웃은 적이 한두 번이 아니었다.

헤스터는 그런 생각을 곧이곧대로 대하기가 힘들어 머릿속 한구석에 얼른 가두고 빗장을 질렀다. 그녀가 억지로 믿으려 했던 것, 즉 앞으로 계속해서 뉴잉글랜드의 주민이 되겠다는 동기로 그녀가 생각해 낸 결론은 반은 진실이요, 반은 자기 기만이었다. 헤스터는 혼자서 생각했다.

'죄를 범한 데가 바로 여기이니 지상에서의 형벌은 마땅히 여기서 받아야지. 그러면 아마 나날이 겪는 치욕의 고통이 급기야 영혼을 정화시켜 이미 잃어버린 것과는 다른 또 하나의 순결을 마련하게 되는지도 모르지. 고난을 겪었기 때문에 더 한층 성자다운 순결을 얻게 될지도 모를 것이다.'

그런 생각에 헤스터 프린은 이 고장을 떠나지 않았다. 반도의 변두리에 못 미쳐 인가와 그리 가깝지 않은 마을 외곽에 오두막집 한 채가 있었다. 초기의 개척자가 세운 이 오두막은 주변의 땅이 너무나 척박한 나머지 경작을 할 수 없기에 버려진 것이었다. 게다가 다른 곳과 동떨어져 있어 그 당시에 벌써 이주민들의 관습이었던 사교 생활권의 밖에 놓여 있었다. 바닷가에 자리잡은 오두막집은 협만 너머로 숲이 뒤덮인 구릉을 서쪽으로 바라보고 있었다.

이곳 반도에서만 자라는 키 작은 나무숲은 이 오두막집을 눈에 띄지 않게 가려주고 있다기보다 오히려 여기에 감추어지기를 바라는 혹은 꼭 감추어져야만 할 무언가가 있다는 것을 풍기고 있는 듯이 보였다. 헤스터는 여전히 자신에 대한 감시를 게을리하지 않는 당국의 허가를 얻어 이 조그맣고 고적한 집에 아쉬운 세간살이를 마련하고 아기와 함께 자리를 잡았다. 자리를 잡기가 바쁘게 이상스러운 의심의 그림자가 깃들었다. 이 여인이 인간의 자비심이 미치지 못하는 데서 살아야 하는 까닭을 도무지 이해하지 못하는 철모르는 어린 아이들은 집 가까이까지 살며시 다가와 헤스터가 창가에서 바느질을 하거나 문간에 서 있거나 옹색한 뜰 안에서 일을 하거나 혹은 시내로 통하는 큰 길로 나오는 모습을 바라보곤 했다. 아이들은 그녀의 가슴에 달린 주홍글자를 보기만 하면 이상하게 전율하는 공포를 느끼는 듯 모두들 달아나곤 했다.

헤스터는 찾아올 벗 하나 없이 외로운 처지였지만 궁색하지는 않았다. 한 가지 재간을 가진 그녀는 그 솜씨를 발휘하기에 고장의 크기가 좀 작기는 했지만 한창 자라는 아기와 자신의 끼니를 해결하는 데는 무리가 없었다. 그 솜씨는 예나 지금이나 마찬가지로 여인이 유일하게 가질 수 있고, 쉽게 할 수 있는 바느질이었다. 그녀는 가슴 위에 기묘하게 수놓은 글자로써 자신의 섬세하고 상상력이 풍부한 독창적인 본보기를 보여주고 있었다.

그 솜씨는 좀 더 화려하고 고상한 장식을 더하기 위해 궁중의 귀부인들도 기꺼이 비단과 금으로 된 옷감을 내어줄 정도로 정교했다. 실상 청교도풍 복장의 일반적인 특징이 수수한 검정색이었던 이 고장에서는 그녀의 솜씨로 지은 화려한 제품을 요구하는 일은 드물었을지도 모른다. 그러나 이런 종류의 옷이라면 으레 정교하게 공들인 제품을 요구하는 그 당시의 취향은 우리의 엄격한 조상들에게도 영향을 미쳤던 것이다. 사실 그네들은 고국에서라면 없이 지내기가 못내 아쉬운 갖가지 유행들을 내동댕이쳐 버렸던 사람들이었다. 성직자 임명식이나 관리들 취임식 또는 새 정부가 국민을 상대로 하는 갖가지 행사에 위엄을 갖추게 하는 따위의 공적인 의식들은 정책상 어마어마하고 짜임새가 훌륭한 격식과 소박하면서도 정성어린 장엄함을 갖추고 있었다.

높직한 주름 깃, 공을 많이 들인 허리띠, 호화롭게 수놓은 장갑 등은 세도당당한 관리들의 위엄을 위해 모두 필요한 것들이었다. 이런 것들은 물론이고 이와 비슷한 사치를 일반 평민에게는 사치 단속령을 내려 금시했을 때조차 지위나 재산으로 위엄을 갖춘 사람들에게는 너무 쉽게 허용되었던 것이다. 장례용 옷가지를 마련하는 데 있어 ─ 시신에게 입히는 수의, 유가족들의 슬픔을 나타내기 위해 검은 헝겊이나 눈같이 새하얀 무명으로 꾸며내는 갖가지 상징적인 의장(意匠) ─ 해스터 프린의 노동력이 각별히 요구되는 일도 종종 있었다. 이 밖에도 ─ 당시 관습으로 아기들도 의식용 예복을 입어야 하는 경우가 있었기 때문에 ─ 아마(亞麻) 소재의 유아복을 만드는 것도 돈을 버는 또 하나의 일거리가 되었다.

헤스터의 수예품은 제법 빠르게, 시쳇말로 유행물이 되었다. 비참한 운명이 정해진 여인을 측은히 여겨서인지, 보잘것없고 값어치 없는 것에도 엉뚱한 가치를 부여하려는 병적인 호기심 때문인지, 오늘날처럼 그 당시에도 다른 사람들은 구하려 해도 구할 수 없는 것을 어떤 부류의 사람들은 쉽게 구할 수 있는 미묘한 사정이 있었기 때문인지, 혹은 그녀가 아니었더라면 채우지 못할 틈새를 그녀가 채워 주었기 때문인지 여하튼 헤스터가 원하는 시간 동안 바느질만 하면 상당한 수입의 일거리는 늘 있었다. 아마도 호화롭고 장엄한 의식을 치르는 곳에서 그녀의 죄 많은 손으로 바느질한 옷을 차려입는 것으로 자신의 허영심을 억눌러야 함을 깨닫고자 한 것인지도 모른다.

헤스터가 수놓은 자수는 총독의 주름 깃 위, 군인들의 목도리, 그리고 목사들의 허리띠에 새겨졌다. 그것은 아기의 작은 모자에 장식되기도 했다. 또한 죽은 이의 관 속에도 넣어진 채 곰팡이가 슬어 사라지기도 했다. 그러나 신부의 천진스러운 수줍음을 가려줄 하얀 면사포에 수를 놓아달라고 그녀의 익숙한 솜씨를 요구해 왔다는 기록은 단 한번도 없다. 이와 같은 예외는 이 사회가 언제나 매정하게 인상을 찌푸리고 그녀의 죄를 줄곧 지켜보고 있다는 사실을 뜻하는 것이었다.

헤스터 자신은 될 수 있는 한 검소하게 그리고 기본적으로 생계를 유지할 수 있는 것 이상은 바라지도 않았다. 아기를 위해서는 간단한 일용품만 충분히 줄 수 있으면 그것으로 만족했다. 그녀 자신의 옷은 가장 초라한 천에 음침한 빛깔이었고, 장식품이라고는 주홍글자 단 하나뿐인데 그것을 달지 않으면 안 되는 것이 그녀의 운명이었다. 반면 환상적으로 상상력이 풍부해 보이는 아기의 옷 모양은 어린 소녀에게서 일찌감치 싹트기 시작한 꿈결 같은 매력을 돋보이게 해주었다. 그러나 그것은 보다 더 깊은 뜻을 지니고 있는 것 같기도 했다. 이에 관해서는 나중에 이야기하기로 하자. 헤스터는 아기를 곱게 차려입히는 데 드는 약간의 비용을 제외한 나머지 돈을 가없은 사람들에게 모두 베풀었다. 하지만 그 사람들이 그녀의 신세보다 더 비참할 것도 없었으며, 오히려 그들은 자기들에게 베푸는 헤스터의 손길에 침을 뱉기가 일쑤였다.

헤스터는 자신의 솜씨를 좀 더 보람 있게 쓸 수 있도록 많은 시간을 내어 가난한 사람들에게 소박한 옷가지들을 만들어주었다. 어쩌면 그 같은 일을 속죄를 위한 고행의 과정이라고 생각했거나 또는 힘든 바느질에 많은 시간을 바침으로써 자신의 향락을 진정한 제물처럼 말끔히 바쳐버리고 싶었는지도 모른다. 헤스터는 화려하고 요염한 동양품의 특색, 즉 찬란하게 아름다운 것에 대한 취향을 가지고 있었다. 하지만 생활에 있어 능란한 바느질을 빼놓고는 이와 같은 취향을 살려본 적이 없었다. 여인이란 섬세한 바느질 속에서 사나이들이 모르는 쾌감을 맛보기 마련이다. 헤스터 프린에게 있어 바느질은 삶에 대한 그녀의 열정을 표현하는 동시에 그 열정을 식히는 방법이기도 했다. 그녀는 온갖 기쁨을 물리친 것과 마찬가지로 이와 같은 열정마저도 죄스러운 것으로 어거 거역했다. 이처럼 내수롭지 않은 일에도 병적이라 할 만큼 일일이 양심이 참견한다는 것은 그녀의 뉘우침이 진실되고 착실한 것이 아니라 무언가 확신이 없는 것, 근본적으로 뭔가 크게 잘못된 것이 아닌지 적이 의심스럽다.

이런 식으로 헤스터 프린은 이 세상에서 자신이 할 수 있는 일을 마련하게 되었다. 비록 카인의 이마에 찍힌 낙인보다도 여인의 심정으로 더 견디기 힘든 낙인을 가슴에 달았다지만, 천성이 강하고 뛰어난 재능을 타고났기에 세상은 그녀를 아주 저버릴 수 없었다. 그러나 사회와 접촉하는 동안 자신도 분명히 그 사회의 한 사람이라는 생각을 갖게 한 것이라곤 아무것도 없었다. 그녀가 만나는 사람들의 언행, 심지어 침묵까지도 그녀가 세상에서 쫓겨난 여인으로서 마치 다른 세계 사람처럼 혹은 여느 사람과는 다른 기관과 감각으로 소통하는 외떨어진 존재라는 것을 은근히 비추거나 또는 직설적으로 말하는 일도 종종 있었다.

헤스터는 세상의 관심사에서 멀리 떠나 사는 듯했으나 실상은 그 가까이에 머물러 있었다. 그것은 친숙한 가정의 난롯가를 유령이 다시 찾아와도 더 이상 자신의 몸체를 보일 수도 느끼게 할 수도 없고,

단란한 가정의 기쁨을 미소로 반길 수도 혈육의 슬픔을 더불어 나눌 수도 없으며, 또한 자신에게 금지된 동정을 베푸는 데 성공한다 해도 고작 공포와 소름 끼치는 혐오를 불러일으킬 따름인 경우와 다름없는 것이었다. 사실상 헤스터로 하여금 그나마 세상 사람들과 교류할 수 있게 만드는 유일한 것은 바로 이 같은 감정과 아울러 쓰디쓴 조소였다. 이 당시는 동정심이 많은 시대가 아니었다. 그래서 헤스터는 자신이 처해 있는 상황을 잘 이해하고 있었을 뿐만 아니라, 아무리 잊으려 해도 잊을 수 없었던 민감한 상처를 세상 사람들이 마구 건드릴 때면 그것을 새로운 고통으로 받아들이고 자신의 신세를 다시 한 번 뼈저리게 느끼곤 했다.

앞서 말했듯이, 가난한 사람들은 헤스터가 선심을 베풀기 위해 찾아낸 대상이었지만 그들을 도우려고 내민 손길은 도리어 번번이 빈축을 샀다. 귀부인들 역시 그녀가 일 때문에 문을 두드리면 그녀의 가슴에 쓰디쓴 물을 끼얹기가 일쑤였다. 때로는 여인네들이 평소 보잘것없는 것들을 원료로 삼아 기묘한 독약을 만들어내며 천연스런 악의를 드러내는 연금술을 부렸고, 때로는 부스럼투성이의 상처를 호되게 쥐어박듯이 헤스터의 막을 길 없는 가슴속에 야비스런 수작을 마구 퍼부었다. 그러나 오랫동안 자신을 잘 다루어온 헤스터는 이런 공격 따위에는 아예 맞서지도 않았다. 한순간 파리한 두 볼을 붉게 물들인 홍조는 이내 가슴속 깊숙이 가라앉아 버리는 것이었다. 정말이지 그녀는 참을성 많은 순교자와도 같았다. 하지만 원수들을 위해 기도하지는 않았다. 사실 그들을 용서하고 싶은 마음도 간절했으나 그들의 축복을 비는 말이 짓궂게도 삐뚤어져 나가 도리어 저주하는 말로 들리지나 않을까 걱정스러웠기 때문이다.

헤스터는 영원불멸한 청교도 법정의 유죄 선고로 말미암아 교묘하게 마련된 고뇌가 가슴에서 쉴 새 없이 몸부림치는 것을 느꼈다. 가던 걸음을 멈춘 목사가 길거리에서 헤스터에게 훈계를 할 때면 많은 사람들이 모여들어 가엾고 죄 많은 여인을 에워싸고 이맛살을 찌푸리며 조소를 보냈다. 만민의 아버지인 하나님이 안식일에 짓는 따스한 미소를 바라고 헤스터가 교회당에 들어가면 불행히도 자신의 행실이 설교의 내용이 되어 있음을 알고 괴로울 때가 많았다. 그녀는 차츰 아이들이 무서워졌다. 왜냐하면 아이 하나만을 길동무 삼아 묵묵히 마을을 거니는 이 쓸쓸한 여인이 어딘지 무섭다는 막연한 생각을 아이들도 어렴풋이나마 부모한테서 얻어들었기 때문이다. 그래서 아이들은 우선 그 여인을 지나가게 내버려두었다가 얼마만큼 사이를 두고 뒤따르며 아우성을 쳐댔다. 별다른 뜻 없이 무의식중에 쏟아내는 아이들의 말도 헤스터의 귀에는 끔찍스러운 말로 들렸다. 이런 사실로 미루어 헤스터의 치욕은 산지사방으로 널리 알려져 마침내 세상 만물 모두가 알고 있는 듯싶었다.

설사 이런 암담한 이야기를 나뭇잎새들이 소곤거렸던들, 한여름의 산들바람이 중얼거렸던들, 모진 겨울바람이 요란스레 외쳐댔다고 헤스터에게 이보다 더 쓰라린 괴로움을 주지는 않았을 것이다! 낯선 사람들의 시선이 자신을 향할 때 헤스터는 색다른 고통을 느꼈다. 그들이 호기심에 찬 눈으로 주홍글자를 바라다보면─그것을 쳐다보지 않는 사람은 거의 없었다─그것은 헤스터의 영혼 속에 새삼스레 아로새겨지는 것이었다. 그럴 때면 주홍글자를 손으로 가리고 싶은 마음이 굴뚝 같았지만 언제나 그대로 내버려두었다. 한편 낯익은 시선 역시 그 나름대로 고통을 일으켰다. 친숙한 사람의 차디찬 눈초리는 정말이지 견디기 힘든 것이었다. 요컨대 사람의 눈길이 그 표적 위로 쏠리기만 하면 헤스터는 영락없이 무서운 고뇌를 느꼈다.

그 표적이 달린 자리는 둔감해지기는커녕 오히려 나날이 받는 고통으로 인해 한층 더 예민해지는 듯싶었다.

그러나 이따금, 며칠 혹은 몇 달에 한 번쯤 헤스터는 그 치욕의 낙인을 바라보는 하나의 시선을 느꼈다. 그 시선은 마치 그녀가 겪는 고뇌를 반이라도 나누어 갖겠다는 듯 잠시나마 그녀를 위로해 주는 듯했다. 하지만 다음 순간 괴로움이 온통 되살아나면서 한층 더 격한 괴로움이 밀물처럼 밀어닥쳤다. 왜냐하면 그 짧은 순간에 헤스터는 또 하나의 죄를 지었기 때문이다. 헤스터 혼자서 죄를 지었던가?

헤스터의 상상력은 야릇하고도 고독한 삶의 고통으로 인해 적이 달라졌다. 만일 그녀의 도덕과 지성의 바탕이 좀 더 섬세했더라면 아주 많이 달라졌을지도 모른다. 겉으로만 인연을 맺고 있는 이 비좁은 세상을 외로운 발걸음으로 이리저리 거닐고 있으면 헤스터는 문득 자신에게 새로운 감각을 마련해 준 것이 주홍글자라는 느낌과 생각이 들기도 했다. 그것은 한낱 공상에 지나지 않았을지도 모르겠지만 공상치고는 너무나 강렬해서 뿌리치기가 힘들 정도였다. 헤스터는 그 때문에 남의 마음속에 감추어진 죄를 알아차리는 힘을 얻었다고 생각하자 이내 온몸에 전율을 느꼈지만 그것을 믿지 않을 수 없었다.

도대체 그것은 무엇이었을까? 그것은 악마의 흉측한 속삭임이 아니었을까? 그리고 이 악마는 자기 손아귀에 아직 절반밖에 끌어안지 못한 몸부림치는 이 여인에게 겉으로 순결한 체한다는 것은 한갓 거짓에 지나지 않는다든가 또는 이 세상 어디에서나 진실만을 나타내야 한다면 헤스터 프린 이외의 수많은 사람들 가슴에서도 주홍글자가 타올라야 한다고 말하고 싶었던 것이 아닐까? 또한 그녀는 지극히 흐리멍텅하면서도 분명한 이와 같은 암시를 진실로 받아들여야 하는 것일까? 그녀가 겪은 모든 비참한 경험 중에서도 이런 감각처럼 무섭고 소름 끼치는 것은 없었다. 게다가 이런 느낌이 계제를 가리지 않고 불쑥 불쑥 나타나는 바람에 헤스터는 깜짝 놀라고 당황하는 일이 적지 않았다. 때로는 그 당시 천사와 친교를 맺고 있는 인간으로 간주되어 우러러보았고, 경건과 정의의 본보기로서 존경받던 신성한 목사나 관리들 옆을 지나치노라면 그녀의 가슴에 단 붉은 치욕의 표적은 무엇인가를 느끼는 듯 뛰었다. 그럴 때마다 헤스터는 혼잣말로 중얼거렸다.

'내 곁에 있는 것은 도대체 어떤 악마일까?'

마지못해 눈을 들어 바라보면 눈길이 미치는 곳에는 세상의 성자 모습 외에 인간다운 모습은 아무것도 눈에 띄지 않았다! 또 세상 사람들의 소문에 의하면, 일평생 차가운 눈[雪]을 가슴속에 안고 지냈다는 어떤 여인네의 고결한 척 찌푸린 얼굴을 대할 때 짓궂게도 서로 자매라는 완강한 의식이 솟구쳐 올랐다.

햇빛을 받지 못해 그 여인네의 가슴속에 차갑게 남아 있는 눈과 헤스터 프린의 가슴을 불태우는 치욕의 표적이 공통으로 가지고 있는 것은 도대체 무엇일까? 다시 한 번 섬뜩한 전율이 일어나며, '보라, 헤스터여, 여기에도 너의 짝이 있다!' 하고 그녀의 정신을 일깨워주었다. 그래서 그녀가 고개를 들어 바라보면 수줍은 듯 주홍글자를 곁눈질로 보다가 불현듯 두 뺨에 싸늘한 홍조를 띠며 이내 외면하는 젊은 처녀의 시선과 마주치곤 했다. 마치 주홍글자를 슬쩍 보는 것만으로도 자신의 순결이 더럽혀지는 듯이 생각하는 모양이었다. 오! 오! 저 끔찍스런 상징을 부적으로 삼는 악마여, 정녕 그대는 젊은이에게도 늙은이에게도 이 가여운 죄인이 존경할 만한 것은 아무것도 남겨놓지 않았다는 말인가? 믿음을 잃는다는 것이야말로 가장 슬픈 죄의 대가 중 하나인 것이다. 자신의 연약한 천성과 인간 사회의 가혹한 법률의 희생양이 된 헤스터 프린이 이 세상에서 자기보다 더 큰 죄를 지은 사람은 없다고 믿으려 한 사실이야말로 그녀가 완전히 타락하지 않았다는 증거로 생각해 주기를 우리는 바라마지 않는다.

당시 음울했던 시대를 살아가던 평범한 사람들은 자기들의 상상력을 자극하는 것이라면 으레 괴상한 공포를 덧붙이기 일쑤였기 때문에 주홍글자에 관해서도 한 편의 이야기를 가지고 있었다. 그 이야기를 소재로 무시무시한 한 편의 전설을 손쉽게 꾸며낼 수도 있는 일이었다. 그들이 주장하는 바에 따르면, 그 치욕의 표적은 세상의 염료통에서 물들인 단순한 주홍빛 헝겊이 아니라 지옥의 불로 새빨갛게 달군 것으로, 헤스터 프린이 밤중에 나다닐 때면 이글이글 타오르는 모습이 보였다는 것이다. 그런데 여기에 몇 마디 덧붙여야 할 것은, 이 주홍글자가 헤스터의 가슴속을 시커멓게 태웠기 때문에 의심 많은 요즘 사람들이 인정하는 것 이상의 진실이 그 풍문 속에 간직되어 있었는지도 모른다는 사실이다.

펄

우리는 지금까지 헤스터의 아기에 관해서는 별로 이야기한 적이 없었다. 이 어린 것의 천진한 생명은 헤아릴 길 없는 하느님의 섭리로, 죄 많은 정열의 불타는 도가니 속에서 태어난 어여쁜 불멸의 꽃이었다.

아이가 자라면서 날로 눈부시게 예뻐지고 그 조그만 얼굴에 슬기로운 빛이 가물거리는 모습을 볼 때마다 슬픈 어미의 심정은 얼마나 신기하게 느껴졌을까! 그녀의 펄! 헤스터는 아이를 이렇게 불렀지만 아이의 용모를 잘 나타내주는 이름은 아니었다. 실상 아이의 얼굴에서는 진주에 비할 만큼 고요하고 해맑은 정열의 빛이라고는 찾아볼 수 없었기 때문이다. 헤스터가 아이의 이름을 '펄'이라고 지은 이유는 이 아이가 지극히 귀중한 것, 자신의 모든 것을 바친 대가로 얻은 단 하나의 보물이라는 뜻에서였다. 이 얼마나 신기한 일인가! 사람들이 죄의 표적으로 붙여준 주홍글자는 불행을 일으키는 강한 힘이라도 가졌음인지 헤스터와 같이 죄를 지은 자가 아니고서는 어느 누구도 그녀에게 동정의 손길을 뻗어주지 않았다. 그러나 인간이 이렇

73

듯 벌을 준 죄의 직접적인 결과로서 신은 그녀에게 귀여운 아기를 안겨주셨다. 더럽혀진 어미의 가슴에 안긴 이 아기는 인류의 계보에 제 어미와 그의 후손을 영원히 얽매주고 마침내는 천국에 가서 축복받는 영혼이 되도록 해줄 것이었다!

하지만 이런 생각은 헤스터에게 희망보다는 오히려 근심을 갖게 만들었다. 자기의 행실이 잘못이었다는 사실을 잘 알고 있는 그녀로서는 그 결과가 좋게 나타나리라고 믿을 수 없었다. 그녀는 불안스러운 눈으로 날마다 성장해 가는 아이의 모습을 지켜보았다. 그리고 아이가 태어난 원인이 된 죄와 비슷한, 음흉하고도 광적인 성품이 나타나지 않을까 늘 걱정스러웠다.

• 아이에게는 신체상의 아무런 결함도 없었다. 온전한 사지와 왕성한 혈기와 별로 써보지도 않은 팔다리를 자연스레 곧잘 놀리는 것으로 보아 이 아이는 에덴동산에서 태어났다고 해도 손색이 없을 정도였다. 그리고 이 세상 최초의 부모들[15]이 쫓겨난 뒤에도 에덴동산에 남아 천사들의 노리개가 됨직한 아기였다. 아이는 흠 없는 아름다움과 함께 타고난 기품까지 지니고 있었다. 아이의 소박한 옷차림은 보는 사람들에게 가장 잘 어울리는 옷이란 인상을 주었다. 그렇다고 어린 펄이 촌스러운 무명옷을 입는 일은 절대로 없었다.

이야기가 진행되면서 알게 되겠지만, 아이 엄마는 병적일 정도로 그녀가 구할 수 있는 한 가장 좋은 직물을 사서 최대한의 상상력을 발휘해 옷가지를 만들고 꾸며 아이에게 입힌 다음에야 사람들 앞에 선보였다. 이렇게 차려입고 나선 조그만 몸맵시는 말할 수 없이 멋져 보였다. 만일 아이의 얼굴이 덜 아름다웠다면 옷의 화려함에 무색했을지도 모를 일이었지만 오히려 펄의 타고난 아름다움은 훌륭

---

15) 아담과 이브를 말한다 – 옮긴이

하여 침침한 오두막집 마룻바닥에 앉은 아이를 에워싸고 마치 후광처럼 눈부신 광채가 비춰주는 듯싶었다. 거칠게 입어서 찢어지고 흙이 묻어 더러워진 옷을 입고 있을 때조차 여전히 완벽한 그림처럼 아름다웠다.

펄의 용모에는 변화무상한 마력이 어려 있었다. 이 아이 속에는 농가의 딸이 지닌 들꽃 같은 아름다움을 비롯하여 어린 공주의 화려함에 이르기까지 갖가지 아름다움을 대표하는 아이들이 간직되어 있었다. 그러나 펄이 한결같이 유지하고 있는 정열적인 인상과 깊이를 지닌 색조였다. 변화무쌍한 가운데시라도 만약에 그 빛깔이 희미해지거나 파리해져서 본바탕을 잃었다면 그 아이는 더 이상 펄이라 할 수 없었을 것이다!

이러한 외모의 변화무쌍함은 펄의 내면에 있는 여러 가지 특성을 그대로 드러내고 있었다. 아이의 천성은 다양함과 아울러 깊이도 지니고 있는 듯했다. 하지만 그 천성은 자신이 태어난 세상과 그 어떤 유대감도 호흡을 같이 하려는 점도 없었다. 만일 그런 것이 아니라면 헤스터가 공포심 때문에 아이를 잘못 본 것일 수도 있다. 펄은 규칙을 따르게 하기 어려운 아이였다. 펄이 세상에 태어남으로써 이미 하나의 커다란 법칙이 깨어지고, 그 결과 아이를 이룩한 성분은 아름답고 찬란할지 몰라도 모순으로 점철된 무질서한 것들이었다. 설령 질서가 있더라도 아이의 성분에만 맞는 고유의 질서로서 그 속에 변화와 배합의 중심점을 발견하기란 어렵거나 불가능했다.

헤스터는 아이의 성격을 지극히 막연하고 불완전하게 설명할 수밖에 없었다. 그것도 펄이 영적인 세계로부터 영혼을 채워가고, 흙으로부터 육체를 형성해 가던 그 중요한 시기에 그녀 자신의 지난날을 회상함으로써 가능했다. 아직 태어나지 않은 아기에게 엄마의 정열적인 정신 상태가 도덕적 삶의 광채를 전하는 매개체 역할을 했던 것이다. 그 광채는 본래 새하얗고 밝았으나 중간에 매개물을 거치는 바람에 짙은 주홍빛과 금빛, 불길 같은 광채, 검은 그림자나 부드럽지 않은 빛을 어리게 되었다. 무엇보다도 그 무렵 헤스터의 정신적 갈등이 펄에게로 옮겨진 것이었다. 헤스터는 자신의 광적이고 자포자기적이며 반항적인 감정과 변덕스런 기질, 심지어 자신의 가슴속에 깃든 우수와 절망의 그림자까지도 펄에게서 느낄 수 있었다. 이런 것들이 지금은 아이의 밝은 성격으로 인해 아침 햇빛과도 같이 찬란하게 보였지만 언젠가는 폭풍과 회오리바람을 일으킬지도 모를 일이었다.

당시의 가정교육은 지금보다 훨씬 더 엄격했다. 성경의 가르침이라는 명목 하에 이맛살을 찌푸리며 호되게 나무라거나 자주 회초리를 드는 일이 잘못을 벌하는 수단이자 아이들의 여러 가지 덕행을 기르고 북돋워주는 훈육법으로 이용되었던 것이다. 그러나 외동딸의 외로운 어머니인 헤스터 프린은 지나치게 엄격히 구는 일은 삼갔다. 다만 그녀 자신의 실수와 불행을 항상 명심하며 자기 손에 맡겨진 아이를 다정하면서도 엄하게 양육해 보려고 애썼다. 하지만 그것은 그녀의 재간으로는 벅찬 일이었다. 미소도 지어보고 무섭게 얼굴을 찌푸려도 보았으나 두 가지 모두 효과를 거두지 못하자 헤스터는 하는 수 없이 한발 물러나서 제멋대로 하게끔 아이를 내버려두었다. 물론 육체적으로 무엇을 강요하거나 구속을 계속하는 동안은 효과가 있었다.

반면에 어린 지성이나 감정에 호소하여 교육을 할 양이면 펄은 기분에 따라 받아들이는 둥 마는 둥했다. 펄이 아직 갓난아기였을 때 엄마는 이미 딸의 유별난 표정을 알아차렸다. 그 표정은 엄포를 놓고 타이르고 애걸해도 아무 소용이 없다는 사실을 깨우쳐주었다. 또한 그 표정은 무척 영리하면서도 종잡을 수가 없고 고집이 세며 때로는 악의를 품은 듯도 싶었지만, 아이는 대체로 의기가 펄펄 넘치는 것이 보통이어서 헤스터는 도대체 펄이 사람의 자식인지 의심하지 않을 수 없었다. 펄은 오두막집 마룻바닥에서 잠시 제멋대로 장난을 치다가 웃으며 하늘로 날아가는 요정과도 같았다. 거침없이 반짝이는 새까만 두 눈에 그런 표정이 깃들 때면 펄은 이상하게도 아득히 먼 몽롱한 존재같이 보였다.

마치 어디서 와서 어디로 가는지조차 알 수 없는 희미한 빛처럼 허공을 날아다니다 사라지는 것 같기도 했다. 그런 모습을 볼 때면 헤스터는 부득이 아이한테로 쏜살같이 달려가, 으레 달아나는 조그만 요정의 뒤를 쫓아 가슴에 부여안고 미칠 듯이 입을 맞추었다. 하지만 그런 행동은 사랑이 복받쳐서라기보다 펄이 살과 피를 갖춘 인간이라는 사실을 확인하고 싶은 마음에서였다. 엄마에게 붙잡힌 펄은 즐겁고 아름다운 웃음을 터뜨렸지만, 엄마는 예전보다 한층 더 불안한 심정이 되었다.

너무나 값진 대가를 치렀고 온 세상이나 매한가지이며, 오직 하나밖에 없는 보물인 펄과 자신 사이에 번번이 나타나 마음을 어지럽히는 그런 요사스러운 일 때문에 헤스터는 가슴이 메어지는 듯하여 눈물을 왈칵 쏟는 때도 있었다. 그럴 때면 그 울음이 엄마에게 어떤 영향을 미치는지 알 수 없었을 펄은 이맛살을 찌푸리며 조약만한 손을 불끈 쥐고, 조그만 얼굴에 무섭고 매정하며 불만스런 표정을 지어보이곤 했다. 그러다가 자기는 인간의 슬픔을 느낄 수도 이해할 수도 없다는 듯 새삼스레 한층 더 높은 소리로 웃어대는 것이었다.

좀 드문 일이기는 했지만, 펄이 슬픔에 몸부림치고 흐느껴 울면서 엄마에 대한 애정을 띄엄띄엄 말하는 때도 있었다. 그것은 마치 애를 태움으로써 자기도 애정이라는 것을 품고 있다는 사실을 애써 증명하려는 듯이 보였다. 그러나 헤스터로서는 한 점 바람과도 같은 이런 애정을 마음 놓고 받아들일 수가 없었다. 그것은 나타나기가 무섭게 이내 사라져버렸기 때문이었다. 이런 모든 일들을 곰곰이 생각해 볼 때, 헤스터는 자신이 죽은 자의 혼을 불러내던 도중에 무엇인가 잘못되어 생소하고 불가해한 혼령을 조종할 수 있는 주문을 알아내지 못한 사람처럼 느껴졌다. 헤스터가 마음의 평안을 가질 때라고는 오직 아이가 깊이 잠들어 있는 순간뿐이었다. 그때만큼은 펄이 분명 자기 아이 같아서 몇 시간 동안 쓸쓸하지만 달콤하고 아늑한 행복을 누렸다. 그러다 보면 어느새 어린 펄이 살포시 뜬 눈꺼풀 아래로 심술궂은 표정을 삐죽이 보이며 잠에서 깨어나곤 했다!

어느덧 펄은 눈 깜짝할 사이에 빠르게 자라 언제나 반겨주던 엄마의 미소와 시시한 말을 뿌리치고 사교를 즐길 수 있는 나이가 되었다! 새소리처럼 밝은 펄의 목소리가 다른 아이들의 와자지껄 떠드는 소리에 뒤섞여 있는 것을 들었더라면, 장난꾸러기들의 뒤엉킨 아우성 속에서도 귀여운 펄의 목소리를 분명히 알아들을 수 있었더라면 헤스터는 얼마나 행복했을까! 하지만 그것은 어림도 없는 일이었다. 펄은 나면서부터 아이들의 세계에서 버림받은 아이였다. 악마의 자식이며 죄의 상징이자 씨앗인 펄은 세례받은 아이들과 어울릴 권리가 없었다. 펄은 본능으로 자신의 고독과, 주위에 아무도 침범할 수 없는 울타리를 만들어야 하는 운명을, 요컨대 자기는 다른 아이들과 처지가 다르다는 사실을 깨달았다. 이처럼 본능이란 실로 놀랍고 신비로운 것이었다.

헤스터는 감옥에서 풀려나온 뒤로 펄과 따로 떨어져 사람들 앞에 나선 적이 없었다. 그녀가 마을을 거닐 때마다 펄 역시 엄마와 항상 붙어다녔다. 처음에는 두 팔에 안긴 아기로, 그다음에는 엄마의 어린 길동무로서 엄마의 집게손가락을 손아귀에 움켜쥐고 엄마가 한 발자국 걸을 때마다 서너 발자국씩 깡충거리며 따라갔다. 그때 펄은 마을의 아이들이 길가 풀밭이나 집의 문간에서 무리를 지어 청교도적 교육이 허용하는 범위 안에서 재미있게 노는 것을 보았다. 아이들은 교회에 다니는 놀이와 퀘이커교도에게 회초리로 벌주는 장난과 인디언들과 싸워 머리 가죽을 벗기는 놀이며 마녀 흉내를 내면서 서로를 겁주는 놀이를 하고 있었다. 펄은 그런 모습을 유심히 쳐다보았지만 아이들과 어울리려고 하지는 않았다. 누군가가 말을 걸어와도 대꾸조차 하지 않았다. 이따금 아이들이 펄의 주위에 모여들면 펄은 발끈 성을 내며 무서운 표정으로 돌멩이를 집어들어 아이들에게 내던졌다. 그리고 날카로운 목소리로 알아들을 수 없는 말들을 뇌까렸다. 그 소리가 마치 마녀의 알 수 없는 저주와 흡사했기에 헤스터는 몸서리를 쳤다.

세상에 편협하기 짝이 없는 청교도의 자식들인 아이들은 두 모녀에게 어딘가 별나고, 이 세상 사람 같지도 않고, 보통 차림새와도 다른 무엇이 있다는 것을 희미하게나마 발견했기 때문에 마음속으로 모녀를 업신여겼고 욕지거리도 서슴지 않았다. 펄은 그런 낌새를 알아차리고 어린아이의 골수에 사무친 격렬한 증오심으로 응수했다. 이렇듯 아이가 분노를 터뜨리면 엄마의 생각에는 어딘지 가치 있고 위안마저 되는 듯했다. 왜냐하면 그 분노 속에는 종종 엄마를 괴롭혔던 광적인 변덕과는 달리 적어도 진지한 감정이 담겨져 있었기 때문이었다.

그렇지만 또한 그 속에 헤스터 자신이 일찍이 지었던 죄악의 그림자가 깃들었음을 보자 그녀는 가슴이 서늘해졌다. 이와 같은 증오와 격정은 절대로 양도할 수 없는 타고난 권리로 말미암아 헤스터의 가슴속에서 펄이 물려받은 것이었다. 이제 두 모녀는 인간 사회에서 외떨어진 둘만의 세계에 서 있었다. 그리고 펄의 성격 속에는 헤스터 프린의 마음을 산란하게 했던 들뜬 요소들이 간직되어 있는 듯했다. 하지만 헤스터의 이런 성질은 펄이 태어난 뒤로부터 마음을 가라앉히는 모성의 힘으로 말미암아 누그러지기 시작했다.

펄은 어머니의 오두막집이나 그 주변에 있을 때에는 여러 친구들을 필요로 하지 않았다. 언제나 창의성을 내뿜는 펄의 정신은 생명의 마력을 발산하여 햇불이 닿는 데마다 불길을 일게 하듯 헤아릴 수 없이 많은 사물들과 대화를 나누었다. 막대기나 헝겊 뭉치, 한 송이 꽃 같은 아무것도 아닌 재료들이라도 펄이 부리는 마술의 꼭두각시가 되어 모양도 변하지 않은 채 펄의 마음속 세계를 무대삼아 벌어지는 모든 연극에 등장했다. 펄의 애띤 목소리 하나로 무수히 많은 상상의 인물들이 남녀노소를 가리지 않고 서로 이야기를 나누었다.

거무죽죽하고 우람스러운 노송들이 갖가지 신음 소리와 구슬픈 소리를 바람결에 실어 보내는 모습은 그 모습 그대로 청교도의 원로들을 연상케 했다. 뜰 안에 돋아난 꼴사나운 잡초들이 마치 원로들의 자녀들처럼 보인 펄은 그것들을 사정없이 후려치거나 아예 뿌리째 뽑아버렸다. 펄이 지력을 기울여 빚어낸 형형색색의 형체들은 실상은 끊임없이 나타나지 않았지만 초자연적인 모습으로 불쑥 뛰쳐나와 난무하다가 생명의 흐름이 너무 다급히 밀려드는 바람에 지치기라도 한 듯이 털썩 주저앉았다. 뒤이어 그와 비슷한 열광적인 힘을 가진 다른 형체들이 계속 나타났는데 그 광경은 실로 가관이었다. 이 세상에 그런 모습과 비길 만한 것이 있다면 환상처럼 다양하게 변화하는 오로라뿐이었다. 그러나 한낱 공상에 불과하며 한창 자라나는 분방한 정신 속에서 다른 총명한 아이들보다 훌륭한 점은 없었을지 모른다. 펄은 다만 함께 놀 친구가 많지 않았기 때문에 스스로 만들어낸 환상의 무리들과 어울리는 일이 잦았던 것뿐이었다.

하지만 자신의 마음과 머릿속으로 빚어놓은 환상들을 펄이 적의를 품고 바라본다는 것은 이상한 일이었다. 펄은 그들 가운데 그 누구도 친구로 삼지 않았다. 펄은 언제나 용의 이빨을 씨 뿌리듯 널리 뿌려 심는 것[16] 같았고, 거기에서 무장한 적들이 돋아나게 했으며, 그것들이 돋아나면 그들에게 달려들어 한바탕 싸움을 벌였다. 어린 펄이 세상을 항상 적으로 가득 찬 곳이라 인식하며 앞으로 닥칠 싸움에서 자신의 대의명분을 지켜줄 힘을 악착스럽게 길러야 함은 형언할 수 없이 슬픈 일이었다. 하물며 그 원인이 자신에게 있다고 생각하는 어머니의 슬픔이야 오죽했겠는가!

펄을 바라보던 헤스터 프린이 바느질감을 무릎 위에 떨군 채 복받치는 괴로움을 이기지 못하여 종종 울음을 터뜨리는 때가 있었다. 그리고 신음 섞인 소리로 부르짖었다.

"오오, 하늘의 아버지시여! 주께서 아직도 저의 아버지시라면 제가 세상에 낳아 놓은 이 아이는 도대체 무엇입니까!"

그러면 펄은 엄마의 부르짖음을 엿들었는지, 몸부림치는 괴로움으로 인해 가슴이 두근거림을 눈치챘는지 똘똘하고 예쁘장한 얼굴을 엄마에게 향하고 요정같이 총명한 미소를 방긋 지으며 다시 장난

16) 그리스신화에 등장하는 카드모스(Cadmus)는 고대 그리스 주요 도시 중 하나인 테베를 세운 자로 알려져 있다. 그는 부하들에게 제물에 바칠 물을 길어오게 했는데 샘물을 지키던 용에게 부하들이 죽임을 당하자 그 용을 죽이고 아테나 여신의 지시에 따라 용의 이빨을 땅에 뿌린다. 그러자 땅 속에서 갑옷으로 무장한 전사들이 나타나 서로 싸움을 하게 되고 마지막에 다섯 명만 남게 되었다. 이들 다섯 명이 카드모스를 도와 테베를 세우게 되고 테베 귀족의 조상이 된다 – 옮긴이

에 골몰하고는 했다.

펄의 태도 속에 이상한 데가 또 하나 있었다는 것을 우리는 아직 이야기할 기회가 없었다. 아이가 세상에 태어나서 처음으로 본 것은 과연 무엇이었을까? 적어도 엄마의 미소는 아니라는 사실이다. 다른 아이들 같으면 으레 조그만 입가에 미소를 방긋이 머금고 엄마의 미소를 반겼을 것이다. 그리고 나중에 다시 생각해 보면 그 미소가 하도 희미해서 과연 그것이 정말 미소였는가 하는 문제로 애정어린 말다툼의 대상이 되었을 것이다. 하지만 펄의 경우는 어림없는 일이었다! 펄이 태어나서 처음으로 의식한 것은 바로 헤스터의 가슴에 달린 주홍글자였다!

어느 날 엄마가 요람 위로 몸을 숙였을 때 금실로 테를 둘러 수놓은 글자에 두 눈이 쏠린 아이는 불쑥 조그만 손을 불쑥 쳐들어 주홍글자를 붙잡았다. 그때 펄은 제 나이보다 훨씬 성숙한 아이의 표정으로 뚜렷하게 즐거운 미소를 띠고 있었다. 순간 깜짝 놀란 헤스터 프린은 그 치명적인 표적을 움켜쥐며 본능적으로 떼어버리려고 했다. 펄의 조막만한 손이 주홍글자에 닿는 바람에 엄마가 받은 괴로움은 이만저만이 아니었다. 그러나 엄마의 괴로운 몸짓이 자기를 어르기 위한 행동으로밖에 보이지 않았는지 귀여운 펄은 다시 엄마의 눈 속을 살피며 방긋 웃었다. 그때부터 펄이 자는 순간을 제외하고 헤스터는 편안한 마음으로 아기를 바라보는 즐거움을 누린 적이 없었다. 이따금 펄이 주홍글자를 들여다보지 않은 채 몇 주일이 지나는 수도 있었다. 하지만 별안간 뜻하지 않은 순간에 죽음이 찾아오듯, 묘한 미소와 야릇한 표정을 띤 펄의 시선이 주홍글자로 날아와 꽂히곤 했다.

아기 눈동자에 비친 자기 얼굴을 들여다보기 좋아하는 어느 엄마들처럼 언젠가 헤스터도 펄의 눈동자에서 자신의 모습을 찾고 있었다. 그때 변덕스러운 작은 요정의 표정이 아기의 두 눈 속에 나타났다. 그 순간 헤스터는 거울 같은 펄의 검은 눈동자 속에 비친 조그마한 얼굴이 자기 것이 아니라 다른 누군가의 얼굴이라는 생각이 불현듯 들었다. 외롭고 번민이 많은 여인이라면 까닭 모를 망상에 시달리기도 하니 그럴 법도 했다. 그 얼굴은 악의에 가득 찬 미소를 머금은 악마 같은 얼굴이었다. 헤스터에게는 익숙한 생김새에 누군가와 닮은 듯 매우 낯익은 모습이었다. 하지만 낯익은 그 얼굴에는 미소도 없었지만 악의도 드러나지 않았다. 그것은 마치 펄을 사로잡은 마귀가 삐죽이 고개를 처들고 조소를 던지는 듯했다. 그 뒤에도 이때처럼 뚜렷하지 않았지만 헤스터는 똑같은 환상에 번번이 시달려야 했다.

펄이 뛰어다닐 만큼 자란 어느 여름 날 오후였다. 아이는 들꽃을 따서 손에 몇 움큼 쥐고 엄마의 가슴에 한 송이씩 내던지며 놀고 있었다. 그러다 꽃송이가 주홍글자를 맞추기라도 하면 어린 요정처럼 깡충깡충 뛰며 춤을 추었다. 헤스터는 처음에 두 손을 마주잡고 가슴을 가리려 했다. 그러나 자존심 때문에 자포자기해서인지 아니면 자기의 고행을 말할 수 없는 고통으로 이겨내야 한다는 느낌에서였는지 몰라도, 그녀는 가리고 싶은 충동을 억누르고 얼굴이 파랗게 질린 채 꼿꼿이 버티고 앉아 어린 펄의 야성적인 눈을 슬프게 바라보았다.

여전히 꽃송이는 눈보라처럼 날아와 어김없이 주홍글자를 맞추었고 엄마의 가슴은 이내 상처로 뒤덮였다. 헤스터는 이 상처를 아물게 할 유향(油香)을 이승에서 구할 수도 저승에 가서 구할 수도 없었다. 마침내 꽃송이가 떨어졌는지 펄이 꼼짝도 하지 않고 서서 헤스터를 응시하는 순간, 아이의 바다와 같이 깊고 검은 눈 속에서 미소를 머금은 조그만 마귀가 삐죽이 모습을 드러내고 있었다. 정말로 마귀가 모습을 드러냈는지 아닌지는 알 수 없으나 엄마는 그랬으려니 하는 생각이 들었던 것이다.

"얘, 너는 누구지?"

엄마가 외쳤다.

"나는 엄마의 펄이지 뭐야!"

아이는 대답했다.

펄은 이렇게 대답하면서 한바탕 웃더니 제멋에 겨워 굴뚝 위로 날아갈 기세인 꼬마 마귀인 양 괴상한 몸짓을 하며 호들갑스럽게 깡충깡충 춤을 추기 시작했다.

"너는 엄마 아이지, 정말!"

헤스터가 다시 물었다. 그녀는 장난으로 물은 것이 아니라 그 순간에는 정말 진심에서 물어보았던 것이다. 왜냐하면 신통하게 영리한 펄이 세상에 태어나게 된 비밀의 마법을 알아차리고, 지금 이 순간에 자기의 정체를 드러내는 게 아닐까 하는 약간의 의구심이 들었기 때문이다.

"그래, 나는 귀여운 펄이에요!"

아이는 여전히 재롱을 떨며 대답했다.

"너는 엄마 아이가 아냐! 엄마의 펄이 아니야!"

엄마가 농담조로 말했다. 헤스터는 깊은 슬픔에 잠겼다가도 불현듯 농담을 하고 싶은 충동이 고개를 쳐드는 적이 종종 있었기 때문이다.

"그래, 네가 누구의 아이인지, 누가 널 여기로 보내주었는지 좀 가르쳐주겠니?"

"엄마가 가르쳐주세요!"

펄은 정색을 하며 헤스터에게 다가와 무릎에 기대며 되풀이했다.

"엄마가 가르쳐주세요!"

"너는 하늘에 계시는 아버지께서 보내주셨단다!"

헤스터는 대답할 때 약간 주춤했고, 영리한 펄이 그것을 놓칠 리없었다. 평소의 변덕이 치솟았는지 아니면 마귀의 충동질 때문인지 펄은 조그마한 집게손가락을 쳐들어 주홍글자를 만지작거렸다.

"그분이 아냐! 난 하늘에 있는 아버지는 몰라!"

펄은 단호하게 외쳤다.

"쉿! 펄, 조용히 해라! 그렇게 말하면 못쓴다!"

복받치는 괴로움을 억누르면서 엄마가 대답했다.

"하늘에 계신 아버지께서 우리 모두를 이 세상으로 보내주신 거야. 엄마도 그분이 보내주셨으니 너야 말할 것도 없지 않겠니! 그렇지 않으면 이 요정 같은 꼬마야, 대체 너는 어디서 왔단 말이니?"

"가르쳐줘요! 가르쳐 달라니까!"

펄은 같은 말을 되풀이했다. 그리고 이제는 정색도 하지 않고 웃어대며 마룻바닥을 뛰어다녔다.

"그건 엄마가 가르쳐주어야 하는 거잖아!"

하지만 헤스터는 그녀 자신부터가 음침한 의혹의 미궁에 사로잡혀 있었기 때문에 펄의 물음에 이렇다 할 만한 답을 해주지 못했다. 미소와 전율이 뒤섞인 가운데 헤스터의 머릿속에 떠오른 것은 이웃 사람들의 쑥덕공론이었다. 펄의 아버지를 다른 데서 찾아보려다 허탕을 친 그들은 아이의 기이한 성격 몇 가지를 가지고 가여운 어린 펄을 악마의 자식이라 떠들어댔다. 어미의 죄로 말미암아 이런 악마의 자식들이 세상에 태어나서 추잡하고 사악한 목적을 이루고자 한다는 것은 옛날 가톨릭교 시대 이래 종종 일어난 일이었다. 루터[17] 역시 그를 적대시하던 수도승들의 주장에 따르면 루터도 지옥의 자식이라는 것이었다. 이곳 뉴잉글랜드의 청교도들 가운데 그런 불길한 혈통을 이어받은 아이가 비단 펄 하나만은 아니었다.

---

17) Martin Luther(1483~1546). 독일의 종교 개혁자이자 신학교수인 그는 1517년 로마 교황청이 면죄부를 마구 파는 데 격분하여 이에 대한 항의서 95개조를 발표해 파문을 당했지만 이에 굴복하지 않고 종교 개혁의 계기를 마련하였다 – 옮긴이

총독의 저택에서

어느 날 헤스터 프린은 장갑 한 켤레를 가지고 벨링엄 총독의 저택 문을 두드렸다. 장갑은 총독의 주문을 받아 그녀가 술을 붙이고 수도 놓은 것으로 어느 성대한 의식에서 사용될 예정이었다. 보통선거의 결과로 불행히도 과거의 통치자는 가장 높은 관직에서 한두 계급 내려앉기는 했지만 이 식민지의 관료사회에서는 여전히 명예롭고도 영향력이 많은 지위를 차지하고 있었다.

사실 헤스터는 수놓은 장갑을 전하는 일보다 훨씬 더 중요한 사연이 있었기 때문에 식민지 문제에 관해 막강한 권세를 행사하고 있던 위인을 만나고자 했던 것이다. 종교와 정치 문제에 대해 남달리 엄격한 원칙을 가진 지역의 몇몇 유지들이 그녀에게서 아이를 빼앗아 가려는 흉계를 꾸미고 있다는 소문을 들었던 것이다.

이미 앞에서 언급한 바와 같이 펄을 악마의 씨앗이라고 가정한다면, 그들이 어미의 영혼을 염려하는 기독교도로서 그녀의 앞길에 놓인 장애물을 제거할 필요가 있다고 주장한 것은 억지만이 아니었다. 한편 아이가 도덕적으로나 종교적으로 정말로 성장할 능력이 있고 궁극적으로 구제받을 만한 바탕이 있다면 차라리 헤스터 프린보다 어질고 훌륭한 사람의 보호를 받음으로써 자라는 편이 그러한 가능성을 더 높여줄 것이었다.

이러한 계획을 추진시키는 사람들 가운데 벨링엄 총독이 가장 적극적인 것으로 전해졌다. 지금 같으면 기껏해야 지역 행정위원회에서 다룰 문제였지만 당시에는 공개적으로 논의되었고, 마침내는 그 문제를 에워싸고 고위정객들이 찬반양론을 벌이며 분열하기까지 했다니 이상하기도 하고 적잖이 우스꽝스러운 모습일지도 모른다. 하지만 원시시대처럼 단순했던 그 시대에는 헤스터와 펄 두 모녀의 행복에 관한 문제와 비교해 이상하게도 대중들의 관심도 훨씬 적고 보잘 것 없는 문제들이 입법자들의 심의거리나 법령 같은 중대한 문제들과 혼동되기도 했다. 돼지 한 마리의 소유권을 두고 벌어진 분쟁이 식민지 입법자들 사이에서 격렬한 논쟁을 일으킬 뿐 아니라 급기야 입법기구 자체에 중대한 변화를 일으켰던 때도 이 이야기의 시대보다 그리 먼 시대도 아니었다.

그래서 헤스터 프린은 몹시 불안했지만, 한편으로는 외로운 여인의 몸으로 대중들을 상대해야 하고, 또 한편으로는 다행히 인정 어린 동정이라는 뒷받침이 있으므로 이 둘 간의 대립이 자기에게 승산없는 싸움만은 아닐 것이라는 위안과 함께 자기의 권리를 절실히 의식하면서 고적한 오두막집을 나섰던 것이다. 물론 귀여운 펄도 함께 따라나섰다. 이제 펄은 엄마 곁을 사뿐사뿐 뛰어다닐 수 있었고 아침부터 밤까지 쉴 새 없이 움직이는 나이가 되었으므로 그보다 먼데까지라도 따라갈 수도 있었다. 하지만 펄은 힘이 들어서가 아니라 괜히 변덕을 부리느라 번번이 안아달라고 졸라댔다. 정작 안아주면 다시 내리겠다며 보챘고, 내려주기가 바쁘게 헤스터를 앞질러 숲이 우거진 오솔길을 마구 내달리다가 넘어지기도 했지만 크게 다치지는 않았다.

화사하고 수려한 펄의 아름다움에 대해서는 이미 앞에서 말한 바 있다. 아이의 미모는 짙으면서도 선명한 색조를 띠는 눈부심 그 자체였다. 낯빛은 환하게 빛났으며, 두 눈에는 강렬한 광채가 깊숙이 어리었고, 머리칼은 벌써 짙은 갈색의 윤기를 머금고 있어 얼마 지나지 않아 새까만 빛으로 변할 듯이 보였다. 온몸에 불길 같은 것을 지닌 듯한 펄은 불타는 정열에 사로잡힌 어느 한순간에 난데없이 생겨난 아이인 듯싶었다. 아이의 엄마는 아기의 옷을 만들 때 화려한 상상력을 마음껏 발휘해서 색다르게 재단하고 금실로 호화롭게 수를 놓은 진홍빛 벨벳 블라우스를 아이에게 입혔다. 이렇듯 빛깔이 너무 짙어서 안색이 좋지 못한 아이가 입었다면 초췌하고 창백해 보였겠지만 펄의 아름다움은 이로 말미암아 더욱더 돋보이고, 마치 지상에서 춤추는 것들 중 가장 눈부시게 빛나는 작은 불꽃으로 만들어주는 것이었다.

그러나 아이의 옷과 아이의 모습 전체가 보여주는 두드러진 특징은 펄을 바라다보는 사람으로 하여금 반드시, 그리고 피할 길 없이 헤스터 프린이 가슴에 달아야만 했던 표적을 떠올리게 만들었다. 그것은 또 다른 형태의 주홍글자요, 생명을 지닌 주홍글자였다! 치욕스러운 붉은색 글자가 헤스터의 머릿속에 너무나 깊이 각인된 나머지 그녀의 생각은 모두 그런 모양을 지니게 된 것처럼, 엄마인 그녀 자신이 정성스레 그와 꼭 닮은 것을 만들어냈던 것이다. 그녀는 많은 시간을 아낌없이 들여가며 병적일 정도로 세심하게 주의를 기울인 끝에 자기의 애정의 대상과 죄와 고뇌의 표적을 아울러 표현할 수 있는 것을 창조해내고 말았다. 실상 펄은 이 두 가지 구실을 아울러 갖추고 있었고, 그 결과 헤스터는 펄의 모습 속에 그토록 완벽하게 주홍글자를 재현해낼 수 있었던 것이다.

모녀가 마을에 다다르자 청교도 아이들은 하던 장난 — 음침한 말썽꾸러기 아이들이 자기들끼리 장난이라고 여겼던 — 을 멈추고 고개를 들어 정색한 표정으로 서로를 쳐다보며 말했다.

"얘들아, 저것 좀 봐. 정말 주홍글자의 여인이 있네. 그리고 주홍글자와 똑같은 게 그 옆을 따라가고 있어! 우리 저것들에게 진흙이나 던져줄까!"

그러나 대담한 펄은 눈 하나 깜빡이지 않고 얼굴을 잔뜩 찌푸린 채 두 발을 동동 구르고 팔을 휘두르며 갖가지 위협하는 몸짓을 하더니 별안간 적진을 향해 쏜살같이 돌진해 아이들을 모두 쫓아버렸다. 아이들을 맹렬하게 쫓아가는 펄의 모습은 마치 어린 아기들의 질병인 홍역이나 어린 세대의 죄를 벌한다는 날개깃이 완전히 다 나지 않은 심판의 천사와도 같았다. 또한 펄이 하도 목청을 돋워 고함을 지르고 외치는 바람에 도망치던 아이들의 간담이 서늘해졌을 것이다. 싸움에서 승리를 거둔 펄은 조용히 돌아와 배시시 웃으면서 엄마의 얼굴을 올려다보았다.

그렇게 한바탕 난리를 치른 모녀는 마침내 벨링엄 총독의 저택에 당도했다. 총독의 집은 역사가 깊은 마을이라면 아직도 남아 있을 시대의 전형적인 양식을 따라 지어진 커다란 목조가옥이었다. 지금은 이끼에 뒤덮인 채 부서지고 낡아빠져 금세라도 허물어질 듯했으며, 우중충한 그 방 안에서 일어났다가 사라져버린 갖가지 슬픈 일과 기쁜 일들 — 그중 어떤 것은 아직도 기억에 남아 있고 어떤 것은 망각되었지만 — 로 말미암아 음산한 인상마저 풍기고 있었다.

그러나 외부에는 흐르는 세월이 지닌 싱그러움이 감돌았고, 양지바른 창문에서는 명랑한 빛이 스며나오고 있어 죽음의 그림자가 깃든 적이 없었다. 사실 그 집의 외관은 자못 명랑해 보이기까지 했다. 사방 벽에는 유리 조각을 듬뿍 섞은 일종의 장식용 벽토를 칠해 건물 정면으로 햇빛이 비스듬히 내리비치면 마치 다이아몬드를 뿌린 양 반짝거렸다. 이처럼 찬란한 광채는 근엄한 노 청교도 통치자의 저택보다는 알라딘의 궁전에나 어울릴 법했다. 게다가 벽에는 당시의 기묘한 취향에 맞게 이상하고도 신비스러운 초상이며 도형들이 장식되어 있었는데, 그것들은 벽토를 갓 칠했을 때 그렸던 것이 이제는 잘 굳어져서 후세 사람들의 감탄을 자아내고 있었다.

펄은 휘황찬란하게 빛나는 집을 보자 깡충거리며, 집 전면에 넓게 비친 햇빛을 가지고 놀 수 있도록 자기에게 달라고 졸라댔다.

"안 된다, 펄! 네가 가지고 놀 햇빛은 너 자신이 모아야지. 엄마에게는 너에게 줄 햇빛이 없단다."

이윽고 모녀는 정문 앞에 다다랐다. 문은 아치형으로 그 양 옆으로는 좁다란 탑 같은 것이 붙어 있고 거기에는 창살이 붙은 창문이 달려 있었는데, 창문에는 필요할 때 열고 닫을 수 있는 목재 덧문까지 있었다. 헤스터 프린은 쇠로 된 문고리로 현관문을 두드렸다. 그러자 총독의 하인 하나가 문간에 모습을 보였다. 그는 영국에서는 자유민이었으나 지금은 7년 동안 노예살이를 하고 있었다. 그 기간 동안은 주인의 재산이나 매한가지였으며 황소나 의자처럼 사고팔 수 있는 상품에 지나지 않았다. 그가 걸친 푸른색 코트는 당시 노예들의 일상복으로, 아주 오래전부터 영국의 유서 깊은 저택에서 주인을 받드는 자에게 입히던 것이었다.

"벨링엄 총독님께서 안에 계시는지요?"

헤스터가 물었다.

"네, 계십죠."

하인은 휘둥그레진 눈으로 주홍글자를 바라보면서 대답했다. 이 고장에 새로 온 그는 주홍글자를 생전 처음 보았던 것이다.

"총독님께서 계시기는 하지만 목사님 두 분하고 의사선생님이 와 계시니까 지금은 뵐 수 없습니다요."

"그래도 들어가 뵈어야겠어요."

헤스터 프린은 대답했다. 하인은 그녀의 도도한 태도와 가슴에 반짝이는 표시를 달고 있는 것을 보고 이 고장의 귀부인으로 생각했음인지 막아서지는 않았다.

모녀는 현관 안쪽에 있는 홀로 안내되었다. 벨링엄 총독은 자국에 있는 돈 많은 상류 귀족들의 저택을 본 따 이 새 저택을 꾸몄는데, 건축재료의 특성이나 기후의 변화, 그리고 사교 생활의 갖가지 양식 등 여러 가지 변수를 고려한 것이었다. 또한 폭이 넓고 천장이 꽤 높은 홀이 집 전체에 걸쳐 깊숙이 뻗어 있었는데, 그 집 안의 어느 방하고도 직접 통하는 연락처 구실을 하고 있었다. 이 널따란 홀의 한쪽 귀퉁이는 문 양쪽으로 조금 우묵히 들어간 곳에 두 개의 탑처럼 우뚝 서 있는 것에 달린 창문을 통해 햇빛이 스며 들어와 다른 곳보다 한결 밝았다. 그리고 다른 쪽 끝은 일부가 커튼으로 가려져 있었으나, 옛날 책에서나 볼 수 있는 아치형의 홀 창문을 통해 한층 더 강한 햇빛이 들어오고 있었다. 그곳에는 폭신한 방석이 깔린 의자가 있었고, 방석 위에는 이절판(二切版)의 큼직한 책이 놓여 있었다. 아마도 〈영국 연대기〉 아니면 그와 유사한 학문적 무게가 있는 문헌이었을 것이다. 그것은 어쩌다 들린 손님들이 뒤적거릴 수 있게 오늘날 우리들의 방 한복판에 있는 탁자 위에 금박을 입힌 책들을 놓아 두는 것과 같은 목적으로 놓인 것이리라.

홀 안의 가구라고는 등받이에 떡갈나무 꽃 화환을 정교하게 아로 새긴 묵직한 의자 몇 개와 역시 같은 모양으로 장식한 탁자 하나가 전부였다. 그 모든 것들은 엘리자베스 시대 아니면 그 이전 시대의 물건으로 총독의 집안에 대대로 전하여 내려온 가보들이었다. 탁자 위에는 손님을 후하게 대접하는 옛날 영국식의 호의를 고국에 남겨 두고 오지 않았다는 증거인 양 백랍(白蠟)으로 된 커다란 컵이 덩그 러니 놓여 있었다. 만일 헤스터나 펄이 그 컵 속을 들여다보았다면 방금 마시고 남은 맥주의 거품을 발견할 수 있었으리라.

벽에는 벨링엄 가문의 조상들을 그린 초상화가 줄지어 걸려 있었 는데, 갑옷을 입은 인물이 있는가 하면 위엄 있는 주름 옷깃에 평상 복 차림을 하고 있는 인물도 있었다. 그 초상화들은 옛날 초상화가 그렇듯 준엄하고 엄격한 분위기를 풍기고 있었으며, 그림들이라기 보다는 마치 죽은 귀인(貴人)들의 망령과도 같아서 살아 있는 사람들 의 오락과 향락이 못마땅하여 냉혹하고 무정하며 비난하는 듯한 시 선으로 노려보는 듯싶었다.

홀 벽에 대어진 떡갈나무 판자 중앙에는 갑옷 한 벌이 걸려 있었 는데, 초상화처럼 아주 오래된 조상들의 유물이 아니라 아주 최근에 만들어진 것으로 벨링엄 총독이 뉴잉글랜드로 떠나던 해에 런던의 유능한 갑옷 제조자가 만든 것이었다. 강철로 된 투구와 가슴과 목 과 정강이를 가리는 갑옷이 있고, 그 밑에는 한 쌍의 장갑과 한 자루 의 칼이 매달려 있었다. 모두가 그랬지만, 특히 투구와 가슴에 대는 갑옷은 얼마나 잘 닦여 있던지 새하얗게 반사되어 홀 바닥에 은빛 광채를 던져주고 있었다.

이렇게 눈부신 갑옷은 공연한 자랑거리만은 아니었다. 총독은 엄 숙한 사열식과 연병장에 행차할 때마다 차려 입었을 뿐 아니라 피퀴

트 전쟁[18] 때에는 연대의 선두에 서서 빛을 발하던 갑옷이었다. 법률가 교육을 받은 총독은 베이컨이니 코크니 노이니 핀치니 하는 직업적 동료들과 허물없이 지낼 수 있었으나 이 신생국가의 긴박한 사태가 벨링엄 총독을 정치가이자 통치자인 동시에 군인으로 만들어놓았던 것이다.

귀여운 펄은 이 저택의 번쩍이는 정면을 보고 좋아했던 것처럼 눈부신 갑옷 또한 무척 마음에 들어 했으며, 거울처럼 깨끗이 닦여진 갑옷의 몸체 부분을 한참 동안 들여다보았다.

"엄마, 이 속에서 엄마가 보여. 자, 봐요!"

펄이 외쳤다. 헤스터는 펄의 비위를 맞춰주기 위해 들여다보았다. 그러자 갑옷의 복판이 볼록한 거울의 독특한 작용 때문에 주홍글자가 엄청나게 크게 비추어 헤스터의 모습 중 가장 두드러지게 눈에 띄었다. 마치 헤스터는 주홍글자 뒤에 완전히 감추어진 듯했다. 펄은 투구에도 비쳐진 주홍글자를 가리키며 엄마에게 미소를 지어 보였는데, 이럴 때의 그 조그만 얼굴에는 언제나 늘 나타나던 요정과 같은 영리함이 어려 있었다. 장난치며 좋아하는 펄의 얼굴도 거울 속에서 어찌나 크고 뚜렷하게 비치는지, 헤스터 프린의 눈에는 그 아이가 자기 딸이 아니라 펄의 형상을 가장하려는 마귀 새끼의 모습처럼 보였다.

"이리 오너라, 펄."

엄마는 딸아이를 끌어당기며 말했다.

"이리 와서 예쁜 정원을 구경하렴. 어쩌면 예쁜 꽃이 피어 있을 거

---

18) 1636년부터 1638년까지 코네티컷 강의 계곡을 차지하고 있던 피쿼트 인디언과 뉴잉글랜드 이주민들 사이에 벌어진 전쟁이다. 피쿼트 족이 존 올드햄(John Oldham) 선장의 배를 나포하고 그를 살해한 대가로 메사추세츠 이주민들이 피쿼트 마을을 불태워 약 600명의 인디언이 학살당했고, 나머지 생존자들은 버뮤다의 노예로 팔려 갔다고 한다 - 옮긴이

야. 숲 속에 있는 것보다 더 고운 꽃들 말이야."

펄은 엄마의 말대로 홀 끝에 있는 아치형 창가로 달려가 정원의 산책길을 훑어보았다. 그곳은 짧게 깎아놓은 잔디가 융단처럼 펼쳐져 있고, 그 가장자리에는 아무렇게나 다듬어놓은 듯한 관목들이 늘어서 있었다. 아마도 이 집 주인은 대서양 너머의 척박하고 생존경쟁이 심한 이 땅에 고국인 영국풍의 정원을 그대로 옮겨온다는 것은 불가능한 일로 여겨 포기한 것 같았다.

확 트인 눈앞에 양배추가 자라고 있었고, 조금 떨어진 곳에 뿌리를 내린 호박덩굴이 길게 뻗어 나와 큼지막한 호바 하나를 홀 창문 비로 밑에 늘어뜨리고 있었다. 그 모습은 마치 이 커다란 황금빛 야채덩어리야말로 뉴잉글랜드가 총독에게 제공할 수 있는 가장 훌륭한 정원수라고 경종을 울리는 것 같기도 했다. 이 밖에도 몇 그루의 장미나무와 사과나무도 있었다. 어쩌면 이 사과나무는 초기 연대기에 이 반도에 처음으로 이주해 와서 황소 등을 타고 돌아다니던 신화적 인물로 대변되는 블랙스톤[19]이라는 목사가 심었던 작물의 후예였을지도 모른다.

펄은 장미덤불을 보자 붉은 장미 한 송이를 따달라고 보채기 시작했다.

"쉿, 아가. 조용히 해요!"

엄마가 얼러보았지만 펄은 막무가내였다. 그래도 엄마는 다시 달래보려고 애를 썼다.

"울지 말아요. 펄은 착하지? 쉿, 저기 총독님께서 오시나 보다. 다

---

19) William Blackstone(1595~1675). 1623년 현재 보스턴 지역인 메사추세츠로 이주한 최초의 정착민으로, 청교들이 들어오면서 그들과 의견이 맞지 않자 자기 소유의 땅을 팔고 보스턴 근처로 옮겨 사과와 채소를 경작하였다 – 옮긴이

른 분들도 함께 말이야!"

그때 정말로 정원의 오솔길을 따라 사람들이 집 쪽으로 다가오는 모습이 보였다. 펄은 엄마가 달래는 것은 들은 척도 하지 않고 갑자기 사나운 고함을 한바탕 지른 후에야 겨우 조용해졌다. 엄마의 말을 따라야겠다는 생각에서가 아니라 낯선 사람들이 나타나자 날카롭고도 변덕스러운 호기심이 솟아났기 때문이었다.

꼬마 요정과 목사

　벨링엄 총독은 노신사들이 집에서 한가로울 때 즐겨 입는 느슨한 외투와 헐거운 모자 차림으로 앞장서서 걸어왔다. 그는 자기 소유의 영지를 자랑하며 앞으로의 계량 계획을 장황하게 늘어놓고 있는 모양이었다. 희끗희끗한 턱수염 밑에는 제임스 왕조 때의 유행을 본떠 공들여 만든 폭 넓은 주름 옷깃이 있어서 그의 머리는 마치 큰 쟁반 위에 얹힌 세례 요한의 머리[20]와도 같았다. 또한 추상같이 엄격하고 이미 초로를 지나 노경에 이른 것 같은 총독의 용모는 최선을 다해 자기 주위에 모아두려 애썼던 세상 재미를 돋우기 위한 수단들과는 잘 어울리지 않았다.

　그러나 우리의 근엄한 조상들이 인생을 한낱 시련과 투쟁의 연속이라고 입버릇처럼 말하고, 의무감이 생기면 언제든지 재산과 생명을 기꺼이 바칠 것이라고 말했다고 해서 이미 자기 손아귀에 들어와

---

20) 헤롯왕이 벌인 연회에서 살로메가 춤을 춘 후 왕이 원하는 것은 무엇이든 들어주겠다고 하자 살로메는 세례 요한의 목을 요구했고, 왕은 그의 목을 베어 쟁반에 담아오게 했다고 한다 ─ 옮긴이

있는 안락이나 호사마저도 물리치는 것을 양심으로 여겼으려니 생각한다면 큰 오산이다.

예를 들면, 백설처럼 새하얀 턱수염이 벨링엄 총독의 어깨 너머로 보이고 있는 존 윌슨 목사도 그 따위 원리를 가르친 적이 없었다. 이 목사는 배와 복숭아 같은 것이라면 뉴잉글랜드의 풍토에 길들일 수 있을 것이며, 자줏빛 포도는 양지바른 정원이라면 어떻게든 넝쿨을 뻗게 만들 수 있을 것이라는 등의 얘기를 하고 있었다. 영국 교회라는 부유한 품안에서 살아온 노목사는 오래전부터 선하고 안락한 것이라면 무조건 좋아하는 취미를 지닌 위인이었다. 그가 설교 단상에 섰을 때나 헤스터 프린 같은 죄를 지은 사람을 공공연히 책망할 때에는 엄격한 태도를 보였을지라도, 개인적인 생활에서는 인정 많고 자비로웠으므로 세상 사람들로부터 당시의 어느 목사보다도 따뜻한 사랑을 받고 있었다.

총독과 윌슨 목사의 뒤를 따라 다른 손님 두 명이 들어왔다. 한 사람은 독자 여러분도 기억하겠지만, 헤스터 프린이 치욕을 겪는 장면에서 마지못해 한 역할을 맡았던 아서 딤스데일 목사였다. 또 한 사람은 의술에 조예가 깊으며 2, 3년 전에 이 고장에 정착한 로저 칠링워스라는 노인이었다. 그는 딤스데일 목사의 주치의이자 절친한 벗이었다. 젊은 목사는 자기의 직분과 수고를 다하느라 몸을 돌보지 않고 희생적인 노력을 기울이는 바람에 최근 건강이 몹시 나빠졌다는 소문이었다.

손님들보다 앞서 돌층계를 한두 걸음 올라간 총독이 큰 홀의 창문을 열어젖히는 순간 바로 눈앞에 조그만 펄의 모습이 보였다. 헤스터 프린은 커튼의 그림자 때문에 잠시 동안 가려져 있었다.

"이게 누군가?"

벨링엄 총독은 눈앞에 나타난 주홍색 어린아이의 모습을 보자 흠 칫 놀라며 말했다.

"정말 내가 한참 영화를 누리던 제임스 왕조 이후로 이런 모습은 처음이네. 그때만 해도 궁전에서 열리는 가면무도회에 참석하는 것 을 무한한 영광으로 여겼지! 경축일이면 이런 꼬마 요정들이 구름같 이 모여들었는데, 우리는 그 애들을 '놀이 제왕'[21]의 아이들이라고 불렀네. 그런데 어떻게 해서 이런 손님이 이 홀에 들어왔지?"

"아아, 정말 그렇군요!"

선하게 생긴 윌슨 목사가 외쳤다.

"무슨 작은 새이기에 이렇게 새빨간 깃을 가졌을까? 오색 찬란하 게 칠해진 창문으로 스며든 햇살이 노랗고 붉은 그림자를 마룻바닥 에 만들어내고 있을 때나 이런 모습을 본 것 같은데⋯⋯. 하지만 그 것도 옛날 영국에서의 일이었지. 그런데 애야, 너는 누구냐? 네 엄마 는 어째서 너에게 이처럼 괴상하게 생긴 옷을 입혀주었지? 너도 그 리스도를 믿는 아이니? 교리문답이 무엇인지는 알고 있니? 아니면 저 그리운 영국 땅에다 로마교의 다른 유물들과 함께 모두 버리고 온 줄만 알았던 그 장난꾸러기 꼬마 요정이나 악마 새끼는 아니겠지?"

"난 우리 엄마의 아이예요. 그리고 내 이름은 펄이에요!"

주홍빛 환영이 대답했다.

"펄이라고? 차라리 루비가 나을 듯하구나! 아니면 산호든지! 그것 도 아니라면 네가 입고 있는 옷 색깔로 봐서 빨간 장미가 더 어울리 겠구나!"

노목사는 대답하면서 손을 내밀어 귀여운 펄의 뺨을 쓰다듬어 주

---

21) 15세기 말에서 16세기 초 영국에서 크리스미스 연회를 주관하는 사회자로 임명되었던 관 리를 말한다 - 옮긴이

려 했으나 헛수고였다

"그런데 너의 엄마는 어디 계시지? 오냐, 알겠다!"

노목사는 이내 벨링엄 총독에게 고개를 돌리며 속삭였다.

"이 아이가 바로 우리들이 의논했던 그 아이입니다. 그리고 불행한 여인인 아이의 엄마 헤스터 프린이 이곳에 와 있군요."

"그래요?"

총독이 외쳤다.

"하마터면 저런 아이의 엄마라고 해서 주홍색 여인이거나 바빌론의 여자[22]와 같을 거라고 판단할 뻔했군. 마침 당사자가 왔으니 잘되었소. 당장 이 문제를 상의해 보기로 합시다."

벨링엄 총독은 유리문을 거쳐 홀 안으로 들어섰다. 세 명의 손님도 뒤따라 들어왔다

"헤스터 프린."

총독은 주홍글자를 단 여인을 향해 준엄한 시선을 던지며 말을 이었다.

사실, 요즘 그대 일로 여러 차례 논의가 많았소. 내용인즉, 유혹의 구렁텅이에 빠져 허우적거리는 그대에게 저 아이의 영혼을 맡겨두는 것이 과연 권위 있고 영향력 있는 우리로서 양심의 책무를 다했다고 할 수 있는가 하는 점이오. 아이의 엄마로서 대답을 해봐요. 그대에게서 아이를 떼어내어 수수하게 옷을 입히고 엄격하게 교육시키며 하늘의 진리를 따라 키우는 것이 아이의 일시적인 행복이나 영원한 행복을 위해서도 좋지 않을까? 그대의 의견은 어떠하오? 이런 일을 위해서 그대가 할 수 있는 일이 무엇이겠소?"

---

22) '주홍녀'와 '바빌론의 여자'는 성경에 나오는 음탕한 여인으로 창녀를 가리킨다. 특히 '바빌론의 창녀'는 초기 청교도들이 로마 가톨릭교를 지칭하는 별명으로 사용했다 ― 옮긴이

"저는 바로 이것으로부터 배운 바를 제 어린 펄에게 가르쳐줄 수 있습니다."

헤스터 프린은 자신의 가슴에 있는 붉은 표적에 손가락을 얹으며 대답했다.

"여인이여, 그것은 그대의 치욕의 표적이 아닌가?"

총독은 준엄한 표정으로 대답했다.

"우리가 그대의 아이를 남에게 맡기려는 것은 바로 그 주홍글자의 수치 때문이란 말이오."

"하지만……."

얼굴이 창백해진 헤스터 프린은 애써 마음을 가다듬으며 조용한 목소리로 말을 이어 나갔다.

"맞아요. 이 표적이 저에게 가르쳐주고 있어요. 매일같이, 지금 이 순간에도 가르쳐주고 있답니다. 제 아이가 더욱더 똑똑하고 바르게 살아갈 수 있을지도 모를 교훈을 말이에요. 비록 저에게는 아무 소용도 없겠지만요."

"우리는 신중히 판단하여……."

벨링엄 총독이 말을 이었다.

"앞으로 어떻게 행동해야 옳을지 잘 생각해야 합니다. 윌슨 목사님께 부탁드립니다. 이 펄을 ─ 이 아이의 이름이 펄이랍니다 ─ 잘 살펴봐 주시지요. 그리고 그 나이 또래 아이가 응당 갖추어야 할 기독교 교육을 받았는지 안 받았는지 좀 알아봐 주세요."

노목사는 안락의자에 앉아서 두 무릎 사이로 펄을 끌어당겨 안으려 했다. 하지만 따뜻한 엄마의 품 외에 다른 사람이 자신의 몸에 손을 대는 것이 익숙지 않았던 펄은 열려 있던 문으로 쏜살같이 달아났다. 그리고 금방이라도 하늘로 오를 것 같은 열대지방의 야생조처럼 돌층계 위에 우뚝 섰다. 윌슨 목사는 갑작스러운 아이의 행동에 적잖이 당황스러운 듯했다. 그는 마음씨 좋은 할아버지 같은 면이 있어서 언제나 아이들이 잘 따랐기 때문이었다. 당황한 빛을 애써 감추며 목사는 다시 시험을 해보려고 했다.

"펄."

윌슨 목사는 매우 엄숙한 태도로 펄에게 말했다.

"장차 네 가슴에 아주 값진 진주를 달려면 하나님의 말씀을 명심하며 살아야 한단다. 자, 말해 보렴. 너를 만드신 분은 누구지?"

이제는 펄도 누가 자기를 만들었는지 잘 알고 있었다. 믿음이 돈독한 집안의 딸인 헤스터 프린이 딸아이와 하늘에 계신 아버지에 대한 이야기를 나눈 뒤부터 계속해서 여러 가지 진리를 가르쳐왔기 때문이다. 아무리 미숙한 나이라도 이러한 진리에 대해서는 비상한 흥미를 가지고 귀 기울이기 마련이다. 3년 동안에 펄이 얻은 지식은 상당했으며 뉴잉글랜드 종교 입문서나 웨스트민스터 교리문답의 첫머리 정도의 시험이라면 — 설령 이름난 이 책들의 겉모양이 어떻게 생겼는지 본 적은 없었지만 — 거뜬히 치를 수 있었을 것이다.

그런데 아이들이라면 누구나 조금은 가지고 있고, 더욱이 펄의 경우에는 여느 아이들보다 열 배나 더한 심술이 바로 이 중요한 때에 눈치도 없이 펄의 입을 꼭 다물게 했다. 펄은 무례하게도 손가락을 입에 문 채 윌슨 목사의 물음에 번번이 대답하지 않았고, 마침내 자기는 누가 만들어낸 것이 아니라 감옥 문 앞에 자라난 장미덤불 속에서 엄마가 따온 것이라고 했다.

펄이 이런 엉뚱한 생각을 하게 된 것은 아마도 아이가 창문 바깥쪽에 서 있을 때 가까이에 총독 저택의 붉은 장미가 눈에 띄었거나, 이곳으로 오던 길에 보았던 감옥 문 앞의 장미덤불이 불현듯 떠올랐기 때문이었을 것이다.

　늙은 로저 칠링워스는 얼굴에 미소를 띤 채 젊은 목사의 귀에 대고 뭐라고 속삭였다. 헤스터 프린은 그 의사를 바라보면서 자신의 운명이 아슬아슬한 상태에 놓인 순간이었음에도 그의 용모에 일어난 많은 변화를 본 순간, 깜짝 놀라지 않을 수 없었다. 그는 참으로 흉물스러워져 있었다. 그녀와 함께 지냈던 그때보다도 거무튀튀한 안색은 더욱 검어져 있었고, 몸뚱이는 한층 더 불 구자의 티를 드러내 보였다. 헤스터는 잠시 동안 그와 눈이 마주쳤으나 이내 놀란 마음을 추스르고 지금 당장에 벌어지고 있는 사대에 다시 신경을 곤두세웠다.

　로저 칠링워스 노인은 얼굴에 미소를 띠며 젊은 목사의 귀에 무언가를 속삭였다. 신통한 의술을 지닌 노인을 힐끗 바라본 헤스터 프린은 비록 자신의 운명이 존망의 기로에 놓여 있는 순간임에도 변해버린 노인의 용모에 경악하지 않을 수 없었다. 그녀와 친숙하게 지내던 때보다 훨씬 흉물스러워졌으며, 거무튀튀한 얼굴에는 한층 더 우중충한 그림자가 드리워져 있어 노인의 모습을 몹시 기형적으로 보이게 했다. 헤스터의 시선이 잠깐 동안 노인의 눈과 마주쳤지만 이내 놀란 마음을 추스른 그녀는 눈앞의 사태에 주의를 집중시켰다.

　"이것 참, 기막힌 노릇이군!"

　펄의 대답에 어안이 벙벙해진 총독은 애써 마음의 평정을 찾으며 말했다.

　"세 살씩이나 되었는데 누가 자기를 만들어 주었는지 모르다니! 이 아이는 자기의 영혼은 말할 것도 없고 타락이나 앞으로의 운명에 대해서 아무것도 모르는 것이 틀림없소. 그러니 여러분, 이제 더 이상 물어볼 필요도 없는 것 같소이다."

헤스터는 펄을 힘껏 잡아당겨 자기 품에 안으면서 매서운 표정으로 청교도인 노총독을 쏘아보았다. 세상으로부터 버림받고 쫓겨난 자기의 외로운 심정에 펄은 단 하나의 희망이자 유일한 보물이었다. 그녀는 절대로 빼앗길 수 없는 권리를 온 세상과 대항해서라도 지켜내고 말리라 생각했다.

"이 아이는 하나님이 저에게 보내주신 아이입니다!"

헤스터가 부르짖었다.

"하나님께서는 당신들이 제게서 빼앗아간 모든 것에 대한 보상으로 이 아이를 주신 거예요. 이 아이는 저의 행복이자 고통이기도 하지요! 제가 이처럼 세상에 존재할 수 있는 것도 모두 펄 때문이라고요! 펄은 또한 제게 벌도 주고 있지요! 모르시겠어요? 이 아이는 바로 제가 사랑할 수밖에 없는 주홍글자라는 사실을 말이에요. 그래서 저의 죄에 대한 엄청난 징벌의 힘도 부여받고 있지요. 하늘이 무너진다고 해도 당신들에게 이 아이를 빼앗기지 않겠어요! 그럴 바에야 차라리 제가 먼저 죽어버리겠어요!"

"정말 가엾은 여인이여!"

인정이 많은 노목사가 말했다.

"아이를 소중하게 돌봐주겠소! 당신이 돌봐주는 것보다도 훨씬 더 잘 보살필 것이오."

"그 아이는 하나님께서 제게 맡기신 거예요."

헤스터는 고함을 치듯 목청을 높여 말했다.

"절대로 이 아이만은 내놓지 못하겠어요!"

말을 마친 헤스터는 무슨 충동을 느꼈는지 불현듯 딤스데일 목사를 향해 얼굴을 돌렸다. 지금까지 단 한 번도 그 목사가 있는 쪽으로 시선을 돌린 적이 없었던 그녀였다.

"저를 위해 무슨 말씀이든 좀 해주세요! 예전에 저의 담임 목사님 이셨고 제 영혼을 책임지고 계셨던 분이니 저분들보다는 저를 더 잘 아시잖아요. 절대로 아이를 빼앗길 수 없어요! 그러니 제발 저를 위해서 꼭 한 말씀만 해주세요. 목사님은 다른 분들보다 동정심이 더 많으시니 제 마음을 헤아려주세요. 어미의 권리가 어떤 것인지, 가진 것이라곤 아이 하나와 주홍글자밖에 없을 때 그것에 대한 어미의 애착이 얼마나 강한지를 잘 알고 계시잖아요. 부디 은총을 내려주세요. 저는 제 아이를 결코 잃지 않을 거예요! 제발 도와주세요!"

헤스터 프린의 앙칼지고도 과격하면서 열의에 찬 호소를 듣자, 갑자기 얼굴이 창백해진 젊은 목사가 가슴을 손으로 움켜쥔 채 앞으로 나섰다. 유난히 신경질적인 데가 있는 목사는 극도로 흥분되면 늘 하던 버릇이었다. 그는 헤스터가 군중들 앞에서 모욕을 당하는 자리에 참석했을 때보다 더 초췌하고 수척한 모습이었다. 게다가 몸이 허약해진 탓인지 아니면 다른 이유가 있어서인지는 몰라도 깊고 그윽하면서 너무나 검고 큰 그의 눈동자에는 난처함과 괴로움으로 인한 우울함이 흥건히 괴어 있었다.

"이 여인의 말에도 일리가 있습니다."

젊은 목사는 상냥하면서도 떨리는 목소리로 말문을 열었다. 그 목소리에는 힘이 있었기 때문에 온 거실에 울려퍼져서 속이 텅 빈 갑옷도 진동할 만큼 홀 안에 울려퍼졌다.

"헤스터의 말뿐 아니라 그녀의 가슴을 이토록 벅차오르게 하는 감정 속에는 진실이 간직되어 있어요! 하나님은 그녀에게 아이를 주셨을 뿐 아니라 그 아이의 괴팍한 성질이나 욕망에 대해 본능적으로 알 수 있는 지식도 주셨습니다. 이것은 갖고 싶다고 해서 아무나 가질 수 있는 것이 아닙니다. 그러니 이 모녀간에 지극히 신성한 그 무엇이 간직되어 있지 않을까요?"

"아니, 딤스데일 목사님. 그게 무슨 뜻입니까? 좀 분명하게 말씀해 주시죠."

총독이 말을 가로챘다.

들으신 대로, 그녀의 말에는 진실이 담겨 있습니다."

젊은 목사는 계속해서 말을 이었다.

"만일 그렇지 않다고 생각한다면, 모든 생명의 창조주이신 하나님 아버지께서는 죄짓는 행동을 무심히 넘기심으로써 추잡한 정욕과 신성한 사랑 모두를 인정하고 계시다는 결과가 되지 않겠습니까? 아버지의 죄와 어머니의 치욕으로 태어난 이 아이는 어머니의 마음에 감화를 주기 위해 하나님께서 손수 내려주셨습니다. 그러기에 이 아이를 키울 수 있도록 어미로서의 비통한 심정으로 간곡히 호소하고 있는 것입니다. 이 아이는 축복의 뜻으로, 이 여인의 일생에 오직 한 번뿐인 축복으로서 주어진 것이지요! 어쩌면 헤스터가 말한 대로 천벌을 내리기 위한 것인지도 모릅니다. 이를테면 뜻하지 않은 순간에 찾아드는 괴로움이라든가 그 괴로운 기쁨의 순간에 느껴지는 고통이요, 쓰라린 가시요, 연거푸 되살아나는 고뇌인 것입니다! 이러한 생각을 그녀는 이 가엾은 어린것의 옷차림으로 나타내고 있는 것이 아닐까요? 이 아이의 옷을 보면 불현듯 그녀의 가슴을 불태우는 붉은 상징이 강렬하게 떠오르니 말입니다."

"과연 훌륭하신 말씀이오!"

윌슨 목사가 소리쳤다.

"나는 또 저 여인의 머릿속에 자기 아이를 광대로나 만들려는 생각밖에 없는 줄 알았구려."

"천만에요! 절대로 그렇지 않습니다!"

딤스데일 목사는 계속 말했다.

"헤스터는 하나님께서 이 아이를 세상에 태어나게 한 그 존엄한 기적을 잘 깨닫고 있을 겁니다. 그녀로서는 이 은혜가 무엇보다도 우선 어미인 자신의 영혼을 살리고, 사탄의 유혹에 넘어가 한층 더 어두운 죄의 구렁텅이에 빠지지 않도록 지켜준다는 사실을 느끼는 것 같습니다. 저 또한 그것이 진실이라고 생각합니다. 그러므로 죄 많고 가여운 이 여인에게 충만한 기쁨도 환희도 될 수 있으며, 영원한 슬픔도 될 수 있는 이 아이를 맡기는 것이 좋겠습니다. 그러면 이 아이는 어미 손에서 의롭게 키워지고, 지난날 자신의 타락을 잊지 못하게 해줄 것이며, 점차 점차 바른길로 나가는 법을 배우게 될 겁니다. 그러면서 조물주와의 절대적인 약속처럼 아이를 가르쳐 주님의 품으로 인도한다면 그 아이 역시 어머니를 천국으로 인도하리라는 것을 배우게 될 것입니다. 이런 점에 있어서 죄 많은 어미가 죄를 지은 아비보다는 더 많은 행복을 누리게 될 것입니다. 그러니 헤스터 프린을 위해서나 가엾은 아이를 위해 하나님 아버지의 섭리대로 그들을 내버려두어야 할 것입니다!"

"유난히 흥분에 겨운 어조로 말씀하시는군요."

로저 칠링워스가 목사를 향해 미소를 지어 보이며 말했다.

"하지만 지금 젊은 형제가 하신 말씀에는 매우 중대한 의미가 담겨 있군요."

윌슨 목사는 덧붙였다.

"벨링엄 총독, 어떻게 생각하십니까? 저 가엾은 여인에게 아주 도움이 되는 변론 아닙니까?"

"정말이오."

총독은 말을 이었다.

"그 말을 들으니 지금 이 문제는 한동안 보류해도 별 문제가 없을 것 같군요. 적어도 이 여인이 앞으로 더 이상의 추문을 일으키지 않는 한 말입니다. 하지만 그렇더라도 저 아이에게는 적절하고 합당한 교리문답 시험을 치르도록 해야 합니다. 그 문제는 윌슨 목사님이나 딤스데일 목사님이 수고해 주십시오. 그리고 적당한 때가 되면 학교에도 보내고 교회에 나가 예배를 드릴 수 있도록 마을 관리들이 신경을 써주어야겠죠."

그러는 동안 사람들에게서 몇 걸음 물러난 딤스데일 목사는 창문에 드리워진 묵직한 커튼의 주름장식 뒤에 얼굴을 반쯤 가린 채 서 있었다. 햇빛을 받아 마룻바닥 위에 비친 목사의 그림자는 조금 전의 격렬한 호소 때문에 사뭇 떨리고 있었다. 그때 사납고 변덕스러운 꼬마 요정 펄이 조용히 목사에 다가가 두 손으로 그의 손을 움켜쥐더니 자신의 뺨에 갖다대는 것이었다. 그렇게 어루만지는 모습이 어찌나 다정스럽고 얌전하던지 아까부터 주시하고 있던 헤스터는 혼잣말로 중얼거렸다.

"저 애가 정말 내 딸 펄이란 말인가?"

하지만 펄이 가슴속에 애정을 간직하고 있다는 사실을 엄마는 잘 알고 있었다. 비록 그것이 대부분 격렬하게 표출되기 일쑤였고, 지금과 같이 부드럽고 얌전하게 나타난 적은 거의 한 번도 없었던 일이지만 말이다.

딤스데일 목사는 오랫동안 못내 그리워했던 헤스터의 애정을 제외하면, 정신적인 본능에서 자연스럽게 우러나와 진정 사랑받을 만한 호감을 표하는 그 아이의 애정 표현보다 더 흐뭇한 것은 없었다. 주위를 둘러본 젊은 목사는 아이의 머리 위에 손을 얹은 다음 잠시 망설이는 듯하더니 이내 아이의 이마에 입을 맞추었다. 하지만 여느 때와 다른 펄의 기분은 그리 오래 가지 않았다. 펄은 깔깔대며 한바탕 웃음을 터뜨리더니 마치 날아갈 듯이 사뿐사뿐 홀 바깥으로 뛰쳐나갔다. 윌슨 목사는 아이의 발끝이 정말로 바닥에 닿았는지 궁금해했다.

"아무래도 저 꼬마 말괄량이는 요정들의 마법을 부릴 줄 아는 모양입니다. 마귀할멈이 타고 다닌다는 빗자루가 없어도 하늘을 날 것 같은데요."

윌슨 목사는 딤스데일 목사를 향해 말했다.

"정말로 이상한 아이군요! 확실히 저 애한테는 어머니로부터 물려받은 것이 있어요. 여러분, 저 아이의 성격을 분석하고 아이의 모습을 바탕으로 해서 아이 아버지를 추정해 내는 일이 학자들의 연구로는 불가능한 일일까요?"

로저 칠링워스가 말했다.

"그건 안 됩니다. 이런 문제를 가지고 속세의 학문을 실마리로 이용한다는 것은 죄가 되는 일이겠지요. 그보다는 금식을 하고 기도를 드리는 편이 나을 겁니다. 더 좋은 방법은 하나님 아버지의 섭리에 따라 그 죄를 밝히려 하실 때까지 그 수수께끼를 그대로 놔두는 겁니다. 그러면 선량한 그리스도교들은 너나 할 것 없이 가엾게도 버림받은 저 아이에게 아버지 같은 온정을 베풀 자격을 갖게 될 테지요."

윌슨 목사가 말했다.

일이 만족스러운 결말을 보게 되자 헤스터 프린은 펄과 함께 총독 댁을 떠났다. 모녀가 돌층계를 내려섰을 때 어떤 방의 창문 하나가 활짝 젖혀지며 총독의 심술궂은 누이동생 히빈스 부인이 화창한 창밖으로 얼굴을 삐죽이 내밀었다. 이 부인은 몇 해 뒤에 마녀란 죄로 처형될 여인이었다.

"이봐요, 이봐!"

그녀의 불길한 얼굴은 새 저택의 명랑한 분위기에 어두운 그림자를 더해 주는 것 같았다.

"오늘밤에 우리들과 같이 안 가겠소? 숲 속에 재미있는 패들이 많을 오기로 했는데. 예쁜 헤스터 프린도 조만간 참석할 것이라고 악마한테 약속까지 해놓았다오."

"악마에게 제가 미안해하더라고 좀 전해 주세요!"

헤스터 프린은 승리의 미소를 지으며 의기양양한 목소리로 덧붙였다.

"저는 집에서 우리 펄을 돌봐주어야 해요. 만약 당신들에게 제 아이를 빼앗겼다면 저도 기꺼이 당신과 함께 숲 속으로 가서 악마의 명부에 제 이름을 적어 넣었을 거예요. 그것도 제 피로 말이에요."

"어차피 당신도 곧 거기로 오게 될 텐데 뭐!"

마녀는 얼굴을 잔뜩 찌푸리며 창문 안으로 사라졌다.

그런데 이 히빈스 부인과 헤스터 프린의 만남이 단지 소문이 아니라 사실이라면, 타락한 어미와 그 죄악의 소산인 아이의 관계를 떼어놓아서는 안 된다고 주장하던 젊은 목사의 견해가 옳았음이 입증된 셈이었다. 이처럼 펄은 이미 사탄의 유혹으로부터 어머니를 건져내었던 것이다.

의사

독자들도 기억하고 있겠지만, 로저 칠링워스란 이름 밑에는 또 다른 이름이 숨겨져 있었다. 이 가명의 주인공은 자기의 본명이 세상 사람들 입에 다시는 오르지 못하게 굳게 마음먹은 터였다. 그것은 위험천만한 황야에서 막 돌아온 여행에 지친 나이 지긋한 한 사나이가 군중들 속에 섞여, 뭇사람들 앞에서 죄의 상징인 양 세워진 헤스터 프린을 바라다보고 있었던 것과 관계되기도 한다.

이 남자는 그 여인과 함께 따스하고 단란한 가정을 꿈꿔 왔었다. 그러나 정숙한 부인으로서 헤스터의 명예는 이미 모든 사람들의 발 아래 짓밟혀 버렸다. 처형대 주위에서는 그녀를 둘러싼 험담과 비방이 들끓고 있었다. 만일 헤스터의 친척들이나 순결했던 처녀 시절의 친구들에게 이 소문이 퍼진다면, 결국 그들도 이 불명예에 물들어 전염될 수밖에 없었다. 그리고 이 불명예는 그녀와 친구들의 관계가 얼마나 신성한 것이었는가와 상관없이 퍼져나갈 것이다.

그렇다면 이 타락한 여인과 누구보다도 친밀하고 신성한 관계를 가졌던 남자가 무엇 때문에 일부러 나타나서 이런 바람직하지 못한 유산에 대한 권리를 주장 – 주장하지 않고도 자기에게 선택권은 달려 있지만 – 하고 나서겠는가? 남자는 치욕의 처형대 위에 헤스터와 나란히 서서 수모를 당하지 않으리라 결심했다. 그는 헤스터 프린을 제외한 모든 사람들에게 자신의 정체를 감추고 그녀의 침묵이라는 자물쇠와 열쇠를 손아귀에 쥔 채 인류의 명단에서 자신의 이름을 아예 지워버리려고 작정했던 것이다. 그리고 지난날의 인연이며 이해관계에 대해서는 이미 오래전에 떠돌던 소문대로 바닷속에 가라앉은 사람처럼 세상에서 완전히 사라지기를 원했다. 일단 이와 같은 목적이 이루어진다면 보다 새로운 이해관계와 새로운 목적이 다시 싹트게 될 터였다. 이러한 목적이 죄악은 아니라고 해도 음흉한 일이었으며, 자신의 재능을 모두 활용해야 할 만큼 힘든 일임에는 틀림없었다.

이런 결심을 실행에 옮기기 위해 남자는 로저 칠링워스라는 이름 아래, 자신이 지닌 풍부한 학문과 지혜밖에는 아무것도 세상에 내세우려 하지 않은 채 이 청교도 마을에 자리를 잡았다.

그는 지난날의 연구로 당시 의학 지식에 상당히 능통했기 때문에 의사로서 행세할 수 있었고, 실제로도 의사로서 후한 대접을 받고 있었다. 이 식민지에서는 외과기술과 의학에 정통한 사람은 극히 찾아보기 어려웠다. 아마 그런 사람들은 다른 이주민들이 대서양을 건너게 했던 열정적인 신앙심이 없었는지도 모를 일이다. 인간의 신체구조를 연구하는 동안 남달리 높고 섬세하던 그들의 정신적 기능이 물질화되고 마침내 그 자체 안에 삶의 모든 것을 함축할 만한 기술을 지닌 것인 양 신비롭고 복잡한 구조 속을 헤매다가 끝내 삶을 정신적으로 바라보는 관점을 잃어버리고 말았는지도 모른다.

어쨌든 의약에 관한 한 보스턴 사람들의 건강은 지금까지 집사이자 약제사인 나이 지긋한 노인의 손에 달려 있었다. 이 노인의 경건함과 신앙심 깊은 태도 자체는 그 어떤 것보다도 훌륭한 자격증이었다. 마을에 단 하나뿐인 외과의사는 간혹 그 고귀한 기술을 발휘하기도 했지만 여느 때는 면도질을 하는 것이 본업이었다. 이와 같은 의술계에 등장한 로저 칠링워스는 그야말로 눈부시게 빛나는 존재가 아닐 수 없었다. 그는 오래지 않아 예로부터 내려오는 무게와 위엄을 갖춘 고대 의술에 통달하고 있음을 세상에 보여주었다. 그것은 성분이 다른 여러 가지 잡다한 약물들을 섞어서 그 효과가 마치 불로장생이라도 되는 양 공들여 조제했다. 더욱이 칠링워스는 인디언들에게 붙잡혀 있는 동안 약초나 뿌리의 약효에 대한 풍부한 지식을 습득했다. 그는 대자연이 무식한 야만인들에게 선물로 내려준 단순한 약재를, 수세기에 걸쳐 학식 높은 수많은 의사들이 만들어낸 유럽의 그것과 똑같이 믿을 수 있는 것이라고 환자들에게 자신 있게 말했다.

학식 높은 이방인은 적어도 겉으로는 모범적인 신앙 생활을 했으며, 도착하자마자 딤스데일 목사를 자신의 영적 지도자로 모셨다. 아직까지 학자로서의 명성이 옥스퍼드에 남아 있는 이 젊은 목사를, 열렬한 숭배자들은 하나님이 정해 주신 사도 못지않은 존재로 간주하고 있었다. 그리고 만일 그가 여느 사람만큼 살아서 일할 수 있다면 일찍이 초기의 기독교를 위하여 교부들이 자리잡지 못한 신앙을 위해 이바지한 위대한 업적을 아직도 신앙이 미약한 뉴잉글랜드에 남기게 될 것이라고 입을 모았다.

그런데 이즈음 딤스데일 목사의 건강은 눈에 띄게 나빠지기 시작했다. 목사의 생활 습관을 잘 알고 있는 사람들은, 젊은 목사의 얼굴이 수척해지는 것은 지나치게 연구에 몰두하는 데다 직분을 너무 고지식하게 이행하고 있기 때문이며, 세속적인 일들이 마음의 등불을 가로막아 어둡게 하지 못하도록 자주 금식하고 철야 기도를 올리는 탓이라고 생각했다. 그중에는 딤스데일 목사가 정말 죽을 지경에 놓였다면, 그것은 이 세상이 더 이상 그가 발을 디딜 가치조차 없기 때문이라고 단언하는 사람도 있었다. 한편 목사 자신은, 만약에 하나님이 자기를 데려가는 것이 옳다고 여기신다면 그것은 자기가 이 세상에서 신의 사명 가운데서도 가장 보잘것없는 일조차도 수행할 자격이 없기 때문이라는 소견을 특유의 겸손한 태도로 말했다. 목사의 건강이 쇠약해진 원인에 대해 견해 차이는 있었지만 어쨌든 그가 쇠약해졌다는 사실만은 의심할 여지가 없었다. 그의 모습은 날로 여위어갔다. 목소리는 여전히 맑고 청아했지만 어딘지 모르게 침울한 구석이 엿보였고, 대수롭지 않은 일에도 흠칫 놀라거나 혹은 뜻밖의 일을 당하면 가슴에 손을 얹은 채 얼굴을 붉혔다가 이내 창백해지며 괴로워하는 모습을 드러내 보였다.

젊은 목사의 건강이 악화되어 여명과도 같은 그의 생명이 금방이라도 꺼질 것 같은 절박한 시기에 때마침 로저 칠링워스가 이 마을에 나타난 것이다. 도대체 그가 어디에서 왔는지, 하늘에서 떨어졌는지 땅에서 솟아났는지 그 누구도 알지 못했다. 이처럼 그의 첫 등장은 자못 신비로운 면마저 있었고, 마침내 기적 같은 일이라고까지 생각했다. 이 사나이는 의술에 능숙한 위인으로 알려졌고, 여느 사람들 눈에는 쓸모없이 보이는 것들에서 숨은 묘약을 찾아내는 사람처럼 약초며 들꽃송이를 모으고 풀뿌리를 캐고 숲 속 나뭇가지를 꺾는 모습이 이따금 눈에 띄었다. 또한 그는 영적인 업적에 뒤지지 않을 만한 과학적 업적을 이룩한 케넬름 딕비 경[23]이며 그 밖의 고명한 사람들과 서신을 교환했다거나 혹은 같이 일했던 동료라고 언급한 적도

---

23) Sir Kenelm Digby(1603~1665). 영국의 철학자이자 외교관이며 과학자로, 연금술과 점성술에 정통했고 식물 재배에 산소의 중요성을 최초로 강조했다 — 옮긴이

있었다.

그렇다면 학계에서 그만큼 높은 위치에 있는 사람이 대체 무슨 연유로 이 척박한 곳까지 오게 된 것일까? 대도시에서 활동해야 할 사람이 이 황무지에서 무엇을 얻으려 한다는 말인가? 이런 물음에 답하기라도 하듯 그럴싸한 소문들이 나돌았다. 어떠한 이론적 근거도 없는 소문들은 하나같이 터무니없는 것들이었지만 극히 지각 있는 사람들 중에서도 믿는 사람들이 몇몇 있었다. 소문의 내용은, 하나님께서 독일의 어느 대학교에 있는 저명한 의학박사를 하늘로 날라다 딤스데일 목사의 서제 문턱에 내려놓으심으로써 완벽한 기적을 베푸셨다는 것이다! 그 가운데 좀 더 현명하고 신앙심 깊은 사람들도 하나님께서 그 뜻을 펼치실 때 기적적인 간섭이라는 극적 효과를 연출하지 않아도 그 뜻을 이루신다는 사실을 잘 알고 있으면서도, 때를 맞춘 듯한 로저 칠링워스의 출현에는 하나님의 섭리가 함께 하고 있다고 믿고 싶은 모양이었다.

이와 같은 생각은 젊은 목사에 대한 의사의 깊은 관심으로 더욱 확고해졌다. 처음에 의사는 교구민으로서 목사에게 접근했고, 천성이 예민하고 내성적인 목사로부터 친구로서의 경의와 신임을 얻고자 노력했다. 그는 목사의 건강 상태에 적이 놀라움을 표했지만 – 고쳐주고 싶은 마음도 간절했으므로 – 빨리 손을 쓰면 좋은 결과를 얻을 수 있다는 희망에 자기가 직접 치료하기를 원했다. 장로들과 집사들과 아낙네들과 젊고 예쁜 처녀들과 딤스데일 목사의 신도들이 의사의 솔직한 치료 제안을 수락하라고 간곡히 권하였다. 그러나 딤스데일 목사는 그들의 간청을 넌지시 물리쳤다.

"나에게는 약이 필요치 않습니다."

젊은 목사는 다만 이렇게 말할 따름이었다.

그러나 안식일이 돌아올 때마다 두 뺨은 더욱더 파리하게 야위고, 목소리는 이전보다 더 떨렸고, 가슴 위에 손을 얹는 것이 간혹 하는 몸짓이 아니라 이제는 습관으로 굳어졌다. 그런데도 젊은 목사는 어떻게 그런 소리를 할 수 있었을까? 목사는 자기 일에 싫증이 난 것일까? 혹시 죽기를 바라고 있는 것은 아닐까? 보스턴의 선배 목사들과 그의 교회 집사들은 딤스데일 목사에게 엄숙한 태도로 이렇게 되풀이해 물었다. 그들은 하나님의 섭리로 보내진 도움을 함부로 물리치는 것은 죄라고 타이르며, 그들 자신들의 표현을 빌린다면 '목사님에게 적당한 대책'을 취했다. 잠자코 듣고만 있던 목사는 마침내 의사의 진찰을 받아보겠다고 약속했다.

"진정으로 하나님의 뜻이라면…… 내 수고와 슬픔과 죄악과 괴로움이 곧 내 생명과 더불어 끝을 맺어 이승의 것은 내 무덤에 함께 묻힐 것이고 영적인 것은 나를 따라 영원 속으로 사라질 것입니다. 하지만 저는 그것으로 만족할 따름입니다. 그러니 의사선생님께서는 저를 위해 의술을 증명해 보이시지 않아도 괜찮습니다."

로저 칠링워스의 진찰을 받는 자리에서 딤스데일 목사가 말했다.

"아아!"

로저 칠링워스는 꾸며낸 태도인지 스스로 우러나온 본래의 성격인지 몰라도 차분히 가라앉은 어조로 입을 열었다.

"젊은 목사님들은 으레 그렇게들 말하지요. 젊은 사람들은 생명의 뿌리가 깊이 박혀 있지 않아서인지 너무 쉽게 삶을 포기하거든요. 그리고 하나님과 더불어 세상을 가던 성자와 같은 사람들은 아마 새 예루살렘[24]의 황금길을 주님과 함께 거닐고 싶은 생각으로 이 세상을 떠나고 싶겠지요."

---

24) 〈요한계시록〉 21장 2절에서 예언된 구원받은 영혼들의 천상 도시를 말한다 - 옮긴이

"아닙니다."

젊은 목사는 가슴에 두 손을 얹고 이마에는 고통의 빛을 띠면서 대꾸했다.

"만일 제가 천국에 가서 거닐 만한 자격이 있다면 차라리 이승에서 일하는 것에 훨씬 더 만족할 수 있을 겁니다."

"훌륭한 분들은 언제나 스스로를 낮추어 말하더군요."

의사가 말했다.

신비에 싸인 로저 칠링워스 노인은 이렇게 딤스데일 목사의 건강을 보살펴주는 주치의가 되었다. 그는 목사의 병을 고치는 데도 목적이 있었지만 목사의 성격과 체질을 파악하고 싶은 마음 또한 간절했다. 두 사람은 나이 차가 꽤 되었지만 점차적으로 많은 시간을 함께 보내게 되었다. 목사의 건강을 위하고 치료에 좋다는 약초를 채집할 겸해서 두 사람은 오랫동안 해변이나 숲 속으로 산책을 나가곤 했다. 그들은 철썩이는 파도 소리와 마치 찬송가를 부르듯 나뭇가지 꼭대기에서 부는 엄숙한 바람 소리를 들으며 많은 이야기를 나누었다. 또한 목사가 지내는 서재로 노의사가 방문하는 일도 있었다. 목사도 노의사와 자리를 같이 하면 어떤 매력 같은 것을 느꼈다. 목사는 의사에게 깊고 넓은 지적 교양과 더불어 자기와 같은 동료 목사들에게서도 좀처럼 찾아볼 수 없는 폭넓고 자유로운 사상을 가졌음을 깨달았다. 의사에게서 이런 특성을 발견한 목사는 기쁘고 놀라웠다.

진정한 성직자요 진정한 종교가인 딤스데일 목사는 하나님을 섬기는 경건한 마음으로 철저히 무장하고, 세월의 흐름과 더불어 믿음의 깊이를 더욱 깊고 견고하게 다지는 정신력의 소유자였다. 목사는 어떠한 사회에서라도 자유 사상을 따르지 못할 사람이었다. 마음의 평화를 얻기 위해서는 언제나 자기 주변에 믿음의 압력을 느껴야만

했다. 이 압력이 무쇠 같은 손아귀로 그를 속박할 때에만 마음의 평안을 얻었다. 그럼에도 불구하고 평소에 대화를 나누지 않던 사람의 색다른 지성을 통하여 우주를 관찰할 수 있을 때 떨리는 마음으로 위안을 느끼기도 했다. 그것은 마치 활짝 열린 창문을 통해 비좁고 밀폐된 서재 안으로 자유로운 공기가 스며 들어오는 것과도 같았다. 몽롱하게 비치는 등불과 희미하게 스며드는 햇빛과 책에서 풍기는 곰팡이 냄새 — 그것이 감각적이든 정신적이든 간에 — 속에서의 서재 생활은 목사의 생명을 조금씩 갉아먹고 있었다. 하지만 그 공기는 너무나 신선하고 차가워서 오래도록 편히 숨을 쉴 수 없었다. 그래서 목사는 의사와 함께 그들의 교회가 정통이라고 인정하는 울타리 안으로 다시 돌아갔다.

로저 칠링워스는 두 가지 면에서 환자의 모습을 조심스럽게 살펴보았다. 하나는 평소대로 친숙한 사상의 울타리 안에서 익숙하게 길을 더듬어가는 모습이고, 다른 하나는 색다른 정신적 풍토 속에 내던져진 순간 그 신기한 풍경에 놀라 새로운 성격을 나타내는 모습이었다. 의사는 환자를 치료하기 전에 우선 그를 아는 것이 꼭 필요하다고 생각하는 눈치였다. 감정과 지성을 가진 인간이라면 육체에 깃드는 질병 또한 그것들의 영향을 받게 마련이다. 활발하고 예민한 사고와 상상력을 지니고 있는 딤스데일의 경우 유달리 감수성도 강했으므로 거기에서 신병(身病)의 뿌리가 기인한 듯싶었다. 의술도 뛰어나고 친절하며 우정이 두터운 로저 칠링워스는 환자의 가슴속 깊이 파고들어 마치 캄캄한 동굴에서 보물을 캐내려는 사람처럼 그의 갖가지 원칙과 사상을 파헤치고 지난날의 회상을 더듬어가면서 조심성 있게 모든 것을 캐어보려고 했다.

이러한 탐색을 마음대로 할 수 있는 기회와 권리를 가졌고, 그에

상응하는 수완을 가진 탐색가의 눈을 피할 수 있는 비밀이란 그다지 흔치 않을 것이다. 그리고 비밀을 간직한 환자라면 의사와의 접촉은 마땅히 피해야 했을 터였다. 또한 의사에게 타고난 총명함과 직관력이 있다면, 그리고 주제넘게 자부심이 강해 남에게 불쾌감을 줄 정도로 특이한 성격의 소유자가 아니라면, 자기의 마음과 환자의 마음을 통하게 하는 재주가 있어 환자가 마음속에 품고 있는 생각을 자기도 모르는 사이에 고백하도록 유도하는 능력이 있다면, 이런 고백을 들어도 눈썹 하나 까딱하지 않고 은밀히 마음속으로만 이해하면서 오히려 묵묵히 한숨만 내쉬다가 잘 알겠나는 듯 간간이 한마디씩 던져 용인해 줄 수 있다면, 속내를 터놓을 수 있는 친구라는 자격에 의사로서 인정받은 유리한 장점까지 더해진다면, 마침내 부지불식간에 상처받은 환자의 영혼은 긴장이 녹아들며 어두우면서도 투명한 액체처럼 흘러내리다가 그 속에 품고 있던 모든 비밀을 백일하에 드러내고 말 것이다.

　로저 칠링워스는 위에 열거한 특징들을 모두 갖추고 있었다. 그리하여 세월이 흘러감에 따라 교양 높은 두 지성인 사이에는 일종의 친밀감이 싹텄다. 두 사람은 인간의 사상과 학문적 연구를 오가며 폭넓은 대화를 나누었으며, 윤리와 종교는 물론 서로의 공과 사를 막론하고 모든 것을 화제 삼아 논했다. 그리고 자신들에게 개인적인 것처럼 보이는 일들에 관해서도 많은 이야기를 했다. 하지만 목사에게 숨겨져 있을 것이라고 상상했던 비밀이 목사의 의식에서 벗어나 의사의 귓속으로 들어온 적은 한번도 없었다. 심지어 딤스데일 목사가 앓고 있는 신병의 성격조차도 자신에게 완전히 내보인 적이 없다고 생각될 정도였다. 목사가 좀처럼 마음속을 터놓지 않으니 참으로 이상한 일이었다!

그로부터 얼마 후 딤스데일 목사의 몇몇 친구들은 칠링워스의 제안에 따라 의사와 목사가 한 집에 살 수 있도록 주선을 해주었다. 그렇게 하면 목사의 병을 걱정하는 의사가 밀물과 썰물처럼 드나드는 목사의 생명을 더욱 세심하게 관찰할 수 있었기 때문이었다. 몹시도 바라던 일이 이루어지자 마을 사람들은 대단히 흡족해했다. 이번 조치야말로 젊은 목사를 위한 최선의 방안이라고 생각했다. 젊은 목사에게 충고를 해줄 만한 위치에 있는 사람들은 이참에 정신적으로 헌신하고자 하는 처녀들 중에서 한 명을 골라 아내로 맞이할 것을 권하기도 했다. 하지만 지금 같아서는 목사가 남의 권유로 아내를 맞이할 가능성은 전혀 보이지 않았다. 그는 성직자로서 독신을 지키는 것이 마치 교회의 계율이기라도 하듯 이런 권유를 모두 거절했다.

딤스데일 목사는 항상 다른 사람의 식탁에서 맛없는 음식을 조금씩 먹고, 남의 난롯가에서 몸을 녹이며 일생을 추위에 떨어야 하는 것이 운명인 사람이기를 자처했다. 젊은 목사를 아들처럼 사랑하고 경애하는 이 현명하고 경험이 많으며 인자함을 풍기는 노의사야말로 늘 목사 가까이에서 시중을 들어줄 수 있는 세상에 단 하나밖에 없는 사람인 듯싶었다.

두 사람이 기거하게 된 새로운 집은 지체 높은 집안의 출신이자 믿음이 깊은 과부의 집으로, 훗날 장엄한 킹스 교회가 세워질 부지 일대를 거의 차지하고 있었다. 이 집 한쪽으로 원래 아이작 존슨의 땅이었던 묘지가 있었으며, 두 사람이 각자의 직업에 맞는 진지한 성찰을 일깨우기에 안성맞춤이었다.

어머니 같은 마음씨를 지닌 과부는 딤스데일 목사에게 햇볕이 잘 드는 현관 쪽 방을 배정해 주었다. 양지바른 그 방은 낮에도 그늘이 지게 할 수 있도록 창문에 묵직한 커튼이 드리워져 있었다. 사방 벽에는 고블랭[25] 직물 공장에서 만들었다는 벽걸이용 융단이 드리워져 있었는데, 아직 색이 바래지 않아 다윗과 밧세바 그리고 예언자 나단에 관한 성경 이야기[26]가 그려져 있었다. 벽걸이 속의 여인 밧세바는 재앙을 예고하는 예언자 나단처럼 섬뜩하게 보였지만 뛰어난 미모를 가지고 있었다. 창백한 젊은 목사는 이곳에 장서를 쌓아두고 있었는데, 그중에는 기독교 초기의 교부들이 양피지로 장정한 2절판 책이 많았고, 유대교의 법률학자들이 쓴 총서며, 수도승들이 쓴 학술적인 서적들도 있었다. 이러한 책들 가운데에는 개신교 목사들이 저자들을 비난하고 배척하면서도 부득이하게 이용하는 것들도 많았다.

이 집의 다른 한쪽에는 로저 칠링워스가 자신의 서재 겸 실험실을 마련했다. 그러나 실험실이라고 해봐야 현대의 과학자들이 만족할 만한 수준은 아니었고, 고작해야 증류기 하나와 능숙한 연금술사들이 활용할 수 있는 약재나 화학약품을 조제하는 기구가 갖추어져 있을 따름이었다. 이렇듯 아늑한 환경에서 각자 자신의 세계에 자리를 잡은 두 사람은 이따금 서로의 거처를 오가면서 상대방의 일들을 흥미롭게 살펴보곤 했다.

그런데 앞에서 얘기한 대로, 아서 딤스데일 목사의 친구들 중 지혜로운 사람들은 젊은 목사의 건강을 회복시키려는 목적 - 많은 사람들이 공석에서나 가정에서나 혹은 남몰래 기도를 드리며 간절히 이루어지기를 원하던 - 에서 이 모든 일을 하나님의 손길이 역사한 것이라고 받아들였다. 여기에서 또 한 가지 밝혀둘 것은, 이 무렵 일부 사람들 중에서 딤스데일 목사와 신비스러운 노의사와의 관계를 색다른 견해

---

25) Goblin. 15세기 중엽 프랑스의 고블랭 집안에서 만들기 시작한 것으로, 여러 가지 색깔의 실을 이용해 무늬를 짜 넣어 만든 장식용 벽걸이 천이다 - 옮긴이
26) 〈사무엘후서〉 11장 - 옮긴이

로 보기 시작했다는 사실이다. 무식한 군중들이 편견을 가지고 독자적인 관찰을 꾀하고자 할 때에는 사실을 왜곡하는 수가 많은 법이다. 그러나 조금은 너그럽고 따스한 가슴에서 우러나오는 직관을 기초로 군중들이 판단하는 경우에 그 결론이 종종 아주 심오하고 정확해서 마침내는 초자연적으로 계시된 진리와도 같을 때가 있다. 이번 경우만 하더라도 군중들은 로저 칠링워스에 대한 자기들 나름대로의 좋지 않은 편견을 가지고 있었는데, 그렇다고 해서 그 편견이 옳다고 주장할 만한 어떤 사실이나 근거도 그들은 갖고 있지 않았다.

하지만 한 가지 사실도 있었다. 지금으로부터 30년 전 토머스 오버베리 경[27]의 살인 사건 당시 런던의 시민이었던 나이 지긋한 어떤 수직공(手織工)이 의사를 본 적이 있다고 했다. 비록 세월이 흘러 그 이름은 잊어버렸지만, 지금과는 다른 이름을 가진 그 의사가 오버베리 사건과 관련된 유명한 마술사인 포먼 박사[28]와 일행이었다고 주장한 것이었다. 또 몇몇 사람은 이 의사가 인디언들에게 붙잡혀 있을 때 토인 무당들과 어울려 주문을 외며 토인들의 의술을 배웠을 거라고 말하기도 했다. 그 토인 무당들은 마법에 능통하여 종종 마술을 부려 신통하게 병을 치료한다는 소문이 자자했다.

많은 사람들은 로저 칠링워스의 얼굴이 이 마을에 거주하는 동안 특히 딤스데일 목사와의 동거 이후에 눈에 띄게 변모했다고 주장했다. 대부분 냉철한 판단력과 관찰력을 지닌 사람들이었기에 다른 문제에 관한 것이었다면 그들의 의견은 크게 존중되었을 터였다. 처음

---

27) Sir Thomas Overbury(1603~1665). 영국의 저술가로, 로버트 카와 에섹스의 공작부인 프란시스 하워드의 정략결혼에 반대했다가 런던 탑에 갇혔고 5개월에 걸친 교묘한 독물 투입 끝에 독살당했다 – 옮긴이

28) Dr. Simon Forman (1552~1611). 1579년에 마술을 사용한 혐의로 최초로 투옥된 점성가이자 의사이다. 이후 무면허로 의사 행서를 하다가 1603년에 케임브리지에서 의사 면허증을 받았다 – 옮긴이

에 그의 표정은 의젓하고 명상적이며 학자다운 멋이 풍겼는데 지금은 전에 볼 수 없었던 추잡하고 흉악한 무엇이 어려 있어 그를 바라보면 바라볼수록 그 표정이 더욱 추악해진다는 것이었다. 또한 아무 생각 없이 남의 말하기 좋아하는 무지한 사람들은, 그의 실험실에서 쓰는 불은 지옥에서 가져온 것으로 지옥의 땔감으로 피우는 것이라서 그의 얼굴이 그 연기에 그을려 거무스름해졌다는 것이다.

요컨대 아서 딤스데일 목사는 각 시대마다 나타났던 남달리 신성한 여러 인물들과 마찬가지로 사탄 혹은 사탄의 사자에게 괴롭힘을 당하고 있는데, 그것이 늙은 로저 칠링워스의 가면을 쓰고 있다는 소문이 널리 퍼지고 있었다. 이 악마의 사자가 하나님의 허가를 받고 얼마간 목사와 가까이 지내면서 그의 영혼을 좀먹기 위한 음모를 꾸미고 있지만, 지각 있는 사람이라면 어느 쪽이 승리할 것인지는 의심할 필요가 없다는 것이 중론이었다. 사람들은 목사님이 그 싸움에서 필연코 얻게 될 영광을 통해 새롭게 변모된 거룩한 모습으로 나타나기를 소망했다. 그러는 가운데서도 승리를 쟁취하기 위해 싸우는 동안 목사님이 겪어야 할 뼈저린 고통을 생각하면 무척 가슴 아픈 일이 아닐 수 없었다.

아아! 가엾은 목사의 두 눈 깊이 어려 있는 우울과 공포의 빛으로 판단하건대, 그 싸움은 무척이나 치열할 것이며 승산 역시 확실치 않은 것이었다.

의사와 환자

　로저 칠링워스 노인은 평소 성격이 온화하며 따스하다고 할 수는 없었지만 조용하고 다정한 편이었으며, 바깥세상과의 모든 사교에 있어서는 한결같이 순박하고 고지식한 위인이었다. 그가 무엇을 탐구하기 시작하면 마치 재판관처럼 엄정하고 성실하게 오직 진실만을 찾는 데 골몰했는데, 그가 문제시하는 것은 사람들 사이의 애정이나 자기에게 가해진 부당한 행위가 아니라 선이나 도형 같은 기하학적 문제인 듯했다.

　그러나 이러한 탐구가 계속되는 동안 무서운 매혹의 힘이, 그것이 원하는 대로 해줄 때까지 놓아주지 않겠다는 고요하지만 맹렬한 생각이 노인의 마음을 사로잡았다. 노인은 마치 금을 찾는 광부처럼, 아니 시체의 가슴 위에 박혀 있는 보석을 찾아내려고 무덤을 파헤치지만 결국 시체와 부패밖에는 아무것도 발견하지 못한 인부처럼 불쌍한 목사의 가슴속을 파고 들어갔다. 진정 그가 찾는 것이 죽음과 부패였다면, 그 자신의 영혼을 위해서도 어찌 슬프지 않으랴!

　가끔씩 의사의 두 눈에서 불길하게 타오르는 한 줄기 파란빛은 마치 용광로의 불빛이 반사되는 것 같기도 했고, 존 버니언이 묘사한 것처럼 산기슭의 무시무시한 입구에서 뿜어져 나와 순례자의 얼굴을 비추던 흉측한 섬광 같기도 했다.[29] 어쩌면 이 음험한 광부가 일하는 곳의 흙이 그의 기운을 북돋아주는 어떤 조짐을 보여준 것이었는지도 모른다.

"아서 딤스데일……."

이런 순간이면 의사는 혼자서 중얼거렸다.

"모두들 이 사람을 아주 영적인 사람처럼 여기고 순결하게 보지만 사실은 아버지나 어머니로부터 강한 동물적인 성격을 물려받았어. 이 방향으로 좀 더 깊이 파봐야겠는걸!"

의사는 어두컴컴한 목사의 머릿속을 줄곧 더듬어 들어가 인류의 행복을 위한 고매한 희망, 따스한 영혼에 대한 정열적인 애정, 순결한 감정, 타고난 신앙심에 관한 갖가지 귀중한 자료들을 뒤적였다. 이러한 것들은 사색과 연구를 통해 굳건해지고 하나님의 계시로 밝혀져 있었지만, 제아무리 황금 같은 가치를 지녔다고 해도 의사의 눈에는 한낱 쓰레기에 지날지도 몰랐다. 그럴 때면 풀이 죽은 의사는 탐색의 방향을 다른 곳으로 돌리곤 했다.

조심스러운 걸음으로 살금살금 걸으면서도 경계의 시선을 늦추지 않는 노인의 태도는, 마치 집주인이 더없이 귀중한 것으로 여기는 보물을 훔치기 위해 그가 선잠이 들었거나 완전히 깨어 있는 방 안으로 들어가는 도둑과도 같았다. 미리 조심은 하고 있었지만 방바닥은 이따금 삐걱거렸고, 옷자락은 살랑거리며 스치는 소리를 냈다. 너무 가까이 다가서는 바람에 자기의 그림자가 목사의 얼굴 위로 던져지기

---

29) 영국의 평신도 설교자이자 작가인 존 버니언(John Bunyan, 1628~1688)의 〈천로역정〉에 순례자가 화염과 연기가 뿜어져 나오는 지옥 입구를 통과하는 내용이 나온다 − 옮긴이

도 했다. 다시 말해, 비상할 정도로 예민한 신경을 가진 딤스데일 목사는 가끔 정신적 육감을 통해 마음의 평화를 위협하는 그 무언가가 자신에게 다가오고 있다는 것을 어렴풋이 느끼고 있었다. 그러나 거의 직관에 가까운 감수성을 지니고 있는 로저 칠링워스는 소스라치게 놀란 딤스데일 목사가 자신에게 시선을 던지기라도 하면, 친절하며 주의 깊고 동정심은 많으나 절대로 남의 일에 간섭하기를 좋아하지 않는 친구로서 태연히 앉아 있을 따름이었다.

아픈 사람이 흔히 그렇듯, 딤스데일 목사도 병적 경향에서 모든 사람을 의심하는 버릇만 없었더라면 아마도 그는 이 노인의 성격을 보다 속속들이 파악할 수 있었을 것이다. 하지만 목사는 친구조차도 믿지 않았기에 막상 적이 나타나도 그것이 적임을 알아차리지 못했다. 그래서 목사는 여전히 의사와 친근한 교제를 나누며 매일같이 그를 자기 서재로 불러들이거나 그의 실험실로 찾아가 잡초를 약제로 만들어내는 과정을 심심풀이 삼아 구경하기도 했다.

어느 날 목사는 이마에 한 손을 얹은 채 묘지 쪽을 향해 열려 있는 창문턱에 팔꿈치를 대고 로저 칠링워스와 이야기를 나누고 있었다. 의사는 볼품없는 한 다발의 풀을 주의 깊게 살펴보고 있었다.

"의사 선생님, 그 우중충하고 시든 풀들은 어디서 모아오신 겁니까?"

목사는 곁눈질로 그 풀들을 보면서 물었다. 요즘 목사는 사람이든 물건이든 똑바로 쳐다보지 않는 이상한 버릇이 생겼다.

"바로 이 근처 묘지에서랍니다."

의사는 일손을 멈추지 않은 채 대답했다.

"처음 보는 풀인데, 어느 무덤 위에서 자라고 있더군요. 그 무덤에는 묘비나 고인을 기념할 만한 다른 어떤 것도 없고 이런 볼품없는 잡초들만 나 있죠. 마치 이 풀들이 고인을 기념하는 역할을 했었다는 듯이…… 아마 고인의 심장에서부터 돋아나 고인과 함께 묻힌 무서운 비밀을 간직하고 있는 것은 아닌지 모르겠군요. 살아 있는 동안 털어놓았다면 좋았을 것을……."

"아마…… 그 사람도 무척이나 고백하고 싶었는데 차마 그럴 수가 없었는지도 모르지요."

딤스데일 목사가 말했다.

"무엇 때문에 못했을까요? 모든 자연의 힘이 절실하게 죄악의 고백을 바라고 있는데요. 그래서 이런 우중충한 잡초들이 비밀을 간직한 가슴에서 자라 나오는 것입니다. 고백할 수 없었던 죄를 밝히기 위해서 말입니다."

의사가 따지듯 물었다.

"의사 선생님, 그것은 선생님의 망상에 지나지 않아요. 제가 아는 바로는, 이 세상에서 죽은 사람의 가슴과 함께 묻힌 비밀을 입이든 글이든 그 어떤 상징물로든 간에 그것을 밝혀낼 수 있는 힘은 하나님의 권능밖에 없습니다. 그러한 비밀을 숨김으로써 죄를 범한 가슴은 숨긴 것이 송두리째 밝혀질 때까지 그 비밀을 고집하기 마련이지요. 제가 성경을 읽고 해석한 바로는, 인간의 생각과 그 행실을 폭로하는 것이 당연한 천벌의 일부라고 이해해서는 안 될 것입니다. 그것은 분명히 천박한 견해지요. 제 생각이 틀리지 않는다면, 비밀을 밝히려는 것은 모든 지적인 존재들의 이지적인 만족감을 고양하기 위한 것이고, 이 사람들은 그날이 와서 어두운 인생의 문제가 명백하게 되는 것을 보려고 기다리는 거예요. 이 문제를 완전히 해결하려면 인간의 심중을 훤히 꿰뚫어보아야 하겠지만, 선생님이 말씀하시는 비참한 비밀을 간직하고 있는 가슴들은 최후의 그날이 오면 마지못해서가 아니라 형언하기 어려운 기쁨을 안고 서슴없이 그 비밀을 실토할 것입니다."

목사가 대답했다.

"그렇다면 왜 그 비밀을 이 세상에서는 고백하지 않는 것일까요?"

로저 칠링워스는 목사를 곁눈질하며 덧붙였다.

"무슨 이유로 죄지은 사람들은 이처럼 말할 수 없이 흐뭇한 위안을 좀 더 빨리 누리려 하지 않을까요?"

"대다수의 죄인들은 그렇게들 하고 있지요."

젊은 목사는 괴로움으로 인해 가슴이 아픈 듯 가슴을 움켜쥐며 말을 이었다.

"수많은 가엾고 불쌍한 영혼들이 숨을 거둘 때뿐만 아니라 한창 권세 있고 명망이 드높은 때에도 저에게 고백하더군요. 그리고 죄지은 형제들이 이렇게 죄를 쏟아놓고 나면 얼마나 마음을 편해하는지 저는 목격했습니다. 마치 오랫동안 자신의 더러운 입김으로 말미암아 숨이 막혔다가 겨우 시원한 공기를 들이마신 사람처럼 후련해 하더군요. 그럴 수밖에 없지 않겠습니까? 어찌하여 불쌍한 죄인이, 이를테면 사람을 죽인 죄인이 당장에 그 시체를 내동댕이쳐 세상이 처리하도록 맡기지 않고 자기 가슴속에 묻어둔다는 말입니까?"

"그러나 자기의 비밀을 가슴속에 묻어두는 사람들도 있지요."

의사가 침착한 어조로 반론을 제기했다.

"네, 맞습니다. 물론 그런 사람도 있지요."

딤스데일 목사는 계속했다.

"하지만 그것은 그 사람들은 성격 때문에 침묵을 지키고 있는 것인지도 모르죠. 더 명백한 이유를 댈 필요도 없겠습니다. 또는 이렇게 생각해 볼 수도 있지 않을까요? 가령 그들이 죄를 지었을망정 하나님의 영광과 인류의 행복을 바라는 마음이 더 큰 사람들 앞에서 어둡고 추악한 자신들의 모습을 감히 드러낼 수 없다고 말입니다. 일단 모습을 드러낸 후에는 선을 행할 수도 없고 아무리 좋은 일을 했다고 해서 과거에 저지른 악행을 속죄할 수는 없을 테니까요. 그래서 말할 수 없이 고통스러운 심정으로 방금 내린 눈처럼 결백한 척하지만 가슴속은 씻어버릴 수 없는 죄악으로 물들고 멍든 채 사람들 사이를 누비고 다니지요."

"그런 사람들은 스스로를 속이는 격이지요."

로저 칠링워스는 집게손가락으로 손짓을 해가며 평소보디 유난히 강한 어조로 말을 이었다.

"그들은 마땅히 겪어야 할 치욕을 두려워하는 겁니다. 인간에 대한 사랑이나 하나님을 섬기고 싶은 열성이라든가 하는 성스러운 감정은 그들의 마음속에서 악의 씨와 함께 공존할 수도 있고 그렇지 않을 수도 있습니다. 죄악이 문을 열고 불러들인 마귀는 가슴속에 지옥의 씨를 뿌리고 있을 테지요. 그럼에도 불구하고 만약 그들이 하나님께 찬양하기를 원한다면 하늘을 향해 그 더럽혀진 손을 치켜들어서야 되겠습니까! 또 그들이 이웃을 위하여 봉사를 하겠다면 스스로 굴욕을 겪어서 양심이 존재한다는 것과 힘을 발휘하고 있음을 보여주어야지요! 오, 현명하고 경건하신 딤스데일 목사님! 목사님은 하나님의 진리를 드러내는 것보다, 하나님의 영광과 인간의 행복을 위해 가식이 낫다고 제가 믿기를 바라는 겁니까? 정말이지 그런 자들은 스스로를 속이는 사람들입니다."

"그럴지도 모르겠습니다."

젊은 목사는 이치에 맞지 않는 논쟁을 물리치기라도 하듯 냉담한 태도로 대답했다. 사실 목사는 지나치게 신경과민인 자기의 성격을 건드리는 화제라면 무엇이든 회피하는 재간이 있었다.

"그런데 유능하신 의사 선생님께 묻고 싶습니다만, 허약한 제 몸을 친절히 돌봐주신 결과 무슨 회복의 기미라도 있다고 생각하십니까?"

로저 칠링워스가 대답하기도 전에 묘지 근처 쪽에서 자지러지는 듯한 어린아이의 맑은 웃음소리가 들려왔다. 여름철이라 열어놓은 창문을 통해 밖을 내다보는 목사의 시선에 헤스터 프린과 펄이 울타리 안으로 나 있는 길을 따라 걸어가는 모습이 보였다. 펄은 화창한 날씨처럼 아름다웠으나 심술궂은 장난기에 싸여 있었다. 이럴 때마다 펄은 동정심이나 인간적 접촉의 세계에서 완전히 동떨어진 곳에 있는 듯 보였다. 이 무덤에서 저 무덤으로 까불며 뛰어다니던 펄은 문장이 달린 크고 널따란 비석 ─ 어쩌면 아이작 존슨의 것일지도 모를 ─ 앞에 이르자 그 위에 올라가 춤을 추기 시작했다. 헤스터가 좀 얌전히 행동하라고 타이르며 간청하자 엄마의 말을 따르기라도 하듯 춤추기를 멈춘 펄은 이내 무덤가에 크게 자란 가시 돋친 우엉 열매를 따 모았다. 그러고는 열매를 한줌 쥐어 엄마의 가슴을 수놓은 주홍글자의 선을 따라 붙여 나갔다. 열매는 가시 때문에 잘 달라붙었으며, 헤스터도 그것을 떼어내려 하지 않았다.

때마침 창문가로 다가간 로저 칠링워스는 험상궂은 표정으로 아래를 내려다보았다.

"저 아이의 성질에는 법칙도 없고, 권위를 존경할 줄도 모르며, 옳고 그르건 간에 남의 분부나 의견을 들어줄 마음도 없어."

칠링워스가 중얼거리듯 말했다. 그 말은 옆에 있는 목사에게 건네는 말 같기도 하고 혼잣말 같기도 했다.

"일전에 저 아이가 스프링 레인에 있는 소를 먹이는 물통에 든 물을 총독님에게 뿌리는 것을 보았죠. 도대체 무슨 애가 그렇습니까? 저 요정 같은 애가 악마일까요? 애정은 있는 걸까요? 저 애한테서 생존의 원칙 같은 것이라도 엿보이는 게 있습니까?"

"아무것도…… 원칙에 어긋나는 자유밖에는 아무것도 가진 것이 없을 겁니다."

딤스데일 목사는 진작부터 그 문제를 마음속으로 생각하고 있었다는 듯이 조용한 목소리로 대답했다.

"착한 일을 할 수 있을지 없을지는 저로서도 알 수 없지요."

두 사람의 대화를 우연찮게 펄이 들은 듯했다. 왜냐하면 명랑함과 총명이 뒤섞인 잔난꾸러기 같은 미소를 지으며 창문을 올려다보던 펄이 딤스데일 목사를 향해서 가시투성이인 우엉 열매 하나를 던졌기 때문이다. 신경이 예민한 목사는 깜짝 놀라 난데없이 날아드는 우엉 열매를 피하려고 몸을 움찔했다. 목사의 겁먹은 모습을 본 펄은 좋아서 어쩔 줄 몰라 하며 손뼉을 치면서 깔깔 웃어댔다. 헤스터 프린도 무심결에 위를 올려다보았다. 순간 네 사람의 시선이 동시에 마주쳤다. 이윽고 펄이 웃음을 터뜨리며 소리쳤다.

"엄마, 빨리 도망쳐! 그렇지 않으면 저 늙은 마귀가 엄마를 붙잡아 갈 거야! 마귀가 벌써 목사님을 붙잡았단 말야. 빨리, 엄마! 그렇지 않으면 붙잡힌다니까! 하지만 이 조그만 펄은 잡지 못할걸!"

펄은 엄마의 손을 잡아끌며 무덤 사이를 깡충거리면서 춤추고 펄쩍거리며 돌아다녔다. 이러한 펄의 모습은 이미 세상을 떠나서 땅에 묻힌 세대와는 아무상관도 없고 아무런 인연도 없다고 주장하는 듯했다. 그 아이는 마치 보통 사람과는 다른 새로운 요소에서 새로 빚어진 존재이므로 제멋대로 인생을 살아도 좋고, 스스로가 곧 법칙이기에 어떤 괴벽한 일을 해도 죄가 되지 않는 존재처럼 보였다.

"저기 가는 저 여자 말입니다."

로저 칠링워스가 한참 만에 다시 말문을 열었다.

"그녀의 죄과가 무엇이든 간에 방금 목사님께서 이겨낼 수 없는 무거운 짐이라고 말씀하신 그런 숨은 죄악의 비밀은 전혀 없는 여자죠. 목사님은 헤스터 프린이 가슴에 주홍글자를 달았다고 해서 그만큼 불행이 덜어졌다고 생각하십니까?"

"정말 그럴 것이라고 믿습니다."

목사는 말을 이었다.

"하지만 저 여인을 대신해서 제가 뭐라고 대답할 수는 없군요. 그녀의 얼굴에는 차라리 보지 않았으면 좋을 괴로움이 어려 있어요. 그렇더라도 저 가엾은 여인 헤스터 프린처럼 자신의 고통을 자유롭게 드러내는 편이 가슴속에 숨겨두는 것보다 오히려 나을 겁니다."

또다시 침묵이 흘렀다. 의사는 손수 모아온 약초를 다시 뒤적거리며 정리하기 시작했다.

"조금 전에 목사님의 건강에 대한 제 소견을 물으셨죠?"

의사가 먼저 말문을 열었다.

"네, 그랬지요. 듣고 싶습니다. 죽든 살든 상관없으니 솔직하게 말씀해 주십시오."

목사가 대답했다.

"그렇다면 기탄없이 말씀드리죠."

의사는 여전히 약초를 뒤적거리는 한편 주의 깊은 시선을 딤스데일 목사에게 던지며 말했다.

"목사님 병환은 좀 이상합니다. 병 자체는 그리 대단치 않고 겉으로 나타난 것도 없습니다. 적어도 제가 관찰한 바로는 말입니다. 목사님을 매일같이 지켜보며 증세를 주의 깊게 관찰한 지도 벌써 몇 달이 지났습니다. 그러니 이제 목사님을 중병 환자로 여길 수밖에 없을 것 같습니다. 하지만 의학 지식이 많고 주의 깊은 의사라면 고칠 가망이 없는 환자는 아닙니다. 그런데 뭐라고 해야 좋을지 모르겠지만, 병의 정체를 알 것 같으면서도 영 모르겠군요."

"수수께끼 같은 말씀을 하시는군요, 선생님."

얼굴이 창백한 목사가 곁눈질로 창 밖을 내다보며 말했다.

"그렇다면 좀 더 확실하게 말씀드리겠습니다."

의사는 말을 이어 나갔다.

"용서하십시오, 목사님. 실례가 되더라도 말씀드려야 하겠습니다. 저는 목사님의 친구로서 그리고 하나님의 가호 아래 목사님의 생명과 육체를 책임진 사람으로서 한 가지 묻고자 합니다. 목사님은 병의 증세에 대해 하나도 숨김없이 제게 밝혀주셨습니까?"

"그게 무슨 말씀이십니까? 의사를 불러놓고 아픈 곳을 감춘다면 그것이야말로 애들 장난이 아니겠습니까!"

의아한 표정으로 목사가 반문했다.

"그럼 제가 알고 있는 것이 전부라는 말씀이시군요?"

로저 칠링워스는 강한 지성의 빛이 흐르는 시선으로 목사의 얼굴을 바라보며 신중하게 덧붙였다.

"좋습니다. 하지만 한 번만 더 실례하겠습니다. 환자의 겉으로 나타난 증세밖에 모르는 의사는 기껏해야 고쳐야 할 병의 반밖에 치료할 수 없어요. 흔히들 육체의 병은 육체 자체의 병으로 그친다고 생각하는데 사실은 정신적인 병의 징후에 불과합니다. 제 말이 비위에 거슬렸다면 용서하십시오. 제가 아는 사람들 중에서 목사님이야말로 육체와 정신이 가장 밀접하게 결합되어 혼연일체가 되어 있는 분이지요. 육체는 정신의 도구일 뿐이니까요."

"그렇다면 저로서는 더 이상 더 부탁드릴 것이 없군요. 선생님께서는 영혼을 치료하는 의술에는 관여하고 있지 않으신 것 같으니 말입니다."

의자에서 허겁지겁 일어나며 목사가 말했다.

"그래서 정신의 병은……."

목사의 행동에 조금도 개의치 않은 로저 칠링워스는 자기도 자리에서 벌떡 일어났다. 그런 다음 왜소하고 거무스름하며 약간 일그러진 몸뚱이를 파리하고 창백한 목사 앞으로 들이밀면서 같은 어조로 말을 이었다.

"정신의 병은, 즉 목사님의 정신에 아픈 데가 생기면 그와 관련된 병이 육체에 나타나게 마련이지요. 따라서 의사로 하여금 육체의 병을 고치게 하려면 먼저 그 의사에게 영혼의 상처나 고뇌를 밝혀주셔야 할 겁니다."

"천만에요! 당신에게는 안 돼요! 속세의 의사에게는 절대로 안 될 말입니다!"

딤스데일 목사가 이글거리는 눈을 부릅뜬 채 로저 칠링워스를 노려보며 버럭 소리를 질렀다.

"당신에게는 어림도 없어요! 설령 내 영혼에 병이 있다고 해도 단 한 분뿐인 영혼의 의사께 내 몸을 맡기겠소! 하나님께서 고쳐줄 생각이 있으시면 고쳐주실 것이고 아니면 죽이실 수도 있겠지요! 하나님은 정의와 예지에 비추어 옳다고 생각하시는 대로 제게 처분을 내려주실 겁니다. 그런데 이런 문제에 간섭하는 당신은 도대체 누구죠? 고뇌하는 자와 하나님 사이에 주제넘게 끼어드는 당신은 대체 누구란 말이오?"

목사는 미친 사람처럼 방을 뛰쳐나갔다.

"어차피 잘된 일이야."

목사의 뒷모습을 바라보던 칠링워스는 의미심장한 웃음을 머금은 채 혼잣말로 중얼거렸다.

"별로 손해 볼 것도 없어. 다시 금방 친해질 테니 말이지. 그런데 감정이 격해지자 순식간에 미친 사람처럼 변하는 모습이 정말 가관이로군. 어쨌든 앞으로도 격한 감정에 사로잡히면 또 저렇게 변하겠지. 그렇게 믿음이 두텁다는 딤스데일 목사도 뜨거운 격정을 이기지 못하고 필시 엄청난 일을 저지른 것이 틀림없어!"

두 사람이 예전과 같은 친분을 되찾는 일은 그리 어렵지 않았다. 혼자 고심하며 몇 시간을 보낸 젊은 목사는 자신이 너무 흥분한 나머지 이성을 잃고 행동했다는 사실을 깨달았다. 그리고 의사가 한 말에는 자신을 그처럼 화나게 만들 아무런 의도도 찾아볼 수 없었다. 충고를 요청한 것은 자신이었고 의사는 의무를 다하기 위해 권고를 해준 것뿐이었는데, 노인의 친절을 그토록 거칠게 물리쳐 버린 자신의 난폭함에 새삼 놀랐다.

후회의 마음을 가득 안고 지체 없이 의사에게 달려간 목사는 정중하게 사과하며 자신을 계속 치료해 달라고 간절히 부탁했다. 의사의 치료 덕분에 비록 완전한 건강을 회복하지는 못했더라도 여태까지 자신의 허약한 생명을 지탱해 올 수 있었는지도 몰랐다. 로저 칠링워스도 쾌히 승낙하고 최선을 다해 성심성의껏 목사를 치료했으나, 치료를 위한 면담이 끝나고 환자의 방을 나갈 때에는 입가에 이상야릇한 미소를 띠고 있었다. 이러한 표정은 딤스데일 목사 앞에서는 한 번도 볼 수 없었지만 의사가 그 방의 문지방을 넘어서기가 무섭게 뚜렷이 나타났다.

"참 보기 드문 증세야!"

고개를 갸웃하며 의사는 중얼거렸다.

"좀 더 깊이 살펴보아야겠는걸.

영혼과 육체가 이상한 조화를 이루고 있단 말이야. 의학적 목적을 위해서라도 이 문제는 끝까지 풀어봐야 하겠어."

앞서 이야기한 사건이 있은 후 얼마 지나지 않은 어느 날 일이었다. 딤스데일 목사가 의자에 앉은 채 아주 깊은 낮잠에 빠져 있었다. 책상 위에는 검은 활자로 된 두툼한 책 한 권이 펼쳐진 채 놓여 있었는데, 아마도 잠을 잘 오게 하는 종류의 문학작품이었던 모양이다. 목사가 이처럼 깊은 잠에 빠져들던 것은 참으로 놀라운 일이었다. 왜냐하면 목사는 보통 나뭇가지에서 뛰놀다 깜짝 놀라 날아가 버리는 작은 새처럼, 얕고 가볍게 잠들기 때문이었다. 하지만 지금 목사는 전에 없이 깊은 숙면을 취하고 있었고, 그 때문에 로저 칠링워스가 별로 주의를 하지 않고 방으로 들어왔는데도 미동조차 하지 않았다. 목사 앞으로 곧장 다가간 의사는 환자의 가슴에 한 손을 얹고 이제까지 한번도 본 적이 없는 환자의 앞가슴을 조심스레 풀어 헤쳤다.

그때 딤스데일 목사가 부르르 몸을 떨면서 한순간 움찔했다. 의사는 잠시 동안 가만히 서 있다가 이내 자리를 떴다. 하지만 그 순간 의사의 얼굴에는 놀라움과 환희와 공포가 뒤섞인 무서운 표정이 깃들어 있었다. 그야말로 너무나 기쁜 나머지 보기 흉할 정도로 미친 듯이 환희를 내뿜는 표정이었다. 마치 그 기쁨을 눈과 얼굴만으로는 다 표현할 수 없다는 듯 그의 흉측하게 생긴 온몸을 통해 나타내었고, 마침내는 천장을 향해 두 팔을 번쩍 쳐들고 마룻바닥을 발로 쿵쿵 구르는 기괴한 몸짓까지 해댔다.

이처럼 기쁨의 황홀경에 빠져 어쩔 줄 몰라 하는 로저 칠링워스의 모습을 본 사람이 있다면, 한 귀한 영혼이 천국에 가지 못하고 지옥에 떨어질 때 사탄이 어떤 모양으로 그 자태를 드러내는가를 새삼 물어볼 필요가 없을 것이었다.

그러나 의사의 황홀경이 사탄의 황홀과 달랐던 점은 그 기쁨 속에 한 가닥 경이가 깃들어 있었다는 사실이었다!

마음속의 비밀들

앞에서 이야기한 사건이 있은 후, 목사와 의사와의 관계는 겉으로 보기에 별다른 것이 없었으나 실제로는 전과 딴판이었다. 로저 칠링워스의 머릿속에는 나아갈 길이 아주 환하게 트여 있었다. 사실 그 길은 처음부터 그가 걸어가려고 했던 길과는 전혀 달랐다.

표면상으로는 온후하고 점잖고 냉철해 보였지만 이 불행한 노인의 마음속에 지금까지 잠잠히 숨어 있었던 악의가 머리를 들기 시작하고, 제 원수에게도 해보지 못했던 지극히 은밀한 복수를 꾀하기 시작했던 것이다. 우선 상대방에게 신임받는 유일한 벗이 되어 모든 두려움과 참회와 번민과 후회, 그리고 떨쳐버릴 수 없이 되살아나는 악몽 같은 추억을 고백하도록 만드는 것이었다. 이 세상 관대한 사람이라면 쉽게 동정하고 용서할 수도 있을 감추어둔 죄악의 온갖 비애를, 냉혹하고 용서를 모르는 이 늙은 의사는 자기 앞에서 폭로하게 만들 셈이었다. 그것만이 복수의 빚을 충분히 갚을 수 있는 방법이라고 생각했기 때문이다.

수줍고 예민하며 민감하고 소극적인 목사의 태도는 이런 계획에 지장이 많았다. 하지만 로저 칠링워스는 이런 상태를 조금도 불만스럽게 생각하지 않았다. 왜냐하면 이것도 하나님께서─복수하는 자와 받는 자를 아울러 자신의 목적을 위해 사용하시면서 가혹한 벌을 주어야 할 것을 도리어 용서하시고─의사의 검은 계획 대신에 마련하신 것일지도 모른다. 의사는 자신에게 신의 계시가 내린 것이나 마찬가지라고 생각했다. 목적을 위해서는 그 계시가 하늘에서 왔거나 다른 데서 왔다고 해도 별 상관이 없었다.

어쨌든 계시의 도움으로 그 후부터 딤스데일 목사와 사귀는 가운데 목사의 겉모습뿐 아니라 영혼의 밑바닥까지도 낱낱이 알 수 있었다. 그때부터 가엾은 목사의 마음속 깊숙이 파고든 의사는 일개 구경꾼이 아닌 주연 역할을 하게 되었다.

의사는 목사를 마음대로 다루었다. 목사에게 고뇌의 고통을 안겨주고 싶으면 언제나 그렇게 할 수 있었다. 목사는 언제나 고문대 위에 올려져 있는 것과 마찬가지였으므로 고문 장치를 조정하는 손잡이가 있는 곳만 알면 그만이었다. 물론 의사는 이 장치를 너무나 잘 알고 있었다. 갑자기 목사가 공포에 사로잡히도록 만들고 싶으면 그 또한 마음대로 할 수 있었다. 마치 마술사가 지팡이를 흔들면 무서운 유령이 솟아나듯 숱한 유령들이 더러는 주검의 형상으로, 또 더러는 치욕의 갖가지 탈을 쓴 무수히 많은 형상들로 나타나 목사를 에워싸고 그의 가슴을 향해 손가락질을 했다.

딤스데일 목사도 어떤 사악한 힘이 자신을 감시하고 있다는 사실을 어렴풋이 느끼고 있었다. 하지만 의사의 계획이 너무나 교묘하고 완벽해서 그 정체가 정확히 무엇인지는 알 수 없었다. 이따금 목사는 의심스럽고 무섭다는 듯, 혐오스럽고 가증스럽다는 듯이 불구의 노의사를 바라보곤 했다. 의사의 몸짓이며 걸음걸이며 희끗희끗한 턱수염이며 극히 하찮으면서도 무관심한 듯한 행동이며 심지어 옷차림새까지도 목사의 눈에 거슬렸다. 이런 것들은 목사가 스스로 깨닫지 못하는 사이에 자라난 깊은 반감을 의사에게 품고 있다는 확실한 증거였다.

그러나 이러한 의심과 혐오감을 품게 된 이유에 대해서는 목사 자신도 잘 알지 못했다. 다만 자신의 병든 몸 한 군데에서 독이 번져 나와 가슴속 전체에 퍼지고 있는 줄 알고 자신의 예감도 모두 그 독소에서 연유한다고 생각할 따름이었다. 그리고 목사는 오히려 로저 칠링워스를 대하던 자신의 옹졸한 마음을 책망하며 그것을 뿌리째 뽑아 없애버리고자 애썼다. 목사는 그런 감정이 주는 눈앞의 경고는 보지 못했던 것이다. 비록 목사는 그 옹졸함을 뿌리 뽑지 못했지만 자신의 생활 원칙에 따라 노인과의 친밀한 교제를 계속해서 유지했다. 하지만 목사의 그러한 노력은 의사에게 흉계를 실행할 수 있는 기회를 매번 제공해 주고 있는 셈이었다.

복수자는 자신의 계획을 실행하기 위해 온갖 힘을 다 기울이고 있었지만 정작 가엾고 불행한 존재는 자신이었으며, 희생자보다도 한층 더 비참한 신세였다. 반면에 비록 육신은 병에 시달리고, 영혼은 어두운 번민에 좀먹고 고문당하며, 사악한 흉계에 사로잡혀 있으면서도 딤스데일 목사는 성직자로서의 명망이 자못 드높았다. 사실 그 명망의 대부분은 슬픔의 대가인 듯했다. 목사의 타고난 슬기와 도의적인 지각이며 감정을 느끼고 그것을 전달하는 힘은 일상생활에서의 가책과 고뇌로 말미암아 비상하게 활발히 작용하고 있었다.

날로 높아 가는 그의 명망은 몇몇 고명한 목사를 포함한 동료 목사들의 명성을 무색하게 만들 정도였다. 이 목사들 가운데에는 딤스데일 목사의 생애보다 더 장구한 세월을 바쳐 성직에 관한 심오하고 깊은 학문을 닦았기 때문에 이 젊은 목사보다 더 견실하고 가치 있는 학식에 조예가 깊다고 해도 좋을 학자들도 있었다. 그리고 젊은 목사보다 한층 더 강인한 정신력과 훨씬 더 예리하고 깊은 이해력을 가진 사람들도 많았다. 이런 이해력에 상당한 분량의 교리적인 지식이 적절히 가미되면 지극히 훌륭하고 능력 있는 그리고 엄격한 부류의 성직자가 되는 것이다.

또한 진실로 성자다운 교부들도 있었는데, 그들의 재능은 책 속에 파묻혀 부단히 노력하고 참을성 있게 사색함으로써 다듬어지고, 보다 나은 세상과의 교류로 말미암아 신비로운 것이 되었다. 이 성스러운 사람들은 비록 육신이라는 옷을 걸치고 있지만 이미 보다 나은 세상으로 들어갈 준비가 다 되어 있는 듯싶었다. 하지만 그런 사람들에게도 갖추지 못한 재능이 하나 있었으니, 오순절에 선택받은 사도들 위에 내려왔던 '불의 혀'[30]였다. '불의 혀'는 알아들을 수 없는 낯선 외국어로 말하는 능력이 아니라 가슴속에서 우러나오는 언어로 온 인류에게 내리신 성령을 상징하는 것이었다.

그 목사들은 다른 점에서는 사도가 되기에 충분했지만 하나님께서 최후에 주시는 귀중한 성직자임을 입증해 줄 하늘의 증거인 불의 혀를 갖추지는 못했다. 설령 그들이 애써 이것을 구했더라도 헛일이었을 것이다. 일상의 언어와 형상으로 가장 높은 진리를 표현할 수는 없었다. 그들의 음성은 그들이 늘상 머무르고 있는 높은 세계로부터 까마득히 그리고 불확실하게 울려 내려왔다.

딤스데일 목사는 성격상의 여러 가지 특징으로 보아 마지막에 예

---

30) 부활절로부터 50일째 되는 오순절에 성령이 불의 혀 모양으로 사도들에게 강림하여 그들로 하여금 수많은 사람들에게 그들의 언어로 말할 수 있는 능력을 부여했던 기적에 관한 일이다. 〈사도행전〉 2:1~14 – 옮긴이

를 든 사람들과 같은 부류에 속하는 위인이라 할 수 있겠다. 그가 숙명적으로 짊어지고 비틀거리며 나아가야 했던 죄악이나 고뇌의 무거운 짐 때문에 그의 노력이 좌절되지 않았더라면 그는 신앙의 높은 봉우리에 도달했을 것이다. 그러나 지금은 높은 봉우리의 기슭에서 비틀거릴 수밖에 없는 신세가 되어 낮은 곳에서 비천한 사람들과 자리를 같이 하게 되었다. 그렇지 않았더라면 천사들도 그의 목소리에 귀를 기울이고 화답했을지도 모른다. 하지만 인류라는 죄 많은 형제들에게 친밀한 공감을 우러나오게 한 것 역시 바로 그의 무거운 짐이었다. 그것으로 인해 목사의 마음은 형제들의 마음과 함께 떨고, 그들의 고통을 자신의 고통으로 여기고, 슬프고도 설득력 있는 웅변으로 수많은 형제들의 마음속에 자신의 고통을 전하는 것이었다.

목사의 웅변은 언제나 힘이 넘쳤고, 때로는 무서운 생각이 들 정도였다! 사람들은 무슨 힘이 이토록 자신들을 감동시키는지 알지 못했다. 그들은 이 젊은 목사야말로 신성이 빚어낸 기적이라고 여겼다. 또한 슬기와 꾸짖음과 사랑을 알려주는 하나님의 대행자라고 생각했다. 그들의 눈에는 목사가 밟고 있는 땅마저도 신성한 것으로 보였다. 교회의 처녀들은 목사 옆에만 가도 얼굴이 창백해졌는데, 종교적인 정열에 익숙한 그녀들의 순결한 가슴에 타오르는 열정을 신에 대한 사랑으로 믿고 그것을 제단에 바칠 가장 훌륭한 제물로 생각했기 때문이었다. 늙고 쇠약한 신도들은 몸이 허약한 목사가 자신들보다 먼저 세상을 떠날 것이라 생각하고, 자기가 죽거든 늙은 뼈일랑 젊은 목사의 성스러운 무덤 가까이에 묻어달라고 자식들에게 간곡히 부탁했다.

하지만 정작 딤스데일 목사는 자기 무덤을 생각하면서, 과연 그 무덤 위에 풀이 제대로 자랄 수 있을 것인지 자문하곤 했다. 필시 저주

받은 자신의 육체가 그곳에 묻힐 것이기 때문이었다.

뭇사람들의 존경을 받는 목사였기 때문에 그가 받는 마음의 고통은 이루 말할 수 없었다. 진실을 우러러보려는 그의 마음은 순수한 것이었다. 모든 사물이 생명 속의 생명으로서 신성한 본질을 지니지 않는 것은 모두가 아무런 무게도 가치도 없는 그림자 같은 허상과 같아서 어떤 의미도 부여할 수 없다는 것이 목사의 진정한 본심이었다. 그러면 목사의 정체는 도대체 무엇이었을까? 실체였을까? 아니면 환영 가운데서도 가장 희미한 환영이었을까? 목사는 목청을 돋우어 신도들에게 자기의 정체를 밝혀주고 싶었다.

"여러분 앞에 서 있는 성직자 차림을 한 이 사람, 신성한 강단에 올라서서 창백한 얼굴로 하늘을 우러르며 여러분을 대신해 전지전능하신 하나님과 영적인 교섭을 책임지고 있는 이 사람, 일상생활에서 에녹31)과 같이 성스러움이 깃들었다고 믿어주시는 이 사람, 땅 위에 한 발자국 떼어놓을 때마다 빛을 남기어 그 빛을 등불 삼아 뒤따라오는 순례자들을 천국으로 인도하리라고 느끼시는 이 사람, 여러분의 자녀들에게 세례의 손길을 얹었던 이 사람, 여러분의 친구들이 임종하는 순간에 마지막 기도를 올려주며 그들이 이제 막 떠나온 세상에서 어렴풋이 듣게 되는 아멘 소리와 함께 편안히 눈을 감는다고 믿게 해주는 이 사람, 존경과 신뢰를 받고 있는 여러분의 목사라고 믿어주시는 이 사람은 참으로 추악하기 그지없는 악인이요, 위선 덩어리에 불과합니다."

딤스데일 목사는 단상에 올라갔을 때 이와 같이 말하지 않고서는 절대로 내려오지 않겠노라고 다짐한 적이 한두 번이 아니었다. 헛기침을 하고 떨면서 긴 심호흡을 한 것도 여러 번이었다. 그리고 들이

---

31) 성경에 나오는 신심이 매우 깊은 인물이다. 〈창세기〉 5:24, 〈히브리서〉 11:5 - 옮긴이

마신 숨을 다시 내쉴 때 그 호흡을 통해 영혼의 흉측한 비밀이 함께 나가기를 빌었다. 몇 번씩이나, 아니 백번도 더 넘게 실제로 이런 말을 했었다! 분명히 말했었다! 하지만 과연 어떻게 말했던가? 목사는 청중을 향해 자신은 비열하기 짝이 없는 인간이요, 간악한 죄인이요, 상상할 수도 없는 악한이라고 말했다. 그리고 전지전능하신 하나님의 불 같은 노여움 때문에 나날이 시들어가는 자신의 더러운 몸을 보고도 그 사실을 모르는 신도들이 참으로 딱하다고 말했었다. 이처럼 솔직하고 분명한 말이 세상에 또 있을까?

목사의 말을 듣고 깜짝 놀란 신도들은 자리에서 벌떡 일어나 그를 더럽혀진 단상에서 끌어내릴 법도 했지만 그런 일은 일어나지 않았다. 다 듣고 난 신도들은 오히려 목사를 더 존경하게 되었다. 자책하는 목사의 말 속에 얼마나 무서운 의미가 숨어 있는지 그들은 전혀 짐작하지 못했던 것이다.

"참 믿음이 깊은 젊은이로군!"

그들은 서로 이렇게 말했다.

"과연 지상의 성자이서! 아아, 목사님은 자신의 해맑은 영혼 속에서도 저토록 심각한 죄악의 그림자를 살피시니 당신이나 내 영혼은 저분 눈에 얼마나 끔찍스러운 꼴로 보이겠소!"

목사는 교활하면서도 뉘우칠 줄 아는 위선자였기에 자신의 애매한 고백이 신도들의 눈에 어떻게 비칠 것인지 잘 알고 있었다. 목사는 죄책감을 고백하는 것으로 자기 자신을 속이려 했지만 오히려 순간적인 마음의 평화도 누리지 못하고 수치스러운 자기 합리화라는 또 하나의 죄를 더했을 뿐이었다. 그는 진실을 말함으로써 그 진실을 도리어 거짓으로 탈바꿈하게 한 셈이었다. 하지만 그의 원래 바탕은 진실을 사랑하고 거짓을 증오하는 사람이었기 때문에 다른 무엇보다도 떳떳하지 못한 자신을 혐오했다.

목사는 마음속의 고뇌를 이기지 못하여 자신이 태어나면서부터 자라오는 동안 내내 익혀 온 교회의 훌륭한 가르침보다 낡아빠진 로마 가톨릭교의 부패한 신앙을 따르게 되었다. 자물쇠로 굳게 채워둔 딤스데일 목사의 비밀 벽장 안에는 피 묻은 채찍 하나가 있었다. 개신교다운 청교도인 목사는 종종 자신의 어깨를 이 채찍으로 사정없이 내리치면서 쓰디쓴 웃음을 터뜨렸고, 그 웃음 때문에 한층 더 잔인하게 채찍질을 가하곤 했다. 믿음이 돈독한 청교도들이 그랬듯이 그도 역시 금식을 하는 습관이 있었다. 그러니 몸을 징걸히 하여 하늘의 광명을 받아들일 그릇이 되기 위해 금식하는 청교도들과는 달리 속죄의 고행으로 꿇은 두 무릎이 떨릴 때까지 모질게 금식을 행했다. 또한 목사는 날마다 밤을 새워가며 철야 기도를 올리기도 했다. 때로는 칠흑 같은 어둠 속에서 또는 희미한 등불 아래서 또 어떤 때는 매우 강렬하게 불빛을 밝혀놓고 거울 속의 자신의 얼굴을 똑바로 쳐다보며 철야 기도를 했다.

목사는 이처럼 자기 반성으로 끊임없이 스스로를 괴롭혔지만 몸과 마음이 정화되지는 않았다. 오랫동안 철야 기도가 계속됨에 따라 머릿속은 더욱 어지러워졌고, 눈앞에는 어떤 환영 같은 것이 어른거리기도 했다. 몽롱하게 보이는 그 환영은 자체의 몸에서 발하는 빛 때문에 방 한쪽 어두운 곳에서 보이기도 하고, 한결 더 밝은 목사의 옆에 있는 거울 속에서 좀 더 선명하게 보이기도 했다.

어떤 때는 악마의 무리처럼 떼로 나타나 이빨을 드러내고 히죽거리며 파랗게 질린 목사를 비웃으며 함께 가자는 듯 손짓을 하는가 하면, 또 어떤 때는 눈부신 천사의 무리처럼 슬픔에 젖어 무거운 몸짓으로 하늘을 향해 날아올랐다가 높이 올라갈수록 공기처럼 맑아지는 것이었다.

또 다음에는 이미 세상을 떠난 어렸을 때의 친구들이며, 성자처럼 얼굴을 찌푸린 백발의 아버지며, 그를 외면한 채 지나가는 어머니의 모습이 연이어 나타났다. 망령과 같이 너무나도 희미한 어머니의 환영. 그래도 아들에게 연민의 시선이라도 던져줄 법한 어머니였건만. 이번에는 이런 환상들로 섬뜩해진 방 안을 헤스터 프린이 주홍색 옷을 입은 펄을 데리고 미끄러지듯 지나갔다. 그녀는 가슴 위에 붙어 있는 주홍글자를 손가락질하더니 뒤이어 목사의 가슴을 가리켰다.

목사는 이런 환영들에게 한 번도 속지 않았다. 비록 안개처럼 몽롱한 가운데에서도 그는 강한 의지로 실체를 분간해냈고, 이것들이 조각 장식이 있는 떡갈나무 탁자나 가죽 장정에 놋쇠 조각으로 조인 네모나고 큼직한 성경책처럼 실제로 존재하는 것이 아니라는 사실을 확신했다. 하지만 그 환영들은 어느 의미에서 가엾은 목사가 상대하는 것 중 가장 진실되고 가장 실존적인 것이었다.

하나님께서 우리 주변의 온갖 현실로부터 영혼의 기쁨과 자양분을 얻을 수 있도록 마련해 주신 정수와 본질을 빼앗긴다는 것은, 목사의 생활처럼 거짓 삶을 사는 사람에게는 말할 수 없이 비참한 인생이다. 진실되지 않은 사람에게는 온 우주가 거짓이요, 손에 쥐기가 무섭게 흔적조차 남기지 않고 사라져버리는 것이다. 그리고 목사 자신도 거짓의 빛에 쏘이면 안개처럼 사라지거나 존재하지 않게 된다. 목사로 하여금 이 세상에 실재하도록 해주는 유일한 진실은 그의 영혼 밑바닥에 숨어 있는 번뇌와 얼굴에 나타나는 고뇌의 표정이었다. 그가 한 번이라도 밝게 웃고 명랑한 표정을 지을 수 있는 능력을 갖추었더라면 지금과 같은 인간이 되지는 않았을 터였다.

그렇게 무서운 환영들이 잇달아 나타나던 어느 날 밤, 목사는 의자에서 벌떡 일어났다. 어떤 새로운 생각이 문득 머릿속에 떠올랐기 때문이다. 그 생각대로 한다면 잠시나마 마음이 편해질지도 몰랐다. 예배를 드리기 위해 갈 때와 똑같이 정성스럽게 옷을 차려입은 목사는 조용히 아래층으로 내려가 문을 열고 밖으로 나갔다.

밤을 새운 목사

딤스데일 목사는 몽롱한 꿈속을 헤매는 몽유병 환자처럼 오래전에 헤스터 프린이 군중들 앞에서 치욕의 시간을 보냈던 장소에 다다랐다. 7년이라는 긴 세월 동안 세찬 비바람과 햇볕에 그을리고, 그 위를 올라간 수많은 죄인들의 발에 밟혀 우중충해진 처형대가 여전히 발코니 아래에 서 있었다. 딤스데일 목사는 낡은 처형대의 계단을 올라갔다.

시커먼 구름의 장막이 하늘 꼭대기에서부터 지평선까지 뒤덮고 있는 5월 초순의 칠흑 같이 어두운 밤이었다. 헤스터 프린이 벌 받는 모습을 구경하러 나왔던 그 당시의 마을 사람들이 지금 이 순간에 불려나와 모인다고 해도 이 어둠 속에서는 단상의 얼굴이나 그 어떤 윤곽조차도 식별하지 못할 것 같았다. 사람들은 모두 잠들었고, 누구에게 들킬 위험도 없었다. 만일 목사가 원한다면 다음날 아침 동이 틀 때까지 그곳에 서 있는다고 해도 뭐라고 할 사람은 아무도 없었다. 다만 위험이 있다면, 습하고 쌀쌀한 밤공기가 그의 몸에 스며들어 뼈마디가 관절염으로 뻣뻣해지거나 코감기와 기침으로 목이 잠겨서 다음날 그의 기도와 설교를 들으러 올 신도들에게 실망을 안겨줄지도 모른다는 생각뿐이었다. 피투성이가 되도록 자신의 몸에 채찍을 휘두르던 밀실 속 목사의 모습을 이미 지켜보신, 늘 깨어 있는 그분을 제외하고 그 어떤 사람도 목사를 볼 수 없었다.

그렇다면 무엇 때문에 목사는 이곳에 온 것일까? 그저 참회하는 척하며 헤스터 프린의 고행을 흉내내려고 왔다는 말인가?

물론 그럴지도 모를 일이었다. 그래 보려고 애쓰는 흉내에 불과한 것이었겠지만 오히려 그런 행동은 자신의 영혼을 우롱할 뿐이었다. 천사들이 보았다면 얼굴을 붉히며 눈물을 흘렸을 것이고, 악마들이라면 조롱하듯 웃어대며 기뻐할 그런 흉내였다.

목사는 가는 곳마다 자신을 따라다니는 회한에게 밀려 이곳까지 쫓겨왔으나, 그 회한에게는 마치 친동생처럼 붙어다니는 동행이 있었으니 바로 비겁이었다. 회한에게 떠밀려 모든 비밀을 고백하려는 순간이면 어느 새 비겁이 나타나 무서운 손아귀로 목사를 움켜쥐고 잡아당기며 말리는 것이었다. 참으로 가엾고 애처로운 남자, 도대체 이토록 나약한 사람이 무엇 때문에 죄를 저질러 무거운 짐을 짊어져야 했던 것일까? 죄악이란 어떻게든 그것을 견뎌내는 사람, 또는 그 짐이 너무 무거워 견딜 수 없으면 세차고 맹렬한 힘으로 자신에게 유리하도록 당장에 내동댕이칠 수 있는 사람, 혹은 둘 중 하나를 택할 수 있을 만큼 무쇠같이 강한 신경의 소유자들에게나 어울리는 것이 아니던가! 하지만 신경이 예민하고 누구보다도 마음 약한 목사는 그 어느 쪽도 해낼 능력이 없었고, 갈팡질팡하여 하나님을 거역하는 괴로운 죄와 소용없는 참회만을 거듭하면서 마치 풀리지 않는 매듭 속에 뒤엉켜 있었다.

이렇듯 부질없이 속죄하는 흉내를 내느라 애쓰면서 처형대 위에서 있는 동안 갑자기 딤스데일 목사의 마음속에 극심한 공포가 생겨났다. 그것은 우주 전체가 마치 그의 심장 바로 위에 있는 주홍색 표적을 들여다보고 있는 것 같은 생각에 사로잡혔기 때문이다. 목사는 독을 퍼뜨리는 이빨이 오래전부터 그곳에 자리잡고 물어뜯는 듯한 고통을 느끼고 있었던 것이다. 자신을 억제할 생각도, 힘도 없었던 목사는 그만 큰 소리로 비명을 지르고 말았다. 밤하늘을 타고 퍼져나간 비명 소리는 집집마다 부딪혀 메아리치고 마을 뒷산에도 울려퍼졌다. 마치 무리를 지은 악마들이 애절함과 공포로 떠는 소리를 발견하고는 그것을 가지고 장난삼아 이리저리 던지며 노는 듯했다.

"이제 모든 것이 끝났어!"

목사는 두 손에 얼굴을 파묻으며 중얼거렸다.

"잠에서 깨어난 마을 사람들이 모두 이곳으로 달려와 여기 있는 나를 발견하게 되겠지!"

하지만 예상과는 달리 아무도 달려나오지 않았다. 목사의 비명 소리는 자신이 느낀 것처럼 큰 소리는 아니었다. 마을 사람들은 잠에서 깨지 않았다. 설령 잠이 깼다고 한들 여전히 잠에 취한 그들은 악몽을 꾸었거나 아니면 그 당시에 흔히들 존재한다고 생각하던 마녀나 마귀가 어느 농장이나 오막살이 지붕 위를 날아가는 소리라고 생각했을 것이다.

아무 일도 일어나지 않자 목사는 두 눈을 부릅뜨고 주위를 둘러보았다. 조금은 멀리 떨어진 건너편 길에 자리잡은 벨링엄 총독 저택의 침실 창으로 늙은 총독의 모습이 보였다. 한 손에 램프를 들고 머리에는 하얀 나이트캡을 쓰고 기다란 흰색 잠옷을 걸치고 있는 총독의 모습은 마치 무덤에서 불려나온 유령과도 같았다. 목사의 고함 소리에 잠을 깬 것이 분명했다. 그와 동시에 역시 램프를 든 총독의 누이

동생인 히빈스 부인이 또 다른 창문가에 나타났다. 거리가 멀리 떨어져 있었지만 그녀의 심술궂고 불만스러운 얼굴 표정이 램프 불빛을 받아 훤히 드러나 보였다. 그녀는 격자무늬 창살 밖으로 머리를 삐죽 내밀고 걱정스레 하늘을 올려다보았다. 이 늙은 마녀는 의심할 여지 없이 목사의 고함 소리가 수많은 메아리를 만들며 울려퍼지는 소리를 듣고 마귀와 마녀들이 떠드는 소리로 착각했던 것이다. 그녀가 마귀나 마녀들과 함께 숲 속을 쏘다닌다는 소문은 이미 온 마을에 자자한 터였다.

벨링엄 총독의 램프 불빛을 발견한 히빈스 부인은 황급히 자기의 램프 불을 끄고 사라졌다. 아니, 구름 속으로 올라갔는지도 모를 일이었다. 그 뒤로 목사는 노부인의 거동을 다시 볼 수 없었다. 칠흑 같은 어둠 속을 한참 동안 살펴본 총독은 아무것도 발견하지 못하자 이내 등불을 끄고 창가를 떠났다.

어느 정도 마음이 가라앉은 목사가 한숨을 돌리는 순간, 희미하게 반짝이는 등불 하나를 발견했다. 처음에는 멀리서 보이던 그 불빛이 여기저기 널려 있는 기둥이며 정원 울타리와 철창이 달린 창문, 물이 가득 찬 통과 그 옆의 펌프, 놋쇠 고리 손잡이가 달린 아치형의 문, 거친 통나무로 만든 문지방 등을 차례로 비추며 점차 자기 쪽으로 다가오고 있었다. 딤스데일 목사는 들려오는 발소리와 함께 조금씩 자신의 운명이 다가오고 있다는 것과 잠시 후면 저 불빛이 자기를 비추어 오랫동안 감춰왔던 비밀을 드러내고야 말리라는 것을 확신하면서 불빛이 비추고 있는 온갖 세밀한 부분들을 눈여겨 살펴보았다.

불빛이 가까이 다가옴에 따라 그 불빛이 그려내는 둥그런 원 속에서 자기의 동료, 좀 더 정확히 말해서 귀한 친구이자 성직의 아버지인 윌슨 목사의 모습을 보았다. 딤스데일 목사가 생각하기로, 그는 누군가 숨을 거두는 자리에서 임종 기도를 올리고 돌아오는 듯싶었다. 과연 그의 생각이 맞았다. 선량한 노목사는 바로 그 시간에 하늘나라로 떠난 윈스럽 총독의 임종을 보고 돌아오는 길이었다.

암울한 죄악의 밤 한복판에서 윌슨 목사를 찬양하는 듯한 눈부신 빛무리는 흡사 옛 성자들처럼 그를 에워싸고 있었다. 그 모습은 마치 세상을 떠난 총독이 영광의 재산을 그에게 물려주고 간 것 같기도 하고, 승리의 순례자가 천국 문으로 들어가는 것을 보는 순간 그의 몸이 천국의 광채를 받기라도 한 듯이 빛을 발하며 걸어오고 있었다. 하지만 윌슨 목사는 등불로 발밑을 밝히면서 집을 향해 걷고 있을 뿐이었다. 그런데 딤스데일 목사는 이 광경을 보고 천국의 후광 속에 있는 윌슨 목사를 보는 것 같은 환상으로 착각했던 것이다. 목사는 그 환상을 보며 빙그레 웃었다. 아니, 그렇게 생각했던 자신을 비웃었다. 그리고 불현듯 이러다 정말 자신이 미치는 것은 아닐까 하는 생각이 들었다.

윌슨 목사가 한 손으로 제네바 외투[32]를 바짝 여미고 다른 손으로는 등불을 가슴 쪽에 치켜들며 처형대 앞을 지나고 있을 때 딤스데일 목사는 말을 걸고 싶은 충동을 물리칠 수 없었다.

"안녕하세요, 윌슨 목사님! 이리 올라오셔서 저와 잠시 이야기를 나누고 가시지 않겠습니까?"

하나님 맙소사! 정말로 딤스데일 목사가 이렇게 말을 했단 말인가? 한순간 그도 자신의 입에서 그런 말이 나왔다고 생각했다. 하지만 그것은 머릿속에 있는 말일 뿐이었다. 윌슨 목사는 발밑의 진흙을 조심스럽게 살피며 걸어가고 있을 뿐 단 한 번도 처형대 쪽으로 눈길을

---

32) 스위스의 제네바에 근거지를 두었던 캘빈파의 목사가 설교 때 입었던 검은색의 설교복으로 제네바 가운이라고도 한다 — 옮긴이

돌리지 않았다. 깜박이는 등불이 꽤 멀어지자 목사는 엄습해 오는 아찔함을 느꼈고, 지나간 잠깐 동안이 매우 불안한 위기의 순간이었음을 깨달았다. 자기도 모르게 튀어나온 섬뜩한 장난기로 잠시나마 마음의 위안을 얻고자 했던 것이다.

잠시 후 섬뜩한 장난기가 목사의 머릿속을 채운 엄숙한 환상 속으로 또다시 스며들어 왔다. 유난히 쌀쌀한 밤공기로 사지가 뻣뻣해진 목사는 처형대 층계를 내려갈 수 있을지도 자못 의심스러웠다. 동이 틀 때까지도 그는 여전히 여기에 서 있을 것이다. 마을 사람들이 잠에서 깨어나기 시작하고, 제일 먼저 일어난 사람이 새벽 어명 속을 걸어오다가 치욕의 처형대 위에 어렴풋이 드러나 보이는 사람의 형체를 발견하고 놀랄 것이다. 그러면서도 호기심에 이끌려 집집마다 문을 두드리며 세상을 떠난 죄인의 유령─아마도 그렇게 보였을 터였다─을 구경하라고 사람들을 불러낼 것이다. 새벽 여명의 이 소란은 새들이 날개를 치듯 이 집에서 저 집으로 퍼져나갈 것이다. 마침내 서광이 더욱 밝아지면 나이 많은 가장들은 플란넬 겉옷 바람으로 황급히 일어나고, 아낙네들은 잠옷을 입은 채 뛰어나올 것이다.

또한 지금까지 사람들 앞에 나올 때 머리칼 한 올 흩어진 모습을 보인 적 없는 단정한 이들까지도 간밤의 사나웠던 꿈자리를 떨치고 당황한 모습으로 나타나 군중 속에 휩쓸릴 것이다. 벨링엄 노총독은 제임스 왕조풍의 주름 옷깃을 비뚤어지게 단 채 엄숙한 표정으로 나타날 것이며, 히빈스 부인은 지난밤 숲 속을 쏘다니느라 한숨도 못 잔 채 치맛자락에 숲의 잔가지를 붙이고 유달리 시큰둥한 표정으로 나올 것이다. 또 윌슨 목사는 임종을 지키느라 밤을 새우다시피 한 뒤 영광스러운 성자들의 꿈을 꾸며 단잠을 자다가 갑자기 이른 새벽에 잠을 깨어 몹시 언짢은 표정으로 나타날 것이다.

딤스데일 목사가 담당했던 교회 장로들이며 집사들, 그리고 목사를 신처럼 숭배하여 순결한 가슴속에 성스러운 신전을 세웠던 앳된 처녀들도 너무 다급하고 어리둥절한 나머지 숄조차 걸치지 않은 채 뛰어나올 것이다. 한마디로 모든 마을 사람들이 허둥지둥 문지방을 뛰어넘어 처형대 주위로 떠들썩하게 몰려와 놀라움과 공포에 싸인 표정으로 쳐다볼 것이다. 동이 틀 무렵 붉은 햇빛을 이마에 받고 서 있는 저 사람은 도대체 누구일까? 한때 헤스터 프린이 섰던 그 자리에 꽁꽁 얼어붙은 채 빈사 상태로, 치욕에 짓눌려 몸둘 바를 모르고 서 있는 자는 바로 딤스데일 목사가 아니면 누구란 말인가!

자신이 그려낸 기괴하고 무서운 환상에 넋이 나간 목사는 무의식 중에 커다란 웃음을 터뜨렸다. 그리고는 스스로의 웃음에 더욱 소스라치게 놀랐다. 순간 목사의 웃음소리에 답이라도 하듯 공기처럼 경쾌한 어린아이의 웃음소리가 들려왔다. 목사는 마음의 고통에서 오는 것인지, 커다란 기쁨에서 오는 것인지 알 수 없는 전율을 느끼면서 그 웃음소리가 어린 펄이 내는 소리임을 알아차렸다.

"오, 귀여운 펄!"

목사는 마치 부르짖듯 소리쳤다. 그리고는 낮은 음성으로 이어 말했다.

"헤스터! 헤스터 프린! 당신 아니오?"

"네, 맞아요. 헤스터 프린이에요!"

그녀는 놀란 음성으로 대답했다. 곧이어 처형대 쪽으로 다가오는 발소리가 들렸다.

"저하고 펄이에요!"

"이 밤중에 어디서 오는 길이오, 헤스터? 무슨 일로 이곳에 왔소?"

목사는 두서없이 계속 묻기만 했다.

"윈스럽 총독님이 돌아가셔서 수의를 만들려고 치수를 재고 이제 집으로 돌아가는 길이에요."

헤스터 프린이 대답했다.

"이리 올라와요, 헤스터. 펄도 같이."

딤스데일 목사가 말을 이었다.

"당신과 어린 펄은 전에 올라왔던 적이 있지만 나는 처음이오. 자, 한 번만 더 올라와 봐요. 우리 셋이 함께 서봅시다."

헤스터는 어린 펄의 손목을 잡고 묵묵히 층계를 올라 목사 옆에 나란히 섰다. 목사도 아이의 다른 쪽 손을 더듬어 쥐었더. 그 순간 자신의 것이 아닌 새로운 생명이 줄기차게 솟구쳐 그의 심장 속으로 밀물처럼 스며드는 것 같았다. 마치 거의 마비된 자신의 몸속으로 두 모녀의 따스한 생명의 온기가 전달되는 느낌이었다. 세 사람은 전기가 흐르는 하나의 사슬로 묶이듯 서로 생명이 통하게 된 것이다.

"목사님!"

어린 펄이 속삭였다.

"왜 그러니?"

딤스데일 목사가 물었다.

"엄마하고 나하고 셋이서 내일 낮에 또 여기 와서 설까요?"

펄이 물었다.

"아니, 그렇게 해서는 안 된단다."

목사가 대답했다. 순간 목사는 새롭게 용솟음치던 생명과 더불어 줄곧 고민해 왔던 비밀이 군중 앞에 폭로된다는 공포심이 되살아났던 것이다. 지금 그는 세 사람의 결함에 이상한 희열을 느끼면서도 한편으로는 두려워하며 떨고 있었다.

"그건 안 된다, 펄. 언젠가는 엄마와 너와 함께 이곳에 서게 될 테지만 내일은 안 된단다."

펄은 미소를 지으며 목사가 잡고 있는 손을 뿌리치려고 했다. 하지만 목사는 행여 그 어린아이의 손목을 놓칠세라 꼭 잡은 채 놓아주지 않았다.

"조금만 더 이렇게 잡고 있자꾸나, 귀여운 아가야!"

"그러면 내일 낮에 내 손과 엄마 손을 잡고 이곳에 같이 서겠다고 약속하실래요?"

펄이 물었다.

"내일은 안 된다고 했잖니. 언젠가 다른 날에 그렇게 하자꾸나."

목사가 말했다.

"다른 날 언제 말이에요?"

펄은 단념하려 들지 않았다.

"최후의 심판 날에 말이야……."

목사는 힘없이 작은 소리로 속삭였다. 이상하게도 그 순간 자신이 진리를 가르치는 직책에 있는 사람이라는 의식이 아이에게 이처럼 대담하게 했던 것이다.

"그 심판의 자리에서는 나와 엄마와 그리고 펄이 함께 심판대에 서야만 한단다. 하지만 그 전에는 이 세상의 햇빛이 비치는 곳에서 우리 세 사람이 같이 있는 모습을 남들에게 보여서는 안 된단다."

펄은 또다시 웃었다.

그러나 딤스데일 목사가 미처 말을 끝맺기도 전에 구름으로 뒤덮인 하늘을 가르며 한줄기 빛이 내려와 사방으로 넓게 퍼졌다. 그것은 밤하늘을 지켜보는 사람들이라면 종종 볼 수 있는 별똥별의 불빛임이 분명했다. 너무나도 강한 그 광채는 하늘과 땅 사이에 두껍게 깔려 있는 구름층을 골고루 환히 비춰주었다. 하늘은 마치 거대한 램프의 둥근 덮개처럼 빛났다. 눈에 익은 거리의 경치들도 광채를 받아 대낮처럼 밝아보였지만 동시에 예사롭지 않은 빛에 비친 낯익은 거리들이 무시무시하게 보였다.

툭 튀어나온 층마다 기묘한 박공이 달린 목조건물들, 계절을 앞질러 일찍 돋아난 잡초로 뒤덮인 돌층계와 문지방, 금방 갈아엎은 듯한 흙으로 검게 보이는 정원, 수레바퀴 자국을 따라 풀이 자라고 있는 장터 등 모든 것들이 한눈에 보였다. 그러나 하나같이 기묘한 형상을 하고 있어서 예전에 느낄 수 없었던 다른 도덕적 의미를 부여하고 있는 듯했다. 그 광채 속에서 목사는 가슴에 손을 얹고 서 있었고, 헤스터 프린 역시 가슴에 빛을 받으며 수놓은 주홍글자를 달고 서 있었다. 또한 두 사람 사이에 있는 어린 펄은 상징적인 존재가 되어 그들을 연결해 주는 고리 역할을 하며 서 있었다. 모든 비밀을 밝혀주는 듯한 그 빛은 서로 인연이 있는 세 사람을 하나로 결합시켜 주는 여명과도 같았다. 그들은 기이하고도 장엄한 한밤중의 찬란한 광채 속에 서 있었다.

어린 펄의 눈 속에는 마력이 깃들어 있었고, 목사를 올려다볼 때마다 그 얼굴에는 꼬마 요정같이 장난기 어린 미소가 떠올랐다. 펄은 목사에게 붙잡혀 있던 손을 빼내어 길 건너편을 손가락으로 가리켰다. 그러나 목사는 가슴 앞에 두 손을 모은 채 하늘을 올려다보았다.

당시에는 별똥별의 출현과 해와 달이 나타나는 것 같은 규칙적인 현상 외에 일체의 불규칙한 자연현상을 초자연적인 무엇인가에 비롯된 어떤 계시로 받아들여졌다. 예를 들어 화염의 창이나 불꽃 검, 활과 화살통이 밤하늘에 나타나면 인디언과의 전쟁을 예고하는 것이고, 빨간 불꽃이 비처럼 쏟아지면 질병이 돌 것을 예시하는 것으로 알려졌다.

뉴잉글랜드에 사람들이 정착한 이래로 독립전쟁에 이르기까지 좋은 일이든 나쁜 일이든 이러한 자연의 경고 없이 발생한 사건은 아마 하나도 없을 것이다. 그런 경고를 많은 사람들이 함께 목격한 경우도 드물지 않았다. 하지만 그 신빙성은 오로지 목격한 사람의 믿음에 의존하는 경우가 더 많았다. 이럴 때면 목격자들은 상상력이라는 매개체를 통하여 채색하고 왜곡시키며 머릿속에서 더욱 뚜렷이 보충해 형상을 꾸며내게 마련이었다. 국가의 운명이 이처럼 무서운 상형문자로 광활한 하늘에 예언된다는 것은 생각만으로도 장엄한 일이었다. 하지만 하늘이 그렇게 큰 두루마리라 해도 하나님께서 한 나라의 운명을 기록하기에는 그리 큰 것이 아닐지 모른다.

우리 조상들은 이와 같은 믿음으로, 그 모든 현상을 하늘이 남다른 친밀감과 엄숙함으로 새로 생긴 이 나라를 수호해 주는 증거라고 생각했다. 그러나 어느 한 사람이 자기 자신만을 보도록 그 광대한 두루마리 위에 계시를 하셨다고 한다면 과연 뭐라고 대꾸할 수 있을까! 사실 이런 경우에는 극도로 혼란해진 정신착란의 징후에 불과할 것이다. 오랫동안 비밀의 격심한 고통에 시달린 나머지 병적인 자기 망상에 사로잡힌 사람이라면, 광활하게 펼쳐진 자연 위에다 자기 중심적인 환상을 그리고 하늘 자체가 자기 영혼의 역사와 운명을 기록하기 위해 만들어진 종잇조각에 지나지 않는다고 생각할 수도 있는 것이다.

그러므로 목사가 하늘을 올려다보았을 때 은은한 붉은 빛이 그려낸 A자, 그것도 거대한 A자가 하늘에 나타난 것을 보았다는 목사의 말은 전적으로 그의 눈과 마음이 병든 탓이라고 생각하고 싶다. 마침 그 순간에 구름 사이로 흐릿하게 불타오르는 별똥별이 나타났었는지도 모른다. 그렇다 하더라도 죄의식에 사로잡힌 그의 상상력이 빛어낸 글자는 아니었을 것이다. 적어도 그 별똥별의 모양이 매우 희미했을 것이고, 자신의 죄를 의식하고 괴로워하는 다른 사람이 보았더라면 아마 그 속에서 다른 상징을 찾아냈을 것이라는 말이다.

바로 그 순간에 딤스데일 목사의 심리 상태를 특징 있게 드러내주는 이상한 일이 일어났다. 목사는 하늘을 우러러보는 동안 내내 펄이 처형대에서 얼마 떨어지지 않은 곳에 서 있는 로저 칠링워스 노인을 손가락질하고 있다는 것을 확실히 느끼고 있었다. 목사는 기적의 글자 A를 발견했던 그 눈으로 노인을 보고 있었다는 것이다. 다른 사물들과 마찬가지로 별똥별이 발하는 빛을 받은 노인의 얼굴에도 색다른 표정을 띠게 해주었다. 늙은 의사는 목사를 바라보던 여느 때와는 달리 악의를 감추려 애쓰지 않고 얼굴에 드러내고 있었던 것이다. 만일 별똥별이 하늘을 환히 비추고 어둠의 땅을 밝혀 최후의 심판 날에 훈계받는 헤스터 프린과 목사가 느끼는 무서움을 온 천지에 어리게 한다면, 로저 칠링워스는 험상궂은 표정으로 음험한 미소를 지으며 죽음을 재촉하고 서 있는 사탄으로 보였을 것이다. 의사의 표정은 너무나도 뚜렷했다. 아니, 오히려 목사가 받은 인상이 너무나도 강했다고 해야 옳을 것이다. 어쨌든 별똥별이 사라지고 거리와 그 밖의 모든 것들이 일시에 자취를 감춘 뒤에도 의사의 표정은 여전히 어둠 속에 아로새겨져 있는 듯싶었다.

"저 사람이 도대체 누구요, 헤스터?"

공포에 질린 딤스데일 목사가 숨 가쁘게 말했다.

"저 사람을 보면 치가 떨리는구려! 당신은 저 작자를 알고 있소? 나는 저 자가 싫소, 헤스터!"

헤스터는 감옥 안에서의 로저 칠링워스와 약속을 상기하고 잠자코 있었다.

"저 사람을 보면 내 영혼이 떨린다오!"

목사는 다시 중얼거렸다.

"저 자가 누구요? 저 자가 누구냔 말이오? 당신이 날 도와줄 수는 없는 거요? 저 자를 보면 왜 그런지 자꾸 두렵소!"

"목사님."

그때 펄이 입을 열었다.

"저 사람이 누군지 제가 가르쳐드릴게요!"

"그래, 애야! 어서! 빨리!"

허리를 굽힌 목사는 펄의 입가에 자신의 귀를 가져다대며 말했다.

"어서 빨리! 되도록 낮은 목소리로 말해 다오."

펄이 목사의 귀에 대고 뭔가를 속삭였다. 그것은 사람의 말소리처럼 들리기는 했지만 흔히 어린애들이 몇 시간씩 혼자 놀면서 옹알거리는 아무 뜻도 의미도 없는 소리였다. 설령 그 말 속에 로저 칠링워스에 관한 무슨 비밀 이야기가 담겨 있었다 하더라도 목사로서는 알아들을 수 없는 말들이었기에 목사는 더욱 어리둥절할 따름이었다. 그때 요정 같은 펄이 웃음보를 터뜨렸다.

"지금 나를 놀리고 있구나!"

목사가 말했다.

"목사님은 겁보에다가 거짓말쟁이에요!"

펄이 대답했다.

"내일 낮에 내 손과 엄마 손을 잡고 이곳에 다시 서겠다는 약속도 안 하시면서, 뭐!"

"선생님, 아니, 딤스데일 목사님 아니신가요?"

어느 사이에 처형대 밑까지 다가온 의사가 입을 열었다.

"설마 했는데 정말 맞군요! 이렇기 때문에 우리같이 책에만 몰두하는 사람들은 돌봐줄 사람이 필요하답니다! 눈을 뜬 채로 꿈을 꾸고, 잠을 자면서도 걸어다니기 일쑤니까 말입니다. 목사님, 이제 가시지요. 제가 댁까지 모셔다 드리겠습니다!"

"제가 여기 있는 줄은 어떻게 아셨습니까?"

목사는 두려운 마음으로 물었다.

"사실은 저도 몰랐지요."

로저 칠링워스가 대답하기 시작했다.

"존경하는 윈스럽 총독님 댁에서 혹시 제 미약한 의술이 도움이 될까 밤이 이슥하도록 눌러앉아 있었지요. 결국 그분도 좋은 세상으로 가셨고, 저도 막 집으로 가는 길이었는데 이상한 광채가 비치더군요. 자, 어서 저를 따라오시지요. 그렇지 않으면 내일 주일 예배도 제대로 치르지 못하시겠어요. 이제 아시겠지요, 목사님? 그놈의 책들이 사람 머리를 얼마나 괴롭히는가를. 고얀 놈의 책들이 말이죠. 책은 좀 그만 읽으시고 쉬셔야 해요. 그렇지 않으면 이런 야밤에 생기는 변덕이 훨씬 더 심해질 겁니다."

"선생님과 함께 돌아가지요."

딤스데일 목사가 말했다. 흉측한 꿈에서 깨어나 완전히 기력을 잃은 사람처럼 목사는 절망에 사로잡힌 채 순순히 의사의 말에 따라 돌아갔다.

이튿날, 딤스데일 목사의 입에서 흘러나온 설교는 지금까지의 설교보다도 내용이 풍부하고 힘차며 하나님의 감화력에 충만했다. 들리는 말에 의하면, 이날의 훌륭한 설교로 말미암아 하나님의 진리를 깨달은 사람이 여럿이며, 수많은 사람들이 언제까지나 딤스데일 목사에게 신성한 감사를 바치겠노라 맹세했다고 한다. 설교를 끝낸 목사가 교단의 층계를 내려올 때였다. 수염이 희끗희끗한 교당지기가 다가와 검은 장갑 한 켤레를 내밀었다. 목사는 대뜸 그 장갑이 자기 것임을 알아차렸다.

"오늘 아침에 죄를 지은 자들이 군중 앞에서 치욕을 당하는 처형대 위에서 이 장갑을 발견했습니다. 제 생각입니다만, 목사님에게 불측한 장난을 치려고 사탄이 저지른 짓으로 생각됩니다. 예전이나 지금이나 사탄이란 어리석기 짝이 없는 놈들입니다. 정결한 손은 장갑이 필요 없다는 사실을 모르니 말입니다!"

교당지기가 말했다.

"고맙습니다."

목사는 내심 놀랐지만 점잖은 목소리로 대답했다. 기억이 하도 희미해서 간밤의 일들이 마치 환상처럼 느껴졌기 때문이었다.

"음, 분명히 제 장갑이 맞는 것 같군요!"

"하지만 사탄이란 놈이 목사님의 장갑을 노리고 있으니 이제부터 목사님께서는 장갑 없이 맨손으로 그놈을 다루셔야 할까 봐요."

소름이 끼칠 듯한 미소를 띠며 늙은 교당지기가 말을 이었다.

"참, 그런데 목사님! 혹시 간밤에 나타났다는 징조에 대한 얘기는 들으셨나요? 거대한 붉은 글자 A자가 하늘에 나타났다고 하던데요. 저희들은 그것이 천사(Angel)를 뜻하는 것으로 해석하고 있답니다. 왜냐하면 윈스럽 총독님이 어젯밤에 천사가 되셨으니 하늘에 무슨 징조가 나타난 것은 당연한 일이 아니겠습니까!"

"아뇨, 저는 처음 듣는 얘기입니다."

목사는 대답했다.

헤스터의 새로운 결심

헤스터 프린은 뜻하지 않은 전날 밤에 딤스데일 목사와 만났던 자리에서 형편없이 쇠약해진 목사를 보고 깜짝 놀랐다. 목사의 신경은 완전히 파괴되었고 정신력은 어린애보다도 더 약해져 있었다. 지적인 기능은 원래의 힘을 유지했으나 ─ 혹은 아플 때에만 으레 생기는 병적인 힘이었는지도 모른다 ─ 정신력은 이미 땅바닥에 응고되어 기어다니는 형국이었다.

남들이 모르는 갖가지 비밀을 잘 알고 있는 헤스터는 목사 자신이 마땅히 느껴야 할 양심의 가책 이외에 어떤 무서운 흉계가 목사의 건강과 안정에 나쁜 영향을 미치고 있다는 판단을 내렸다. 버림받은 여인인 자신에게 딤스데일 목사가 공포에 떨며 보호해 달라고 호소할 때 목사의 타락한 과거를 잘 알고 있는 헤스터의 영혼은 적지 않은 충격을 받았다. 헤스터는 고심 끝에 자신이 목사를 도와야 할 의무가 있다는 결론을 내렸다.

헤스터는 오랫동안 사회와 멀리 떨어져 살아왔기 때문에 외적 기준에 입각해서 옳고 그른 관념을 판정하는 데 익숙하지 않으나 목사에 관한 문제만큼은 어느 누구에게도 품어보지 못한 책임이 있다는 것을 깨달았다. 어쩌면 자신이 목사를 가장 잘 알고 있다고 생각한 때문인지도 몰랐다. 그녀를 바깥 사회와 연결시켜 주던 유대, 예컨대 꽃이든 비단이든 황금이든 그 밖의 어떤 재료로 형성되었던 유대이던 간에 모두 끊어져버리고 말았다. 하지만 그녀와 목사 사이에는 그 누구도 끊고 싶어도 끊을 수 없는 공동의 죄라는 유대가 있었다. 다른 모든 유대 관계가 그러하듯 여기에도 의무가 수반되었다.

이제 헤스터 프린은 처음으로 치욕을 당하던 때와 똑같은 처지에 있지 않았다. 어린 펄이 일곱 살이 된 만큼 세월도 많이 흐른 상태였다. 번쩍이는 수로 아로새긴 주홍글자를 가슴에 단 헤스터의 모습도 이제 마을 사람들의 눈에 낯익은 것이 되었다. 사람이 사회적으로 두드러지게 눈에 띄는 위치에 있다 해도 개인의 흥미나 편의를 해치지 않는다면 곧 사람들에게 익숙해질 뿐만 아니라 어느 면에서는 존경까지 받을 수 있게 된다. 헤스터 프린에 대해서도 세상 사람들의 마음속에 어느덧 애정이라는 것이 싹트게 되었다. 이기심이 동하지 않는 한 남을 미워하기보다는 사랑하는 마음이 더 잘 우러난다는 것이 인간 천성의 장점이라 하겠다. 이처럼 적대감이 있었다 하더라도 그것을 자꾸만 건드려 새로운 적대감을 만들지 않는 한 증오의 감정도 세월이 흐르면 점차 사랑으로 변하기 마련이다.

헤스터 프린의 경우도 남을 자극하거나 그들의 신경을 건드리는 일은 하지 않았다. 그녀는 남들과 다투지도 않았고 푸대접을 받아도 아무런 불평 없이 순종했다. 자신이 받은 고뇌의 대가를 세상에 바라지도, 세상의 동정심에 기대지도 않았다. 게다가 여러 해 동안 세상에서 들어앉아 흠잡을 데 없이 깨끗한 생활을 했다는 사실 역시 그녀에게 유리한 입장을 만들어주었다. 인간의 입장에서 볼 때 아무리 보아도 잃을 것도 없고 무언가를 얻을 희망도 욕망도 없는 이 불쌍한 방랑자가 다시 올바른 길을 찾도록 해준 것은 미덕을 순수하게 우러러보려는 그녀의 마음이었으리라.

또한 헤스터는 남들과 같이 공기를 마시고 부지런히 일해서 자신과 펄의 하루하루 양식을 버는 것 이외에는 세상의 특권을 조금도 탐내지 않았다. 오히려 남에게 도움을 베풀 때면 언제나 서슴지 않고 나서서 그들의 형제임을 자처했다는 사실 역시 세상이 알게 되었다. 가진 것이 풍족하지 않았지만 가난한 사람들이 필요로 할 때마다 누구보다도 먼저 자기의 것을 나누어주었다. 꼬박꼬박 문진까지 가져다주는 음식이나, 왕의 옷에도 수놓을 수 있는 솜씨로 만든 옷을 받고도 감사는커녕 심술 사나운 거지가 욕지거리를 하며 비웃어대는 일도 있었지만 말이다. 온 마을에 전염병이 퍼졌을 때에도 헤스터처럼 발 벗고 나서서 애쓴 사람도 없었다.

사실 무슨 재난이 일어날 때마다 사회 전체가 당하는 일이건 개인이 당하는 일이건 계절 여하를 떠나 세상에서 버림받은 헤스터는 재빨리 자기가 해야 할 일거리를 찾아냈다. 그녀는 불행으로 암담해진 집의 문을 손님으로서가 아니라 한 사람의 식구로서 허물없이 두드렸다. 마치 그 불행의 어두운 땅거미가 헤스터로 하여금 그녀의 이웃과 더불어 이야기를 나누도록 해주는 매개체인 듯싶었다. 그곳에서는 수놓은 주홍글자가 세상 빛과 다른 천상의 빛으로 안식을 주는 듯 빛나고 있었다. 다른 곳에서는 그것이 죄악의 표적에 지나지 않았지만 병실에서는 방을 환히 밝혀주는 촛불과도 같았다. 환자가 숨을 거두려는 순간에는 시간의 한계를 넘어서 아득한 저세상까지 어슴푸레한 빛을 던져주었다. 그리하여 이승의 빛이 이내 흐려지고 미처 저승의 빛이 나타나지 않았을 때 환자의 영혼이 밟고 갈 곳을 가리켜주었다. 이처럼 위급할 때에도 헤스터의 천성은 온정이 넘치고 풍요롭게 보였다. 모든 사람의 요구에 빠짐없이 응답하고, 누구든지 원하면 마실 수 있는 그녀의 부드러운 인간성이라는 샘물은 아무리 마셔도 결코 마르지 않는 따스한 샘터였다. 가슴에는 치욕의 표적이 달려 있었지만 그 가슴은 베개가 필요한 사람의 머리를 위해서는 폭신한 베개가 될 따름이었다.

헤스터는 자기 스스로 임명한 자선수녀회의 수녀였다. 아니, 세상도 그녀도 전혀 예측하지 못했을 때 세상의 가혹한 손길이 그녀에게 이와 같은 임무를 맡겼다고 하는 것이 좋을 터였다. 이제 주홍글자는 그녀의 직업이자 사명감을 상징했다. 그녀가 남을 돕는 힘이 어찌나 놀라웠던지, 어찌나 실천력이 크고 어찌나 동정심이 강했던지 많은 사람들은 주홍글자 A자를 원래의 뜻대로 해석하기를 거절했다. 그들은 그 글자가 능력 있음(Able)을 의미한다고 말했다. 헤스터 프린이 여자치고는 너무나도 강했던 까닭이다.

헤스터 프린을 맞아들일 수 있는 집은 어둠이 깃든 집뿐이었다. 그 어둠 속에 다시 햇빛이 스며들면 그녀의 그림자는 자취를 감추며 문지방 밖으로 사라지는 것이었다. 자신들을 정성껏 돌봐주었던 그녀의 도움을 진심으로 고마워하는 사람들이 감사의 뜻을 표현하려 해도 헤스터는 한 번도 뒤돌아보는 일 없이 총총히 떠나고 말았다. 행여 거리에서 그들을 만나더라도 인사를 받으려고 머리를 드는 법이 없었다. 그들이 한사코 인사를 하겠다고 다가오면 그녀는 손가락으로 주홍글자를 가리키며 그대로 지나쳤다. 이러한 행동은 혹 그녀의 자존심인지도 몰랐다. 하지만 너무나 겸손해 보였기 때문에 사람들에게 겸양의 미덕이라는 인상을 심어주었다.

대중의 기질에는 전제적인 면이 있다. 따라서 예사로운 정의라도 무슨 권리인 것처럼 우격다짐으로 요구하면 그들은 거절하려 든다. 그러나 자기들 구미에 맞게 관대한 처분을 호소하면 가끔 정의보다 더한 것이라도 선뜻 내주는 경우가 있다. 사회는 헤스터 프린의 행실을 이런 성질의 호소라고 해석한 나머지 지난날의 죄인에게 그녀가 바랐던 것 이상으로, 아니 그녀가 받을 자격의 분수보다도 넘치는 관용의 얼굴을 보이게 되었다.

그러나 사회의 지도층들과 현명한 학자들은 헤스터의 선량한 품성이 지닌 감화력을 인정하는 데에 일반 대중들보다 더 오랜 시간이 걸렸다. 그들의 편견도 세상 사람들이 지니고 있던 편견과 같은 것이었지만, 무쇠 같은 논리의 틀로 마음속이 꽉 차 있었기 때문에 그것을 쫓아낸다는 것은 쉽지 않은 일이었다. 하지만 날이 갈수록 그들의 찌푸리고 질긴 마음의 주름살도 차츰 펴지면서 인자한 표정으로 바뀔 것 같았다. 신분이 높기 때문에 사회의 도덕을 수호하고 고수해야 하는 고관대작들의 태도 또한 마찬가지였다. 한편 평범한 사람들은 헤스터 프린의 죄는 여인의 나약한 마음의 탓이라고 돌리며 아예 그녀를 용서해 주었다. 이제 사람들은 헤스터가 달고 다니는 주홍글자를 그녀가 저지른 죄의 상징이 아니라 그녀가 베푼 많은 선행의 표시라고 여기기 시작했다.

"수놓은 글자를 달고 다니는 여인을 보셨나요?"

사람들은 지나는 길손에게 이렇게 말하곤 했다.

"그 여자가 바로 우리의 헤스터랍니다. 우리 마을 사람 헤스터예요. 가난한 사람들에게는 친절을 베풀고, 병든 사람들을 돌봐주고, 불행한 사람들에게는 위로를 주는 여자랍니다!"

사람들은 그렇게 말을 하고 나서도, 남의 일이라면 아무리 나쁜 일이라 해도 화제를 삼고 싶은 것이 인간의 천성이고 보니 그녀의 지난날 추문에 대해 예사로이 속삭이곤 했다. 그럼에도 불구하고 그렇게 수군거리기 좋아하는 사람들의 눈에도 주홍글자는 마치 수녀의 가슴에 걸려 있는 십자가나 마찬가지로 보였다. 주홍글자는 그것을 달고 다니는 헤스터에게 일종의 신성성을 지니게 하여 그녀가 어떠한 위험 속을 걸어가도 안전하게 해주었다. 설령 그녀가 도적 떼에게 붙잡혔더라도 주홍글자가 무사히 지켜주었을 것이다. 어떤 인디언 하나가 주홍글자를 표적으로 활시위를 당겨 맞추기는 했으나 상처 하나 입히지 않고 땅바닥으로 떨어졌다는 이야기가 널리 퍼졌고, 이 풍설을 믿는 자도 많았다고 한다.

이 상징이 헤스터 프린의 마음에 끼치는 영향보다 그 상징이 드러내는 사회적 위치가 그녀 마음속에 미치는 영향은 강렬하고 독특한 것이었다. 파릇파릇하고 아리따운 잎새 같은 그녀의 밝은 성격은 붉은 낙인에 찍혀 시들어버리고 앙상하게 뼈만 남은 가지뿐이었다. 그녀의 친구들이 이런 모습을 보았다면 아마 혐오스러운 느낌을 받았을 것이다. 아름다운 그녀의 용모도 이와 비슷한 변화를 겪었다. 이 것은 헤스터가 일부러 수수하게 입고 다니는 옷차림 때문이기도 하고, 행동이나 언사를 남에게 과시하지 않는 탓이기도 했다. 윤기가 흐르고 풍성한 머리카락은 아예 잘라버렸는지 아니면 모자 속으로 완전히 감춘 것인지 알 수 없지만, 그 빛나는 머리채가 햇빛을 보지 못하는 것 역시 슬픈 변화가 아닐 수 없었다.

헤스터의 얼굴에는 이제 사랑의 여신이 깃들 여지도 없는 것 같았다. 비록 자태에는 위엄이 흐르고 조각상처럼 아름답게 보였지만 정열의 여신이 껴안아주고 싶은 곳도 없었고, 그녀의 가슴에는 애정의 여신이 다시 한 번 베개로 삼을 곳도 없는 성싶었다. 이러한 현상이 벌어지게 된 것은 앞에서 말한 여러 이유 중에 하나겠지만 그 밖에 더 큰 이유가 있었다. 그녀를 여인으로 만들어주던 어떤 속성이 자취를 감춰버린 것이다.

한 여인이 유달리 혹독한 경험을 치르고 나면 그 성격과 신체는 으레 숙명처럼 이런 준엄한 변화를 받게 마련이다. 만약 헤스터가 연약한 성품만을 갖고 있었다면 이미 죽고 말았을 것이다. 살아남으려면 그런 성품을 짓밟아 없애버리든가 아니면 가슴속 깊이 묻어두고 다시는 얼씬대지 않도록 해야 했다. 아마 후자의 경우가 논리적으로 더 합당했을 것이다. 과거에 여성스러웠으나 어떤 일 때문에 그 여성스러움을 잃은 여자는 변모를 일으키는 마법의 손길이 닿기만 하면 언제라도 원래의 여자 모습으로 되돌아갈 수 있을 것이다. 헤스터 프린에게도 과연 이러한 마법의 손길에 닿아 예전의 그녀로 변모될 수 있을지 이제 우리는 알게 될 것이다.

헤스터의 인상이 대리석같이 차가운 느낌을 주는 것은 그녀의 인생을 정열적이고 감성적인 것에서 사색적인 것으로 전환시킨 데에 주원인이 있었다. 세상에 의지할 곳 하나 없이 홀로 선 채 어린 펄을 보호하고 가르쳐야 하는 헤스터는 옛 모습을 되찾고 싶은 자신의 마음을 비웃는 것은 아니었다. 그러나 이제는 회복될 가망이 전혀 없는 사회와의 끊어진 사슬의 파편은 팽개쳐버렸다. 그녀의 정신을 지배하는 것은 이 세상의 법칙이 아니었다. 하지만 당시에는 인간의 지성이 이제 막 해방되어 수세기 전에 비하면 한층 더 활발하고 널리 퍼졌던 시대였다. 무사들이 귀족과 제왕을 타도하고, 그들보다 더 용감한 사람들은 고대의 많은 원칙들과 직접적으로 연관된 낡은 편견의 체제를 뒤집어엎고 재정비했다. 물론 이런 일은 현실 속이 아닌 그들의 보금자리인 이론의 영역에서 이루어졌다. 헤스터 프린은 바로 이런 정신을 받아들였다.

그녀는 대서양 건너편에서 이미 널리 알려진 사상이었던 자유에 물들었다. 만일 우리의 조상들이 이러한 자유를 알았더라면 그들은 필시 주홍글자로 상징되었던 죄보다도 더욱 끔찍스런 죄악이라고 생각했을 것이다. 해안가에 외로이 서 있는 헤스터의 오두막집으로, 뉴잉글랜드의 다른 집이라면 감히 들어갈 엄두도 내지 못했을 그런 사상이 찾아들었던 것이다. 그림자와 같은 이 방문객들이 헤스터네 문을 두드리는 것을 누가 보았다면 악마만큼이나 위험천만한 방문객들이라고 여겼을 것이다.

가장 대담한 사상을 가진 사람들이 사회의 형식적인 규칙에 아무 말 없이 온순하게 따른다는 것은 주목할 만한 일이다. 사상가들은 오직 사상에서 멈춘다. 그래서 사상에 피와 살이 있는 행동으로 변화시킬 필요를 느끼지 않는다. 헤스터의 경우도 이와 마찬가지였다. 만약에 어린 펄이 정신의 세계에서 그녀를 찾아오지 않았더라면 사정은 매우 달라졌을 것이다. 그녀는 앤 허친슨과 손을 맞잡고 어떤 종파의 시조가 되어 어쩌면 역사에 이름을 남겼을지도 모른다. 어떤 면에서 그녀는 예언자가 되었을는지도 몰랐다. 그리고 청교도 제도의 기반을 와해시키려는 흉계를 꾸몄다는 죄목으로 당시 준엄한 법정에서 사형을 선고받았을지도 모른다. 아니, 틀림없이 그렇게 되었을 것이다. 하지만 이 어머니는 바로 딸아이의 교육 속에서 자신의 열렬한 사상을 발산할 분출구를 마련했다. 하나님께서는 이 어린 소녀의 육신을 빌어 여성의 싹과 꽃을 헤스터에게 맡기시면서 모든 어려운 가운데서도 이를 귀하게 여기고 잘 키워야 한다고 명하셨다.

그렇지만 모든 일이 헤스터에게 불리했다. 온 세상 사람들이 미워했기 때문이다. 아이의 천성 속에 무언가 그릇된 것이 들어 있어 혹시 이 아이가 세상에 잘못 태어난 것 ─ 어미의 불의의 욕정으로 말미암아-이 아닌가 하는 끊임없는 암시를 받았다. 헤스터는 괴로운 마음으로 이 가엾은 아이가 세상에 태어난 일이 좋은 것인지 나쁜 것인지 종종 자문해 보곤 했다.

헤스터는 이 세상에 태어난 모든 여성의 운명에 관해서도 이와 같은 암담한 질문을 던졌다.

'아무리 행복한 여자라 할지라도, 여자의 인생이 과연 살 만한 가치가 있는 것일까?'

헤스터는 자신의 운명에 관한 한, 이미 오래전에 그것을 부정했고 다시 거론할 필요조차 없는 것으로 단정해 버렸다. 사색하는 습관은 남자든 여자든 간에 마음을 평온하게 해주기도 하지만 때로는 서글프게 만들기도 한다. 헤스터는 자기 앞에 놓여 있는 임무가 희망이라곤 전혀 보이지 않는 일이라고 느껴졌다.

첫 단계로 사회제도 전체를 헐어버리고 새로 세워야만 한다. 그다음으로 여성이 공정하고 적절한 지위를 차지하려면 남성의 본성 자체, 즉 습관이 오랫동안 쌓여서 본성처럼 되어버린 것을 근본적으로 뜯어고쳐야 한다. 끝으로 이 모든 저해 요소가 해결된다 하더라도 여성 자체가 놀라운 변화를 일으키지 않는 한 여성들은 이와 같은 예비적인 개혁의 혜택을 충분히 누릴 수 없을 것이다. 그런 큰 변화를 겪게 되면 여성의 진정한 생명이 깃들어 있는 영혼의 정수가 안개처럼 사라지게 될지도 모를 일이었다. 여성이 아무리 깊은 사색을 한다고 해도 이러한 문제를 극복할 수는 없다. 이런 것은 해결하기가 무척 어려운 문제들이며, 설사 해결할 방법이 있다고 해도 한 가지뿐이다. 만약 여성의 감성이 우세한 자리를 차지하면 모든 문제는 자취를 감출 것이다.

그런데 이미 규칙적이고 건강한 기능을 상실한 헤스터 프린의 감성은 지척을 분간할 수 없는 마음의 미로를 정처 없이 헤매고 있었다. 때로는 가파른 절벽에 부딪혀 되돌아서고, 때로는 깊은 골짜기를 만나 뒷걸음질쳤다. 사방을 휘돌아보아도 무시무시하고 황량한 풍경만 보일 뿐 가정의 단란함 같은 것은 찾아볼 수 없었다. 당장에 펄을 천국으로 보내고, 자기 자신도 심판의 하나님께서 정해 주는 저세상으로 떠나버리는 편이 좋을지도 모르겠다는 무서운 생각이 이따금씩 그녀의 영혼을 사로잡으려 덤벼들었다. 주홍글자는 본래의 제임무를 다하지 못하고 있었던 것이다.

그런데 딤스데일 목사가 밤을 새우던 날에 그를 만난 이후로 헤스터에게는 새로운 사색거리가 생겼고, 온갖 노력과 희생을 바쳐 성취할 만한 가치가 있는 목적이 눈앞에 나타났다. 그녀는 목사가 괴로움을 이기지 못해 허덕이던 모습을 보았다. 아니, 좀 더 정확히 말해서 허덕일 기운조차 없이 기진했던 모습을 보았었다. 목사가 아직 미치지는 않았지만 바로 그 직전에 놓여 있음을 목격했다. 남모르게 자책하는 목사의 고통이 얼마나 괴로운 것인지는 몰라도, 그 고통을 덜어주겠노라고 다가선 자가 도리어 그 아픔 속에더욱 치명적인 독소를 넣어주었다는 것은 의심할 여지가 없었다. 정체를 감춘 원수가 친구인 척 조력자인 척하는 가면을 쓰고 항상 곁에 있으면서 기회가 있을 때마다 딤스데일 목사의 허약한 몸과 마음을 농락하고 있었다. 그토록 커다란 불행만 엿보이고 행복이라곤 조금도 보이지 않는 처지로 목사를 몰아넣은 것은 애당초 자신에게 진실도 용기도 성의도 없었기 때문이 아닌가 하고 헤스터는 자문하지 않을 수 없었다.

그러나 한 가지 변명의 여지가 있다면, 일찍이 자신을 짓밟았던 것보다도 더욱 불길한 파멸의 손아귀에서 목사를 구하려면 가면을 쓴 로저 칠링워스가 벌이는 흉계를 잠자코 따를 수밖에 없었다는 사실이었다. 하지만 돌이켜 생각해 보니, 그런 상황에서 택한 방법이 더 나쁜 쪽이었음이 여실히 드러났다. 그녀는 할 수 있는 데까지 자신의 잘못을 보상하리라 마음먹었다.

지난 몇 해 동안 모질고도 험난한 시련을 겪으면서 굳세어진 헤스터는 늙은 로저 칠링워스와 맞서 싸울 힘이 있다고 생각했다. 감옥에서 그를 처음 만났던 날 밤에는 자신의 죄로 인해 기가 죽어 있었고, 그 순간까지도 생생했던 치욕 때문에 제정신이 아니었지만 지금은 그때와는 달랐다. 그 이후로 헤스터는 한결 높은 위치에 다다르고 있었다. 반면에 이 노인은 비열함을 무릅쓰면서까지 복수에 연연해 있었기 때문에 그녀와 같은 위치, 아니 그보다 더 낮은 위치로 떨어지고 말았던 것이다.

마침내 헤스터 프린은 전 남편을 만기로 결심했다. 그자의 손아귀에 잡혀 있는 희생자를 구해내고자 자신이 할 수 있는 전력을 다하기로 결심한 것이다. 그 기회는 오래지 않아 찾아왔다.

어느 날 오후, 헤스터가 펄과 함께 반도의 외진 곳을 걷고 있을 때였다. 때마침 한쪽 팔에 바구니를 걸치고 다른 손으로는 지팡이를 짚은 노의사가 약을 조제할 때 필요한 초근목피를 구하려고 구부정하게 허리를 굽힌 채 걸어가는 모습이 보였다.

헤스터와 의사

　헤스터는 약초를 캐는 사람과 잠깐 할 얘기가 있으니 그동안 물가로 내려가서 조개나 헝클어진 해초를 가지고 놀다 오라고 펄에게 일렀다. 말이 떨어지기 무섭게 새처럼 내달은 아이는 조그맣고 하얀 맨발로 물가를 따라 찰박거리며 뛰어다녔다. 이따금씩 걸음을 멈춘 아이는 썰물이 남기고 간 물웅덩이를 거울인 양 호기심이 가득한 눈으로 들여다보았다. 그 속에서는 까만 고수머리를 늘어뜨린 소녀가 눈가에 요정 같은 미소를 띤 채 펄을 쳐다보고 있었다. 마침 놀아줄 친구가 없었던 펄은 같이 달음박질을 하자고 손을 내밀었다.

　"여기가 더 좋아. 너도 물속으로 들어와!"

　환영 같은 그 꼬마 요정도 펄에게 손짓을 하면서 이렇게 말하는 듯싶었다. 무릎 깊이까지 차오르는 물속으로 들어간 펄은 물 밑바닥에 비치는 자기의 하얀 다리를 들여다보았다. 그리고 더 깊은 곳에서 흔들리는 수면에 비친 미소가 여러 조각으로 흩어진 채 찰랑대는 물결을 타고 이리저리 둥실대며 떠돌아다녔다.

　그러는 동안 아이의 어머니도 의사에게 다가가 말을 건넸다.

"잠깐 드릴 말씀이 있어요. 우리하고 관계가 깊은 얘기예요."

"아아! 이 늙은이와 이야기를 하고 싶다는 분이 바로 헤스터 부인이셨군."

그는 굽히고 있던 허리를 펴면서 대답했다.

"아무렴, 기꺼이 들으리다! 그렇지 않아도 가는 곳마다 당신에 대한 좋은 평판을 듣고 있소! 바로 어제저녁에도 현명하고 믿음이 깊은 치안판사 한 분이 당신 이야기를 하던 중에, 상원에서도 당신 문제가 논의되었다는 귀띔을 해주더군요. 당신 가슴에서 그 주홍글자를 떼어버려도 사회의 안녕과 질서에 지장이 없을까 하는 문제를 의논했었다는 거요. 헤스터, 그래서 나는 진심으로 그것을 떼어달라고 그 판사님께 간절히 부탁드렸다오!"

"이 표적은 판사님들 마음대로 떼어낼 수 있는 것이 아니에요."

헤스터가 차분한 어조로 대답했다.

"저에게 이것을 떼어낼 자격이 주어진다면 그것은 저절로 떨어지든가 아니면 다른 의미를 상징하는 것이 될 거예요."

"아니, 그것이 당신한테 잘 어울린다면 그냥 달아두구려."

칠링워스가 대꾸했다.

"여자란 장신구에 관한 한 자기 생각대로 해야 하니까 말이오. 그 글자의 수가 찬란해서 당신 가슴에 아주 훌륭하게 어울리는군!"

그동안 줄곧 노인을 바라보던 헤스터는 지난 7년 동안 몹시도 변해 버린 그의 모습에 충격을 받았다. 단순히 그가 너무 늙었다는 것 때문만은 아니었다. 늙어가는 흔적이 눈에 띄긴 하지만 여전히 노령에 굴하지 않는 강한 활동력과 민첩함을 유지하고 있는 것 같았다. 그러나 헤스터가 무엇보다도 잘 기억하고 있는 의젓하고 조용하며 슬기롭고 학구적인 모습은 흔적도 없이 사라져버리고 대신 뭔가 골똘히 찾아내려는 듯하면서도 잔인할 정도로 빈틈없이 경계하는 표정이 역력히 눈에 띄었다. 이와 같은 표정을 미소로 위장하는 것은 필시 무슨 목적이 있어서였다. 그러나 미소는 노인을 배반하고 조롱하듯 얼굴 위에서 가물거렸기 때문에 오히려 그의 음흉함을 더 두드러지게 했다. 게다가 이따금 그의 두 눈에 붉은빛이 번뜩였는데, 그것은 마치 노인의 영혼이 불타올라 가슴속에서 희뿌옇게 연기를 내다가 예기치 못한 격렬한 감정이 치밀어오르면 순간적으로 불길에 휩싸이는 듯한 인상이었다. 노인은 재빨리 이 불길의 감정을 억누르고 아무 일도 없었던 것처럼 천연덕스러운 표정을 지었다.

한마디로 말해서 늙은 로저 칠링워스는 자기가 얼마 동안 마귀의 역할을 하겠다고 마음먹기만 하면 정작 마귀로 변모할 수도 있을 것 같은 사람이었다. 이 불행한 노인은 과거 7년 동안 괴로움에 가득 찬 한 사람의 마음속을 줄곧 분석하면서 희열을 느꼈고, 자기가 분석한 것을 흐뭇한 미소로 들여다보았고, 그 사람의 불같은 고뇌에 장작을 던져주는 데 온갖 정력을 기울임으로써 자신을 변모시켰다.

주홍글자는 헤스터 프린의 가슴에서 불타고 있었다. 이것은 또 하나의 다른 파멸을 의미하기도 했다. 헤스터는 그 책임의 일부가 자신에게 있음을 뼈저리게 느끼고 있었다.

"내 얼굴에 무엇이 있길래 그처럼 뚫어지게 쳐다보는 거요?"

의사가 물었다.

"저를 울게 만드는 그 무엇이 있군요. 제게 아직 울 수 있는 쓴 눈물이라도 남아 있다면 말이에요."

헤스터가 대답했다.

"하지만 그 얘기는 그만두기로 하죠. 제가 하고 싶은 말은 한 가엾은 분에 관한 일이니까요."

"그래요? 그래, 그 사람이 어떻게 되었다는 거요?"

로저 칠링워스가 정색하며 소리쳤다. 마치 그 화제가 마음에 들 뿐더러 흉금을 터놓고 이야기를 나눌 기회가 생겨 기쁘다는 듯한 어조였다.

"헤스터, 솔직히 말해서 내 머릿속도 지금 그 사람의 일로 꽉 차 있소. 그러니 무엇이든 기탄없이 말해 봐요, 내가 대답을 해줄 테니 말이오."

"당신과 단둘이 얘기를 나눈 그때가 벌써 7년 전 일이군요."

헤스터는 한 번 호흡을 가다듬고 말하기 시작했다.

"당신은 제게 우리 두 사람의 관계를 밝히지 않겠다는 약속을 하기를 원했지요. 그분의 생명과 명성이 당신 수중에 있었으니 저로서는 당신의 지시대로 침묵을 지키는 수밖에 별도리가 없었어요. 하지만 당신과 그런 약속을 하고 나서 제 마음 한구석은 심한 불안에 사로잡혔었어요. 다른 사람들로 말미암은 제 모든 의무는 벗어버렸지만 그분에 대한 의무는 아직 남아 있으니까요. 그래서 당신과의 약속을 지킨다는 것은 그분에 대한 제 의무를 배반하는 것이라고 무언가가 속삭여주었기 때문이지요. 그날 이후로 당신만큼 그분과 가까이 지낸 사람은 없어요. 당신은 그분이 가는 곳마다 따라다니고, 자나 깨나 그분 옆에 딱 붙어서 생각을 살피고, 그분의 가슴속을 파고들어 헤치고 있어요! 당신의 손아귀가 그분의 생명을 움켜쥐고 매일 산 채로 죽이고 있는 셈이에요. 그런데도 정작 그분은 당신의 정체를 모르고 있어요. 이런 일을 그대로 방관한다는 것은 제가 진실하게 대해야 할 유일한 사람인 그분을 배신하는 행위라고요!"

"그래서 어쩌겠다는 거요?"

로저 칠링워스는 차가운 어조로 말을 이었다.

"내 손가락이 가리키기만 하면 그 사람은 교회 강단에서 감방으로 떨어질 것이고, 자칫하면 처형대로 가는 신세가 되었을 수도 있었단 말이오!"

"차라리 그러는 편이 더 나았을 거예요!"

헤스터 프린도 지지 않고 말했다.

"아니, 내가 그 사람에게 무슨 몹쓸 짓을 했단 말이오?"

로저 칠링워스가 되물었다.

"이봐요, 헤스터 프린. 이것만은 알아야 하오. 일찍이 제왕(帝王)을 치료하고 의사가 받아온 것 중 가장 비싼 보수일지라도 내가 그 가엾은 목사에게 베풀어준 수고를 살 수는 없을 거요! 만약 내 도움이 없었다면 그 사람의 생명은 당신과 죄를 범한 후 채 2년도 못 가서 고뇌의 불길에 타버리고 말았겠지. 왜냐하면 그 사람의 정신에는 당신처럼 주홍글자 같은 무거운 짐을 견뎌낼 힘이 없기 때문이오. 그 기막힌 비밀을 폭로하려면 할 수도 있지만 그러나 그 정도로 해둡시다. 아무튼 나는 의사로서 가능한 수단은 모두 써가며 최선을 다했소. 그 사람이 지금 숨을 쉬며 땅 위를 기어다닐 수 있는 것도 다 내 덕이란 말이오!"

"차라리 돌아가시는 편이 그분을 위해 더 나았을지도 몰라요!"

헤스터 프린이 말했다.

"그렇소, 당신 말이 옳소!"

로저 칠링워스는 가슴속에서 불타오르는 무서운 불꽃을 헤스터의 눈앞에 내보이며 외쳤다.

"진작 죽었더라면 좋았을 것을! 그만큼 극심한 고통을 겪어본 사람은 이 세상에 또 없을 것이오. 그것도 하필이면 불구대천의 원수가 보는 앞에서 말이지! 그도 어떤 눈치는 채고 있는 듯했소. 저주와 같은 어떤 힘이 항상 자기 곁을 따라다닌다는 것을 말이오. 조물주가 그처럼 예민한 인간을 또 만들어내지는 않았을 테니까 하는 말이지만, 그는 자기의 심장 줄을 잡아당기고 있는 것이 악의를 품은 자의 손길이라는 것과 오직 죄악만을 노리는 눈초리 하나가 자신 속을 꿰뚫어보고 악을 찾아내고 있다는 것도 일종의 정신적인 영감(靈感)으로 알고 있소. 하지만 그 손길과 눈초리의 주인공이 바로 나라는 사실은 꿈에도 모르오!"

칠링워스는 계속해서 말을 이었다.

"신도들 사이에 널리 퍼져 있는 미신이지만, 목사는 자신에게 귀신이 들려서 무서운 꿈이나 절망적인 생각이나 마음을 찌르는 후회와 구원에 대한 절망 등으로 인해 무덤 저편에서 당하게 될 고통을 미리 맛보는 것이라고 생각하는 모양이오. 하지만 사실 그것은 끊임없이 따라다니는 나의 그림자였소! 그에게 말할 수 없을 정도로 억울함을 당하고 오로지 무서운 복수라는 맹독(猛毒)을 머금지 않고는 살 수 없게 된 한 사나이의 그림자였던 것이오! 그래, 자신에게 귀신이 들렸다고 생각한 그의 예감은 옳았소. 악마가 바로 그의 눈앞에 있었으니까! 한때는 인간다운 정을 지녔던 사람이었지만 고통과 상처 때문에 결국은 악마가 되어버린 사나이가 말이오!"

불행한 의사는 두서없는 말을 정신없이 뇌까리면서 공포에 질린 표정으로 두 손을 높이 쳐들었다. 마치 거울에 비친 자신의 모습이 갑자기 정체불명의 괴물처럼 변한 것을 본 사람의 태도와 같았다. 그것은 사람이 살아가면서 몇 년 만에 한 번쯤 있을까 말까 한 것으로, 사람의 정신적 면모가 심안(心眼)에 비친다는 그런 순간이었다. 아마도 그가 지금처럼 자기 자신의 모습을 똑똑히 본 적은 거의 없었을 터였다.

"그만큼 괴롭혔으면 충분히 복수를 하지 않았나요? 그만하면 그분도 당신에게 진 빚을 갚을 만큼 갚은 것 아니냐고요!"

헤스터는 노인의 표정을 살피며 말했다.

"천만의 말씀! 오히려 빚이 더 늘어났을 뿐이지!"

의사가 대답했다. 이야기를 하고 있는 동안 그의 표정은 사나운 기색이 수그러들고 점차 침울한 빛을 띠었다.

"헤스터, 당신은 9년 전의 나를 기억하고 있소? 이미 그때 나는 인생의 황혼기에 접어들고 있었지. 하지만 그다지 일렀다고는 생각하지 않아. 그때만 해도 나의 인생은 내 지식의 연마를 위해 충실하게 바쳤던, 가장 열성적이고 학구적이며 평온했던 시절이었소. 그리고 부수적인 것이기는 했지만 인류의 행복을 증진하기 위해 나의 삶을 바쳤었지. 내 삶만큼 평화롭고 청렴하며 풍성한 은총을 받았던 인생도 별로 없었을 거요. 당신은 그 무렵의 나를 기억하고 있소? 당신 눈에는 내가 냉정하게 보였을지 모르지만, 나는 남을 위해 내 자신을 돌보지 않을 만큼 사려 깊은 사람이 아니었소? 또한 친절하고 진실되며, 온화하다고는 할 수 없을지 모르나 변함없는 애정을 지닌 사람이 아니었소? 내가 그런 사람이 아니었던가 말이오?"

"모두 다 옳아요."

헤스터가 대답했다.

"그런데 지금의 나는 어떻다고 생각하오?"

그는 헤스터의 얼굴을 응시하며 마음속에 숨어 있던 모든 악의를 얼굴에 드러내며 물었다.

"지금의 내가 어떻다는 것은 이미 말했소! 나는 악마가 되었다고! 누가 나를 악마로 만들었단 말이오?"

"저 때문이에요!"

헤스터는 몸을 떨면서 외쳤다.

"저 때문이라고요! 그분보다는 제 책임이 더 크다고요. 그런데 어째서 저에게는 복수를 하지 않죠?"

"당신에게는 주홍글자를 주었소."

로저 칠링워스는 말을 이었다.

"주홍글자가 복수를 해주지 못한다면 더 이상 나로서도 어쩔 도리가 없지."

로저 칠링워스는 빙그레 웃으며 주홍글자 위에 손가락을 얹었다.

"그것은 당신 대신 충분히 복수를 한 셈이에요!"

헤스터 프린은 대답했다.

"나도 그렇게 생각하오. 그런데 그자를 나보고 어떻게 해달라는 말이오?"

"비밀을 밝혀야겠어요."

헤스터 프린이 도도한 목소리로 계속했다.

"당신의 정체를 그분은 사실대로 아셔야 해요. 그 결과가 어떻게 될지는 저도 모르지만 말이에요. 하지만 제가 그분에게 지고 있는 신뢰의 오랜 빚을 이제는 갚아야겠어요. 그분의 명성이나 이 세상에서의 지위, 어쩌면 생명까지도 오로지 당신 손에 달렸어요. 저는 이 주홍글자로 말미암아 영혼 속까지 태우려는 붉게 찍힌 낙인과도 같은 진실을 깨달았어요. 저는 그분이 소름 끼치도록 허무한 인생을 계속 이어 나가는 것이 아무 희망도 발견할 수 없을 것이기에, 당신 앞에 머리 숙여 자비를 구걸할 필요는 느끼지 않아요. 그분에 대해서는 당신 좋도록 하세요! 그분이나 저나 당신이 구원될 가망은 없으니까요! 펄도 마찬가지예요! 우리가 이 음침한 미로에서 빠져나갈 길은 없으니까요!"

"헤스터, 당신이 측은해 보일 지경이구려!"

로저 칠링워스는 사무치는 감동을 이기지 못하는 듯 말했다. 그녀가 보여준 절망 속에는 어딘지 장엄스러운 데가 어려 있었다.

"당신은 훌륭한 바탕을 지니고 있소. 나보다 더 나은 사람을 만났더라면 지금과 같은 죄악을 겪지는 않았을 텐데. 헛되게 시들은 당신의 훌륭한 천성을 생각하니 가엾기 짝이 없구려!"

"가엾기는 당신도 마찬가지지요."

헤스터 프린이 대답했다.

"증오심 때문에 현명하고 올바른 당신이 악마 같은 분이 되셨으니 말이에요! 지금이라도 증오심을 깨끗이 씻어버리고 사람다운 사람이 되지 않겠어요? 그분을 위해서가 아니라 당신을 위해서 말이에요! 이제 그만 그분을 용서하시고 그 이상의 벌은 그것을 주관하시는 하나님께 맡기세요! 방금 말씀드렸지만, 우리는 모두 죄악의 음침한 미로 속을 헤매면서 걸음을 옮길 때마다 우리 스스로가 뿌려놓은 죄악의 돌부리에 걸려 나자빠지고 있어요. 그러니 그분이나 저나 당신에게 이로울 것이 뭐가 있겠어요? 어쩌면 유독 당신에게만은 이로울 것이 있을지도 모르겠군요. 지금까지 당신은 억울한 피해자였고, 그분을 용서할 것인지 아닌지는 당신 마음에 달려 있으니까요. 하나밖에 없는 그 유일한 특권을 포기하실 작정인가요? 소중하기 그지없는 당신의 그 특전을 거부하시려는 건가요?"

"조용히 해요, 헤스터! 조용히!"

침울하고 엄격한 표정으로 노인이 대답했다.

"나에게는 용서할 권한이 없어! 당신이 말하는 따위의 권한은 없단 말이오! 한동안 잊었던 지난날의 믿음이 되살아나서 우리의 행실이며 고뇌를 모두 상기시키는구려. 당신은 첫걸음을 잘못 딛는 바람에 죄악의 씨를 뿌린 셈이오. 그러나 그 이후에 일어난 일은 모두가 어두운 운명의 짓이었어. 당신들이 나에게 저지른 몹쓸 짓이 죄악이라는 것도 사실은 망상에 지나지 않고, 악마의 손아귀에서 악마가 하는 일을 빼앗아온 나 역시 악마 같은 존재는 아니오. 이 모두가 운명의 장난이지. 검은 꽃이 피거들랑 피는 대로 내버려둬요! 자, 어서 그 자에게 가서 당신 마음대로 해보구려."

로저 칠링워스는 손을 흔들어 작별 인사를 하고 다시 약초를 캐기 시작했다.

헤스터와 펄

　한번 보면 뇌리에서 좀처럼 사라지지 않는 인상의 소유자이자 거동이 불편한 노인 로저 칠링워스는 헤스터 프린과 헤어지자 허리를 구부린 채 걸음을 옮겼다. 그는 여기저기에서 약초를 뜯고 뿌리를 캐어 팔에 걸친 바구니에 담았다. 그가 기어가듯이 걸어갈 때면 희끗희끗한 턱수염이 땅바닥에 닿을 듯했다. 노인의 뒷모습을 한참 동안 바라보던 헤스터는 기이한 호기심에 사로잡혔다.

　이른 봄철의 연약한 풀이 노인의 발밑에서 시들어버리지 않을까? 상쾌한 녹색 풀밭 위에 노인의 발자국을 따라 갈색의 구불구불한 길이라도 생겨나는 것은 아닐까? 저렇게 부지런히 뜯어 모으는 것은 도대체 무슨 풀일까? 노인의 눈길에 교감을 일으켜 흉악한 계략을 품게 된 땅이 노인의 손가락이 닿는 곳마다 생전 처음 보는 독초를 돋아나게 해서 그를 반기지나 않을까? 혹은 온갖 이로운 풀들이 노인의 손길이 닿자마자 유독하고 악의에 찬 풀로 변하여 노인을 만족시켜 주고 있는 것은 아닐까? 세상 모든 것을 화창하게 비춰주는 햇빛이 정녕 저 노인도 비추고 있는 걸까? 아니면 기형적인 노인이 가는 곳마다 둥근 모양의 불길한 그림자가 따라다니는 것은 아닐까?

어쩐지 그럴 것만 같았다. 그런데 노인은 지금 어디로 가는 것일까? 별안간 노인이 땅 속으로 가라앉고 그가 빠진 자리에는 초목이 황량하게 시들고, 얼마 후 그곳에서 독풀인 벨라도나와 산딸기나무와 싸리나무, 그 밖에 이런 풍토에서 자랄 수 있는 갖가지 흉악한 독초들이 무성하게 자라는 것은 아닐까? 혹은 노인이 박쥐 같은 날개를 펴고 하늘 높이 날면 날수록 더욱더 추악하게 보이지는 않을까?

"죄받을 소리인지는 몰라도……."

헤스터 프린은 노인의 뒷모습을 한없이 바라보며 쓰디쓴 표정으로 말했다.

"나는 저 노인네가 정말 싫어!"

헤스터는 이런 감정에 사로잡힌 자신을 책망했지만, 그 감정을 이겨낼 수도 억누를 수도 없었다. 그녀는 노인에 대한 증오심을 달래기 위해 그 옛날 멀리 떨어진 곳에서 지냈던 때를 떠올려보았다.

그때 그는 저녁 어스름이 찾아들면 틀어박혀 있던 서재에서 나와 아내의 환한 미소를 반기며 아늑한 난롯가에 앉아 있곤 했다. 그는 책 속에 파묻혀 오랫동안 외로이 지내는 동안 가슴속에 스며든 차가움을 쫓아내려면 아내의 따스한 미소를 온몸에 받아야 한다고 말했다. 한때는 이런 모습들이 행복 그 자체라고 여겼지만 그 후에 겪은 그녀의 음울한 삶을 통해 되돌아보니, 그것은 그녀의 추억 중 가장 추악한 것에 불과했다. 자신의 기억 안에 어떻게 그런 장면이 있을 수 있었는지 그녀는 놀라울 따름이었다! 무슨 생각으로 그런 사나이와 결혼할 엄두를 냈을까 새삼 의아스럽기도 했다.

헤스터가 무엇보다도 뉘우쳐야 할 죄라고 여긴 것은 꾹 참으면서까지 이 남자의 미적지근한 손을 잡았다는 것과, 자기의 입술과 눈에 어린 미소가 남자의 미소와 서로 얽혀 녹아내리도록 그냥 내버려두었었다는 것이다. 그리고 그녀가 아직 철부지였을 때 자기 곁에 있는 것이 곧 행복이라고 믿게 만든 로저 칠링워스의 죄악은 그가 당한 어떤 피해에도 비길 수 없을 만큼 훨씬 더 추악한 죄악 같았다.

"정말 저 사람이 미워!"

헤스터는 좀 전보다 더 쓰디쓴 어조로 되뇌었다.

"저 사람은 날 속였어! 내가 자기에게 한 것보다 더 몹쓸 짓을 내게 저질렀어!"

무릇 남자들은 여자에게 결혼을 승낙받고서도 그녀의 마음속에 있는 진정한 사랑을 얻지 못하는 한 전전긍긍하기 마련이다. 그렇지 않으면 자기들보다 강한 힘이 여자의 온갖 감각을 눈뜨게 했을 때 저 로저 칠링워스의 경우처럼 남자들이 여자에게 아늑한 현실이라고 만들어준 안일한 만족감과 행복이라고 부르던 돌부처의 정체를 알게 되면 비참한 운명이 찾아올지도 모르기 때문이다. 그러나 헤스터는 이런 부당한 생각은 진작에 청산했어야 했다. 도대체 그런 생각을 했다는 것은 무엇을 뜻하는 것일까? 주홍글자에 시달렸던 7년이란 긴 세월 동안 그토록 불행을 빚어냈으면서도 아무런 뉘우침도 일으키지 많았단 말인가?

헤스터가 우두커니 서서 구부정한 로저 철링워스의 뒷모습을 잠시 바라보는 동안 치솟은 감정은 그녀의 마음속에 어두운 빛을 던지며, 여느 때 같으면 느끼지 못하고 지나쳤을 많은 것들을 깨닫게 해주었다.

노인이 사라지자 헤스터는 아이를 불렀다.

"펄! 펄! 애야, 어디 있니?"

평소에 생기발랄함을 잃어본 적이 없는 펄은 엄마가 약초를 캐는 노인과 이야기하는 동안에도 장난치며 노는 데 여념이 없었다. 이미 말한 대로 처음에는 물웅덩이 속에 비친 자신의 모습과 어울려 놀며 나오라고 손짓을 하더니, 그 환영 같은 꼬마 요정이 좀처럼 나오려 하지 않자 만질 수도 없는 땅과 다다를 수 없는 하늘이 겹친 물속으로 직접 들어갔다. 그러나 이내 자기와 그림자 중 하나는 현실이 아님을 알아채고 더 재미있는 놀이를 찾아 발길을 돌렸다.

아이는 자작나무 껍질로 조그마한 배를 몇 개 만든 후 달팽이 껍데기를 태우고 뉴잉글랜드의 어느 장사치보다도 많은 물건을 가득 실은 채 물 위로 떠나보냈다. 하지만 대부분이 물가에서 얼마 가지 못하고 침몰했다. 아이는 또 살아 있는 참게의 꼬리를 잡기도 하고, 불가사리 몇 마리를 산 채로 잡기도 하고, 따스한 햇볕에 해파리를 말려 녹아버리게도 했다. 그러고는 밀려드는 조수의 하얀 거품을 떠서 바람을 향해 던지면서 그 커다란 눈송이가 흩어져 내리면 떨어지기 전에 붙잡으려고 나는 듯한 발걸음으로 총총거리며 쫓아다녔다.

또한 바닷가에서 먹이를 쪼며 날아다니는 물새 떼를 발견한 장난꾸러기 펄은 앞치마 가득 조약돌을 주워 담아 바위 사이사이를 숨어 다니며 작은 물새들에게 아주 능란한 솜씨로 돌팔매질을 해댔다. 그러자 가슴팍이 하얀 잿빛의 작은 새 한 마리가 돌에 맞아 날개가 부러진 채 날아갔다. 펄은 틀림없다고 확신했다. 하지만 꼬마 요정은 그 순간 한숨을 내쉬며 장난을 그만두었다. 바닷바람처럼 싱싱하고 자기 자신과 마찬가지로 야생적인 작은 생명체에게 상처를 입힌 것이 마음을 아프게 했기 때문이다.

아이의 마지막 장난은 갖가지 해초를 모아 스카프니 외투니 머릿수건 따위를 만들어 작은 인어 같은 모습을 꾸미는 것이었다. 펄은 엄마를 닮아 장식물이나 의상을 고안해 내는 재주가 있었다. 아이는 인어 옷을 치장하는 마지막 단계로 약간의 거머리말을 뜯어 엄마 가슴에서 흔히 보던, 눈에 익은 장식을 본떠서 가장 멋진 솜씨로 자기 가슴에 장식했다. 그 장식은 A자였는데, 주홍빛이 아니라 밝은 초록색이었다. 가슴 위로 머리를 숙이고 자기가 만든 장식을 들여다보고 있는 아이의 모습은 마치 자기가 세상에 태어난 목적은 이 글자의 숨은 뜻을 알아내는 데 있다는 듯 보였다.

'이게 무슨 뜻이냐고 엄마가 물어보지 않을까?'

펄이 그런 생각을 하고 있을 때 마침 엄마의 목소리가 들려왔다. 마치 날쌘 바닷새처럼 재빠르게 엄마에게로 달려간 아이는 깔깔대고 춤을 추면서 자기 가슴의 장식을 손가락질해 보였다.

"얘야, 펄!"

아이를 부른 헤스터는 한동안 아무 말 없이 있다가 이내 말문을 열었다.

"어린아이의 가슴에 달려 있는 초록색 글자는 아무런 의미도 없는 거란다. 그런데 펄, 너는 엄마가 달고 있어야 하는 이 글자의 뜻이 무엇인지 아니?"

"응, 알아."

펄이 대답했다.

"그것은 큰 글자 A야. 엄마가 글자책에서 가르쳐주었잖아."

헤스터는 딸아이의 조그만 얼굴을 물끄러미 들여다보았다. 아이의 검은 눈동자 속에는 전에도 곧잘 나타나던 야릇한 표정이 보이고 있었지만, 아이가 과연 이 글자에 대해 어떤 의미를 느끼고 있는지는 알 도리가 없었다. 그녀는 문득 그것에 대해 확인해 보고 싶은 병적인 욕망이 치솟았다.

"얘야, 엄마가 왜 이 글자를 달고 있는지 그 이유를 아니?"

"그럼, 알고말고요!"

펄은 영리한 눈빛으로 엄마의 얼굴을 들여다보면서 대답했다.

"목사님이 항상 가슴에 손을 얹고 다니는 거나 같은 이유야!"

"그 이유란 것이 뭐지?"

헤스터는 앞뒤가 맞지 않는 아이의 대답에 빙그레 미소를 지었다. 하지만 다시 생각해 보고는 별안간 얼굴이 창백해지면서 물었다.

"이 글자가 엄마 말고 다른 사람의 가슴과는 무슨 상관이 있지?"

"아냐, 엄마. 나는 그것밖에 몰라."

평소에 서슴지 않고 말하기를 좋아하던 것과 달리 펄은 심각한 말투로 대답했다.

"아까 엄마하고 이야기하던 저 할아버지에게 물어봐요. 아마 그분은 아실 거야. 그런데 엄마, 정말 이 글자가 무슨 뜻이야? 왜 엄마만 그것을 가슴에 달고 다녀? 그리고 목사님은 왜 항상 가슴에 손을 얹고 계시는 거야?"

엄마의 손을 자기의 두 손으로 붙잡은 펄은, 변덕스럽고 난폭한 여느 때의 성격에서 좀처럼 찾아볼 수 없는 진지한 표정으로 엄마의 두 눈을 바라보았다. 이 순간 헤스터는 문득 이 아이가 지금 어린애다운 믿음을 갖고 엄마에게 가까워지려는 것인지도 모른다는 생각이, 아이가 할 수 있는 데까지 엄마와의 공감대를 찾아내고자 애쓰는 것이 아닐까 하는 생각이 들었다. 그래서인지 여느 때의 펄과는 무척 달라 보였다.

지금까지 헤스터는 일편단심으로 아이에게 애정을 쏟으면서도 애한테서 4월의 춘풍 같은 변덕스러움 이상의 것을 바라지는 않으리라고 자신을 타일러 왔다. 가볍고 변덕스러운 봄바람은 들뜬 장난에 몰입했다가도 별안간 종잡을 수 없는 정열적인 돌풍으로 변한다. 또 기분이 제법 좋다가도 갑자기 발끈 화를 내기도 하고, 가슴에 품으면 따스하기보다는 오히려 차가울 때가 많다. 그런가 하면 무슨 속셈인지 알 수는 없지만, 이따금 부드럽게 볼에 입을 맞춰주고 머리칼을 어루만져 주기도 하지만, 다음 순간 마음속에 꿈 같은 즐거움을 아로새겨 준 채 이내 딴청을 피우며 한가로이 다른 일에 몰두하는 것이다. 그리고 이것은 딸아이의 성품에 대한 엄마의 평가이기도 했다. 만약 이 아이를 다른 사람이 관찰했다면 상냥하지 못한 성미만이 눈에 띄어 실제보다 훨씬 더 어둡게 채색했을지도 모른다.

하지만 놀라울 만큼 조숙하고 예민한 펄이 엄마의 친구가 될 수 있고, 엄마의 슬픈 이야기를 아무런 어색함 없이 모녀가 나눌 수 있는 나이에 이르렀다는 생각이 헤스터의 머릿속에 뚜렷이 떠올랐다. 혼란스러운 펄의 성격 속에는 굽힐 줄 모르는 용기라든가 통제할 수 없는 강한 의지, 잘 가꾼다면 자부심으로 발전하게 될 훌륭한 자존심, 거짓이 깃들어 있을지도 모르는 것에 대해 나타내는 맹렬한 경멸 따위의 확고부동한 원칙들이 싹트고 있었는지 모른다. 아니, 처음부터 싹터 있었을 것이다. 펄에게도 애정은 있었다. 설익은 과일처럼 아직까지는 그 맛이 떫고 씁쓰름한 데가 있었지만 풍부하고 그윽한 향기가 담겨 있었다. 이처럼 훌륭한 성격을 지닌 요정 같은 아이가 장차 고귀한 여인으로 자라지 못한다면 그것은 필시 엄마인 자신에게서 물려받은 죄가 너무 큰 탓일 거라고 헤스터는 생각했다.

수수께끼 같은 주홍글자의 둘레를 좀처럼 떠나지 못하는 펄의 성질은 어쩔 수 없이 타고난 아이의 천성인 듯싶었다. 철이 들기 시작할 때부터 아이는 무슨 사명이라도 되는 양 그것에 집착했다. 하나님께서 이렇듯 펄에게 남다른 성향을 베풀어주신 것은 정의와 형벌의 계획을 이행하시기 위한 것이 아닐까 하고 헤스터는 생각했다. 하지만 그 정의와 형벌의 계획과 아울러 자비와 은총의 계획도 포함되어 있지는 않을까 하는 생각은 단 한 번도 해본 적이 없었다. 만일 이 세상의 아이인 동시에 정의와 신앙을 지닌 하나님의 사자로서 펄이 나타난 것이라면, 제 어미의 가슴속에 싸늘하게 자리잡은 채 그 속을 무덤처럼 만들어버린 슬픔을 위로하여 풀어주고, 또 한때는 그렇게 격렬했고 지금 역시 죽지도 잠들지도 않은 채 무덤 같은 어미의 가슴속에 갇혀 있는 정열을 이겨낼 수 있도록 도와주는 것이 바로 펄의 사명이 아닐까?

그 순간 헤스터의 마음속에서 떠오른 그런 생각들은 마치 누군가가 귓속말을 해준 것처럼 매우 강렬한 인상으로 그녀의 가슴을 설레게 했다. 펄은 그동안 내내 엄마의 손을 두 손에 꼭 잡고 얼굴을 들어올린 채 똑같은 질문을 세 번씩이나 되풀이하고 있었다.

"엄마, 그 글자의 뜻이 뭐야? 엄마는 왜 그걸 가슴에 달고 다녀? 목사님은 왜 항상 가슴에 손을 얹고 계셔?"

'뭐라고 대답을 해주어야 할까?'

헤스터는 마음속에서 생각했다.

'안 돼! 진실을 말해 주면 아이의 동정을 살 수 있을지는 몰라도 그럴 수는 없어!'

"참, 바보 같구나!"

마침내 헤스터는 소리를 질렀다.

"무슨 쓸데없는 질문을 하는 것이냐? 세상에는 아이들이 물어서는 안 될 것이 많단다. 엄마가 목사님의 마음속을 어떻게 알겠니? 그리고 주홍글자는 금실로 수놓은 것이 고와서 달고 다니는 거야."

지난 7년 동안 헤스터는 자신의 가슴에 달고 있는 치욕의 표적에 대해 정직하지 않았던 때는 단 한순간도 없었다. 그것은 준엄하고 엄격했지만 한편으로는 그녀를 보호해 주는 수호천사 같은 것이었는지도 모른다. 하지만 그 수호천사가 지금은 헤스터를 저버리고 말았다. 끊임없는 수호천사의 보호에도 불구하고 새로운 죄악이 스며들었으며, 예전의 죄악이 아직 추방되지 않았다는 사실을 알아챘기 때문이다. 그사이 펄의 얼굴에 어리었던 진지한 기색도 이내 자취를 감추고 말았다.

그러나 아이는 그 문제를 덮어둘 마음이 없는 듯했다. 집으로 돌아가는 길에 두세 번, 저녁식사 때와 잠을 재우는 동안에도 여러 번 똑같은 질문을 해댔다. 그리고 이제는 정말 잠이 들었나 싶었는데 아이는 검은 눈동자에 장난기 어린 빛을 띠고 헤스터의 얼굴을 올려다보며 말했다.

"엄마, 그 주홍글자가 무슨 뜻이야?"

이튿날 아침, 눈을 뜨자마자 아침 인사인 양 베개에서 머리를 들어올린 아이는 주홍글자와 연결시켜서 묻는 질문을 했다. 무슨 이유에서인지는 몰라도 그것은 주홍글자에 대한 질문과 더불어 뒤따라 나오는 또 하나의 질문이었다.

"엄마! 엄마! 목사님은 왜 항상 가슴에다 손을 얹고 계실까?"

"입 다물어라! 이 못된 것 같으니!"

엄마는 전에 없이 사나운 어조로 말했다.

"엄마를 놀리면 안 돼! 말을 듣지 않으면 캄캄한 벽장에 가두어 놓을 테다!"

숲 속의 산책

헤스터 프린은 더욱 극심한 고통을 당하고, 장차 어떤 위험천만한 결과에 부딪치더라도 딤스데일 목사와 친분을 맺고 있는 남자의 정체를 목사에게 알려주어야 하겠다는 결심에는 변함이 없었다.

헤스터 프린은 목사가 반도의 해안가나 부근 숲 속을 산책하는 습관을 알고 있었다. 그래서 그때를 이용해 목사를 만나 얘기를 나눌 수 있는 기회를 얻으려고 며칠 동안 애를 썼지만 모두 헛일이었다. 설령 그녀가 목사의 서재를 찾아갔더라도, 신성하고 고결하며 좋은 평판을 얻고 있는 목사의 명성은 조금도 더럽혀지지 않았을 것이다. 그전에도 많은 참회자들이 주홍글자가 상징하는 죄에 못지않은 죄를 고백하기 위해 목사의 서재를 찾고는 했었기 때문이다. 그러나 로저 칠링워스가 공공연히 간섭하고 나서지는 않을까 걱정되었고, 그들의 비밀을 아무도 알 턱이 없었지만 괜히 의심받게 될지도 모른다는 것이 두려웠다. 한편으로 목사와 이야기를 나누는 동안은 넓은 공간에서 마음껏 심호흡을 할 수 있는 넓은 공간이 필요하다고 생각하였기에 헤스터는 비좁은 서재보다 탁 트인 하늘 아래서 목사를 만나고 싶었던 것이다.

그러던 어느 날, 딤스데일 목사가 기도를 올려주기 위해 다녀갔던 어느 병자의 집에서 병시중을 들던 헤스터는 기독교로 귀의한 인디언 개종자들과 함께 살고 있는 엘리엇 전도사를 만나러 목사가 그 전날 떠났다는 소식을 듣게 되었다. 목사는 다음날 오후쯤 돌아오리라는 것이었다. 헤스터는 이튿날 일찍 펄을 데리고 오두막집을 나섰다. 펄을 데리고 다니는 것이 간혹 불편할 때도 있었지만, 외출을 할 때면 으레 동행하는 것이 습관처럼 되어 있었다.

두 사람이 반도를 지나 본토 쪽으로 들어서자 좁다란 오솔길이 계속 이어지며 신비에 싸인 원시림 속으로 구불구불 휘어들었다. 오솔길 양쪽으로 울창하게 우거진 나무들이 빽빽이 에워싸고 있었고, 짙은 녹음 때문에 하늘은 겨우 보일락 말락 했다. 그런 원시림을 보면서 헤스터는 그녀가 오랫동안 방황하던 정신적 광야를 떠올렸다. 날씨는 음산하고 쌀쌀했으며, 머리 위에 드리운 짙은 잿빛 구름이 미풍에 가볍게 흔들리며 이따금 한줄기 희미한 햇빛이 쓸쓸한 오솔길을 따라 비치고 있었다.

이 장난스러운 햇빛은 - 음산한 날씨와 풍경 탓에 기껏 장난이라고 해봐야 풀이 죽은 장난이었지만 - 모녀가 가까이 다가가면 저만큼 뒤로 물러섰다. 그리고 좀 전까지 햇빛이 뛰놀던 자리는 더없이 우울해 보였다. 왜냐하면 햇빛이 밝게 빛나는 곳으로 나갈 수 있기를 바라면서 걸음을 옮겼기 때문이다.

"엄마!"

이내 펄이 입을 열었다

"햇빛은 엄마를 좋아하지 않나 봐. 엄마 가슴에 달린 것이 무서워서 달아나 숨어버리니 말이야. 저것 좀 봐! 저기 멀리서 놀고 있잖아!

엄마, 여기서 좀 기다려 봐. 내가 뛰어가서 햇빛을 잡을 테니. 나는 아이니까 햇빛이 달아나지 않을 거야. 그리고 나는 가슴에 아무것도 달지 않았으니까 말이야!"

"애야, 펄. 너는 이런 걸 달아서는 안 돼."

헤스터가 말했다.

"왜 안 된다는 거야, 엄마?"

막 뛰어가려던 펄은 우뚝 멈춰서며 물었다.

"나도 어른이 되면 저절로 달게 되는 것 아냐?"

"자, 어서 뛰어가서 햇빛을 잡아오렴! 곧 없어질 테니."

펄은 빠른 속도로 앞을 향해 내달렸다. 그 모습을 보며 헤스터가 웃고 있는 동안 정말로 햇빛을 붙잡은 펄은 그 가운데 서서 환한 미소를 짓고 있었다. 온몸에 햇빛을 받고 서 있는 펄은 찬란하게 빛나고 있었으며, 빠른 달음박질로 돋우어진 활기가 넘쳐흘렀다. 빛이 비추이는 밝은 곳으로 헤스터가 다가올 때까지 햇빛은 친구가 생겨서 좋다는 듯 펄의 주위를 감싸며 서성거렸다.

"이젠 햇빛이 도망갈 거야!"

펄은 고개를 설레설레 흔들며 말했다.

"자, 봐라!"

헤스터는 웃으면서 대답했다.

"이제는 엄마도 손을 벌려 햇빛을 잡을 수 있어."

헤스터가 손을 내밀자 햇빛은 거짓말처럼 사라져 버렸다. 그것이 아니라면, 펄의 얼굴 위에서 반짝이는 밝은 표정으로 미루어 보아, 어쩌면 이 아이가 햇빛을 모두 흡수했다가 두 사람이 더 어두컴컴한 그늘 속으로 들어서면 다시 그 빛을 발산하여 길을 밝혀줄 것 같은 생각이 들었다.

펄이 엄마에게서 물려받았다고 할 수 없는 인상을 가장 강하게 주는 것은 언제까지고 지칠 줄 모르는 새로운 활력, 결코 사라지지 않는 생기발랄한 원기였다. 그 당시 거의 모든 아이들이 연주창과 더불어 선조들로부터 슬픔이라는 병을 물려받았지만 펄은 이런 슬픔과 인연이 멀었다. 펄이 태어나기 전에 온갖 슬픔과 싸워야 했던 헤스터의 투쟁에 대한 반사 작용에 불과한 것이겠지만, 오히려 그것이 병인지도 모른다. 어쨌든 그것은 아이의 성격에 단단한 금속 같은 광채를 주는 기묘한 매력임에는 틀림없었다. 물론 일생 동안 지녀보지 못한 채 보내는 사람도 있긴 하지만, 사람의 마음을 감동시켜 인간다운 동정심을 갖게 하는 그런 비애(悲哀)가 결여되어 있었다. 그러나 펄에게는 아직 충분한 시간이 있었다.

"펄, 이리 오너라!"

햇빛 속에 싸여 펄이 서 있던 주변을 둘러보며 헤스터가 말했다.

"숲 속으로 좀 더 들어가 쉬었다 가자꾸나."

"피곤하지 않아, 엄마. 그래도 엄마가 나한테 이야기를 해준다면 그렇게 할게."

"이야기라고? 무슨 이야기 말이냐?"

헤스터가 물었다.

"아이, 악마 이야기 말이야."

펄은 엄마의 옷자락을 붙잡고 진지한 듯하면서도 익살스러운 표정으로 엄마의 얼굴을 쳐다보며 대답했다.

"걸쇠가 달린 크고 무거운 책 한 권을 들고 다닌다는 이 숲 속에 사는 악마 얘기 말이야. 이 무서운 악마는 숲 속에서 만나는 사람에게 그 책과 펜을 내밀면서 피로 자기들 이름을 쓰라고 한대. 그리고 나서 그 사람들 가슴에 악마의 표적을 달아준대! 엄마도 그 악마를 만나본 적이 있어?"

"펄, 누가 그런 얘기를 해주었니?"

헤스터는 그 당시 흔하게 떠돌던 미신이라는 것을 알면서 물어보았다.

"어젯밤 엄마가 병시중을 들었던 그 집 난롯가에 앉았던 할머니한테서 들었어."

아이가 대답했다.

"하지만 그 이야기를 할 때 할머니는 내가 자고 있는 줄 알았나봐. 아주 많은 사람들이 이 숲 속에서 악마를 만나 그 책 속에 자신들의 이름을 써넣었고, 가슴에 악마의 표적을 달았다는 거야. 심술궂은 히빈스 할머니도 그중 한 사람이래. 그리고 엄마가 달고 있는 주홍글자도 악마가 달아준 표적이라고 그 할머니가 그랬어. 한밤중에 숲 속에서 엄마가 악마를 만날 때면 주홍글자가 빨간 불꽃처럼 빛을 낸다고 하던데? 그게 정말이야, 엄마? 한밤중에 악마를 만나러 숲 속으로 가는 거야?"

"네가 잠에서 깨었을 때 엄마가 곁에 없었던 적이 한 번이라도 있었니?"

헤스터가 물었다.

"아니, 그런 기억은 없는데."

펄이 대답했다.

"엄마가 나를 두고 가는 것이 걱정되면 데리고 가도 돼. 그러면 참 좋겠네! 하지만 엄마, 지금 얘기해줘. 정말로 악마가 있는 거야? 엄마도 정말 악마를 만나본 적이 있어? 이게 악마가 준 표시야?"

"한 번만 말해 주면 다시는 성가시게 굴지 않겠다고 약속하겠니?"

헤스터가 물었다.

"응, 모두 다 얘기를 해주면."

펄이 대답했다.

"지금까지 엄마는 꼭 한 번 악마를 만난 적이 있단다. 이 주홍글자가 그 악마의 표시야!"

모녀는 이야기를 나누면서 오솔길을 지나는 행인의 눈에도 띄지 않을 만큼 숲 속으로 깊숙이 들어가고 말았다. 이끼가 수북하게 낀 바위 앞에 이르자 두 사람은 그 위에 걸터앉았다. 아마 지난 세기 중 어느 시기에는 으슥한 숲 그늘에 뿌리를 내리고 하늘 높이 뻗어 올라간 거대한 노송이 그 자리에 있었는지도 모른다. 두 사람이 앉은 곳은 작은 골짜기였는데, 낙엽이 깔린 둑이 양쪽으로 부드럽게 솟아 있고, 그 가운데로 낙엽이 가라앉은 바닥 위를 시냇물이 흐르고 있었다. 그 위를 뒤덮은 나무에서 이따금 큰 가지들이 축 늘어진 채 흐르는 물을 가로막아 곳곳에 소용돌이와 깊은 웅덩이를 만들어놓았다. 한편 물살이 센 곳에서는 조약돌과 누렇게 빛나는 모랫바닥이 드러나 보였다.

시냇물의 흐름을 눈으로 좇다 보면 얼마 동안은 수면에 반사되는 햇빛을 볼 수 있었다. 그러나 빽빽이 들어선 나무둥치와 덤불 그리고 여기저기 흩어져 있는 잿빛 이끼로 덮인 바위들이 들쭉날쭉한 곳까지 이르면 빛은 흔적도 없이 사라져버렸다. 마치 모든 거목들과 둥근 화강암은 이 작은 개울의 신비를 숨기는 데 열중해 있는 것처럼 보였다. 또한 졸졸졸 흐르며 끊임없이 재잘대는 시냇물의 수다가 그것이 흘러나온 원시림의 깊숙한 가슴속에 간직되어 있는 비밀을 속삭이고, 물웅덩이의 잔잔한 표면 위로 그 비밀을 비추어주지나 않을까 걱정하는 모양 같기도 했다. 정말로 시냇물은 잠시도 입을 다물지 않고 쉴새없이 재잘거리며 흘러갔다. 실제로 시냇물 소리는 다정스럽고 조용하고 듣는 사람의 마음을 위로해 주는 데가 있었지만, 어렸을 때부터 슬픈 사람들과 침울한 사건들 사이에서 지냈기 때문에 즐거움이라고는 전혀 모르는 어린아이의 목소리처럼 우울했다.

"야, 시냇물아! 정말 어리석고 따분한 시냇물아!"

시냇물 소리에 잠시 귀를 기울이던 펄이 소리쳤다.

"너는 어째서 그처럼 슬프다지? 기운을 좀 내 봐. 온종일 한숨만 쉬며 쫑알거리지 말고!"

그러나 시냇물은 숲 속의 나무들 틈에서 그 짧은 생애를 지내는 동안 너무나도 엄숙한 경험을 겪어왔기 때문에 그 경험을 애기하시 않을 수 없었고, 그것 말고는 별로 할 말이 없는 듯했다. 이 시냇물은 신비스러운 원천에서 솟아나와 음산하고 그늘진 풍경들 속을 흘러왔다는 점에서 펄과 비슷한 데가 있었다. 그러나 이 작은 시냇물과는 달리 펄은 춤추고 반짝이며 흥겹게 재잘대면서 수로를 따라가는 것이었다.

"엄마, 이 작은 시냇물이 뭐라고 하는 거야?"

펄이 물었다.

"네게 무슨 슬픔이 있다면 그 시냇물이 너에게 그 슬픔을 말해 준단다."

헤스터가 대답했다.

"잠깐만, 펄! 이 오솔길을 따라 누가 걸어오는 발소리와 나뭇가지를 헤치는 소리가 들리는구나. 너는 저기 가서 놀고 있으렴. 엄마는 저기 오는 사람과 이야기를 좀 할 테니까."

"저 사람이 악마야?"

펄이 물었다.

"어디 좀 가서 놀고 있겠니?"

헤스터가 다시 한 번 재촉했다.

"하지만 숲 속으로 너무 깊이 들어가지는 말아라. 엄마가 부르면 금방 와야 하니 말이다."

"응. 알았어, 엄마."

펄은 대답했지만 잠시 머뭇거렸다.

"그렇지만 저 사람이 정말 악마라면 잠깐 기다렸다가 큼직한 책을 옆구리에 낀 모습을 보고 싶어."

"어서 저리 가거라, 바보 같은 소리 하지 말고!"

헤스터는 초조한 표정으로 말했다.

"저분은 악마가 아니란다. 이제 나무 사이로 보이잖니. 목사님이 시잖아!"

"정말이네! 저것 봐, 엄마. 목사님이 가슴에 손을 얹고 계시잖아! 목사님이 악마의 책에다 이름을 적었을 때 악마가 그곳에 표식을 남겼기 때문인가? 그런데 목사님은 왜 엄마처럼 가슴 위에 달고 다니지 않을까?"

펄이 말했다.

"자, 어서 가봐. 네 얘기는 나중에 다 들어줄게."

헤스터 프린이 외쳤다.

"하지만 너무 멀리 가지는 마라. 시냇물 소리가 들리는 곳에 있어야 해!"

아이는 우울한 시냇물 소리에 자기의 밝은 소리를 조화시키려는 듯 노래를 부르면서 냇물의 줄기를 따라 걸어갔다. 그러나 작은 시냇물은 좀처럼 위안을 얻지 못하고, 음산한 이 숲 속에서 일어났던 가슴 아픈 사연에 얽힌 슬픈 비밀을 알아들을 수 없는 말로 계속 재잘대고 있었다. 아니, 앞으로 일어날 어떤 슬픈 일에 대하여 탄식 소리를 내며 흘러갈 따름이었다. 자신의 짧은 생애 속에 벌써 적지 않은 그늘이 진 펄은 탄식만 하고 있는 시냇물과는 친해지지 않기로 결심했다. 그래서 오랑캐꽃이며 할미꽃이며 높은 바위의 틈바구니에서 자라는 주홍색 매발톱꽃을 따 모으는 일에 전념했다.

꼬마 요정 같은 딸아이가 사라지자 숲 속을 가로질러 나 있는 오솔길 쪽으로 한두 발짝 걸어가던 헤스터 프린은 더 이상 가지 않고 어두운 나무 그늘 아래 서 있었다. 길가의 나뭇가지를 꺾어 만든 지팡이에 의지하며 길을 따라 혼자 걸어오는 목사의 모습이 보였다. 초췌하고 쇠약해 보이는 목사의 표정에는 절망의 빛이 감돌고 있었다. 그가 보스턴 거리를 걸을 때나, 남의 눈에 띄는 어떤 일을 할 수밖에 없는 경우에도 이런 모습이 지금처럼 뚜렷이 나타난 적은 없었다. 그러나 세상과 외떨어진 이곳 숲 속에서는 그 절망의 기색이 애처롭도록 눈에 띄었다. 이 숲 속의 한적함 자체가 목사의 마음을 짓누르는 무서운 정신적 시련이었을지도 모른다.

맥없이 걷는 그의 발걸음은 더 이상 발을 옮겨놓을 이유도, 그리고 싶은 의욕도 없는 듯했다. 차라리 가까운 나무뿌리 곁에 몸을 내던지고 일생 동안 그대로 누워 있으면 가장 좋을 것 같다는 모습이었다. 그리고 나면 생명체가 있든 없든 나뭇잎들이 몸 위로 떨어져 덮을 것이고, 그 위로 점점 흙이 쌓여 작은 둔덕을 이룰 것이다. 죽음이란 어쩔 수 없는 것으로 바라거나 피할 수 있는 대상이 아니었다.

헤스터의 눈에 비친 딤스데일 목사의 표정에는 어떤 강렬하고 생생한 고뇌의 징후는 보이지 않고 있었다. 다만 펄이 말한 것처럼 가슴 위에 손을 얹고 있을 따름이었다.

목사와 신자

    목사는 매우 느린 걸음을 옮기고 있었다. 하지만 헤스터 프린은 목사가 지나쳐갈 때까지 불러 세울 수가 없었다. 마침내 간신히 용기를 낸 헤스터는 목사를 부르는 데 성공했다.

    "아서 딤스데일!"

    헤스터의 입에서 나지막한 목소리가 흘러나왔다.

    "아서 딤스데일!"

    이번에는 좀 더 큰 소리로 불렀으나 그 목소리는 쉬어 있었다.

    "거기 누구요?"

    허겁지겁 정신을 가다듬은 목사는 마치 남에게 보이고 싶지 않은 기분에 잠겨 있는데 갑자기 발각된 사람처럼　자세를 바로잡았다. 그리고 목소리가 나는 쪽으로 불안한 시선을 돌렸다. 나무그늘 아래 서 있는 형체 하나가 희미하게 눈에 들어왔다. 몹시 침침한 옷차림에 흐린 하늘과 무성한 나뭇잎 때문에 대낮인데도 뚜렷하게 보이지 않아 그것이 사람인지 무슨 그림자인지 식별할 수가 없었다. 이처럼 목사가 더듬어가는 인생 행로에는 자신의 생각으로부터 살짝 빠져

나온 망령이 이런 식으로 자주 나타나곤 했는지도 모른다.

목사가 한 걸음 다가서자 주홍글자가 눈에 띄었다.

"헤스터! 헤스터 프린!"

목사가 입을 열었다.

"당신이오? 정말 살아 있는 당신이오?"

"그래요."

헤스터가 대답했다.

"지난 7년 동안 살아 있었던 것처럼 지금도 살아 있어요! 아서 딤스데일, 당신이야말로 살아 계신 건가요?"

두 사람이 서로가 실제로 육체를 지니고 살아 있는가를 물어보면서 자신들의 존재에 대해 의심했다는 것은 놀랄 만한 일도 아니었다. 이렇게 으슥한 숲 속에서의 만남은 참으로 신기한 일이었다. 마치 이 승에서 무척 다정하게 지내던 두 영혼이 저승에서 처음 만나는 것 같았다. 서로의 모습이 낯설고 또한 육체를 떠난 영혼의 친교에도 어색하고 두려웠다. 그들은 서로가 유령이면서도 유령인 상대방을 보고 무서워했다. 게다가 두 사람은 자기 자신에 대해서도 똑같은 두려움을 가지고 있었다. 왜냐하면 이 절박한 만남이 그들의 의식을 일깨우고 서로의 마음속에 과거의 경험과 행적을 생생하게 되살려주었기 때문이다. 그들의 영혼은 지나가는 순간을 보여주는 거울 속에서 스스로의 모습을 보았던 것이다.

아서 딤스데일은 두려움에 떨면서 어쩔 수 없이 마지못해 하는 태도로 주검처럼 차가운 손을 천천히 내밀어 헤스터 프린의 싸늘한 손을 잡았다. 악수는 비록 차디찬 것이었지만 처음 만났을 때의 황량했던 기분을 없애주었다. 이제 두 사람은 적어도 같은 세계에 살고 있는 인간이라는 느낌이 들었다.

두 사람은 더 이상 한마디도 하지 않고, 누가 먼저랄 것도 없이 무언의 합의에 따라 헤스터가 모습을 나타내었던 숲 속 나무그늘로 걸어갔다. 그리고 좀 전까지 모녀가 앉아 있던 이끼더미 위에 걸터앉았다. 마침내 말문이 트이자 두 사람은 서로 알고 지내는 여느 사람들처럼 하늘이 찌푸렸다, 폭풍이 올 것 같다, 건강은 괜찮느냐는 등 의례적인 대화를 나누었다. 이렇게 두 사람은 서로의 가슴속 가장 깊은 곳에 자리하고 있는 문제에 대해 조심스럽게 한 걸음 한 걸음씩 접근해 갔다. 주위 사정과 운명으로 인해 오랫동안 떨어져 살아왔던 두 사람은 지금껏 그 누구에게도 말할 수 없었던 마음속 깊은 이야기의 문턱을 넘어서기 위해서 자질구레한 얘기들로 먼저 문을 열어둘 필요가 있었다.

잠시 후 목사는 헤스터 프린의 눈을 뚫어지게 바라보면서 말했다.

"헤스터, 당신은 마음의 평화를 찾았소?"

그녀는 자기 가슴을 내려다보면서 쓸쓸한 미소를 지었다.

"당신은요?"

그녀가 반문했다.

"어림도 없는 일이오! 절망이 있을 뿐이오!"

목사는 말을 이었다.

"나 같은 사람이, 나 같은 인생을 추구하는 것밖에 또 무엇을 바랄 수 있겠소? 만일 내가 무신론자였다면, 양심 없는 인간이었다면, 짐승같이 추잡한 본능만을 가진 인간이었다면 벌써 오래전에 마음의 평화를 찾았을지도 모르지. 아니, 처음부터 평화를 잃어버리는 일조차 없었을 것이오! 그런데 내 영혼이 지금과 같은 꼴이 되고 보니 하나님께서 내게 주셨던 모든 능력, 본래는 선한 힘이었던 그 모든 것이 이제는 나의 정신을 괴롭히는 도구로 전락해 버렸소. 헤스터, 나보다 더 비참한 사람은 아마 세상에 없을 거요!"

"많은 사람들은 당신을 존경하고 있어요. 그리고 당신은 분명히 사람들을 위해 좋은 일을 했어요. 그것으로 위안을 얻을 수 있지 않나요?"

헤스터가 말했다.

"더욱 비참하오, 헤스터! 더욱더 비참해질 뿐이란 말이오!"

목사는 쓰디쓴 웃음을 띠면서 대답했다.

"내가 훌륭한 일을 하고 있는 것처럼 보일지 모르나 사실은 아무런 신념 없이 일하고 있을 따름이오. 나처럼 타락한 영혼이 다른 사람의 영혼을 구원하는 데 무슨 도움이 되겠소? 나같이 더럽혀진 영혼이 어떻게 다른 영혼들을 정화할 수 있겠느냔 말이오? 사람들은 나를 존경한다고 하지만 차라리 그것이 경멸과 증오였으면 싶소! 헤스터, 내가 설교 단상에 올라섰을 때 내 얼굴에서 마치 천상의 빛이 비치기라도 하는 양 쳐다보는 수많은 사람들과 눈을 마주치는 것이 내게 위안이 될 거라고 생각하시오? 또한 신도들이 진리를 갈망하여 마치 오순절의 하나님 말씀이나 되는 것처럼 내 설교에 귀를 기울이는 것을 바라보아야 하오! 그러나 사람들이 그토록 신망하고 있는 나의 내면을 들여다보면 정작 검은 실체 이외에는 아무것도 없소. 그런데도 당신은 그것이 위안이 될 거라고 생각하다는 말이오? 이렇게 겉과 속이 딴판인 나를 볼 때 내 자신은 비통한 심사를 느끼면서 웃어버리고는 했소! 그것을 본 악마도 함께 비웃고 있겠지!"

"당신은 스스로를 너무 학대하고 있어요."

헤스터는 부드러운 어조로 말했다.

"당신은 뼛속 깊이 뉘우치실 대로 뉘우치셨어요. 당신의 죄는 아득히 먼 옛날 속에 이미 묻혀버린 셈이에요. 정말이지 당신의 요즘 생활은 실제로 세상 사람들 눈에 비친 것과 다름없이 신성해요. 그처럼 수많은 선행을 함으로 해서 입증된 참회가 어째서 진실이 아니란 말인가요? 어째서 그 참회가 당신에게 마음의 평화를 안겨주지 못할까요?"

"아니오, 헤스터! 그렇지 않아요!"

목사가 대답했다.

"그것은 실체가 아니오! 이를테면 싸늘하게 죽은 것일 뿐 나에게는 아무 소용도 없는 것이란 말이오! 그동안 고행이라면 참 많이도 했지만 참회는 한 번도 한 일이 없소! 만일 참회를 했다면 나는 벌써 이런 위선적인 성의를 벗어던지고 최후의 심판날에 있을 그대로의 모습을 사람들 앞에 드러냈을 것이오. 헤스터, 그렇게 가슴에 떳떳하게 주홍글자를 달고 다닐 수 있는 당신은 행복한 거요. 나의 주홍글자는 아무도 모르게 불타고 있소! 7년 동안 세상을 속이느라 괴로워하다가 자신의 정체를 아는 사람을 마주 대한다는 것이 얼마나 마음의 위안이 되는지 당신은 상상도 못할 거요. 나에게 친구가 한 명이라도 있어서 — 설령 불구대천의 원수라도 좋소 — 사람들의 칭찬이 괴로울 때마다 그 친구를 찾아가, 내가 얼마나 추악하고 비열한 죄인인가를 고백할 수 있다면 그것만으로도 내 영혼은 살아갈 수 있을 것이오. 그 정도의 진실만으로도 나는 구원받을 수 있을 거요! 하지만 지금은 온통 거짓뿐이오! 모든 것이 허망이고 절망뿐이라오!"

헤스터 프린은 목사의 얼굴을 쳐다보았지만 차마 입을 열지 못했다. 그러나 오랫동안 억눌러왔던 감정을 열렬하게 토로한 목사의 말은 그녀가 하려고 마음먹었던 얘기를 꺼낼 수 있는 계기를 만들어주었다. 그녀는 두려움을 무릅쓰고 말문을 열었다.

"당신이 지금 원하셨던 그런 친구, 당신의 죄와 더불어 함께 슬퍼

하며 눈물을 흘려줄 수 있는 친구가 바로 저예요. 제가 당신과 같이 죄를 범했잖아요!"

헤스터는 잠시 주저했지만 용기를 내어 다시 말을 이어갔다.

"또한 당신이 말씀하시는 그런 원수도 오래전부터 있었고, 더군다나 당신과 한 지붕 밑에서 살고 있어요!"

순간 벌떡 일어난 목사는 숨을 몰아쉬며 마치 가슴에서 심장을 떼어내기라도 하려는 듯 가슴을 움켜잡고 부르짖었다.

"아니! 그게 무슨 말이오? 원수라니! 그것도 나와 한 지붕 밑에서 살다니? 그게 무슨 뜻이오?"

헤스터 프린은 이 불행한 사람을 그토록 오랜 세월 동안, 아니 비록 한순간일지라도 오로지 악의 외에는 아무 목적도 없는 자의 수중에 맡겨놓음으로써 이토록 깊은 상처를 입힌 책임이 바로 자신에게 있다는 것을 비로소 통감했다. 어떤 가면으로 정체를 숨기고 있던 간에 원수가 바로 곁에 있었다는 사실 자체만으로도 아서 딤스데일처럼 민감한 사람의 자장(磁場)을 동요시키기에는 충분한 것이었다.

헤스터는 이 문제에 대해 지금처럼 깊이 생각하지 않았던 때도 있었다. 자신이 겪는 고난 때문에 남의 일은 생각할 겨를도 없었고, 목사의 운명은 자신의 운명에 비하면 훨씬 견디기 쉬울 것이라고 생각한 나머지 그대로 방치해 두었는지도 모른다. 그러나 목사가 철야를 한 그날 이후로 그에 대한 동정심은 뜨거워지고 깊어졌다. 이제는 그의 심정을 한층 더 정확히 이해할 수 있었다.

목사 옆에 항상 로저 칠링워스가 있으며, 악의를 품은 그의 은밀한 독소가 목사를 둘러싼 공기를 오염시키고, 또 의사의 자격으로 목사의 육체적 정신적 병에 공공연히 간섭하는 일 등의 것들을 지금까지 잔혹한 목적을 위해 악용해 왔다는 사실을 헤스터는 믿어 의심치 않았다. 그로 인해 고뇌에 찬 목사의 양심은 언제나 초초한 상태에 놓였고, 그 초조감은 건전한 고통을 일으켜 환자의 정신 상태를 고쳐주기는커녕 오히려 어지럽히고 타락하게 만들었다. 그 결과 이 세상에서는 미칠 수밖에 없었고, 내세에서는 선과 진리에서 영원히 외면되고 말 것이다. 내세에서의 이런 소외가 이 세상에서는 광증의 형태로 나타나는 모양이었다.

헤스터가 한때 사랑했던 — 아니 이제는 숨김없이 말해도 되겠지만 — 지금도 열렬히 사랑하고 있는 사람을 자신이 이런 파멸로 몰아넣은 것이다. 이미 로저 칠링워스에게도 말했듯이 목사의 명예 손상이나 심지어는 죽음일지라도 그녀가 택했던 방법보다는 훨씬 더 나았으리라고 생각했다. 그녀는 이 슬픈 잘못을 지금 고백할 바에는 차라리 이 숲 속의 낙엽 위에 쓰러져 아서 딤스데일의 발밑에서 죽고 싶은 심정이었다.

"오, 아서. 용서해 주세요!"

헤스터는 외쳤다.

"저는 그 밖의 모든 일에 있어서는 진실되려고 애썼어요. 진실이야말로 제가 지킬 수 있는 유일한 미덕이었고, 어떤 고난이 찾아와도 그것을 지켰어요. 다만 당신의 행복, 당신의 생명, 그리고 당신의 명예가 위태롭게 되었을 때를 제외하고 말이에요. 그때 저는 기만 앞에 무릎을 꿇고 말았어요. 하지만 생명의 위협을 느낄 때라도 거짓말은 좋지 못한 거예요! 제가 말하고자 하는 바를 이해하시겠는지요? 그 노인! 그 의사! 로저 칠링워스라고 불리는 사람! 그 사람이 바로 제 남편이었어요!"

목사는 한동안 무서운 눈빛으로 헤스터를 쏘아보았다. 고귀하고 순박하며 온후한 성질과 여러 가지 형태로 뒤섞인 목사의 분노는 사실 그의 성격 중에서 악마가 자기 몫이라고 노리던 부분이요, 악마는 그 부분을 통하여 다른 선한 부분까지도 정복할 작정이었다.

헤스터는 일찍이 이토록 험악하고 분노에 찬 목사의 얼굴을 본 적이 없었다. 얼마 안 되는 시간 동안에 그 표정은 흉측한 모습으로 바뀌었다. 그러나 그의 정신은 고뇌로 인해 아주 약해져 있었기 때문에 그 흥분도 순간적인 몸부림에 지나지 않았다. 땅바닥에 주저앉은 목사는 두 손으로 얼굴을 가렸다.

"알 만한 일이었건만! 아니, 사실은 알고 있었던 거야!"

목사는 중얼거렸다.

"그 사람을 처음 만났을 때나 그 후에 종종 그를 만날 때마다 절로 가슴이 움츠러들었다는 것이 그 비밀을 알려준 것이었는데! 그런데 왜 그 사실을 알아채지 못했을까? 아아, 헤스터, 이것이 얼마나 끔찍하고 경악스러운 일인지 당신은 도저히 알 수 없을 거요! 이 수치와 모욕 그리고 병들고 죄 많은 가슴을 바로 그 사람, 그 꼴을 보고 쾌재를 불렀을 그자 앞에 드러내놓았다니! 이것은 너무 참혹한 일이오! 소름이 끼칠 정도로 추악한 일이란 말이오! 헤스터, 당신은……이것은 모두 당신 책임이오! 나는 도저히 당신을 용서할 수 없소!"

"저는 당신에게 용서를 받아야만 합니다!"

헤스터는 목사 옆의 낙엽 위로 몸을 던지며 부르짖었다.

"저에 대한 처벌은 하나님께 맡기세요! 그리고 당신은 저를 용서해 주셔야 해요!"

그때 갑자기 격정에 사로잡힌 헤스터는 두 팔로 목사의 머리를 자신의 가슴에 힘껏 끌어당겼다. 목사의 뺨이 주홍글자에 닿았지만 전혀 개의치 않았다. 빠져나오려는 목사의 몸부림도 소용이 없었다. 헤스터는 또다시 무서운 눈빛으로 목사가 쏘아볼 것이 두려워 그를 놓아주려 하지 않았다. 온 세상이 헤스터를 보면 인상을 찌푸렸던 것이다. 7년이라는 오랜 세월 동안 온 세상 사람들이 이 외로운 여인을 보고 하나같이 얼굴을 찌푸렸지만 그녀는 꾹 참고 견디었으며, 단 한 번도 자신의 의연하고 슬픈 시선을 딴 곳으로 돌린 적이 없었다. 하늘마저도 그녀를 보고 인상을 찌푸렸지만 그녀는 결코 죽지 않았다. 하지만 창백하고 연약하며 죄 많고 슬픔에 시달린 이 사나이의 찌푸린 얼굴만큼은 헤스터도 견디기 어려웠고, 도저히 참아내며 살아갈 수 없었던 것이다.

"이제는 용서해 주시겠어요?"

그녀는 같은 말을 몇 번이나 되풀이했다.

"저를 보며 얼굴을 찌푸리지 않으시겠죠? 용서해 주시는 거죠?"

"용서하겠소, 헤스터."

마침내 목사는 슬픔의 심연 속에서 우러나온 듯한 목소리로 대답했다. 하지만 노기를 띠고 있지는 않았다.

"이제 진심으로 당신을 용서하겠소. 하나님, 저희 두 사람을 용서하소서! 헤스터, 우리가 이 세상에서 결코 가장 사악한 죄인은 아니오. 이 타락한 목사보다도 더 흉악한 죄인이 하나 있소. 그 노인네의 복수야말로 내 죄보다 훨씬 더 흉측하오. 그 작자는 잔인무도하게 신성한 인간의 마음을 짓밟았소. 헤스터, 적어도 당신과 나는 결코 그런 죄를 범한 적은 없소!"

"그래요, 그런 짓은 절대로 하지 않았죠!"

그녀가 속삭였다.

"우리가 한 일에는 나름대로 신성한 데가 있었어요. 우리들 자신은 그것을 느꼈고, 서로 그렇다고 얘기했었지요. 벌써 잊으셨어요?"

"그만하오, 헤스터!"

아서 딤스데일은 땅바닥에서 일어나며 말했다.

"결코 잊지 않았소!"

두 사람은 다시 손을 잡고 이끼 낀 나무둥걸 위에 나란히 걸터앉았다. 일찍이 그들의 생애에서 지금처럼 침울한 적은 없었다.

이 순간이야말로 두 사람이 그토록 오랫동안 걸어온 인생행로의 끝이었으며, 그들이 앞으로 나아갈 길은 점점 암담해지기만 했다. 그런데도 두 사람은 함께 있는 순간의 매력에 이끌려 조금만 더, 조금만 더 하면서 자리를 뜨지 못했다. 어느덧 그들을 둘러싼 숲 속은 어둠침침했고, 바람이 스쳐갈 때마다 바삭거리는 슬픈 소리를 머금었다. 머리 위로는 큰 나뭇가지들이 무겁게 늘어져 흔들렸고, 한 그루의 장엄한 고목이 다른 나무를 향해 구슬픈 신음 소리를 냈다. 그 소리는 마치 그 아래에 앉아 있는 두 남녀의 서글픈 이야기를 전하는 것 같기도 하고 앞으로 닥쳐올 불행을 예언하는 것 같기도 했다.

그래도 두 사람은 좀처럼 자리를 뜨려고 하지 않았다. 마을로 돌아가는 숲 속 길은 몹시도 쓸쓸해 보였다. 헤스터 프린은 다시 치욕의 짐을 짊어져야 하고, 목사에게는 허식에 불과한 명예의 껍데기가 기다리고 있는 곳. 그런 이유로 두 사람은 조금이나마 더 머뭇거릴 수밖에 없었다. 황금빛처럼 찬란한 햇빛도 이 음산한 숲 속의 어스름보다 소중하지 않았다. 이곳에서는 목사 이외에 그 누구도 바라보는 이가 없으므로 주홍글자도 타락한 여인의 가슴에서 타오를 필요는 없었다! 또한 헤스터를 제외한 누구의 시선도 없는 이곳에서 하나님과 인간을 배반한 아서 딤스데일 역시 잠시나마 진실할 수 있었다.

딤스데일 목사는 불현듯 머릿속에 떠오른 생각에 깜짝 놀랐다.

"헤스터!"

목사가 외쳤다.

"새로운 걱정이 또 하나 생겼소! 로저 칠링워스가 그의 정체를 밝히려는 당신의 계획을 알고 있다면 그가 계속해서 우리의 비밀을 지켜주겠소? 이번에는 그자가 어떤 형태로 복수를 해올까?"

"그 사람은 이상하게도 비밀을 좋아하는 데가 있어요."

헤스터는 조심스럽게 말을 꺼냈다.

"지금껏 은밀하게 숨어서 복수를 해오는 동안 그런 버릇이 생겼나봐요. 그러니 우리의 비밀을 쉽게 밝힐 것 같지는 않아요. 틀림없이 자신의 그 흉악한 욕망을 채우기 위해 아마도 그는 은밀한 방법을 쓸 거예요."

"그러면 나는……그 끔찍스런 원수와 같은 공기를 마시면서 계속 살아야 한다는 말이오?"

아서 딤스데일은 몸을 잔뜩 움츠린 채 – 이제는 무의식중에 버릇이 되어버린 – 부르르 떨리는 손으로 가슴을 누르면서 부르짖었다.

"헤스터, 내 대신 생각을 좀 해주구려! 당신은 강한 여자이니 제발 나를 위해 무슨 해결책을 세워주오!"

"앞으로 그 사람하고 같이 사시면 안 돼요."

헤스터는 천천히 단호하게 말했다.

"이제 더 이상 그 사람의 사악한 눈앞에 당신의 마음을 내보여서는 안 돼요!"

"그것은 죽음보다도 더 끔찍스러운 일이오!"

목사가 대답했다.

"하지만 어떻게 그것을 피해야 한다는 말이오? 내게 무슨 방법이 남아 있겠소? 좀 전에 당신이 그자의 정체를 밝혔을 때 내가 쓰러졌던 저 낙엽 위에 다시 쓰러져야 하겠소? 그 속에 파묻혀서 당장 죽어버려야 하겠소?"

"아, 가엾은 분. 어쩌다 당신이 이런 파멸의 구렁텅이에 빠지게 되셨는지!"

헤스터는 금세라도 쏟아지려는 눈물을 머금고 말했다.

"당신은 마음이 약하다고 죽겠다는 말씀이에요? 그 밖에는 다른 이유가 없지 않아요!"

"하나님께서 내게 심판을 내리셨소."

양심의 가책을 이기지 못한 목사가 대답했다.

"대항하기에는 너무나 힘에 겨운 심판이오!"

"하나님께서도 자비를 베풀어주실 거예요. 다만 당신이 그것을 삽을 만한 힘이 있느냐가 문제겠지요."

헤스터가 말했다.

"부디 나를 위해서 굳센 사람이 되어주오! 그리고 어떻게 하면 좋을지 좀 가르쳐주시오, 헤스터!"

목사가 말했다.

"그래, 세상이 그렇게도 좁기만 할까요?"

헤스터는 그윽한 눈으로 목사의 눈을 쳐다보면서 소리쳤다. 그녀는 기진맥진해서 홀로 설 힘조차 없는 한 영혼의 정신에 본능적으로 자력의 역할을 하고 있었다.

"이 우주라는 것이 저기 있는 마을에 한정되어 있을까요? 저 마을 역시 얼마 전까지만 해도 나뭇잎들이 산산이 흩어져 있던 황무지였고, 지금 우리를 둘러싸고 있는 숲과 다름없이 고적한 곳이었어요. 저 숲 속의 오솔길은 어디로 통할까요? 마을로 돌아가는 길이라고 말씀하시겠죠. 옳은 말씀이에요. 하지만 저 앞으로도 통하는 길이 있죠. 그 길을 따라 숲 속 깊이깊이 더 들어갈수록 사람들의 눈에 띄지 않는 곳에 닿게 될 거예요. 그리고 거기에서 몇 마일만 더 가면 저 노란 낙엽 위로 백인의 발자취는 전혀 찾아볼 수 없을 거예요. 그곳에서는 당신도 자유의 몸이 되는 거예요. 그렇게 조금만 걸으시면 당신이 비참하게 지냈던 세계를 벗어나 행복하게 살 수 있는 세계로 갈수 있어요. 이 넓은 숲 속에 로저 철링워스의 눈초리로부터 당신의 마음을 감춰줄 만한 그늘 하나 없을까요?"

"있기야 하겠지, 헤스터. 하지만 낙엽 밑에만 있을 거요."

목사는 슬픈 미소를 띠며 대답했다.

"그렇다면 넓고 넓은 바닷길도 있어요!"

헤스터는 말을 이었다.

"당신은 그 바닷길을 이용해 여기로 오셨죠. 그러니 당신이 원한다면 오신 길을 다시 되돌아가실 수도 있어요. 고국에 돌아가면 외떨어진 두메산골이든 넓은 런던이든 아니면 독일이나 프랑스나 유쾌한 이탈리아에 가면 그자의 힘과 지력이 미치지 못하는 데서 사실 수있어요! 무쇠처럼 매정한 이곳 사람들과 그들의 의견 따위가 도대체당신하고 무슨 관계가 있겠어요? 그들은 당신의 훌륭한 성품을 너무나 오랫동안 얽매어두었어요!"

"그건 안 될 말이오!"

목사는 마치 꿈을 실현시켜 달라는 청이라도 받은 사람처럼 어이없는 표정으로 대답했다.

"나에게는 떠날 힘이 없소! 내가 비록 비참하고 죄 많은 몸이지만, 그래도 하나님께서 정해 주신 이곳에서 이승의 짧은 삶을 마칠 생각이외에 다른 생각을 해본 적이 없소. 이미 내 영혼은 타락했지만 다른 사람들의 영혼을 위해서 할 수 있는 일을 하고 싶소! 영혼의 파수꾼으로서 내가 부적당하고, 이 역할이 끝날 때면 죽음과 불명예가 기다리고 있겠지만 그렇다고 나의 위치를 떠나지는 않을 것이오!"

"당신은 7년 동안의 불행 밑에 짓눌려서 지쳐버리셨군요."

헤스터는 그의 기운을 북돋워주겠다고 굳게 결심하면서 계속 말했다.

"하지만 당신은 그 모든 것을 버려야 해요! 당신이 숲 속의 오솔길을 따라 걸을 때 그런 것이 발길에 채이면 안 되니까요. 만약 바다를 건너갈 생각이시면 그것을 배 안에 싣지도 마세요. 파멸의 비참한 잔해는 그것이 일어났던 이 땅에 버리고 가세요. 이제는 그것들에게 더 이상 얽매일 필요는 없어요! 모든 것을 새롭게 시작하세요! 단 한 번의 실패로 당신의 모든 능력을 잃으셨나요? 천만에요! 당신의 미래에는 아직도 기회와 성공으로 가득 차 있어요. 한껏 누려야 할 행복도 있고, 행해야 할 선행도 있다고요! 당신의 거짓 인생을 버리고 진정한 삶을 가져야 해요. 만약 당신의 정신이 어떤 사명감을 느낀다면 인디언들의 교사나 전도사가 되셔도 좋겠죠. 아니면 문명사회의 가장 현명하고 저명한 사람들 사이에서 학자나 현인(賢人)이 되시든지요. 아마 그편이 당신의 천성에 가장 적합할 거예요. 그래서 설교를 하고, 글을 쓰고, 행동을 하세요! 힘없이 쓰러져 죽는 일 이외에 무엇이든지 하세요! 아서 딤스데일이라는 이름을 버리고, 두려움도 수치심도 없이 떳떳하게 쓸 수 있는 고귀한 다른 이름을 하나 지으세요. 당신의 생명을 좀먹고, 당신의 의지력과 실천력을 약화시키고, 또 회개할 기운마저 앗아가려는 괴로움 속에서 무엇 때문에 하루를 더 지체하려는 거예요? 당장 일어나서 떠나세요!"

"아아, 헤스터!"

아서 딤스데일이 외쳤다. 헤스터의 열성에 힘을 얻었는지 순간적으로 그의 눈에서 한 줄기 광채가 번쩍이는 듯했으나 이내 사그라지고 말았다.

"당신은 지금 무릎이 떨려 제대로 걷지도 못하는 사람에게 달리기를 하라고 말하는구려. 나는 이곳에 뼈를 묻어야 하오! 나에게는 저 넓고 낯설고 고난에 가득 찬 세계로 떠나갈 힘도 용기도 남아 있지 않소. 더군다나 혼자서라니!"

그것은 극도로 쇠잔한 그의 영혼이 절망에 싸여 내뱉는 마지막 말이었다. 목사는 바로 눈앞에 보이는 행운을 움켜잡을 기운조차 없었던 것이다.

목사는 마지막 말을 되풀이했다.

"혼자서라니, 헤스터!"

"당신은 혼자서 가시는 게 아니에요!"

그녀는 나직이 속삭였다. 그리하여 모든 이야기는 끝났다.

햇빛의 홍수

아서 딤스데일은 희망과 기쁨에 넘치는 표정으로 헤스터의 얼굴을 쳐다보았다. 동시에 그 표정에는, 자신은 어렴풋이 암시만 했을 뿐 감히 입 밖으로 내지 못한 것을 명확히 말해 버린 그녀의 대담함에 대한 두려움과 공포의 빛도 어려 있었다.

그러나 헤스터 프린은 용감하고 활발한 천성을 타고난 데다 사회로부터 오랫동안 격리된 채 살아왔기 때문에, 딤스데일 목사로서는 상상도 할 수 없을 만큼 자유로운 생각에 익숙해져 있었다. 그녀는 어떤 규칙도 안내자도 없이 정신적인 광야를 헤매었다. 그 광야는 지금 두 사람이 자신들의 운명을 좌우할 이야기를 주고받고 있는 이 원시림처럼 광막하고 복잡하게 얽혀 있었으며 그늘진 곳이었다. 이를테면 그녀의 지성과 감정은 광야에 가정을 이룬 격이었고, 마치 숲속의 인디언처럼 이 광야를 자유롭게 헤매고 다녔다.

그녀는 지나간 여러 해 동안 이렇듯 소외당한 입장에서 목사와 입법자들이 제정해 놓은 모든 인간 사회의 제도를 관찰하고 비판하며 살아왔다. 그리고 목사의 허리띠, 법관의 옷, 처형대, 교수대, 벽난로, 교회 같은 것들에 대해서 인디언들이 느낄 정도의 존경심밖에 갖고 있지 않았다. 헤스터의 운명은 그녀를 자유로운 방향으로 이끌어 갔다. 주홍글자는 여느 여인들이 감히 밟을 수 없는 곳을 출입할 수 있는 통행증이었다. 치욕! 절망! 고독! 이것들이 그녀의 스승들이었다. 이 준엄하고 모진 스승들 덕택에 그녀는 강해졌지만 잘못 배운 것 또한 수두룩했다.

한편 목사는 사회가 일반적으로 인정하는 법률의 테두리를 벗어나는 경험을 한 번도 해본 적이 없었다. 아니, 그중 가장 신성한 법률 하나를 단 한 번 범한 일이 있었다. 하지만 그것은 단순한 욕정에서 비롯된 죄였을 뿐 신념과 관련된 범죄는 아니었으며, 목적이 있어서 계획적으로 범한 것도 아니었다. 이 기막힌 일이 있은 후로는 병적일 정도로 골똘히 그리고 세심하게 자신의 행동뿐 아니라 모든 감정의 작은 움직임과 생각을 낱낱이 감시해 왔다. 차라리 행동이나 지켜보는 일이라면 조금은 쉬웠으리라. 그 당시 목사들은 사회계층에서 상류층에 속했기 때문에 그만큼 사회의 규범과 원칙과 편견에 의해 더 많은 제약을 받았다. 목사인 그도 어쩔 수 없이 교단이라는 테두리 안에서 벗어날 수가 없었다. 한 번 죄를 지은 뒤 날카롭게 살아 있는 양심이 아물 줄 모르는 마음의 상처를 줄곧 깨무는 바람에 예민한 인간으로서 딤스데일 목사는 죄를 저지르지 않았을 경우보다도 오히려 도덕적인 면에서 훨씬 더 견고하게 보였는지도 모른다.

세상에서 버림받고 치욕 속에서 지낸 7년의 세월은 헤스터 프린에게 있어 이 순간을 맞이하기 위한 준비 기간에 지나지 않았다고 생각할 수도 있을 것이다. 하지만 아서 딤스데일은 어떠했던가! 만약 이런 사람이 또다시 죄를 짓게 된다면 무슨 말로 정상을 참작해 달라는 변호를 할 수 있겠는가? 그는 아무런 변호도 할 수 없을 것이다. 기껏

해야 그가 오랜 고뇌로 쇠약해졌다든가, 그를 괴롭히는 번민으로 말미암아 정신이 어둡고 혼미해졌다든가, 스스로 죄인임을 인정하고 도망쳐버릴지 아니면 양심을 속이고 위선자로서 그냥 머물러 있어야 할지 그 둘 사이를 오락가락했다든가, 죽음과 치욕의 위험이며 원수의 헤아릴 길 없는 흉계를 모면하려는 것이 인지상정이라고 하든가, 그것도 아니면 마지막으로 쓸쓸하고 황량한 길을 더듬는 병들고 쇠약하고 처량해 보이는 이 순례자에게, 자기가 속죄하고 있는 무거운 운명 대신에 인간적인 애정과 동정심 그리고 새로운 생명의 빛이 나타나 보인다고 하는 편이 다소나마 변호에 도움이 될는지 모른다.

저악이 인간의 영혼 속에 파헤쳐놓은 틈새는 인간 세계에서는 절대로 메워지지 않는다는 엄격하고도 슬픈 진리를 우리는 알아야 한다. 그 틈새는 파수꾼을 세워 감시하고 지킬 수도 있을 것이다. 그러면 적은 또다시 영혼의 성 안으로 무리하게 쳐들어오는 일은 없을 것이고, 다음 공격 시에는 전에 성공했던 길이 아닌 다른 곳을 이용할지도 모른다. 하지만 성벽은 여전히 무너진 채 남아 있고, 적은 그 근처로 슬그머니 다가와 마침내는 잊을 수 없는 승리감을 다시 한 번를 맛보게 될 것이다.

목사의 마음속에 어떤 갈등이 있었다 하더라도 누누이 묘사할 필요는 없다. 다만 목사는 결국 도망치기로 결심했고, 혼자가 아니라는 사실만 밝혀두면 충분할 것이다.

'만약 지나간 7년을 통해서……'

목사는 생각했다.

'단 한순간이라도 나에게 마음의 평화와 희망을 가졌던 때가 생각난다면 나는 하나님께서 자비롭다는 증거로 믿고 그냥 버텨 나가겠어. 하지만 지금처럼 어쩔 수 없는 운명의 몸이라면, 사형수가 처형

되기 전에 누리도록 허용된 최후의 위안을 받아서는 안 될 까닭이 어디 있겠는가? 또는 헤스터가 설득했듯 이것이 보다 나은 삶에 이르는 길이라면, 이 길을 택했다고 해서 결코 훨씬 더 좋은 장래를 저버리게 되는 것은 아니야! 이제 나는 헤스터 없이 살아갈 수가 없게 되었어. 이렇게 나를 힘차게 부축해 주고 다정스럽게 위로해 주지 않는가! 오오, 감히 우러러볼 수 없는 하나님이시여! 그래도 저를 용서해 주시렵니까!'

"가시는 거죠?"

목사와 눈이 마주치자 헤스터는 조용히 말했다.

일단 마음을 정하자 야릇한 기쁨의 빛이 목사의 괴로운 가슴에 환한 빛을 던져주었다. 그것은 흡사 마음속 깊은 감옥으로부터 갓 탈출한 죄수가 하나님의 구원도 미치지 않고 법률도 없는 지역의 야성적이고 자유로운 대기를 들이킬 때 느끼는 상쾌함과도 같았다. 이를테면 지난날 그는 항상 땅바닥을 기어다니게 했던 불행 속에서 하늘을 보았는데, 이제 그의 정신이 껑충 뛰어올라 훨씬 더 가깝게 하늘을 볼 수 있게 된 것이다. 그는 본래 깊은 신앙심을 타고난 위인이었기에 이러한 그의 기분에는 경건함 같은 것이 배어 있었다.

"내가 또다시 이런 기쁨을 맛볼 수 있게 되었다니!"

스스로도 의아스러운 듯 목사가 외쳤다.

"아아, 헤스터! 내 기쁨의 싹은 진작에 시들어버린 줄 알았는데! 당신은 진정한 나의 천사요! 병들고, 죄악의 때가 묻고, 슬픔으로 암담해진 이 몸을 숲 속의 낙엽 위에 내던졌었는데, 내 속의 모든 것이 새롭게 거듭나서 자비의 하나님께 영광을 돌릴 수 힘을 가지고 높이 솟아오른 기분이오! 이것이 전보다 나은 삶이 아니고 무엇이겠소! 왜 이런 것을 진작 발견하지 못했단 말인가?"

"이제 과거는 돌아다보지 말기로 해요. 과거는 이미 사라진 것이에요! 무엇 때문에 과거를 버리지 못하세요? 보세요! 저는 이 표적과 함께 과거를 말끔히 씻어버리고 그 흔적도 남겨두지 않겠어요!"

헤스터는 이렇게 말하면서 주홍글자를 달았던 고리를 벗겨 그것을 가슴에서 떼어내 낙엽 속 멀리 던져버렸다. 다행히도 그 신비스러운 표적은 시냇가에 떨어졌다. 한 뼘만 더 날아갔더라면 물 속으로 떨어져 시냇물이 속삭이고 있는 슬픈 사연 외에 또 하나의 슬픈 이야기를 하면서 흘러가야 했을 것이다. 그러나 수놓은 글자는 냇물 바로 앞에 떨어진 채 잃어버린 보석처럼 반짝이고 있었다. 혹시라도 온 나쁜 나그네가 그것을 줍게 된다면 기이한 죄악의 환영에 시달리다가 그만 정신이 침울해지고 까닭 모를 불행을 당하게 될지도 모른다.

치욕의 표적이 없어지자 헤스터는 긴 한숨을 내쉬었다. 그 한숨과 더불어 치욕과 고뇌의 무거운 짐도 그녀의 정신에서 자취를 감추었다. 아아, 이 얼마나 후련한 해방감인가! 자유로운 기분을 맛보게 되자 그녀는 비로소 그 짐이 얼마나 무거웠는가를 새삼 깨달았다! 뒤이어 새로운 충동에 사로잡힌 그녀는 머리를 감싸고 있던 거추장스러운 모자를 벗었다. 그러자 순식간에 검고 숱 많은 머리채가 양어깨로 흘러내렸고, 그 풍성한 머리칼에 깃든 명암이 그녀의 얼굴에 부드러운 매력을 더해주었다. 여인의 가슴속 깊은 곳에서 베어나온 듯한 부드럽고 환한 미소가 입가에 어렸으며 두 눈에서도 빛이 났다. 오랫동안 파르스름했던 그녀의 뺨에는 불그스레하게 홍조가 감돌았다.

헤스터의 여성다운 본질과 젊음과 온갖 풍요한 아름다움이 인간의 힘으로는 돌이킬 수 없는 과거로부터 되살아났다. 그리고 마술과도 같은 시간의 회전 속에서 처녀 시절의 희망과 전에는 맛보지 못했던 행복과 더불어 어우러지기 시작했다. 또한 하늘과 땅 사이의 어두움은 마치 두 남녀의 마음속에서 비롯된 것처럼 두 사람의 슬픔과 함께 사라져버렸다. 순간 갑자기 하늘이 방긋 웃기라도 한 듯 눈이 부시도록 햇빛을 쏟아내며 어두운 숲 속을 환히 비추었다. 푸른 잎새는 기쁘게 빛나고, 노란 가랑잎은 황금빛으로 변하고, 우람한 나무들의 희뿌연 줄기도 광채를 발했다. 지금까지 그늘을 이루고 있던 것들이 모두 환하게 빛났다. 반짝이는 한 줄기 빛이 반사되는 시냇물 줄기를 따라 저 멀리 신비한 숲의 중심부까지 유쾌한 빛을 발했다. 이제는 숲 속도 즐거운 신비로움에 휩싸였다.

대자연 — 인간의 법률에 지배를 받은 적도, 고귀한 진리의 빛을 받아본 적도 없는 숲 속의 황량하고 야만스러운 대자연이 이들 두 영혼의 축복에 공명(共鳴)한 것이다! 사랑이란 갓 싹튼 것이든 죽음과 같은 잠에서 깨어난 것이든 간에 언제나 밝은 빛을 창조하여 가슴속을 가득 채워주고, 외부 세계에까지 그 빛을 흘러넘치게 하는 것이다. 설령 숲 속이 여전히 그늘을 간직한 채 어두웠더라도 헤스터나 아서 딤스데일의 눈에는 찬란하게 보였을 것이다!

헤스터는 새로운 기쁨에 전율을 느끼며 목사를 쳐다보았다.

"당신도 펄을 아시죠?"

그녀가 말했다.

"우리의 귀여운 펄 말이에요! 전에 만나보셨지요? 네, 정말 그랬었죠! 하지만 이제는 다른 눈으로 그 아이를 보셔야 해요. 저도 이해하기 어려울 정도로 그 애는 괴곽스러운 면이 있어요. 하지만 저와 마찬가지로 그 아이를 사랑해 주세요. 그리고 그 애를 어떻게 다루어야 할지 좀 가르쳐주세요."

"그 아이는 내가 누군지 알면 좋아할 거라고 생각하오?"

목사는 불안스러운 듯 물었다.

"오래전부터 나는 아이들을 멀리 해왔소. 애들이 나를 미덥지 못하다고 생각하거나 친해지기를 꺼리는 눈치였기 때문이라오. 어린 펄은 무섭기까지 했소!"

"어머나, 슬픈 일이네요!"

헤스터가 대답했다.

"하지만 그 애는 당신을 좋아하게 될 거고, 당신도 그 아이를 사랑하게 될 거예요. 그리 멀리 가지 않았을 텐데. 제가 불러볼게요. 펄! 어디 있니? 펄!"

"저기 보이는군."

목사가 말했다.

"시냇물 건너편 저쪽 햇빛이 비치는 곳에 서 있구려. 그래, 저 아이가 나를 따를 것 같소?"

헤스터는 빙그레 웃고서 다시 펄을 불렀다. 목사가 말한 대로 펄은 아치형의 나뭇가지들 사이로 새어든 햇빛 속에서 마치 눈부신 옷을 차려입은 환영처럼 서 있었다. 햇빛의 흔들림에 따라 아이의 모습은 밝아졌다 흐려졌다를 반복했고, 광채가 오갈 때마다 정말 아이같이 보이기도 하고 아이의 혼령같이 보이기도 했다. 엄마의 목소리가 들리자 펄은 나무들 사이로 천천히 걸어나왔다.

헤스터와 목사가 이야기를 나누는 동안 펄은 지루하지 않게 시간을 보낼 수 있었다. 광활하고 어두운 숲은 세상의 죄악과 고통을 이 숲 속으로 끌어들인 사람들에게는 준엄하게 보일지 모르나 외로운 아이에게는 훌륭한 놀이 상대가 되어주었다. 숲은 침울했지만 더없이 친절한 표정으로 아이를 맞이해 주었다. 또한 지난가을에 열려서 새봄에 무르익은 덩굴딸기를 선사했는데, 그 열매들은 시든 잎 위에

핏방울처럼 새빨갛게 맺혀 있었다. 펄은 이 열매를 따 모으며 그 속에서 풍기는 자연의 맛을 즐겼다.

황량한 숲 속의 작은 짐승들은 펄에게 길을 비켜주려 들지 않았다. 열 마리 정도의 새끼를 거느린 자고새 한 마리가 위협하듯 펄을 향해 다가왔다가 이내 당돌한 행동을 뉘우치고 새끼들에게 무서워하지 말라는 듯 구구거렸다. 나지막한 나뭇가지에 홀로 앉아 있던 비둘기는 펄이 그 밑으로 다가서자 인사인지 경고인지 알 수 없는 소리를 내며 울었다. 다람쥐 한 마리는 제 집이 있는 나무 꼭대기 깊숙한 곳에서 화가 났다는 것인지 즐겁다는 것인지 분간할 수 없는 소리로 재잘대고 있었다. 다람쥐는 화도 잘 내고 익살도 제법 부릴 줄 아는 작은 동물이라서 도무지 기분을 분간하기가 어렵다. 펄을 본 그놈은 뭐라고 지껄이더니 머리 위로 밤 한 톨을 떨어뜨렸다. 그것은 벌써 다람쥐의 날카로운 이빨 자국이 나 있는 것으로 지난해 밤이었다. 낙엽 위를 걷는 가벼운 발걸음에 놀라 잠이 깬 여우 한 마리는 슬그머니 도망쳐야 할지 그 자리에서 한잠 더 자도 되는 것인지 재보는 듯한 수상쩍은 눈으로 펄을 바라보았다. 또한 늑대 한 마리가 나타나 펄의 옷 냄새를 맡으며 쓰다듬어 달라는 듯이 사나운 머리를 들이댔다는 소문들도 있지만 좀 허무맹랑한 이야기일 것이다. 하지만 대자연의 숲과 그곳에서 살아가는 야생동물들이 펄에게 뭔가 공통된 야성미를 발견했다는 것은 사실인 듯하다.

그리고 펄은 길가에 풀이 돋아난 마을의 거리나 엄마가 사는 오두막집에 있을 때보다 이 숲 속에서 더 얌전했다. 숲 속의 꽃들도 그 점을 눈치챈 모양이었다. 그래서 펄이 지나가면 서로 소곤거렸다.

"나를 꺾어서 장식을 해봐요, 예쁜 꼬마 아가씨. 나를 가지고 곱게 치장을 해보세요!"

그러면 펄도 꽃들을 기쁘게 해줄 양으로 오랑캐꽃과 아네모네와 매발톱꽃과 고목이 눈앞에 내미는 새파란 나뭇가지들을 꺾어 모았다. 이런 것들로 머리와 앳된 허리를 장식한 펄은 마치 숲 속의 어린 요정이나 혹은 이 원시적인 숲과 잘 어울리는 모습이 되었다.

이렇듯 펄이 몸치장을 하고 있을 때 마침 엄마의 목소리가 들려왔고, 아이는 느린 걸음으로 돌아왔다.

천천히…… 아주 천천히. 돌아오는 펄의 눈에 목사의 모습이 보였기 때문이다.

시냇가의 어린 요정

"당신도 펄을 정말 귀여워하시게 될 거예요."

헤스터 프린은 목사와 나란히 앉아 펄을 지켜보며 되풀이했다.

"당신은 저 아이가 예쁘다고 생각하지 않으세요? 좀 보세요, 보잘 것없는 꽃으로 저렇게 치장하는 타고난 솜씨를 말이에요! 숲 속에서 진주나 다이아몬드나 루비를 주웠다 해도 더 예쁘게 꾸미지는 못했을 거예요. 참 귀여운 아이죠! 하지만 저 아이의 이마가 누구를 닮았는지 저는 알고 있어요!"

"그런데 말이오, 헤스터."

아서 딤스데일은 불안한 미소를 띠며 입을 열었다.

"언제나 당신 옆을 따라다니던 저 귀여운 아이가 얼마나 여러 번 내 가슴을 내려앉게 했는지 당신은 아오? 나는 저 아이의 얼굴이 내 얼굴과 닮은 데가 많다고 생각했소. 너무 많이 닮아서 혹시 세상 사람들이 눈치채지나 않을까 두려워했던 거요! 아, 헤스터, 그 얼마나 잘못된 생각이오! 그런 일을 두려워했다니 얼마나 끔찍한 일이란 말이오! 그런데 저 아이는 당신을 더 많이 닮았소."

"아니에요, 많이 닮지도 않았어요!"

헤스터는 다정스러운 미소를 머금고 대답했다.

"세월이 조금만 더 흐르면 저 애가 누구의 아이인지 알려져도 두려워하실 필요가 없을 거예요. 머리에 들꽃을 꽂고 있으니 낯설게 느껴질 정도로 예쁘네요! 마치 그리운 고국 잉글랜드에 두고온 요정 하나가 곱게 치장하고 우리를 마중나온 것 같아요."

두 사람은 천천히 다가오는 펄을 바라보며 일찍이 느껴보지 못한 기분에 잠겨 있었다. 그 아이에게서 두 사람을 이어주는 끈이 보이는 듯했다. 펄은 과거 7년 동안 두 사람이 감추려고 애써 왔던 비밀을 밝히는 살아 있는 상형문자로서 세상에 등장한 것이었다. 그 이글거리는 문자를 해독할 줄 아는 예언자나 마술사가 있었다면 그 글자 속에 모든 것이 쓰여져 있고, 모든 것이 뚜렷이 나타나 있다는 사실을 밝혀냈을 것이다! 더구나 펄은 두 사람의 생명이 하나로 융합되는 결합체였다. 지난날의 죄악이야 어찌 되었든 간에 두 사람이 영원히 함께 살게 될 육체적 결합인 동시에 정신의 표상이기도 한 펄을 통하여 지상에서의 운명과 내세의 운명이 완전히 결합되어 있다는 사실을 어떻게 의심할 수 있으랴!

이런 생각들과 두 사람이 무엇이라고 밝히지도 설명하지도 못할 다른 생각들이 함께 어우러져 다가오는 아이의 주위에 일종의 경외감을 던져주었다.

"아이에게 말할 때에는 지나치게 감정적이거나 열정적인 태도를를 보이지 마세요. 그냥 자연스럽게 대하세요."

헤스터가 속삭이듯 말했다.

"펄은 이따금씩 갑자기 성미를 부리는 작은 요정으로 변하거든요. 특히 이유를 알기 전까지는 애정 표현을 잘 받아들일 줄 몰라요. 하지만 저 아이에게도 강한 애정이 깃들어 있어요! 펄이 저를 사랑하듯 당신도 사랑하게 되겠지요!"

"아마 당신은 내 심정을 짐작도 못할 거요."

목사는 곁눈질로 헤스터 프린을 보며 말했다.

"나는 저 애를 만나기가 두려우면서도 한편으로는 얼마나 기다렸는지 모른다오! 조금 전에도 말했듯이 아이들은 여간해서 나를 잘 따르지 않소. 무릎 위에 올라오려고 하지도, 귀에 입을 대고 재잘거리지도, 내가 미소를 보내도 아무런 답도 하지 않소. 오히려 먼 발치에 떨어져서 이상한 눈초리로 나를 쳐다볼 뿐이오. 심지어 갓난아기들까지도 내가 안으면 질겁을 하며 울어대오. 그러나 펄은 지금까지 두 번씩이나 다정하게 나를 반겨주었소! 첫 번째는 당신도 잘 알고 있을 거요. 두 번째는 그 엄격한 노총독님 관저에 당신이 그 아이를 데리고 왔을 때였소."

"그때 당신은 펄과 저를 위해서 아주 훌륭한 변호를 해주셨지요."

헤스터가 대답했다.

"저는 똑똑히 기억하고 있어요. 펄도 마찬가지일 테니 조금도 격정하지 마세요. 처음에는 낯을 가려서 수줍어할지 몰라도 이내 당신을 따를 거예요!"

이때 건너편 시냇가까지 다가온 펄은 이끼 긴 나무등걸에 나란히 걸터앉아 자신을 기다리고 있는 엄마와 목사를 말없이 쳐다보고 서 있었다. 우연히도 펄이 멈춰 서 있는 곳에 시냇물이 깊은 웅덩이를 이루고 있었다. 그 수면은 너무나 잔잔하고 고요해서 꽃과 풀을 엮어 치장한 그림같이 아름다운 작은 아이의 모습을 그대로 비치고 있었다. 그 모습은 실물보다 더 순수하고 영적으로 승화된 모습이었다. 펄을 꼭 닮은 수면의 그림자는 그 자체가 지닌 흐릿하고 형체 없는 성질을 아이에게 전달하고 있는 것처럼 보였다. 어떤 친화력에 이끌려온 것인지 몰라도 한 줄기 햇빛이 그곳을 비추어 아이의 모습을 빛내고 있었다.

숲 속의 어두운 분위기를 통하여 두 사람을 물끄러미 바라보는 펄은 태도는 어딘지 모르게 이상했다. 발치에 보이는 시냇물 속에는 또한 아이가……아주 똑같은 아이 하나가 황금빛 햇살을 받으며 서 있었다. 헤스터는 뭔가 개운치 않은 느낌과 함께 펄과 사이가 멀어진 것만 같아 초조한 기분이 들었다. 숲 속을 혼자 거닐다가 엄마와 함께 살던 세상에서 벗어난 펄이 다시 돌아오려고 애를 써도 엉엉 돌아올 수 없는 곳으로 가버린 것만 같았다.

헤스터의 이런 느낌은 옳기도 하고 잘못된 것이기도 했다. 펄과 엄마 사이가 멀어진 것은 사실이었지만, 그것은 헤스터의 잘못이지 펄의 잘못이 아니었다. 펄이 엄마 곁을 떠나 숲 속에서 산책을 하는 동안 또 하나의 인물이 엄마의 애정 속으로 들어와 엄마의 감정을 변화시켰기 때문에 이제 막 돌아온 펄은 항상 있었던 자기 자리를 찾지 못하자 어리둥절한 입장에 처한 것이었다.

"내가 이상한 생각을 하는 것인지 모르겠지만……."

모녀의 기분을 알아차린 듯 예민한 목사가 입을 열었다.

"저 시냇물은 두 세계의 경계선으로 펄과 당신이 다시는 만날 수 없을 것 같은 느낌이 드는구려. 아니면 어렸을 때 읽은 옛날 이야기 속에 나오는 꼬마 요정처럼 흐르는 시냇물을 건너지 못하도록 금지당한 것은 아닌지 모르겠소. 어서 빨리 건너오라고 해요. 저렇게 망설이는 것을 보니 벌써 내 마음이 떨리는구려."

"빨리 건너오너라, 펄!"

헤스터는 두 팔을 벌리며 재촉하듯 말했다.

"왜 그렇게 꾸물거리니! 전에는 한 번도 늑장을 부린 적이 없지 않니? 여기 계신 분은 엄마 친구인데, 네 친구도 되어주실 거야. 이제부터 펄은 엄마에게서 받아온 사랑의 두 갑절을 받게 되는 거야! 어서 시냇물을 뛰어넘으렴. 펄은 아기사슴처럼 잘 뛰지!"

펄은 감미로운 엄마의 말에도 아무 대답 없이 시냇물 저편에 그대로 서 있었다. 초롱초롱한 눈을 반짝거리며 엄마와 목사를 번갈아 바라보기도 하고 동시에 두 사람을 바라보기도 한 아이는 마치 두 사람의 관계를 알아내어 자기 자신에게 납득시키려고 하는 것 같았다. 아이의 시선이 자기에게 향하고 있다는 것을 느낀 아서 딤스데일은 습관이 되다시피 한 행동대로 무의식중에 가슴 위로 손을 얹었다. 그러자 펄은 기묘하고도 위엄 있는 표정을 지으며 손을 내밀더니 조그만 집게손가락으로 엄마의 가슴을 가리켰다. 그때 아이 밑에 있던 시냇물 구덩이의 수면 위에도 꽃으로 치장한 아이의 그림자가 조그만 집게손가락으로 똑같이 손가락질을 하는 것이었다.

"참 이상하구나. 어째서 빨리 엄마한테로 오지 않는 거니?"

헤스터가 소리를 질렀다.

펄은 여전히 손가락질하면서 양미간을 찌푸렸다. 그 표정이 거의 갓난아기 같아서 더욱 인상적이었다. 계속 손짓을 해가며 자기를 부르는 엄마의 얼굴에서 여느 때와 다른 미소를 본 펄은 더욱더 도도한 표정과 몸짓으로 발을 동동 굴렀다. 시냇물 속에 비친 환영 또한 이맛살을 찌푸리며 손가락질을 해대고 도도한 표정과 몸짓으로 펄의 아름다운 모습을 한층 돋보이게 해주었다.

"펄, 빨리 오려무나. 그렇지 않으면 엄마 화낸다!"

헤스터는 다시 소리를 질렀다. 여느 때 같으면 꼬마 요정의 이런 행동을 대수롭지 않게 넘기겠지만 이 순간만큼은 좀 더 얌전하게 굴었으면 하고 생각했던 것이다.

"어서 시냇물을 뛰어넘으렴, 요 장난꾸러기야! 네가 안 오면 엄마가 갈 테야."

하지만 아무리 달래도 듣지 않고, 겁을 주어도 미동도 하지 않던 펄은 갑자기 발끈 성을 내며 격분한 몸짓을 하더니 손발을 바둥거리며 온몸을 뒤틀었다. 아이는 이런 발작과 함께 날카로운 비명을 질러 댔고, 그 소리는 숲을 울리며 사방으로 메아리쳤다. 철없는 아이 하나가 성을 내며 지른 비명 소리였지만 마치 숨어 있던 수많은 군중이 아이에게 동정과 격려를 보내며 같이 소리를 질러주는 것처럼 쟁쟁하게 울려퍼졌다. 그러자 다시 시냇물 웅덩이에서도 성난 펄의 그림자가 온통 꽃으로 치장한 채 손발을 바둥거리고 온몸을 뒤틀었다. 그러는 중에도 조그만 집게손가락은 여전히 헤스터의 가슴을 가리키고 있었다!

"저 아이가 왜 그러는지 알겠어요."

헤스터는 목사에게 속삭였다. 그녀는 슬픔과 괴로움을 감추려고 애를 썼지만 얼굴은 새파랗게 질려 있었다.

"아이들은 매일 보아서 눈에 익은 것이 조금만 달라져도 가만히 있지 않는 법이에요. 제가 늘 달고 다니던 것이 아이의 눈에 보이지 않아서 그러는 거예요!"

"헤스터, 제발 부탁이오."

목사는 애써 미소를 지으며 덧붙였다.

"저 아이를 달랠 재간이 있거든 어서 좀 달래보구려! 히빈스 부인 같은 늙은 마녀가 심술을 부리는 것이라면 또 몰라도, 아이들이 저렇게 성을 내는 것은 질색이라오. 펄처럼 어리고 귀여운 아이의 분노도 주름투성이의 마녀와 다름없는 초자연적인 힘이 있으니 말이오. 나를 사랑한다면 어서 저 아이를 달래봐요!"

헤스터는 두 뺨을 붉힌 채 옆에 서 있는 목사를 바라보더니 깊은 한숨을 내쉬며 다시 펄에게로 고개를 돌렸다. 하지만 미처 말문을 열기도 전에 두 뺨의 홍조는 사라지고 마치 죽은 사람의 얼굴처럼 파리해졌다.

"펄."

헤스터는 슬픈 목소리로 아이를 불렀다.

"네 발밑을 좀 보지 않겠니? 그래, 거기 바로 네 앞쪽! 시냇물의 이쪽 말이야!"

아이는 엄마가 말하는 곳으로 눈길을 돌렸다. 시냇물 가까이에는 헤스터가 던져버렸던 주홍글자가 떨어져 있었고, 수놓은 황금빛 글자가 시냇물에 비추이고 있었다.

"그것을 이리로 가져오겠니?"

헤스터가 말했다.

"엄마가 와서 가져가요!"

펄이 대답했다.

"무슨 애가 저렇죠!"

헤스터는 목사를 바라보면서 나직이 말했다.

"아아, 펄에 대해서는 당신에게 할 얘기가 많아요! 하지만 저 원망스러운 표적에 관해서는 아이의 생각이 옳은 것 같아요. 당분간 저 표적이 주는 고통을 참아야 하겠어요. 며칠만 더 말이에요. 우리가 이 고장을 떠나 꿈에서 본 땅인 것처럼 이곳을 되돌아볼 수 있을 때까지만 말이에요. 이 광활한 숲 속도 주홍글자를 감추어줄 수는 없군요! 하지만 넓고 깊은 바다라면 저 표적을 제 가슴에서 빼앗아 영원히 삼켜버릴 수 있을 거예요!"

이내 시냇가로 걸어간 헤스터는 주홍글자를 집어들어 다시 자신의 가슴에 달았다. 방금 전까지만 해도 그녀는 주홍글자를 깊은 바닷속에 내던지겠다고 희망에 찬 말을 하고 있었지만, 운명의 손으로부터 이 치명적인 상징을 되찾고 보니 어쩔 수 없는 불운이 다시 자신을 향해 다가오는 것 같았다. 무한한 공간 속에 주홍글자를 내팽개치고 모처럼 자유의 공기를 호흡했건만 또다시 그 불행의 주홍글자가 원래의 자리로 돌아와 번쩍이고 있었다! 이렇듯 죄악이란 뚜렷한 상징으로 나타나든 그렇지 않든 간에 언제나 숙명적인 성격을 띠게 마련이다.

헤스터는 무겁게 늘어진 머리채를 틀어올려 다시 모자 속으로 집어넣었다. 그 슬픈 글자 속에는 마치 생명을 시들게 하는 마력이라도 숨어 있는 듯 그녀의 아름다움과 따스하고 풍요로운 여자다움도 스러져 가는 햇빛처럼 금방 사라져버리고 잿빛 그림자가 그녀 위로 깃드는 듯싶었다.

애처로운 변화의 과정이 끝나자 헤스터는 쓸쓸한 모습으로 펄에게 손을 내밀었다.

"이제는 엄마를 알아보겠니, 펄?"

헤스터는 나무라면서도 부드러운 목소리로 물었다.

"어서 시냇물을 건너와 엄마라고 불러주렴. 다시 치욕의 표적도 달았고 슬픈 엄마로 되돌아왔으니 말이다."

"응, 그럴게!"

펄은 단숨에 시냇물을 뛰어넘어 두 팔로 헤스터를 껴안았다.

"이제 정말 내 엄마야! 그리고 나는 엄마의 펄이고!"

펄은 평소에 보기 드문 기분으로 엄마의 머리를 다정스럽게 끌어당겨 이마와 두 뺨에 입을 맞추었다. 그러나 누구에게 위안을 줄 때에는 괴로움도 함께 주어야 한다는 듯이 입을 오므린 펄은 주홍글자에도 입을 맞추었다.

"그건 고맙지 않구나! 너는 엄마를 사랑하는 것처럼 굴더니 금세 엄마를 놀리는구나!"

헤스터가 말했다.

"왜 목사님이 저기 앉아 계시는 거야?"

펄이 물었다.

"너를 반겨주려고 기다리시는 거란다."

헤스터는 말을 이었다.

"자, 어서 가서 목사님에게 축도(祝禱)를 부탁드리자. 목사님은 너를 사랑하시고 엄마도 사랑하신단다. 펄은 목사님이 좋지 않니? 어서 가자. 너를 무척 만나고 싶어하신단다."

"저분이 우리를 사랑해?"

펄은 총명함이 반짝이는 초롱초롱한 눈으로 엄마를 쳐다보며 말했다.

"그럼 우리와 함께 손을 잡고 셋이서 마을로 돌아가는 거야?"

"지금은 안 된단다, 펄."

헤스터는 대답했다.

"하지만 머지않아 우리와 함께 손을 잡고 걷게 되실 거야. 이제는 우리도 즐거운 가정을 이루게 될 거란다. 너는 그분 무릎 위에 앉고 그분은 네게 여러 가지를 가르쳐주실 거야. 그리고 너를 무척 귀여워해 주실 거란다. 너도 목사님이 좋아질 거야, 안 그래?"

"그런데 목사님은 왜 항상 가슴 위에 손을 얹고 계시는 거야?"

펄이 물었다.

"바보 같구나. 그게 무슨 소리니!"

헤스터가 소리쳤다.

"자, 어서 가서 축도를 부탁드리자!"

귀여움을 받고 자란 아이에게 갑자기 경쟁자가 나타나면 본능적으로 품게 되는 질투심 때문인지 아니면 아이의 변덕스러운 성격 때문인지 몰라도 펄은 목사에게 호의를 보이려고 하지 않았다.

헤스터는 뒷걸음질치며 싫다는 감정을 갖가지 찌푸린 얼굴로 나타내는 펄을 억지로 목사에게 데리고 갔다. 펄은 갓난아기 때부터 여러 가지 특이한 형태로 얼굴을 찌푸리는 버릇이 있었는데, 그러한 얼굴 표정에 장난기를 섞어서 마음먹은 대로 표정을 바꾸는 재주가 있었다. 몹시 당황스러운 목사는 혹시 입맞춤을 해주면 아이의 환심을 살 수 있지 않을까 하는 희망으로 허리를 굽혀 펄의 이마에 입을 맞추었다. 그러자 엄마의 손을 뿌리친 펄은 갑자기 시냇가로 달려가서 몸을 굽히더니 물로 이마를 씻어내는 것이었다. 마치 달갑지 않은 입맞춤이 말끔히 씻겨져 소리 없이 흐르는 물 속에 산산이 흩어져 없어지기를 바라듯 씻고 또 씻었다. 그런 다음 저만치 떨어져서 잠자코 헤스터와 목사를 바라보았다. 그동안 두 사람은 서로 이야기를 나누며 그들의 새로운 상황에 대처할 준비와 수행해야 할 일들에 관해 의논했다.

마침내 운명을 좌우하는 만남은 끝났다. 골짜기는 다시 우중충한 고목들만이 우거진 고적한 모습으로 되돌아갔다. 그 고목들은 수많은 혀로 그곳에서 일어났던 일을 두고두고 속삭이겠지만, 그러한 사실을 아는 사람은 아무도 없을 것이다. 또한 침울한 시냇물은 이미 가슴에 사무친 신비한 사연에 또 하나의 사연을 더할 것이다. 구슬픈 이야기를 속삭이며 흐르고 있는 시냇물의 흐름은 지난 오랜 세월에 비하여 조금도 명랑해진 것이 없었다.

미로를 헤매는 목사

　헤스터 프린과 펄보다 먼저 그곳을 떠난 목사는 도중에 뒤를 돌아다보았다. 숲 속에 깃든 어둠 속으로 두 모녀의 희미한 자태만이라도 보았으면 하는 마음에서였다. 그는 자신이 겪고 있는 이렇게 큰 인생의 변화를 대뜸 현실로 받아들일 수 없었다. 그러나 잿빛 옷을 입은 헤스터는 여전히 그 나무등치 옆에 서 있었다. 아주 오래전 폭풍에 쓰러진 채 세월이 흐르는 동안 무성한 이끼가 내려앉은 나무는, 세상의 가장 무거운 짐을 짊어진 불행한 두 남녀가 걸터앉아 잠깐의 휴식과 위안을 얻을 수 있는 공간을 제공해 주었다. 또한 거기에는 펄도 있었다. 방해되던 제삼자가 없어지자 시냇가에서 춤을 추듯 사뿐사뿐 다가와 엄마 옆에 자리를 잡는 것이 보였다. 이 모든 일들은 분명했다. 그러고 보니 목사가 그동안 잠들어 꿈을 꾸고 있었던 것은 아니었다!

　목사는 이상한 불안으로 마음을 괴롭히며 모호하고도 이중적인 인상을 털어버리기 위해 헤스터와 함께 세웠던 도피 계획을 다시 검토해 보았다. 두 사람은 인디언의 오두막이나 해안을 따라 드문드문 세워놓은 유럽인들의 개척지 외에는 아무것도 없는 뉴잉글랜드와 아메리카 대륙의 황야보다는, 사람도 많고 도시가 모여 있는 구세계가 더 적절한 은신처가 될 것이라고 결론을 내렸었다. 목사의 건강 상태는 숲 속의 고된 생활을 지탱하기에 어려울 뿐더러 그의 타고난 재능과 교양과 정신적 성장은 오직 세련된 문명 세계 속에서만 터전을 잡을 수 있었다. 문명의 정도가 높으면 높을수록 목사는 더욱더 섬세하게 적응할 수 있으리라는 생각이었다.

이런 계획을 부추기라도 하듯 때마침 항구에 배 한 척이 머무르고 있었다. 그 배는 당시에 흔했던 수상쩍은 순항선 중 하나로 결코 비나의 부법자는 아니었지만 제멋대로 바다를 헤매고 다니는 배였다. 최근에 스페니시 메인[33]에서 도착한 이 배는 사흘 안에 브리스틀[34]을 향해 출항할 예정이었다. 헤스터 프린은 자기 스스로 임명한 자선수녀회의 수녀라는 직함을 내세워 그 배의 선장 및 선원들과 친하게 되었다. 그리고 어른 두 명과 아이 한 명의 승선을 허락받고 형편상 비밀을 보장해 준다는 다짐까지 받아놓았다.

목사는 대단한 관심을 기울이며 헤스터에게 그 배의 정확한 출항 날짜를 물었다.

"아마도 사흘 후면 떠날 것 같아요."

헤스터가 대답했다.

"그것 참 잘됐군!"

목사는 혼자 중얼거렸다.

딤스데일 목사가 잘됐다고 생각한 까닭을 지금 여기서 밝히고 싶지는 않다. 하지만 독자에게 숨김없이 말하자면, 사흘째 되는 날에

---

33) Spanish Main. 스페인 상선의 항로로 한때 해적이 출몰했던 카리브 해를 말한다 – 옮긴이
34) Bristol. 잉글랜드 남서부의 에이번 강에 딸린 항구도시로 중요한 무역항이다 – 옮긴이

목사는 총독 취임식에 축하 설교를 하기로 되어 있었다. 이러한 기회는 뉴잉글랜드의 목사로서는 평생의 명예라고 할 수 있었기 때문에 성직자로서 자기 생애에 종지부를 찍는 데 딤스데일은 이보다 더 좋은 방법과 기회를 만나기란 어려울 것이다.

'적어도 사람들은 내가 목사로서 의무를 다하지 않았다거나 적당히 수행했다는 소리는 하지 않겠지!'

언제나 언행이 모범적인 목사는 머릿속에서 이렇게 생각하는 것이었다. 이 불쌍한 목사만큼 심오하고 예리한 자기 성찰을 갖는 사람이 이렇듯 비참하게 기만당하다니 실로 슬픈 일이라 아니할 수 없다! 목사에게는 이보다 더 나쁜 결점이 과거에도 있었고, 앞으로도 여전히 있을 것이지만 이번같이 성격상의 약점이 여실히 드러난 적은 없었을 것이다. 또한 오래전부터 그 성격의 본바탕을 좀먹기 시작한 미묘한 질병의 침식이 지극히 사소하면서도 확실한 징후로 이번처럼 뚜렷이 나타난 일도 없었다. 누구든지 오랫동안 제 자신과 남에게 각각 다른 얼굴을 보이는 버릇에 젖으면 나중에는 어느 얼굴이 진정한 자기 얼굴인지 혼동을 일으키지 않을 수 없는 것이다.

헤스터를 만나고 돌아오는 딤스데일 목사는 어찌나 흥분이 되던지 전에 없던 기운이 솟아 총총걸음으로 마을을 향했다. 숲 속의 길은 마을에서 올 때보다 훨씬 더 황량하고 거친 장애물이 많은데다 사람의 발자취도 드물었다. 그러나 진흙탕을 건너뛰고, 몸에 달라붙는 덤불을 헤치며 언덕길을 올라가고, 움푹 파인 곳으로 뛰어내리면서 목사는 스스로도 놀랄 만큼 지칠 줄 모르는 원기로 온갖 난관들을 극복했다. 불과 이틀 전만 해도 똑같은 이 길을 걷느라 기진맥진해서 도중에 번번이 걸음을 멈추고 숨을 돌리던 생각이 문득 떠올랐다.

마을 쪽으로 가까이 다가가면 갈수록 그는 시야에 들어오는 낯익은 풍경들이 달라졌다는 인상을 받았다. 이런 풍경과 헤어진 것이 하루 이틀 전이 아니라 며칠 전, 아니 몇 해 전의 일인 듯했다. 물론 길거리도 그의 기억에 있는 모습 그대로였고, 집집마다 특징 있는 처마의 모양도 그대로였으며, 바람개비가 있었던 것으로 기억되는 집에는 여전히 바람개비가 달려 있는 등 전과 달라진 것이 하나도 없었다. 그럼에도 불구하고 모든 것이 달라진 듯한 느낌이 집요하게 머리를 쳐들었다. 도중에 만난 사람들이나 이 조그만 마을의 낯익은 사람들 모습도 마찬가지였다. 그들이 나이를 더 먹은 것도, 더 젊어진 것도 아니었다. 노인들의 턱수염이 더 희어진 것도, 어제까지 기어다니던 갓난아기가 오늘은 걸어다니는 것도 아니었다.

바로 엊그제 헤어질 때 보았던 사람들이 어떤 점에서 달라졌는지 설명하기란 불가능했다. 그런데도 목사의 뿌리 깊은 날카로운 의식은 뭔가가 달라졌다고 계속해서 말해 주는 것 같았다. 자기 교회당 담 밑을 지나칠 때 그런 인상은 유달리 강하게 다가왔다. 교회당 모습이 무척 생소해 보이기도 하고 일변 몹시 낯익어 보이기도 했으므로 딤스데일 목사는 지금까지 자신이 꿈속에서만 교회당을 보아온 것인지 아니면 지금 교회당 꿈을 꾸고 있는 것인지 하는 두 가지 생각 사이에서 갈피를 잡지 못하고 방황하고 있었다.

갖가지 형태로 나타난 이런 현상은 외형의 변화를 의미하는 것이 아니라 낯익은 광경을 바라보는 사람의 마음속에 갑자기 일어난 중대한 변화를 뜻하는 것이었다. 따라서 지금껏 겪은 단 하루라는 시간이 목사의 의식에서는 마치 몇 년을 지낸 것과 똑같이 느껴졌던 것이다. 목사 자신의 의지와 헤스터의 의지 그리고 둘 사이에 맺어진 운명이 이런 변화를 불러일으켰다. 마을은 예전과 달라진 것이 없지만 숲에서 돌아온 목사는 전과 달랐다. 목사는 인사를 건네는 사람들에게 이렇게 말했을지도 모른다.

"나는 당신네들이 생각하는 그 목사가 아니오! 그 사람이라면 저기 숲 속의 외떨어진 골짜기 속 음산한 시냇가 근처 이끼 덮인 나무 둥치 옆에다 내버렸지요. 어서들 가서 그 목사를 찾아보시오! 그의 수척한 몸, 야윈 볼, 고통의 번민으로 주름이 잡힌 창백하고 흰 이마가 벗어던진 옷가지처럼 내팽개쳐져 있을지도 모르니까요!"

그래도 사람들은 틀림없이 목사에게 이렇게 주장했을 것이다.

"당신 자신이 바로 그 사람이오!"

하지만 그것은 그들의 잘못된 판단이지 목사의 잘못된 판단은 아니었다.

딤스데일 목사가 집에 도착하기 전에 그의 내적 자아는 그의 생각과 감정의 세계에 크나큰 변화가 일어났다는 여러 가지 증거를 보여주었다. 사실상 목사의 마음속 왕국에서 왕조(王朝)와 도덕의 기준이 뒤집히는 변혁이 일어나지 않았다면 불운과 놀라움에 사로잡힌 목사가 느끼는 여러 가지 충동을 설명할 길이 없을 것이다.

걸음을 옮길 때마다 목사는 괴상하고 난폭하고 사악한 짓을 마구 해보고 싶은 충동을 느꼈다. 그때마다 그런 충동은 무의식적이고 고의적이며, 자신의 의지에도 불구하고 그 충동에 반대하는 자아보다도 좀 더 깊은 곳에 자리잡은 자아로부터 연유하는 것이려니 생각했다. 예를 들면, 교회의 장로 한 사람을 만났을 때였다. 선량한 노인은 어버이와 같은 애정과 원로로서의 특권을 가지고 목사에게 인사를 건넸다. 나이로 보나 곧고 거룩한 그의 성품과 교회 안에서의 지위로 보나 특권을 가질 만한 충분한 자격이 있었다. 동시에 장로는 신을 경배하는 듯한 깊은 경의를 목사에게 표했다. 사회적 지위나 타고난 재능이 뒤떨어진 사람이 보다 높은 사람에게 깍듯이 경의를 표하는 것인데도 어쩌나 자연스럽던지, 노령의 예지와 위엄이 복종과 존경에 잘 조화될 수 있다는 것을 이처럼 아름답게 나타낸 예는 일찍이 없었을 것이다.

그런데도 딤스데일 목사는 수염이 서리같이 흰 장로와 몇 마디 말을 나누는 동안 마음속에 불쑥 떠오른 성찬식에 관한 불경스러운 말을 입 밖에 내놓지 않고 가까스로 참아냈다. 자기도 모르는 사이에 혀가 제멋대로 그런 끔찍한 말을 지껄이지는 않을까, 그래서 본심으로는 절대 인정할 수 없는 말을 자신의 혀가 제멋대로 찬성한다고 하지는 않을까 걱정스러워 목사는 사뭇 몸을 떨었고 얼굴은 잿빛으로 변했다. 이렇듯 마음속에 공포를 느끼면서도 목사는 믿음이 깊고 선량한 노장로가 정작 자신의 불경스런 말을 듣고 얼마나 놀랄까 하는 생각을 하니 웃음을 참을 수가 없었다.

이와 비슷한 또 하나의 사건이 있었다. 급하게 길을 걸어가던 딤스데일 목사는 교회에서 가장 나이 많은 여신도를 만나게 되었다. 이 여인은 믿음이 두텁고 행실 또한 본받을 만한 노부인으로 가난하고 외로운 과부였다. 마치 사연 많은 묘비들로 가득 찬 묘지처럼 이 과부의 가슴속은 세상을 떠난 남편과 자식들이며 오래전에 죽은 친구들의 추억들로 가득 차 있었다. 다른 사람의 경우라면 대개 이러한 추억은 침통한 슬픔으로 얼룩지겠지만, 노부인은 지난 30년 동안 줄곧 믿음의 위안과 성경에 나타난 진리를 살아가기 위한 양식으로 삼아온 터여서 그녀의 경건한 영혼에게는 슬픈 추억들마저도 성스러운 기쁨을 베풀어주는 것이었다.

게다가 딤스데일 목사의 교회 신도가 된 후부터 이 노부인이 세상으로부터 받는 유일한 위안은—우연이든 필연이든 목사를 만나 좀 어둡기는 하지만 두 귀를 쫑긋 세우고—이 경건한 사람의 입술로부터 흘러나오는 따스하고 향긋하며 천국의 입김이 서린 복음의 진실된 말씀을 열심히 듣는 것이었다. 천국에서 내린 위안이 아니라면 노부인에게는 위안으로서 아무런 가치도 없었다. 그러나 노부인의 귀에 입을 갖다대는 순간까지도 딤스데일 목사는 성경 구절이라곤 한마디도 생각나지 않았다. 다만 영혼의 영생을 부인하는 짧막하고 간결하면서도 단정적인 몇 마디만 생각날 따름이었다. 만일 노부인의 정신 속에 이런 말을 주입했더라면 아마도 노부인은 맹독의 주사를 맞기라도 한 것처럼 그 자리에 쓰러져 생을 달리했을 터였다. 그 후에도 자신이 그때 무슨 말을 속삭였는지 목사는 전혀 생각나지 않았다. 다행히도 목사가 횡설수설해서 노부인이 그 뜻을 정확히 알아듣지 못했거나 혹은 하나님의 섭리에 따라 노부인이 좋도록 풀이했을 것이다. 목사가 뒤를 돌아보았을 때 주름이 잡힌 노부인의 얼굴은 창백했지만 그 표정에는 하늘 나라의 광채처럼 경건한 감사와 황홀한 빛이 역력했다.

이어 세 번째 사건이 일어났다. 목사는 노부인과 헤어진 후에 이번에는 교인 중에서 가장 젊은 여신도를 만났다. 이 신도는 교회에 갓 들어온 처녀로, 철야 기도가 있는 다음 날 안식일에 덧없는 세상의 향락을 버리고 하늘 나라의 소망을 받아들이라는 딤스데일 목사의 설교를 듣고 입교했다. 그 소망은 그녀의 인생이 어둠에 싸일 때마다 더욱 빛을 발할 뿐 아니라 마침내 영광스런 최후의 날, 이 세상의 우울한 암흑을 몰아낼 천국의 희망에 도달한다는 것이었다.

그녀는 낙원에 핀 백합처럼 희고 아리따웠다. 순진무구한 처녀는 그녀의 가슴속 깊이 목사를 모셔놓고 그 둘레에 눈처럼 흰 장막을 드리우고 신앙에는 사랑의 따스함을, 사랑에는 신앙의 순결함을 가미하고 있음을 목사는 잘 알고 있었다.

그런데 바로 그날 오후, 사탄이 그 가엾은 젊은 처녀를 어머니 곁에서 유인해내어 괴로운 유혹에 빠진, 아니 타락으로 말미암아 절망에 처해 있는 사나이가 가는 길목에 내던진 것이었다. 처녀가 다가오자 사탄은 목사에게 조그만 악의 씨를 만들어 처녀의 부드러운 가슴 속에 던져 넣으라고 속삭였다. 그 씨는 분명히 검은 꽃을 피게 하고, 때가 되면 검은 열매를 맺으리라는 것이었다.

목사는 자기를 하늘같이 믿는 처녀의 영혼을 좌우할 수 있는 힘이 스스로에게 있다고 느낀 나머지 자기가 사악한 눈으로 한번만 쏘아보면 그녀의 순결한 들판을 모두 시들게 할 수 있고, 반대로 단 한마디의 말로써 모든 것을 자라게 할 수 있다고 생각했다. 그래서 목사는 지금까지 볼 수 없었던 더 강한 자제력을 발휘하여 제네바 외투로 얼굴을 가리고 모르는 체하며 그곳을 재빨리 지나쳐버렸다. 나중에 자신의 무례함을 처녀가 어떻게 생각할지에 대해서도 목사는 아랑곳하지 않았다. 처녀는 오히려 자신에게 무슨 잘못이 있었던 것은 아닌가 하고 호주머니나 반짇고리처럼 양심 속을 구석구석 다 뒤져보았다. 그리고 불쌍하게도 그동안의 수없이 많은 허물을 머릿속에 그려내며 자신을 질책했다. 다음 날 아침에 처녀는 퉁퉁 부은 눈으로 집안일을 돌보았다.

목사는 이 마지막 유혹을 뿌리친 승리를 자축할 틈도 없이 더 허황되고 무서운 또 다른 충동을 느꼈다. 그것은 낯이 뜨거워 말을 꺼내기조차 창피한 노릇이었다. 목사는 길을 가다가 멈춰 서서 길 한가운데서 놀고 있는, 이제 겨우 말을 배우기 시작한 청교도 아이들에게 아주 불순한 말을 몇 마디 가르쳐주고 싶었다. 그러나 자신이 입고 있는 옷차림 때문에라도 차마 그런 행동은 할 수 없다고 자제를 하고 있는데, 마침 스페니시 메인에서 온 술 취한 선원 한 사람을 만났다.

그러자 지금까지 다른 유혹을 모두 물리치느라 힘들었던 탓인지 딤스데일은 타르 냄새에 찌들어 있는 무뢰한과 악수를 나누고, 음탕한 뱃사람들이 잘하는 상스러운 농담도 좀 지껄이고, 가슴이 후련해질 만큼 하나님을 모독하는 욕설을 퍼부어 기분전환을 해봤으면 하는 생각이 들었다. 목사가 이 위기도 무사히 극복할 수 있었던 것은 훌륭한 도덕심 때문이 아니라 그의 타고난 성품과 성직자로서의 엄격한 습관 때문이었다.

'이렇게 끊임없이 나를 유혹하며 성가시게 구는 것은 도대체 무엇일까?'

길거리에 멈춰 선 목사는 손으로 이마를 치며 스스로에게 물었다.

'내가 미친 것일까? 아니면 나에게 귀신이 들렸나? 내가 숲 속에서 악마를 만나 계약을 하고, 내 피로 이름을 적었단 말인가? 그래서 악마가 생각해낼 수 있는 온갖 악행을 내게 일러주고 계약을 실천에 옮기라는 암시를 주며 나를 부르고 있는 것인가?'

딤스데일 목사가 생각에 잠겨 손으로 이마를 훔치고 있을 때 마침 마녀라고 이름난 히빈스 노부인이 그곳을 지나고 있었다. 머리에는 높은 두건을 쓰고 호화로운 벨벳 가운을 걸쳤으며 빳빳하게 노란색 풀을 먹인 주름 깃을 단 그녀의 옷차림은 놀라웠다. 노란색 풀을 먹이는 비법은 그녀의 절친한 친구였던 앤 터너[35]가 토머스 오버베리 경 살해 혐의로 교수형을 당하기 전에 가르쳐준 것이었다. 히빈스 노부인이 목사의 마음속을 꿰뚫어보았는지는 알 길이 없지만, 갑자기 걸음을 멈추더니 날카로운 시선으로 목사의 얼굴을 노려보았다. 그

---

35) Ann Turner(?~1615). 음탕한 여인으로 알려져 있는 그녀는 토머스 오버베리 경 살인 사건의 주모자인 프란시스 부인의 부탁을 받고 약제사인 제임스 프랭클린과 함께 런던 탑의 간수인 리처드 웨스턴에게 몰래 독약을 전해 주어 오버베리를 독살하는 음모에 가담했다. 그 사실이 탄로나서 1615년 11월 18일 티번에서 교수형에 처해졌다 - 옮긴이

리고 간교한 웃음을 띠며 평상시에는 인사를 나누는 일조차 없는 그녀가 말을 걸어왔다.

"목사님, 숲 속에 다녀오셨군요."

마녀는 높직하게 두건을 쓴 머리를 끄덕이면서 말했다.

"다음에 가실 때에는 미리 좀 알려주세요. 영광스러운 마음으로 기꺼이 동행해 드릴게요. 제 자랑은 아니지만, 아무리 초면인 분이라도 제가 한마디만 하면 숲 속의 마왕께서 극진한 대접을 해주실 테니까요."

"부인, 제 양심과 인격을 걸고 말씀드립니다만, 부인의 밀씀이 무슨 뜻인지 종잡을 수가 없군요!"

목사는 공손한 태도로 대답했다. 부인의 신분에도 그렇고 목사가 지닌 교양으로 봐서도 어쩔 수 없는 일이었다.

"저는 마왕을 만나러 숲 속에 갔던 것이 아닙니다. 그리고 앞으로도 그런 자의 호의를 얻으려고 숲 속에 가는 일은 절대로 없을 겁니다. 제가 그곳에 간 것은 저의 경건한 친구인 엘리엇 전도사를 만나서 그가 이교도로부터 개종시킨 여러 영혼을 함께 축복하고자 했을 따름입니다."

"하하하!"

늙은 마녀는 여전히 높직하게 두건을 쓴 머리를 끄덕이면서 호들갑스럽게 웃었다.

"좋아요, 대낮에는 그렇게 얘기할 수밖에 없겠지요. 솜씨가 제법이군요. 그러나 한밤중 숲 속에서는 다른 이야기를 하시자고요!"

그녀는 노부인답게 점잖은 걸음으로 지나쳤다. 그러나 가끔 목사를 향해 고개를 돌리며 무슨 비밀이라도 알고 있다는 듯 미소를 지어 보였다.

'그렇다면 내가 악마에게 몸을 팔았다는 말인가?'

목사는 생각했다.

'소문이 사실이라면 저 누런 풀을 먹인 주름 깃에 벨벳 옷을 차려입은 마귀할멈이 대왕으로 모신다는 그 악마한테 말이야!'

아, 가엾은 목사님! 실제로 목사는 영혼을 팔아넘기는 것과 비슷한 거래를 한 셈이었다. 그는 행복한 꿈에 현혹된 나머지 생전 처음으로 자진해서 끔찍스런 죄악의 손아귀에 스스로의 몸을 내맡겼던 것이다. 전염성이 강한 그 죄악의 독소는 빠른 속도로 그의 도덕 의식 전체에 퍼져나갔다. 그 독소는 모든 축복받은 선한 동기를 마비시키고 온갖 사악한 충동들을 활기 있게 소생시켰다. 경멸과 냉혹과 까닭 없는 악의와 고의적인 악행과 선하고 거룩한 것은 무엇이든지 조롱하려는 충동이 한꺼번에 깨어나서 그를 놀라게 하는 한편 그를 유혹으로 끌어들였다. 그리고 히빈스 노부인과의 만남이 사실이었다면, 그것은 목사가 악한 중생들이나 사악한 영혼들의 세계에 공감과 동료의식을 갖고 있었다는 사실을 증명할 따름이었다.

마침내 교회 묘지 가장자리에 있는 자기 집에 도착한 목사는 급히 층층대를 뛰어올라 2층 서재 속으로 몸을 숨겼다. 집으로 오는 동안 쉴새없이 자기를 사로잡으려던 괴상하고 사악한 충동으로 인해 남에게 자신의 정체를 드러내지 않고 이 은신처까지 돌아오게 된 것을 다행으로 생각했다. 낯익은 방으로 들어간 그는 책이며 창문이며 벽난로며 벽걸이 융단으로 드리운 아늑한 벽들을 둘러보았다. 그러나 숲 속 골짜기에서 마을을 거쳐 집으로 돌아오는 길에 줄곧 따라다니던 낯선 감정을 이곳에서도 느꼈던 것이다. 이 방에서 그는 연구도 하고 글도 썼다. 단식과 철야 기도로 이곳에서 초주검이 됐던 적도 있었다. 또한 기도를 올리며 수많은 고뇌를 견디어낸 곳도 바로 이

방이었다! 여기에는 의미가 풍부한 옛 히브리어로 씌어진 성경책도 있었다. 그 속에서 모세와 예언자들이 그에게 말을 건넸으며 하나님의 음성이 울려퍼졌다.

탁자 위에는 쓰다 만 설교의 초안이 잉크 묻은 펜과 함께 가지런히 놓여 있었다. 이틀 전에 쓰다가 생각이 막혀 완성하지 못한 문장은 중간에서 끊겨 있었다. 이런 온갖 괴로움을 견뎌내며 결국 총독 취임 축하 설교문까지 손댔던 자가 다름 아닌 여위고 두 뺨이 새파랗게 질린 자기 자신이라는 사실을 그는 잘 알고 있었다! 그러나 지금의 그는 이전의 자아를 조소하고 동정하면서도 부러워하는 듯한 호기심을 안고 멀찍이 떨어져서 바라보고 있는 듯했다. 이전의 자아는 이미 사라져버렸다. 숲에서 돌아온 사람은 다른 사람이었다. 예전의 순박함으로는 도저히 다다를 수 없는 미지의 세계에 관한 지식을 지닌 현명한 사람이 되었던 것이다. 하지만 그것은 너무나도 가슴을 쓰리게 하는 지식이었다!

이런 생각에 잠겨 있을 때 서재 문을 두드리는 소리가 들려왔다.

"들어오시오!"

목사는 대답했다. 혹시 악마라도 나타나지 않을까 하는 생각이 전혀 없었던 것도 아니다. 아니나 다를까, 문을 열고 들어온 사람은 로저 칠링워스 노인이었다. 한 손은 히브리어 성경 위에, 나머지 한 손은 가슴 위에 얹은 채 새파랗게 질린 목사는 그 자리에 잠자코 서 있었다.

"돌아오셨군요, 목사님."

의사가 말했다.

"엘리엇 전도사는 잘 지내고 계시는지요? 그런데 목사님 안색이 별로 좋아보이지 않는군요. 여행이 너무 힘들었던 모양이군요. 축하 설교를 하시려면 기운을 차리셔야 할 텐데, 제 도움이 필요하지는 않으신지요?"

"아뇨, 괜찮습니다."

딤스데일 목사가 대답했다

"그간 서재에만 틀어박혀 있다가 여행을 떠나 저 고장의 성스러운 전도사를 만나고, 신선한 공기도 마음껏 들이켰더니 몸에 많은 도움이 되었나 봅니다. 이제는 선생님의 약도 필요 없을 것 같군요. 물론 친절한 선생님께서 지어주시는 약이라 효험은 있겠지만 말입니다."

목사가 말하는 동안에도 로저 칠링워스는 환자를 대하는 신중하고도 주의 깊은 의사의 눈으로 목사를 쳐다보았다. 그러나 겉으로는 이런 태도를 보이고 있지만, 자신이 헤스터 프린과 만났다는 사실을 이미 알고 있거나 아니면 적어도 눈치를 챘으리라고 목사는 확신했다. 동시에 의사 또한 목사의 눈에 비친 자신이 전처럼 신뢰하던 친구가 아니라 원한을 품은 원수로 보인다는 사실을 알아차렸다. 이 정도까지 진상이 알려진 이상 그 일부라도 밝히는 것이 자연스러울지 모른다. 그러나 기묘한 일이기는 하지만 어떤 일의 진상을 알고 듣기까지에는 꽤 오랜 시간이 걸리는 법이다. 또한 어떤 화제를 똑같이 회피하려는 두 사람이 그 화제의 가장자리까지 접근했다가도 그것을 끝내 건드리지 않고 무사히 물러설 수도 있다는 사실이다. 따라서 목사는 두 사람의 비밀에 대하여 로저 칠링워스가 확실한 말로 거론하리라는 걱정은 하지 않았다. 그러나 의사는 늘 하던 음흉한 수법으로 무섭게도 비밀의 가장자리까지 접근해왔다.

"그래도 오늘 밤에는 변변치 않은 제 치료를 받아두시는 것이 좋지 않을까요?"

의사는 말을 이었다.

"축하 설교라는 큰 일을 앞두고 목사님께서 원기를 내시도록 세심한 배려를 해야 합니다. 사람들은 목사님에게 많은 것을 기대하고 있답니다. 해가 바뀌면 목사님께서 딴 데로 가실지도 모른다고 걱정들을 하는 모양이니까요."

"글쎄요, 이 세상이 아닌 다른 세상으로 가는 거겠지요."

목사는 경건한 태도로 조용히 대답했다.

"하나님께서 더 좋은 곳을 허락해 주시기를 빕니다. 사실 저는 앞으로 한 해를 더 교회 신도들과 더불어 지낼 수 있을 것 같지가 않거든요. 게다가 지금 제 몸 같아서는 선생님의 약은 필요 없을 것 같습니다."

"정말 반가운 말씀이네요."

의사가 대답했다.

"그토록 오랫동안 지어드렸어도 별 효험이 없더니 이제야 비로소 그 효험을 나타내기 시작한 모양이군요. 목사님의 병을 고칠 수만 있다면 저는 기쁨에 겨울 것이고, 뉴잉글랜드의 감사를 받을 만한 일일 겁니다!"

"언제나 잘 보살펴주신 선생님에게 충심으로 감사를 드립니다."

딤스데일 목사는 근엄한 미소를 띠면서 덧붙였다.

"선생님의 선행에 대해서는 오직 기도로 갚을 수밖에 없다는 생각이 듭니다. 다시 한 번 감사의 말씀을 드립니다."

"훌륭한 분의 기도는 황금으로 갚는 보답이나 진배없지요!"

로저 칠링워스가 자리를 뜨면서 대답했다.

"그럼요, 기도는 새 예루살렘에서 통용되는 금화입니다. 하늘 나라 왕이신 하나님의 각인이 새겨져 있지요!"

목사는 혼자 남게 되자 심부름꾼을 불러 음식을 가져오라고 한 다음 왕성한 식욕으로 눈앞에 차려진 음식을 먹어치웠다. 그러고는 쓰다가 만 축하 설교의 초안을 난롯불 속으로 내던지고 이내 새로운 원고를 쓰기 시작했다. 이번에는 무슨 영감이라도 받은 듯 사상과 감정이 줄기차게 흘러나와 단숨에 써내려갔다. 그러면서도 어째서 하나님께서는 이토록 장엄하고 성스러운 신탁(神託)의 음악을 자기와 같이 더럽혀진 오르간을 통해 세상에 전하려 하시는지 알 수가 없었다. 그러나 이런 수수께끼는 저절로 풀리도록 놔두거나 아니면 영원히 미결인 채 접어두기로 한 목사는 황홀한 기쁨에 넘쳐 서둘러 원고를 쓰는 일에 몰두했다.

이리하여 그날 밤은 마치 목사를 태운 날개 돋친 말인 양 마구 내달았다. 어느덧 찾아든 새벽 햇살이 커튼 사이로 발그레한 얼굴을 삐죽이 들이밀었다. 이윽고 먼 동이 트더니 황금빛 햇살이 서재로 새어들어 목사의 눈을 부시게 했다. 그때까지도 목사는 펜을 든 채 앉아 있었고, 이미 넓은 지면을 글로 메워놓고 있었다.

뉴잉글랜드의 경축일

신임 총녹이 임명되는 날, 아침 일찍 헤스터 프린은 펄을 데리고 장터로 향했다. 벌써부터 장터는 수많은 장인(匠人)들과 마을 사람들로 붐비고 있었다. 그중에는 사슴 가죽 옷을 입은 거칠게 생긴 사람들도 많았는데, 식민지의 중심을 둘러싸고 있는 숲 속 개척지에서 온 사람들이었다.

과거 7년 동안 치러진 모든 행사 때와 마찬가지로 이번 경축일에도 헤스터는 회색 천으로 만든 옷을 입고 있었다. 그 옷의 색깔보다도 뭔가 형언할 수 없이 특이한 옷 모양 때문에 그녀의 개성은 자취를 감춘 듯싶었고, 여자로서의 매력 또한 완전히 가려버려 남의 눈에 띄지 않는 희미한 존재로 만들고 있었다. 하지만 가슴에 달린 주홍글자가 희미한 어스름 속에서 그녀를 끌어내어 글자 자체가 지니고 있는 도덕의 광채 아래 그녀의 모습을 환히 드러내주었다.

오랫동안 마을 사람들의 눈에 익은 그녀의 얼굴은 이전에 보아 오던 그대로 대리석처럼 고요했다. 마치 그 표정은 가면과도 같았다. 아니, 차라리 죽은 여자의 얼굴에 싸늘하게 어리는 얼어붙은 듯한 표정이었다. 이처럼 그녀의 얼굴이 음산한 모습을 띠게 된 것은, 누구의 동정도 받지 못한다는 점에서 이미 헤스터는 죽은 것과 마찬가지이며, 아직도 이 세상에 섞여 살고 있는 것처럼 보이지만 실은 이미 오래전에 떠나버린 몸이라는 사실 때문이었다.

어쩌면 이날 하루만은 헤스터의 얼굴에서 전에 보지 못했던 표정이 남의 눈에는 띄지 않을 정도로 나타났을지도 모른다. 비상한 관찰력의 소유자가 우선 그녀의 마음속을 살핀 다음 얼굴과 태도에서 공통된 표정을 찾아보았다면 발견했을지도 모를 그런 표정이었다. 그러나 심안(心眼)을 가진 사람이라면 7년이라는 비참한 세월 동안 엄격한 종교적 의무를 짊어진 채 회오(悔悟)와 인내로써 수많은 군중의 시선을 견뎌온 헤스터가 이날 마지막으로 자진해서 그 시선을 받아들임으로 오랫동안 고통받아 오던 것을 일종의 승리로 바꾸려 한다는 사실을 알아차렸을 것이다.

"주홍글자와 그것을 가슴에 단 사람을 마지막으로 보세요!"

대중의 희생자요, 평생의 노예라고 여겨졌던 헤스터는 이렇게 말했을지도 모른다.

"얼마 지나지 않아 당신들의 손길이 미치지 못하는 곳으로 사라질 거예요! 몇 시간만 지나면 당신네들이 이 사람의 가슴에 불타게 했던 이 상징을 저 깊고 신비스러운 바다가 삼켜버릴 거랍니다!"

동시에 자신의 인생과 깊이 얽혀 있던 고뇌로부터 막 벗어나려는 순간 헤스터의 마음에 조금은 서운함이 묻어났을 것이라고 상상한다 해도 인간의 본성에 어긋나거나 크게 모순된 일은 아닐 것이다. 여인으로서 한창때에 줄곧 맛보던 쓰디쓴 쑥과 알로에의 마지막 잔을 숨도 쉬지 않고 단숨에 마셔버리고 싶은 참을 수 없는 욕망이 없었을 것인가? 이제부터 그녀의 입술에 닿을 인생의 술은 무늬가 아로새겨진 황금 잔에 따른 향기롭고 달콤한 술이어야 한다. 그렇지 않으면 독한 감로주(甘露酒)를 마신 것처럼 그 씁쓰레한 찌꺼기가 피할 수 없는 지겨운 권태감을 남기게 될 것이기 때문이다.

펄은 요정처럼 화려하고 산뜻한 옷차림이었다. 눈이 부시도록 찬란하게 빛나는 이 환영 같은 아이가 우중충한 회색 옷을 입은 여인에게서 태어났다고는 꿈에도 생각하지 못할 일이었다. 또한 아이의 옷을 고안하는 데 반드시 필요했을 호화롭고 정교한 상상력이 그녀의 소박한 옷에 독특한 개성을 주었던 상상력과 같은 것이라고는 도저히 믿을 수 없었다. 펄에게 잘 어울리는 그 옷은 마치 아이의 성품이 저절로 흘러나와 외적으로 표현된 듯싶었다. 나비의 날개에서 오색 찬란한 색채를 떼어낼 수 없고, 꽃잎에서 화려한 빛깔을 분리할 수 없듯이 펄에게서도 그 옷을 떼어낼 수 없었다. 나비와 꽃잎의 경우처럼 펄도 그랬다. 아이의 옷차림은 본성과 완전한 조화를 이루어 혼연일체가 되어 있었던 것이다.

게다가 경사스러운 이날, 펄의 기분은 이상한 흥분과 동요에 사로잡혀 있었다. 그것은 마치 가슴에 장식된 다이아몬드가 극성스럽게 뛰는 심장의 고동과 더불어 갖가지 모양으로 빛날 때의 모습과 흡사했다. 아이들이란 으레 자기와 관계 있는 사람들의 흥분에 공감하기 마련이다. 특히 집안에 어떤 어려움이 있거나 갑작스러운 변화가 있을 때면 더욱 그렇다. 따라서 고통당하는 엄마의 가슴에 달린 보석과도 같은 펄은 대리석처럼 무표정한 엄마의 이마에서 그 누구도 발견할 수 없는 감정을 느끼고 이를 활기 있는 춤으로 공감했던 것이다.

펄은 흥분으로 말미암아 엄마를 따라 걷는다기보다는 새처럼 날아다녔다. 그러면서 무언지 알아들을 수 없는 말을 계속 재잘거리며 때로는 날카로운 소리로 노래를 불렀다. 모녀가 장터에 다다르자 펄은 와글와글 법석대는 광경을 보고 한층 더 흥분했다. 왜냐하면 평상시에 이 일대는 도시의 상업 중심지라기보다 마을 교회당 앞에 있는 넓고 쓸쓸한 풀밭에 불과했기 때문이었다.

"엄마, 이게 어찌 된 일이야?"

펄이 소리쳤다.

"오늘은 왜 사람들이 일을 안 하지? 오늘은 온 세상이 노는 날이야? 저기 대장장이 좀 봐! 검댕이 묻은 얼굴을 말끔히 씻고 나들이옷을 입었어. 누가 친절하게 방법만 가르쳐주면 한바탕 재미있게 놀아보겠다는 표정인데! 그리고 저쪽 브래킷 간수 할아버지가 날 보며 고개를 끄덕이고 웃고 있네. 왜 그러지, 엄마?"

"네가 갓난아기 때 생각이 나서 그러는 거란다."

헤스터가 대답했다.

"하지만 괜스레 날 보고 웃으면서 고개까지 끄덕일 필요는 없잖아. 시커멓고 사납게 생기고 눈이 흉측한 할아버지 같으니!"

펄은 계속했다.

"아는 체하고 싶으면 엄마한테나 그럴 것이지. 엄마는 회색 옷도 입고 주홍글자도 달았으니까 말야. 그런데 엄마, 낯선 사람들이 굉장히 많네. 인디언도 있고 뱃사람들도 보여! 모두들 이 장터에 뭐 하러 왔을까?"

"행렬이 지나가는 것을 구경하려고 기다리는 거야."

헤스터가 대답했다.

"이제 총독님과 관리들이 지나가실 거야. 그리고 목사님들과 높고 훌륭한 분들도 악대와 병정들을 앞세우고 지나가실 거란다."

"그럼 그 목사님도 계시겠네?"

펄이 물었다.

"엄마가 시냇가에서 나를 그분 앞으로 데려갔을 때처럼 두 손을 내밀어 나를 반겨주실까?"

"그 목사님도 나오시겠지. 하지만 오늘은 너를 보시더라도 아는 체는 안 하실 거야. 너도 아는 체를 해서는 안 돼."

헤스터가 대답했다.

"목사님은 참 이상하고 슬픈 분이야!"

펄은 혼잣말처럼 계속했다.

"캄캄한 밤중에는 우리를 불러서 엄마와 내 손을 붙잡아주셨어. 요전에 저 처형대 위에 나란히 섰을 때 말이야! 또 듣는 사람은 늙은 나무뿐이고 보는 사람은 좁은 하늘뿐인 숲 속에서는 이끼 위에 앉아서 엄마와 얘기를 하셨어! 그리고 내 이마에다 입을 맞추어 시냇물로 아무리 씻어도 잘 지워지지 않았지만 말이야! 그런데 햇빛이 환하고 많은 사람들이 모인 여기서는 목사님이 우리를 모르는 체하고 우리도 그분을 아는 체해서는 안 된다니. 언제나 가슴에 손을 얹고 계시는 목사님은 참 이상하고 슬픈 분이야!"

"조용히 해요, 펄! 너는 아직 그런 일은 몰라도 돼."

헤스터는 말을 이었다.

"이제 목사님 생각은 그만하고 이곳을 좀 둘러보려무나. 모두들 명랑해 보이는 얼굴들이지? 애들은 학교에서, 어른들은 일터와 들판에서 오늘을 즐기려고 일부러 나왔단다. 오늘은 새로운 분이 우리의 총독님이 되시는 거야. 그래서 인간들이 처음으로 나라를 세운 이래로 관습을 따라 이날을 즐기고 기뻐하는 거란다. 마침내 비참하고 낡은 세계 위로 즐거운 황금시대가 찾아온 것처럼 말이야!"

헤스터가 말한 대로 사람들의 얼굴 위에는 예사롭지 않은 기쁨의 빛이 환히 빛나고 있었다. 옛날에도 그랬고, 지난 두 세기 동안 줄곧 그래 왔듯이 청교도들은 1년 중 바로 이 경축일을 맞아 연약한 인간성에 허용되는 최대한의 놀이와 즐거움을 한꺼번에 쏟아부었다. 이렇게 함으로써 평소에 쌓였던 우울한 구름을 깨끗이 날려보냈던 것이다. 이 경축일 하루만큼은 그 어떤 침울한 표정도 누그러지는 법이지만, 다른 사회라면 모든 사람들이 어려움을 당했을 때 보일 정도의 심각함 정도는 남아 있었다.

그러나 어쩌면 그 당시 사람들의 기풍과 풍속의 특징이었던 회색이나 검은 색조를 우리는 너무 과장해서 생각하는 것인지도 모른다. 이날 보스턴 장터에 모인 사람들은 청교도적인 침울을 타고난 사람들이 아니었다. 그들은 영국 태생으로, 그 조상들은 엘리자베스 왕조의 밝고 풍요로운 분위기 속에서 살았던 것이다. 영국 생활을 전체적인 하나의 큰 덩어리로 뭉쳐서 본다면, 그 시대야말로 세계에서 그 유례를 찾아볼 수 없을 만큼 위세당당하고 장엄하며 기쁨에 넘치는 때였다. 만약 뉴잉글랜드 이주민들이 이러한 전통적인 취향을 고스란히 간직했더라면 공적으로 중요한 모든 행사를 불꽃과 연회와 가장행렬 따위로 장식했을 것이다.

또한 장엄한 의식을 거행할 때에도 그 엄숙함에 오락을 결부시켜 국민의 몸에 걸치는 예복에 기이하고 화려한 수를 놓는 것도 불가능한 일은 아니었을 터였다. 하기야 식민지 정치의 새해가 시작되는 날을 축하하는 방법 속에 그런 식으로 치장하려고 노력한 흔적이 다소 엿보이기는 했다. 그들이 자랑스럽게 여겼던 옛 런던의 국왕 대관식에 비할 바는 못 되지만, 아직도 기억에 남아 있는 시장 취임식에서의 화려함 — 그 일들이 기억 속에서 희석되어 이미 퇴색했지만 — 이 해마다 총독이 취임할 때면 열리는 의식 가운데서 찬란했던 과거의 관습이 아직 희미하게 남아 있었을 것이다. 당시 이 공화국의 선조이자 창시자인 정치가와 성직자와 군인들은 외관상 위용과 위엄을 갖추는 것을 의무라고 생각했다. 이러한 외관은 옛 관습에 따라 정치적으로나 사회적으로 저명함을 드러내는 합당한 옷차림으로 여겨왔다. 그리하여 구성된 지 얼마 되지 않는 보잘것없는 정부의 형태에 필요한 위엄을 부여하고자 사람들이 보는 앞에서 행진을 했던 것이다.

그뿐만 아니라 평소에 종교나 다름없이 생각되던 갖가지 고된 노동에 대해서도 이날만큼은 그에 따르는 엄격한 규정을 완화하도록, 권장까지는 아니어도 너그럽게 봐주었다. 그러나 엘리자베스 여왕이나 제임스 왕 때 영국에서 흔히 볼 수 있었던 일반 대중을 위한 오락 시설이 이곳에는 전혀 없었다. 광대나 극장 같은 구경거리도 없었고, 하프를 켜며 옛 민요를 읊조리는 음유시인도 없었고, 음악에 맞추어 원숭이를 춤추게 하는 익살꾼도 없었고, 마귀의 요술을 흉내내는 마술사도 없었다. 그리고 아마 수백 년 전부터 전승되어 왔을 이야기일 테지만, 여전히 재미있는 재담으로 사람들의 즐거운 공감을 불러일으키는 어릿광대도 없었다. 이와 같이 여러 종류의 재주꾼들이 철저하게 거부당했던 것은 엄격한 법률의 단속뿐만 아니라 그 법률을 운용하고 있던 일반 대중의 감정 때문이었다.

그럼에도 불구하고 사람들의 정직한 얼굴에는 활짝 핀 미소가 감돌았다. 이곳 이주민들이 먼 옛날 영국에 살았을 때 시골 장터나 풀밭에서 구경도 하고 함께 즐기던 운동 경기가 전혀 없었던 것은 아니었다. 반드시 필요한 용기와 담력을 위해서라도 이런 것들은 새로운 이 땅에 계속 남겨두는 것이 상책이라고 여겼다. 콘월식이니 디번셔식이니 하여 여러 가지 씨름판이 시장 바닥 여기저기에서 벌어지고 있었고, 한쪽 모퉁이에서는 육척봉(六尺棒) 시합이 벌어지고 있었다. 그중에서도 특히 사람들의 흥미를 가장 많이 끈 것은 이미 우리가 잘 알고 있는, 바로 그 처형대 위에서 두 명의 검술 사범이 둥근 방패와 폭 넓은 검을 가지고 벌이는 검술 시합이었다. 하지만 교구의 관리가 와서 시합을 중단시키는 바람에 구경꾼들의 실망은 이만저만이 아니었다. 그 관리는 신성한 장소가 이렇게 마구 사용되어 법의 존엄성이 손상되는 것을 도저히 간과할 수 없었던 것이다.

그 무렵의 대중들은 무미건조한 식민지 초창기 시절의 사람들이었지만 경축일을 즐긴다는 점에서, 그들의 후대 자손들인 우리와 비교해도 전혀 손색이 없었다고 말해도 과언이 아닐 것이다. 그들은 처음으로 향락을 물리치는 시기에 속해 있었으면서도 향락을 누릴 줄 아는 선현(先賢)들의 후손이었던 것이다. 바로 그들의 뒤를 이은 초창기 이주민들의 다음 세대야말로 청교도주의가 가장 어두운 색채를 띠고 있었다. 그로 인해 전 국민의 얼굴빛을 어둠이 장악한 뒤 여러 해를 두고 씻어내려 해도 그 그림자를 완전히 없애버릴 수는 없었다. 그래서 우리는 오랫동안 잊혀진 놀이를 즐기는 방법을 다시 배워야 할 필요가 있는 것이다.

장터를 수놓은 한 폭의 인생화는 대체적으로 영국 이주민들 특유의 색채인 슬픈 회색이나 갈색 또는 검은색으로 물들어 있었지만, 다른 여러 가지 색채도 섞여 있어 나름대로 활기를 띠었다. 야릇하게 수놓은 사슴 가죽으로 만든 옷차림에 조개껍질을 꿰어서 띠를 두르고, 얼굴에는 붉은색과 노란색 칠을 하고 깃털로 장식한 야만인 특유의 모습에 활과 화살과 석창으로 무장한 인디언 무리들이 청교도들보다도 더 엄숙하며 굳은 표정으로 군중에게서 좀 떨어진 채 서 있었다. 이처럼 온통 물감을 칠한 인디언들은 거친 야만인이기는 했지만 이 장터에서 가장 야만스럽게 보인다고 할 수는 없었다. 최고의 야만스러운 명예는 총독 취임의 축제를 구경하기 위해 상륙해 있던 스페니시 메인에서 출항한 선박의 일부 선원들의 몫이었다.

　마치 무법자들처럼 보이는 우악스럽게 생긴 그들은 햇볕에 그을려 검게 탄 얼굴에 수염이 덥수룩하게 나 있었다. 그들은 통 넓은 짧은 바지의 허리춤을 가죽 띠로 질끈 동여맸는데, 세공하지 않은 금으로 만든 고리를 달기도 했으며, 그곳에는 언제나 장검과 단검이 매달려 있었다. 종려나무 잎으로 만든 모자의 널따란 차양 밑으로 번뜩이는 두 눈은 기분 좋고 즐거울 때에도 짐승처럼 사나운 빛을 발했다. 그들은 모든 사람들을 구속하는 행동 규범을 아무런 두려움도 없이 마구 어겼다. 마을 사람들은 담배를 한 모금만 피워도 1실링이 벌금을 물어야 하는데 그들은 교구 관리의 눈앞에서도 마구 담배를 피워 댔다. 제멋대로 휴대용 술병에서 포도주나 독한 술을 따라 들이켜기도 하고, 깜짝 놀라서 바라보는 사람들에게 마셔보라고 호기롭게 병을 내밀어 권하기도 했다.

　당시를 우리는 엄격한 시대라고 하지만, 이처럼 선원들이 육지에서 행하는 방종뿐 아니라 그들의 본거지라고 할 수 있는 해상에서의 불합리한 행위에 관해서도 방종이 허용되었다는 사실은 그 시대가 도덕적으로는 매우 불완전했다는 것을 보여주는 것이다. 그 무렵의 뱃사람들은 오늘날 같으면 거의 해적이라고 규탄받아도 좋을 사람들이었다. 예컨대 이 배의 선원들 역시 뱃사람으로서 특별히 사악한 부류는 아니었으나 스페인 무역선을 약탈했으니, 현대의 법정에 선다면 목이 달아날 정도의 중죄인이었다고 말할 수 있을 것이다.

　그러나 그 당시의 바다는 그야말로 제멋대로 굽이치면서 물결치고 거품을 일게 했으며, 모진 강풍에게나 지배될 뿐 인간이 만든 법률 따위에게 규제받을 생각은 조금도 없었다. 파도와 더불어 사는 해적들도 노략질을 그만두고 원하기만 하면 당장에 육지로 올라와 성실하고 경건한 위인이 될 수 있었다. 또한 일생 동안 불합리한 짓을 계속하고 있는 그들과 거래를 하거나 우연히 교제를 한다 해도 전혀 불명예스러운 일이라고 여겨지지도 않았다. 따라서 검정 외투에 풀 먹인 깃을 달고 끝이 뾰족한 모자를 쓴 청교도 장로들도 이 쾌활한 뱃사람들의 법석대는 소란과 행패를 보고도 인자한 미소를 지을 뿐이었다. 그리고 의사인 로저 칠링워스 노인과 같이 점잖은 위인이 수상적은 배의 선장과 무척 다정스럽게 얘기를 나누며 장터로 들어서는 모습을 보아도 특별히 놀라거나 비난하지도 않았다.

선장의 옷차림은 유달리 화려해서 군중들 틈에서도 확연하게 구분되었다. 옷에는 리본을 달았고, 모자에는 금테를 두른 후 다시 그 둘레에 금사슬로 치장했으며 꼭대기에는 깃털을 꽂고 있었다. 허리에는 칼을 차고 이마에는 칼자국이 나 있었는데, 머리카락을 내려 상처를 가리기는커녕 오히려 자랑삼아 드러내 보이려는 것 같았다. 만약 육지 사람이 그런 옷차림을 하고 그런 얼굴로 거리를 활보했다가는 십중팔구 법관에게 심문을 받고 벌금형이나 금고형 혹은 칼을 쓰고 군중 앞에서 욕을 당하는 형벌을 받았을 터였다. 하지만 이 선장의 경우에는 마치 번쩍이는 비늘이 물고기의 속성인 것처럼 그 모든 것들이 그의 신분에 합당한 차림으로 간주되었다.

브리스틀로 가는 배의 선장은 의사와 헤어진 후 장터를 여기저기 기웃거리며 돌아다니다 우연히 헤스터 프린이 서 있는 곳까지 오게 되었다. 그는 헤스터를 알아본 듯 서슴지 않고 말을 건넸다.

헤스터가 서 있는 곳은 언제 어디서나 그랬지만, 그녀의 둘레에는 마술의 원(圓)과도 같은 둥그런 공간이 생겨났다. 사람들은 그 공간 근처에서 서로 밀리고 밀치고 하면서도 그 안으로는 아무도 들어서지 않으려 했고, 감히 그런 엄두를 내는 사람도 없었다. 이것은 주홍글자가 운명의 여인을 가두어놓고 있는 강한 정신적 고립을 역력히 보여주는 것이었다. 물론 이렇게 된 데에는 헤스터 자신의 내성적인 성격 탓도 있었지만, 그녀의 이웃들이 전처럼 매정하지는 않아도 본능적으로 그녀를 경원(敬遠)했기 때문이었다. 전에는 이런 상황이 그다지 유리할 것도 없었지만, 지금 같은 경우에는 오히려 그 덕분에 아무도 엿듣는 사람 없이 헤스터는 선장과 얘기를 나눌 수 있었다. 더구나 헤스터 프린에 대한 세상 사람들의 평판도 많이 달라졌기 때문에 마을에서 도덕심이 가장 투철하기로 이름난 부인이라도 이 선장과 대화를 나누었다면 헤스터보다 더 심한 추문을 남겼을 터였다.

"그래서 부인."

선장이 말했다.

"부탁하신 것 이외에 자리를 하나 더 준비하라고 선실 담당에게 분부해야겠습니다! 그리고 이번 항해만큼은 괴혈병이나 장티푸스의 걱정도 없지요! 원래 있는 의사에 또 다른 의사 한 명이 타게 되었으니 말입니다. 다만 걱정이 있다면 약제나 환약 때문이죠. 제가 스페인 배에서 사들인 약제가 산더미같이 쌓여 있어서 말입니다."

"무슨 말씀이신지요?"

어리둥절한 헤스터는 내심 무척 놀라면서 물었다.

"또 다른 손님이 한 분 계시다니요?"

"아, 아직 모르고 계셨군요."

선장의 목소리가 한층 커졌다.

"여기 사는 그 의사 말입니다. 이름이 칠링워스라고 하던데, 그 사람이 당신네와 같이 선실을 쓰겠다고 했습니다. 부인도 잘 아실 거라고 하던데요. 그 사람 말이 당신네와는 동행이고, 부인이 말씀하시던 그분하고는 친구라고 했으니까요. 늙은 청교도 통치자들 때문에 신변이 위험해졌다는 그분 말입니다."

"물론 두 사람은 잘 아는 사이죠."

헤스터는 태연한 표정으로 대답했지만 내심 소스라치게 놀랐다.

"그 두 분은 한 지붕 밑에서 오랫동안 같이 사셨으니까요."

선장과 헤스터는 더 이상 아무 말도 하지 않았다. 때마침 장터의 아주 구석진 곳에 서서 그녀를 향해 빙그레 웃고 있는 로저 칠링워스의 모습이 보였다. 군중의 많은 이야기와 웃음소리와 갖가지 생각과 기분과 흥미 등으로 떠들썩한 장터 네거리를 가로질러 전달되는 그 미소는 무섭고도 섬뜩한 의미를 내포하고 있었다.

행렬

　헤스터 프린이 정신을 가다듬고 이런 예기치 못했던 놀라운 사태에 직면하여 현실적인 방안을 강구할 겨를도 없이 군악 소리가 인접한 거리를 따라 들려왔다. 그 소리는 관리들과 시민들의 행렬이 공회당을 향하여 다가오고 있음을 알리는 것이었다. 공회당에서는 오래전에 세워지고 준수되어 온 관습에 따라 딤스데일 목사가 총독 취임 축하 설교를 하기로 예정되어 있었다.

　이윽고 행렬의 선두가 천천히 위풍당당한 모습을 나타냈고, 길모퉁이를 돌아 장터를 가로지르기 시작했다. 맨 처음으로 악대의 모습이 눈에 들어왔다. 악대는 다양한 악기들로 구성되어 있었지만 서로의 음률이 잘 맞지 않았고 연주도 그렇게 훌륭한 솜씨는 아니었다. 그러나 북과 나팔의 화음이 군중에게 호소하려는 위대한 목적, 즉 그들의 눈앞을 지나가는 이 인생의 한 장면에 한층 더 고귀하고 영웅적인 분위기를 불러일으켰다는 것만으로도 목적은 달성한 셈이었다.

　어린 펄은 처음에는 손뼉을 치며 좋아했지만, 아침나절 내내 아이를 흥분시켰던 걷잡을 수 없는 마음의 동요를 잠시 잃고 말았다. 아이는 눈을 크게 뜬 채 잠자코 악대를 바라보았다. 마치 파도에 떠다니는 해조처럼 길게 일렁이는 음악의 물결에 몸을 맡기고 하늘 높이 두둥실 솟아오르는 것 같았다. 그러나 악대 뒤를 따라오며 행렬의 의장대 역할을 하고 있는 군대의 무기와 햇빛을 받아 번쩍거리는 갑옷을 보자 아이는 다시 이전의 분위기로 돌아갔다. 이 군대는 아직도 단체적 존재를 유지하며 옛날의 영예를 간직한 채 여러 세대를 계속해 내려왔지만 용병으로 구성된 것이 아니었다. 그 대열을 이루고 있는 사람들은 호전적인 충동에 자극을 받고 일종의 군사 전문 학교를 설립하려는 신사들이었다. 그들은 이 군사 전문 학교를 설립하여 학생들에게 성전 기사단[36]에서처럼 학문을 배우게 하는 동시에 평화적인 군사훈련을 통해 전쟁에 대비하는 훈련도 시키려 했다.

당시 군인들이 받던 높은 존경심은 그 대열에 참가한 각자의 늠름한 기상에서도 엿볼 수 있었다. 실제로 그들 가운데에는 네덜란드 지방을 비롯하여 유럽의 다른 전쟁터에도 출정한 경험이 있었기 때문에 군인으로서의 명성과 명예를 누릴 자격을 충분히 갖춘 사람들도 있었다. 더구나 광채가 번들거리는 갑옷을 입고 깃털이 나부끼는 빛나는 투구를 쓴 그들의 복장은 현대의 군복들도 감히 따르지 못할 만큼 휘황찬란한 것이었다.

그러나 생각이 깊은 구경꾼들의 눈에는 의장대 뒤를 바로 따르는 저명하신 고관대작들이 한층 더 훌륭해 보였다. 그들의 외모에 나타난 위엄이 서려 있는 태도만 보더라도 군인들의 거만스러운 걸음걸이는 다소 졸렬하게 보였다. 당시의 재능이라는 것은 오늘날에 비해 중요치 않았던 반면 인간에게 착실하고 위엄을 갖추게 하는 무게 있

---

36) 11세기 말 십자군전쟁이 시작되면서 예루살렘 성전과 순례를 떠나는 사람들을 보호하기 위해 아홉 명의 기사로 조직된 승병 기사단이다 – 옮긴이

는 요소들이 훨씬 더 중요시되던 시대였다. 사람들은 선조로부터 존경심을 물려받았으나 그들의 후대에 이르러서는 보잘것없는 것으로 변하고, 공직자를 선출하고 평가하는 데에도 별로 힘을 발휘하지 못하게 되었다. 이러한 변화는 이롭기도 하고 해롭기도 하겠지만 아마 어느 정도는 양쪽을 겸했는지도 모른다.

그 옛날 이곳 황량한 해안으로 건너와 정착한 영국의 이주민들은 왕과 귀족이라는 계급을 비롯해 모든 사회적 지위들을 뒤에 남겨두고 왔다. 그러나 존경심은 여전히 살아 있어서 성성한 백발과 위엄 있는 노령을 존경하고, 견실한 예지와 충실한 경험을 존경하고, 언제나 변함없는 생각과 중후한 인품을 지녀서 일반적으로 존경할 만하다는 생각을 불러일으키는 무게 있고 근엄한 성질에 대해 존경을 아끼지 않았다. 따라서 초기 정치가인 브래드스트리트[37], 엔디코트[38], 더들리[39], 벨링엄[40] 그리고 그들의 동료들은 대중에게 선출되어 집권했지만 총명하지 못한 경우가 많았고, 뛰어난 두뇌와 지성보다는 근엄하고 중후한 인품으로 말미암아 두각을 나타냈었다. 그들은 불굴의 정신과 자립심이 강하여 곤경이나 위기에 처하면 거센 노도를 막아내는 해안의 절벽과도 같이 국가의 안녕을 위해 일어섰다.

여기에 언급된 성격의 특징들은 새로운 식민지 관리들의 네모진 얼굴과 잘 발육된 우람한 체격에도 여실히 드러났다. 그들의 태도에서 엿보이는 타고난 위엄에 관해서 말한다면, 민주주의를 실천하는 이들 선구자들이 상원의 한 자리를 차지한다거나 국왕을 보좌하는 추밀원(樞密院) 고문으로 임명된다 해도 모국인 영국이 추호도 부끄

---

37) Bradstreet(1603~1697). 전후 10년 간 메사추세츠 주지사를 역임했다 - 옮긴이
38) Endicott(1589~1665). 전후 15년 간 메사추세츠 주지사를 역임했다 - 옮긴이
39) Dudley(1576~1653). 메사추세츠 주지사로 네 번이나 선출되었다 - 옮긴이
40) Bellingham(1592~1672). 이 소설에 등장하는 주지사이다 - 옮긴이

러워할 필요가 없을 정도였다.

관리들 뒤로는 고명한 젊은 목사가 뒤따르고 있었는데, 바로 이 목사가 경축일의 설교를 하기로 되어 있었다. 당시에는 정치가보다도 목사가 훨씬 더 지적 능력을 발휘하고 있었다. 성직에 대한 고매한 동기는 차치하고라도, 목사란 뭇사람의 존경을 받는 지위로서 강한 야심에 불타오르는 사람에게도 매력적인 직업이 아닐 수 없었다. 인크리스 마서[41]처럼 성공한 목사가 정치적 세력까지도 장악하는 경우도 있었다.

그때 딤스데일 목사를 지켜본 사람들의 말에 따르면, 그가 뉴잉글랜드 해안에 첫발을 내디딘 이래로 이날의 행렬에서처럼 그렇게 씩씩한 걸음걸이와 태도를 보여준 적이 없었다는 것이었다. 다른 때처럼 힘없는 걸음걸이가 아니었고, 자세도 구부정하지 않았으며, 불길함을 느끼듯 가슴 위에 손을 얹고 있지도 않았다. 하지만 목사를 올바르게 관찰했다면 그 힘찬 모습이 결코 육체적인 것이 아니라는 사실을 알 수 있었을 것이다. 그런 영적인 힘은 천사의 도움으로 그에게 주어진 것이었는지도 모른다. 또한 그것은 오랜 시간 몰두한 사색이라는 용광로의 불꽃 속에서만 증류(蒸溜)되는 강렬한 홍분제가 돋우어준 원기였는지도 모른다. 아니면 음악의 파도 위에 그를 싣고 천국을 향해 치솟아 올라가듯 울려 퍼지는 음악 소리에 자극된 목사의 예민한 기질이 활력을 얻고 있었는지도 몰랐다. 그럼에도 목사의 표정이 넋 나간 사람 같았기 때문에 그가 과연 음악 소리를 듣고 있는지조차 의심스러웠다. 그의 육신만이 전에 없던 씩씩한 걸음으로 앞을 향해 움직이고 있었다. 하지만 그의 정신은 어디에 있었을까?

---

41) Increase Mather(1639~1723). 메사추세츠의 더체스터에서 출생한 청교도 지도자로 영국에서 목사로 봉직한 후 보스턴 소재 노스 교회의 목사로 평생을 봉직했다 – 옮긴이

그의 정신은 깊숙한 자신의 영역 속에서 얼마 후에 장엄스럽게 출발할 사상의 행렬을 지휘하는 비상한 활동으로 분주했다. 때문에 그는 아무것도 보지 못했고 아무것도 듣지 못했으며 자기 주변에 무엇이 있는지조차 알지 못했다. 그러나 정신력은 허물어져 가는 그의 나약한 육체에 힘을 불어넣어 무거운 줄도 모르고 걸음을 옮기게 함으로써 그 자체보다 나은 정신으로 변화시키고 있었다. 비범한 지성을 소유한 사람들이 병적인 상태에 빠지면 때때로 이처럼 굉장한 노력을 할 만한 힘을 얻게 되며, 며칠 분의 생명을 이런 노력에 기울이기 때문에 그 순간이 지나면 여러 날 동안은 기력 없이 지내곤 한다.

한결같이 목사를 바라보던 헤스터 프린은 뭔가 무서운 예감에 사로잡혔다. 하지만 그것이 무엇 때문이며, 어디에서 오는 것인지 알수 없었다. 다만 목사가 자신의 세계와는 너무 멀리 떨어져 있어서 도저히 손이 미치지 못하는 곳에 있는 것만 같았다. 헤스터는 서로 한 번쯤은 눈길을 나눌 수 있으리라 상상하고 있었다. 그녀는 고적한 작은 골짜기며 사랑이며 고민이며 이끼 낀 나무를 간직한 어둠침침한 숲 속에서의 일을 생각했다. 두 사람은 그곳에서 서로의 손을 마주잡고 앉아 우울한 시냇물의 속삭임을 반주삼아 슬프고도 정열에 넘친 이야기를 나누었다. 그때는 서로의 심정을 얼마나 깊이 이해하고 있었던가! 그런데 저 사람이 바로 그 사람이란 말인가? 지금은 전혀 낯선 사람처럼 느껴졌다. 그는 화려한 음악에 휩싸인 채 위엄 있고 거룩한 성직자들의 행렬에 섞여 자랑스럽게 지나가고 있었다.

사회적인 지위로 보더라도 그녀의 손길이 닿을 수 없었고, 더욱이 그의 정신세계에는 그녀의 손이 미칠 리 만무해 보였다. 모든 것이 한갓 자신의 망상이었으며, 두 사람 사이에는 자신이 꿈에서 생생하게 보았던 것 같은 그런 진정한 유대는 있을 수 없다는 생각이 들자 헤스터는 마음이 무거워졌다. 아무리 강인한 성격의 소유자라 할지라도 헤스터 역시 여자였다. 대부분의 여자들이 갖는 마음이 그녀에게도 생겨났던 것이다. 두 사람의 운명이 내는 무거운 발자국 소리가 가까이, 점점 더 가까이 다가오는 이 순간에 둘의 세계로부터 깨끗이 물러서려는 목사를 용서할 수 없었다. 그녀가 어둠 속을 더듬으며 차가운 두 손을 내밀었지만 그는 잡히지 않았다.

엄마의 감정을 알고 공감을 일으킨 것인지 아니면 스스로가 느낀 것인지는 알 수 없지만 펄 역시 목사가 손에 잡히지 않는 먼 곳에 있다고 느꼈다. 행렬이 지나가는 동안 펄은 마치 금방이라도 날아갈 것 같은 새처럼 안절부절못했다.

"엄마, 저분이 시냇가에서 내게 입맞추던 바로 그 목사님이야?"

행렬이 모두 지나가자 엄마의 얼굴을 올려다보며 펄이 물었다.

"펄, 조용히 있거라."

헤스터가 속삭였다.

"숲 속에서 있었던 일을 장터에서 함부로 말해서는 안 돼!"

"아무래도 그분이 아닌 것 같아서 그래. 참 이상하게 보였어."

펄은 계속 말했다.

"그렇지 않았다면 그분에게 달려가 여러 사람들 앞에서 입을 맞추어달라고 했을 텐데. 어두운 숲 속에서 해주신 것처럼 말이야. 엄마, 그랬다면 목사님은 뭐라고 하셨을까? 가슴에 손을 얹고 나를 흘겨보면서 저리 가라고 하셨을까?"

"그래, 뭐라고 하셨겠니?"

헤스터가 대답했다.

"지금은 입맞출 때가 아냐, 그리고 장터에서는 입맞추는 것이 아니라고 하셨겠지. 바보 같으니! 그렇게 하지 않기를 잘했다!"

딤스데일 목사에 대한 이와 비슷한 감정을 달리 표명한 또 한 사람이 있었다. 그 사람은 자신의 괴팍함 때문에, 아니 일종의 광기 때문에 마을 사람이라면 감히 생각도 할 수 없는 일을 하고 말았다. 즉, 대중 앞에서 주홍글자를 단 여인에게 말을 걸었던 것이다. 세 겹으로 된 주름 깃을 달고, 자수를 놓은 조끼와 값비싼 벨벳 가운을 입고, 황금 손잡이가 달린 단장을 짚은 화려한 차림새로 행렬을 구경하러 나온 그 사람은 바로 히빈스 부인이었다.

히빈스 노부인은 당시에도 여전히 성행하던 마법의 주역으로 명성(이 명성 때문에 마침내는 목숨까지 잃었지만)을 떨치고 있었기 때문에 사람들은 길을 비켜주었고, 그 휘황찬란한 옷의 주름 속에 무슨 역병이라도 감추고 다니는 듯 부인의 옷깃에 닿는 것조차 두려워하는 눈치였다. 더구나 히빈스 노부인이 헤스터 프린과 어깨를 나란히 하고 서 있는 모습을 보자 ― 이제는 많은 사람들이 헤스터 프린에 대해 호의를 갖고 있었음에도 불구하고 ― 히빈스 노부인에 대한 공포감이 갑절로 늘어났다. 그래서 장터에 있던 사람들은 너나없이 두 여인이 서 있는 곳으로부터 슬금슬금 물러났다.

"글쎄, 사람의 상상력으로 어떻게 그런 일을 생각할 수 있을까!"

노부인은 은밀한 목소리로 헤스터에게 속삭이기 시작했다.

"저 성스러운 사람! 지상의 성자라고 부르면서 사람들이 떠받들고, 실제로도 성자같이 보이는 저 사람! 뭐, 나도 그렇게 말할 수밖에 없겠지만. 어쨌든 방금 행렬 속에 섞여 지나간 저 목사를 보면서, 바로 며칠 전에 서재에서 빠져나와 입으로는 히브리어 성경 구절을 중얼거리며 숲 속으로 산책을 간 사람이라고 어느 누가 상상할 수 있겠어요! 하하하! 우리만은 그 이유를 알고 있었지만, 헤스터 프린. 하지만 정말 저 사람이 바로 그 목사라고는 믿기 어렵군요. 지금 악대 뒤를 따라가고 있는 저 많은 신도들은 '어떤 무서운 분' [42]이 바이올린을 켜고 있을 때 나와 함께 장단에 맞춰 춤을 추던 사람들이라오. 그들 중에는 인디언 주술사나 라프란드[43]의 마법사도 있었지. 그러나 세상을 아는 여자가 보면 그 정도는 아무것도 아니죠. 그런데 저 목사는 어떻지요! 당신이 숲 속 오솔길에서 만난 사람과 저 목사가 같은 사람이라고 단언할 수 있겠어요, 헤스터 프린?"

"부인, 저는 부인의 말씀이 무슨 뜻인지 전혀 모르겠습니다."

헤스터 프린은 히빈스 노부인이 제정신이 아니라고 생각하면서 대답했다. 하지만 노부인이 자기를 포함하여 그토록 많은 사람들이 마왕과 개인적인 관계에 놓여 있다고 장담하는 데에 놀라움을 감출 수 없었으며 무서운 생각마저 들었다.

"저는 딤스데일 목사님처럼 학식 있고 신실하신 분에 대해 그렇게 함부로 말할 수가 없어요!"

"흥, 바보 같은 여자로군!"

노부인는 헤스터를 향해 삿대질을 하며 외쳤다.

"내가 숲 속을 그렇게 자주 드나드는데 그곳을 다녀간 사람이 누구인지 알아낼 재주도 없을 줄 알았나? 숲 속에서 머리에 쓰고 춤추던 화환의 꽃잎이 머리칼에 남아 있지 않아도 나는 다 알 수 있어! 헤스터, 나는 당신이 숲 속에 갔던 사실도 알고 있어. 그 표적을 지켜봐왔으니까 말이야. 햇빛이 비치는 곳에서는 누구나 다 볼 수 있고, 어두운 곳에서는 새빨간 불꽃처럼 타오르거든. 그것을 보라는 듯이 달고 다니는 당신은 문제가 없지만, 저 목사는 말이지! 잠깐 귀 좀 빌려

---

42) 히빈스 노부인이 언급했던 숲 속의 마왕을 말한다 — 옮긴이
43) 오늘날의 스웨덴, 노르웨이, 핀란드 및 러시아의 일부 지역으로 스칸디나비아 반도 북부를 말한다 — 옮긴이

주구려. 내 말해 줄 테니! 우리 마왕께서는 딤스데일 목사처럼 부하가 되기로 서명 날인을 하고도 그 계약을 밝히기를 꺼리는 자를 보시면, 대낮에 온 세상 사람들의 눈앞에서 그 표를 드러나게 하는 방법을 알고 계시지. 저 목사가 늘 가슴 위에 손을 얹고 감추려는 것이 뭐지? 말해봐, 헤스터 프린!"

"그것이 뭔데요, 히빈스 할머니? 할머니는 그것을 보셨어요?"

대답을 재촉하듯 펄이 물었다.

"별 것 아니란다, 아가야."

히빈스 노부인은 펄에게 정중히 인사를 하면서 대답했다.

"언젠가는 네 눈으로 직접 보게 될 기야. 그런데 애야, 소문으로는 네가 마왕의 후예라고 하던데. 언제 날씨가 맑은 밤에 나와 함께 하늘로 날아가 네 아빠를 만나러 가지 않겠니? 그러면 어째서 목사님이 가슴에 항상 손을 얹고 다니는지 알게 될 거다!"

노부인은 장터에 있는 모든 사람들에게 들릴 만큼 큰 소리로 웃더니 자리를 떠났다.

이때 공회당에서는 개회 기도가 끝났는지 설교를 시작하는 딤스데일 목사의 음성이 들려오고 있었다. 억누를 길 없는 감정에 이끌린 헤스터는 그쪽으로 걸음을 옮겼다. 신성한 건물 안은 입추의 여지도 없이 사람들로 가득 차서 그녀는 처형대 바로 옆에 자리를 잡았다. 그곳은 설교가 들려올 만한 거리였지만 다양하게 변하는 목사의 특징 있는 목소리가 웅얼웅얼하듯 분명치 않은 소리로 들려왔다.

목사의 음성은 그 자체가 훌륭하게 타고난 하나의 재능이었다. 따라서 청중들은 설교 내용을 이해하지 못하더라도 그 말투와 억양만으로도 황홀감에 사로잡혀 몸을 부르르 떨 지경이었다. 그 음성은 모든 음악과 마찬가지로 교육 여하를 막론하고 인간의 심금을 울리는 공통적인 언어로써 열정과 애처로움, 그리고 고귀한 정서와 부드러운 감동을 내뿜었다. 교회당 벽을 통해 들려오는 그의 말소리는 분명치 않았지만 온몸으로 귀 기울여 듣고 있는 헤스터 프린은 깊은 공감을 느낄 수 있었다. 또한 알아들을 수 없는 말 자체를 떠나서 그녀에게 하나의 완전한 의미를 전해 주었다. 오히려 그 말들이 명확하게 들렸더라면 그것은 한낱 조잡한 매개물이 되어 영적인 의미를 가로막았을지도 몰랐다.

바람이 차차 가라앉을 때처럼 저음으로 들리던 목소리는 부드럽고 힘찬 고음으로 조금씩 고조되더니 마침내 그 풍부한 음량이 경이롭고 엄숙하며 장엄한 분위기 속으로 헤스터를 인도하는 듯했다. 그 목소리는 때때로 장중한 어조를 띠기도 했지만 그 밑바닥에는 언제나 본질적인 비애가 깔려 있었다. 높게 혹은 나직한 소리는 고뇌의 표현이요, 속삭임과 절규는 인류의 속삭임 같기도 한 이 음조는 뭇사람의 심금을 울렸다. 때로는 깊은 비애의 음조밖에 들리지 않고, 또 어떤 때에는 아무것도 들리지 않고 처량한 침묵 속에서 탄식 소리만이 남았다.

그러나 목사의 음성이 고조되어 낭랑하게 울려 퍼질 때에도, 한없이 넓은 폭과 강력한 힘으로 단단한 교회당 벽을 뚫고 밖으로 넘쳐흐를 때조차도, 열심히 귀를 기울인 사람들은 여전히 그 저변을 흐르는 나직한 고뇌의 절규를 들을 수 있었을 것이다. 과연 그것은 무엇이었을까? 그것은 비애와 죄악으로 가득 찬 인간의 마음이 그 죄와 슬픔의 비밀을 인류의 위대한 마음에 호소하는 것이었다. 매순간마다 억양을 달리하여 동정과 용서를 구하는 그 부르짖음은 결코 헛된 것이 아니었다. 목사에게 가장 적절한 힘을 실어주고 있었던 것은 바로 끊임없이 들려오는 이 깊고 나직한 저음이었다.

헤스터는 설교가 진행되는 동안 내내 동상처럼 처형대 아래 서 있었다. 목사의 음성이 이곳에 붙들어놓지 않았더라도 그녀의 치욕적인 삶이 최초로 시작된 그 장소에는 마치 불가항력의 자력 같은 것이 존재했다. 너무나 막연해서 뚜렷한 생각이라고 할 수는 없지만, 그녀의 가슴을 무겁게 짓누르는 어떤 느낌이 자리잡고 있었다. 그녀가 수모를 당하기 이전이나 이후의 생애가 모두 이 장소와 결부되어 있고, 그녀의 생을 총체적으로 아우르는 지점 같은 느낌이었다.

그동안 펄은 엄마 곁을 떠나 제멋대로 장터를 돌아다니며 놀고 있었다. 아이는 자신이 지닌 기묘하고도 눈부신 빛으로 침울한 군중을 즐겁게 해주고 있었다. 마치 빛나는 깃털을 가진 새가 우거진 나뭇잎들의 어스름 사이를 보일락 말락 날아다니면서 침침한 숲 전체를 밝혀주는 것과 같았다. 아이는 부드러운 물결처럼 움직이기도 하고 때로는 급하고 격렬하게 종잡을 수 없는 동작을 보이기도 했다. 그것은 아이의 정신이 활발하게 작용하고 있다는 사실을 말해 주는 것이었다. 더구나 오늘은 엄마의 초조한 마음과 더불어 고동쳤기 때문에 더욱 신이 나서 지칠 줄 모르고 발끝으로 서서 춤추듯 뛰어다녔다.

펄은 줄기차게 발동하는 왕성한 호기심을 자극하는 대상이 눈에 띄기만 하면 이내 그리로 달려가 사람이든 물건이든 가리지 않고 제것인 양 붙잡으려고 달려들었다. 그러면서도 자신이 억제당하는 일은 결코 용납하지 않았다. 그런 모습을 바라보고 있는 청교도들이 설령 미소를 지어주는 일이 있었다고 할지라도, 아이의 조그만 몸에 환하게 빛나고 그 움직임 속에 반짝이는 형언할 수 없는 아름다움과 기이한 매력을 보았을 때는 악마의 자식이라고 말하지 않을 수 없었다.

펄이 인디언 앞으로 달려가 그 야생적인 얼굴을 쳐다볼 양이면 그 인디언은 자기보다도 한층 더 야생적인 천성을 지닌 아이가 있다는 사실을 깨닫는 것이었다. 그런 다음 천성이 대담하지만 또 하나의 특성인 수줍음을 가지고 뱃사람이 무리 지어 있는 한가운데로 뛰어들었다. 인디언이 육지의 야만인이라면, 구릿빛으로 얼굴이 그을린 뱃사람들은 바다의 야만인들이었다. 펄의 모습을 본 그들은 놀라움과 감탄을 동시에 느끼면서, 마치 바다의 물거품이 계집애로 변해 밤새 뱃머리 밑에서 번쩍이는 바닷불의 넋을 타고 나타난 것이 아닌가 하고 생각했다.

뱃사람들 중에서 헤스터 프린과 이야기를 나누었던 선장은 펄의 모습에 매혹된 나머지 살짝 입을 맞출 생각으로 두 손을 내밀어 아이를 붙잡으려 했다. 그러나 아이를 붙드는 일이 하늘을 나는 새를 잡는 것만큼 어려운 일임을 깨달은 선장은 자신의 모자에서 금 사슬을 풀어 아이에게 던져주었다. 펄은 서슴지 않고 그것을 목과 허리에 감았는데, 그 솜씨가 어찌나 능숙했던지 금 사슬이 마치 아이의 일부분이 되어 그것이 없는 펄은 상상조차 할 수 없을 정도였다.

"저기 주홍글자를 달고 있는 아주머니가 네 엄마지? 내 말 좀 엄마에게 전해 주겠니?"

선장이 펄에게 말했다.

"내 맘에 드는 말이라면 전해 드릴게요."

펄이 대답했다.

"그럼 이렇게 전해다오. 얼굴이 검고 등이 굽은 늙은 의사를 만나 다시 의논했는데, 네 엄마도 잘 아는 신사분을 자기가 모시고 배에 오르겠다고 하는구나. 그러니까 네 엄마와 너만 걱정하시라고 전해 주겠니, 요 꼬마 마녀야?"

선장이 말했다.

"히빈스 할머니가 그러는데, 내가 마왕의 후손이라고 했어요."

펄은 짓궂은 미소를 띠며 외쳤다.

"아저씨가 나를 그런 나쁜 이름으로 부르면 우리 아빠한테 일러서 아저씨 배를 폭풍으로 괴롭히라고 할 거예요."

펄은 이리저리 길을 헤치고 장터를 가로질러 엄마에게로 돌아와 선장의 말을 전했다. 억세고 침착하며 꿋꿋이 견뎌오던 헤스터의 정신도 이 피할 수 없는 암담하고 냉혹한 운명을 마주보게 되자 맥이 풀리고 말았다. 목사와 자신이 비참한 미궁으로부터 벗어날 수 있는 길이 막 열리려는 순간에 운명의 신이 잔혹한 조소를 띠며 두 사람의 앞길을 가로막고 나타났던 것이다.

선장의 전갈을 받고 마음이 혼란해져 어찌할 바를 모르고 있던 헤스터는 또 하나의 시련에 부딪혀야 했다. 근처 고장에서 모여든 뭇사람들은 주홍글자에 대해 지나치게 과장된 소문을 자주 들어서 그 글자가 무섭다는 것은 진작에 알고 있었지만 직접 눈으로 본 적은 없던 터였다. 그래서 다른 구경에 싫증이 난 그들은 무례하게도 헤스터 프린의 주변으로 몰려들었던 것이다. 뻔뻔스러운 태도로 그녀를 향해 밀치고 들어온 그들이었지만, 그녀의 주위에 둥그런 테를 만들고 멀찍이 떨어져 에워싸고 있을 뿐 더 이상 접근할 엄두는 내지 못했다. 그들은 딱 그만큼의 거리를 두고 그 신비한 표적이 일으키는 혐오의 원심력으로 말미암아 그 자리에 못 박힌듯 서 있었다.

게다가 구경꾼이 모여드는 것을 보고 주홍글자의 뜻을 알게 된 선원들도 햇볕에 탄 무법자 같은 얼굴을 사람들 틈 사이로 들이밀었다. 심지어 인디언들까지도 백인들의 싸늘한 호기심에 덩달아 군중을 비집고 들어와 뱀처럼 까만 눈으로 헤스터의 가슴을 뚫어지게 쳐다보았다. 아마도 그들은 찬란하게 수놓은 표적을 가슴에 달고 있는 이 여인을 백인 중에서도 아주 고귀한 신분의 사람으로 생각하는 모양이었다.

　다른 사람들이 보이는 흥미에 전염되어 이미 시들해진 화제에 대한 관심이 은근히 되살아났는지, 마지막으로 마을 사람들도 어슬렁거리며 그곳으로 모여들어 늘 보아온 그 치욕의 표적을 차가운 시선으로 바라보았다. 이미 낯익은 차가운 시선들이 자신을 바라본다는 사실이 다른 어떤 시선들보다도 헤스터 프린을 괴롭혔다. 7년 전 감옥 문을 나서는 자신을 구경하려고 기다리던 아낙네들의 얼굴도 눈에 띄었다. 다만 그들 중에서 나이가 제일 어리고 그녀에게 동정심을 보여주었던 여자의 얼굴만 보이지 않았는데, 그 여자가 죽은 후 헤스터가 그녀의 수의를 만들어주었던 것이다.

　얼마 있지 않으면 주홍글자를 떼어버리게 될 마지막 순간에 얄궂게도 그것이 더 큰 흥분과 주목의 중심이 되어 그것을 가슴에 단 이래 그 어느 때보다도 더 아프게 그녀의 가슴을 불태우고 있었다.

　헤스터가 교활하고 잔인한 판결로 말미암아 영원히 물러날 수 없는 듯한 치욕에 찬 마술의 원 안에 서 있는 동안 그 훌륭한 설교자는 성스러운 강단에서 깊은 마음속까지도 자기에게 내맡기고 있는 청중들을 내려다보고 있었다. 교회당 안에 서 있는 성자와도 같은 목사! 장터에 서 있는 주홍글자의 여인! 아무리 불경스런 상상력을 지닌 사람일지라도 이 두 사람에게 불타는 치욕의 낙인이 똑같이 찍혀 있으리라고 그 누가 상상할 수 있었겠는가!

드러난 주홍글자의 비밀

거세게 굽이치는 바닷물결처럼 청중들의 영혼을 드높이 올려놓았던 유창한 목소리가 마침내 잠잠해졌다. 일순간 하나님의 말씀이 전해진 다음에 뒤따르는 정적만큼이나 깊은 침묵이 흘렀다. 이어서 속삭임과 조심스레 웅성거리는 소리가 들렸다. 마치 강력한 주술에라도 걸린 듯 타인의 정신세계 속으로 이끌려갔던 청중들이 이제 막 주술에서 깨어나 두려움과 경탄에 가득 차서 제정신으로 돌아가는 것 같았다. 잠시 후 교회당 밖으로 군중들이 쏟아져 나오기 시작했다. 설교가 끝나고 보니 설교자의 불꽃 같은 연설과 그윽한 사상의 향기로 충만한 교회당 안의 공기가 아니라 그들이 돌아갈 세상의 삶을 살기에 적합한 공기가 필요했던 것이다.

밖으로 나오자 그들의 황홀한 감정은 말로 표현되기 시작했다. 온 거리와 장터는 목사에 대한 칭찬으로 떠들썩했다. 그의 설교를 들은 사람들은 제각기 남보다 더 잘 안다고 생각하는 내용에 관해 직성이 풀릴 때까지 이야기를 나누었다. 그들의 일치된 말에 따르면, 이날 설교자만큼 현명하고 고귀하며 성스러운 정신으로 설교한 사람은 일찍이 처음이었고, 그 목사처럼 하나님의 영감이 인간의 입술을 통해 생생하게 전달되었던 적도 없었다는 것이다. 말하자면 하나님의 영감이 목사에게 강림하여 눈앞에 놓인 설교문 원고로부터 보다 높은 영감의 세계로 그를 끌어올려 청중은 물론 본인에게도 놀라운 사상과 감동을 불어넣어 주었다는 것이다.

설교의 주제는 신과 인간 사회의 관계에 대한 것으로, 특히 그들이 지금 황야에 건설 중인 뉴잉글랜드와 연관된 것이었다. 그리고 설교가 끝날 무렵, 예언의 성령이 목사에게 임하여 옛날 이스라엘의 선지자들로 하여 예언하게 했듯이 그를 강력하게 이끌었던 것이다. 다만 한 가지 다른 점이 있다면, 이스라엘의 선지자들은 그 나라에 대한 하나님의 심판과 멸망을 예언했지만 목사는 이 땅에 새로 모여든 주님의 백성들에게 고귀하고 영광스러운 운명을 예언했다는 것이었다. 그러나 목사의 설교 속에는 시종일관 그 어떤 깊고도 슬픈 비애의 저음이 흐르고 있었다. 그것은 마치 죽음을 앞둔 사람의 입에서 자연스럽게 흘러나오는 비탄이라고 생각할 수밖에 없는 것이었다.

그렇다! 그들이 그토록 사랑하고 있는 목사, 또한 그들을 지극히 사랑하고 있었기 때문에 탄식 없이는 천국의 길로 떠날 수 없는 목사는 자기 앞에 다가오는 불시의 죽음을 예감했고, 머지않아 그들을 비탄의 눈물에 젖게 한 채 홀로 이 세상을 떠나야 할 것이었다. 이 세상에 오래 있지 못할 것이라는 생각이 목사의 설교에 더 큰 힘을 보태 주었으리라. 그것은 마치 승천하는 천사가 사람들의 머리 위에서 찬란한 날개를 펴덕여 황금빛 진리의 소나기를 내려준 것과도 같았다. 이는 곧 하나의 환영이었으며 또한 광채였다.

다양한 분야에 종사하는 대부분의 사람들은 자신의 인생에서 가장 휘황찬란하게 빛나는 전무후무한 삶의 시기를 한 번은 맞이하는 법인데, 당시에는 그것을 인식하지 못하다가 그 시기가 지나버린 다음에야 비로소 깨닫게 된다. 지금 딤스데일 목사에게도 인생의 그런 시기가 찾아온 것이다. 이 순간 그는 가장 자랑스럽고 고귀한 위치에 서 있었다. 목사라는 직업만으로도 높은 지위를 누렸던 뉴잉글랜드 초기에 딤스데일 목사는 타고난 재능과 풍부한 학식과 설득력 있는 웅변과 청렴결백하다는 평판까지 모두 갖춤으로써 능히 이러한 지위에 오를 수 있었다. 선거 축하 설교를 마친 목사가 기도를 하기 위해 설교대 위에 놓인 성경 받침 방석에 고개를 숙였을 때의 지위가 바로 그러한 것이었다. 그 순간에도 헤스터 프린은 여전히 불타는 주홍글자를 가슴에 달고 처형대 옆에 서 있었다.

그때 또다시 악대 소리가 울려 퍼지며 질서 정연한 의장대의 발소리가 들려왔다. 교회당 문을 나선 행렬은 공회당으로 향하고 그곳에서 장엄한 만찬회를 베풀어 이날의 의식을 끝마칠 예정이었다.

그리하여 다시 존귀하고 위엄 있는 교부들의 행렬이 늘어선 군중들 사이의 넓은 길을 따라 행진하는 것이 보였다. 총독을 비롯해서 관리들이며 연륜과 경험이 풍부한 노인들이며 성스러운 목사들이며 저명한 위인들이 다가오자 군중은 공손히 양쪽으로 길을 비켜주었다. 행렬이 장터에 다다랐을 즈음 군중들은 환호성으로 그들을 맞이했다. 당시에는 위정자에게 바치고 있던 순진한 충성심으로 인해 그들의 환호가 한층 힘차게 울렸을 터였지만, 아직도 귓전을 울리는 목사의 열렬한 웅변에 감동한 청중이 그들의 가슴속에 불붙은 열정을 억누를 수 없어 폭발한 환호성처럼 느껴졌다. 사람들은 저마다 그런 충동을 자신의 마음속에서 느꼈으며 동시에 주위 사람들에게서도 똑같은 충동을 느꼈다.

교회당 안에서 억제되었던 충동은 넓은 하늘 아래로 나오자 하늘을 찌를 듯이 솟아올랐다. 마치 극도로 고조된 교향악처럼 수많은 사람들의 함성은 돌풍과 천둥과 사나운 파도 소리 같은 우렁찬 자연의 풍금 소리보다도 한층 더 큰 소리를 낸 것이었다. 그 동일한 충동의 목소리는 하나의 거대한 목소리가 되어 울려 퍼졌고 또한 그들의 마음을 완전히 하나로 묶어 놓았다. 일찍이 뉴잉글랜드 땅에서 이처럼 대단한 환호성을 들어본 적은 없었다! 뉴잉글랜드 땅에 이 목사만큼 사람들에게 존경을 받은 사람도 결코 나타난 적이 없었다!

그런데 이 순간 목사 자신은 어떠했던가? 눈부신 후광이 그의 머리 위에 비치지 않았을까? 성령으로 말미암아 영화(靈化)되고 수많은 숭배자들에 의해서 신성화된 목사의 발은 과연 행렬 속에서 지상의 먼지를 밟고 있었던가?

군인들과 고관대작들의 행렬이 지나가자 모든 사람들의 시선은 대열 속에 끼어 있는 목사에게로 일제히 집중되었다. 목사의 모습이 뚜렷이 보일 만큼 가까이 다가오자 환호성은 차츰 낮아져 속삭임으로 변했다. 승리와 영광의 절정을 누리고 있는 목사가 어쩌면 저렇게 힘없이 나약하고 파리해 보인다는 말인가! 그의 기력, 아니 기력이라기보다 신성한 메시지를 전할 때까지 그를 지탱해 주었던 하늘에서 부여받은 영감은 그 임무를 충실히 수행하고 나자 흔적도 없이 사라지고 말았던 것이다. 조금 전까지 그의 얼굴을 발그레하게 물들였던 홍조도 타다 남은 장작개비 속에서 사그라져 가는 불꽃처럼 꺼져버렸다. 핏기 없이 창백한 그의 얼굴은 도저히 산 사람의 얼굴이라고 생각되지 않았다. 금방이라도 쓰러질 듯 비틀거리며 걸어가는 그의 모습은 누가 보아도 생명력을 지닌 사람이라고 말하기에는 좀처럼 쉽지 않은 일이었다.

동료 목사 중 한 사람인 존 윌슨 목사는 지력과 감각을 잃어가는 딤스데일 목사의 상태를 알아차리고 재빨리 다가와 부축하려 했다. 하지만 딤스데일 목사는 와들와들 떨면서도 노목사의 팔을 단호하게 뿌리쳤다. 그는 계속 앞으로 걸어갔다. 그러한 동작을 걷고 있는 것이라고 말할 수 있을지 모르겠으나, 그 모양은 걸음마를 시키려고 내민 엄마의 팔을 바라보면서 뒤뚱거리며 걸어가는 어린아이의 걸음마와 흡사했다. 이렇게 비틀거리며 당도한 곳은 바로 처형대 맞은편이었다. 모진 풍상에 시달려 우중충하게 더럽혀진 처형대는 그 옛날 헤스터 프린이 세상 사람들의 치욕적인 시선을 받았던 곳이었다. 그곳에 헤스터가 어린 펄의 손을 붙잡고 서 있었다. 또한 그녀의 가슴에는 주홍글자도 달려 있었다. 목사는 그곳에서 우뚝 걸음을 멈추었다. 악대는 여전히 장엄하고 경쾌한 음악을 연주하며 그에게 행렬과 함께 축하연 장소로 빨리 가라고 재촉했지만 목사는 그 자리에 그렇게 멈춰버린 것이다.

벨링엄 총독은 좀 전부터 걱정스러운 시선으로 목사를 지켜보고 있었다. 마침내 행렬을 빠져나온 총독은 목사를 부축하기 위해 다가갔다. 안색을 보니 부축을 해주지 않으면 곧 쓰러질 것처럼 보였던 것이다. 그러나 목사의 표정에는 총독에게 물러서라고 경고하는 듯한 기색이 엿보였다. 총독은 마음에서 마음으로 통하는 막연한 암시 따위에 순순히 따르는 사람은 아니었지만 감히 접근할 수가 없었다.

한편 군중은 두렵고 놀란 얼굴로 그 광경을 바라보고 있었다. 그들의 생각으로는, 이처럼 지상에서 목사의 몸이 약해지는 것은 하늘나라에서 그의 정신력이 그만큼 강해지는 증거로 보였다. 설령 그들이 보는 앞에서 목사의 모습이 점점 빛을 더해 가며 커지면서 희미하게 멀어지다가 마침내 천국의 빛 속으로 승천한다 해도 이처럼 성스러운 분에게는 있음직한 기적이라고 생각했을 것이었다.

목사는 처형대를 향해 두 팔을 벌리며 외쳤다.

"헤스터! 이리 오시오! 귀여운 펄, 너도 이리 오너라!"

모녀를 바라보는 그의 표정은 소름이 돋을 정도로 창백했다. 그러나 어딘지 모르게 부드럽고 기묘한 승리의 빛이 감돌고 있었다. 어린 펄은 타고난 성격대로 새처럼 가볍게 목사에게 달려가 두 팔로 그의 무릎을 끌어안았다. 자신의 뜻이 아니지만 헤스터 프린 역시 어쩔 수 없는 운명에 순응하듯 천천히 목사에게로 다가갔다. 하지만 그녀는 중간에서 걸음을 멈춰야만 했다. 바로 그 순간에 늙은 로저 칠링워스가 군중을 헤집고 나타나 목사의 행동을 막으려 했기 때문이었다. 그 얼굴이 어찌나 시커멓고 불안스러우며 흉측했던지 마치 지옥에서 솟아나온 듯싶었다. 어쨌든 노인은 군중 속에서 뛰쳐나오자마자 목사의 팔을 움켜잡았다.

"당신 미쳤소? 그만두시오! 무슨 짓을 하려는 거요?"

칠링워스가 나직하게 말을 이었다.

"저 여인을 쫓아버리시오! 아이도 물리쳐요! 그러면 모든 것이 잘 해결될 거요! 당신의 명예를 더럽힌 채 불명예 속에서 죽어서는 안 되오! 나는 아직도 당신을 구제할 수 있소! 당신은 성직에 먹칠을 할 셈이오?"

"악마 같은 사람! 이미 때는 늦었소!"

목사는 두려움을 느끼면서도 단호한 시선으로 상대방을 노려보며 대답했다.

"이제는 당신의 힘도 예전 같지 않아! 하나님의 도우심으로 나는 이제 당신 손아귀에서 벗어났단 말이오!"

목사는 다시 주홍글자를 달고 있는 여인에게 손을 내밀었다.

"헤스터 프린!"

목사는 가슴을 에는 듯한 목소리로 간절히 부르짖었다.

"지극히 두려우면서도 또한 자비로우신 하나님! 내 자신의 무거운 죄와 비참한 번민 때문에 이미 7년 전에 했어야 할 일을 이 최후의 순간에 행할 수 있도록 그분께서 은혜를 베풀어주셨소! 그분의 이름으로 부탁하노니, 어서 이리 와주오! 그리고 당신의 힘으로 나를 꼭 껴안아주오! 당신의 힘으로 말이오, 헤스터. 그러나 당신의 힘도 하나님께서 나에게 허락해 주신 뜻에 따라야 하오! 모든 것을 하나님의 뜻에 맡길 뿐이오. 비참하게 배신당한 이 노인은 온 힘을 다하여, 그 자신의 힘뿐 아니라 악마의 힘까지 동원해서 그것을 방해하고 있소! 자, 어서 와요, 헤스터! 이리 와서 저 처형대 위까지 나를 오르게 해 주오!"

군중은 술렁거렸다. 눈앞에 벌어진 뜻밖의 사건에 목사 가까이 서 있던 지체 높고 존엄한 분들은 아연실색하여 무슨 영문인지 몰랐기 때문에, 목사의 말을 그대로 받아들일 수도 없고 달리 상상할 수도 없어서 가만히 선 채 침묵을 지키며 하나님께서 행하시려는 듯한 심판 장면을 멀거니 바라보고 있을 따름이었다. 그들은 헤스터 프린의 어깨에 몸을 기댄 채 부축을 받으며 처형대로 다가가 계단을 오르는 목사를 지켜보고 있었다. 그러는 동안에 목사는 죄악 속에서 태어난 어린아이의 조그만 손을 여전히 꼭 잡고 있었다. 마치 이 세 사람이 주연 배우로 등장한 죄악과 비애의 연극에 밀접한 관계가 있으며, 따라서 이 마지막 장면에도 나타날 자격을 가진 인물이라는 듯 늙은 로저 칠링워스도 그 뒤를 따르고 있었다.

"당신이 온 세상을 찾아 헤맨다고 해도 절대로 은신처를 발견할 수는 없을 거요. 높은 곳이든 낮은 곳이든 당신이 내게서 도망칠 수 있는 곳은 없소! 바로 이 처형대를 빼고는 말이지!"

칠링워스는 음흉한 눈초리로 목사를 노려보며 말했다.

"나를 이곳으로 인도하신 하나님께 감사할 뿐이오!"

목사가 대답했다. 하지만 그 목소리는 떨리고 있었다. 희미한 미소를 입가에 머금으며 헤스터를 돌아다보는 그의 눈에는 의혹과 불안의 빛이 역력히 나타나 있었다.

"우리가 숲 속에서 꿈꾸었던 것보다는 차라리 이렇게 하는 편이 더 낫지 않소?"

목사는 속삭이듯 중얼거렸다.

"전 모르겠어요! 정말 모르겠어요!"

헤스터가 황급히 대답했다.

"더 낫다고요? 그러면 이렇게 우리가 함께 죽는 거군요. 귀여운 펄도 함께 말이에요!"

"당신과 펄은 하나님께서 명하시는 대로 해요."

목사가 말했다.

"하나님은 자비로운 분이시오! 하나님께서 나에게 분명히 보여주신 뜻을 행하도록 해주오. 헤스터, 나는 곧 죽을 사람이오. 그러니 내 죄를 고백하고 내가 마땅히 받아야 할 치욕을 빨리 받을 수 있도록 해주오."

헤스터 프린에게 몸을 의지하고 한 손으로는 펄의 손을 잡은 딤스데일 목사는 위엄 있고 존귀한 통치자들과 한때는 동료였던 거룩한 목사들과 군중 쪽을 차례로 돌아보았다. 죄악으로 가득 차 있을망정, 한편으로는 고뇌와 회개로 가득한 뭔가 중대한 사건이 지금 눈앞에 전개되리라는 것을 알아챈 군중은 소스라치게 놀랐지만 그들의 넓은 가슴속은 눈물겨운 연민으로 충만해 있었다. 정오를 조금 넘어선 태양은 하나님의 심판대에 올라 자신의 죄를 아뢰기 위해 대지에 우뚝 서 있는 목사의 모습을 뚜렷이 비춰주고 있었다.

"뉴잉글랜드 주민 여러분!"

목사는 큰 소리로 외쳤다. 엄숙하고 장엄한 목소리가 사람들 머리 위로 우렁차게 울려 퍼졌다. 하지만 그 목소리는 사뭇 떨려나왔고, 헤아릴 수 없이 깊은 참회와 고뇌의 심연에서 우러나오는 듯 절규에 가까웠다.

"저를 사랑해 주시고, 저를 성스러운 인간이라고 생각해 주셨던 여러분! 여기 있는 저를 보십시오. 이 세상의 큰 죄인이 여기 서 있습니다. 저는 드디어! 이제야 겨우! 7년 전에 이 여인과 함께 마땅히 섰어야 했을 이 자리에 섰습니다. 이 무서운 순간에도 여기 서 있는 이 여인은 저를 이곳으로 기어오를 수 있게 한 작은 힘보다도 더 굳센 힘으로 제가 쓰러지지 않도록 부축해 주고 있습니다. 헤스터가 달고 있는 주홍글자를 보십시오! 여러분은 모두 이것을 보고 몸서리를 쳤지요! 그녀가 어디를 가든, 이토록 무거운 짐을 진 그녀가 마음의 안식처를 구하기 위해 어느 곳을 헤매든 이 주홍글자는 그녀의 주변에 두려움과 공포와 소름 끼치는 혐오를 자아내는 빛을 던져주었습니다. 그러나 여러분은 또 한 사람의 죄악과 치욕의 낙인에는 전혀 몸을 떠는 일이 없었습니다!"

여기까지 말한 목사는 그 비밀의 나머지를 밝히지 못한 채 숨이 끊어질 듯 기진맥진했다. 그러나 목사는 자기를 넘어뜨리려고 덤벼드는 육신의 쇠약함을, 나아가 정신의 연약함을 혼신의 힘으로 물리쳤다. 그는 모든 사람의 부축을 뿌리치고 모녀보다 앞으로 한 걸음 나섰다.

"바로 그 사나이에게도 낙인은 찍혀 있었습니다!"

딤스데일 목사는 모든 비밀을 털어놓겠다고 결심한 듯 격렬한 어조로 말을 이었다.

"하나님께서는 그것을 보셨습니다! 천사들도 항상 그것을 손가락질했습니다! 그것을 잘 알고 있는 악마도 불타는 손가락으로 끊임없이 그것을 건드려 괴롭혔습니다! 하지만 그는 교묘하게 사람들 눈을 속이고, 이 죄 많은 속세에서 자기만이 순결하여 괴롭다는 태도로, 또 천국에 있는 동료들을 만나지 못해 슬픈 듯한 표정으로 여러분들 사이를 걸어다녔던 것입니다! 이제 죽음을 앞두고 그 남자가 여러분 앞에 섰습니다. 그가 여러분께 간청합니다. 다시 한 번 헤스터의 주홍글자를 봐주십시오! 이 글자가 아무리 불가사의하고 두렵더라도 그 남자의 가슴에 찍혀 있는 표적에 비하면 한갓 그림자에 불과하며, 그 낙인 자체도 그자의 가슴속 깊은 곳에서 타고 있는 하나의 상징에 불과한 것입니다! 죄에 대한 하나님의 심판을 믿지 않는 분이 여기에 계십니까? 보십시오! 그 심판의 무서운 증거를 보십시오!"

목사는 발작적인 몸짓으로 자신의 앞가슴에서 목사복의 넓은 띠를 떼어버렸다. 마침내 표적이 드러났다! 하지만 그것을 여기서 묘사한다는 것은 불경스러운 노릇이다. 한순간 공포에 질린 군중의 시선은 이 끔찍스러운 기적 위에 집중되었다. 그동안 목사는 극심한 고통의 절정에서 승리를 쟁취한 사람처럼 얼굴에 홍조를 띤 채 서 있었다. 그러나 다음 순간 그는 처형대 위에 힘없이 쓰러졌다! 헤스터는 그의 몸을 반쯤 일으키고 그의 머리를 가슴으로 받쳐주었다. 늙은 로저 칠링워스는 마치 생명이 빠져나간 것처럼 멍하니 얼빠진 표정으로 목사 옆에 무릎을 꿇었다.

"기어이 내게서 도망쳤군!"

칠링워스는 같은 말을 여러 번 되풀이했다.

"기어이 내게서 도망쳤어!"

"하나님께서 당신을 용서해 주시기를 비오! 당신 역시 큰 죄를 지었소!"

딤스데일 목사가 말했다. 그런 다음 죽음이 깃든 눈을 노인에게서 돌려 모녀를 바라보았다.

"귀여운 나의 펄!"

목사는 힘없는 목소리로 말했다. 그의 얼굴 위로 깊은 안식 속에 포근히 잠기는 영혼처럼 아늑하고 부드러운 미소가 어리었다. 아니, 이제 죄의 멍에를 벗어버리고 나서 어린아이와 장난이라도 치고 싶을 만큼 상쾌한 기분이었다.

"귀여운 펄, 이제는 나에게 입을 맞추어주겠니? 저기 숲 속에서는 싫다고 그랬지만 이제는 해주겠지?"

펄은 목사의 입술에 입을 맞추었다. 그 순간 아이에게 내렸던 주문도 마침내 풀렸다. 이 야성적인 아이도 이처럼 크나큰 비극의 장면을 겪음으로써 인간적인 동정심이 움트게 되었던 것이다. 아이의 눈물이 아버지의 뺨 위로 흘렀을 때, 아이는 인간의 기쁨과 슬픔 가운데서 성장하여 언제나 세상 사람과 다투는 일 없이 세상 안에서 훌륭한 여인이 되겠다고 맹세한 것이었다. 그리고 엄마를 괴롭히는 고통의 사자로서 펄의 역할도 모두 끝났다.

"헤스터, 부디 잘 있어요!"

목사가 말했다.

"우리가 다시는 만나지 못할까요?"

목사에게 얼굴을 숙이며 헤스터가 속삭였다.

"정말로 함께 영생을 누릴 수는 없을까요? 우리는 이 모든 고통으로서 속죄한 셈이에요. 그 빛나는 임종의 눈길로 당신은 저 멀리 영원한 세계를 보고 계시는군요! 무엇이 보이는지 말씀해 주세요!"

"조용히 해요, 헤스터. 조용히!"

목사는 떨리는 목소리로 엄숙하게 말했다.

"우리들이 깨뜨린 율법! 이처럼 무섭게 드러난 죄악! 이 사실을 절대로 잊지 마시오, 헤스터! 두렵소! 나는 두렵소! 우리가 하나님을 잊었을 때, 우리가 서로의 영혼에 대한 존경심을 저버렸을 때부터 내세에서 영원하고 순수한 결합을 하리라는 우리의 희망은 깨지고 말았던 거요. 하나님께서는 모든 사실을 다 알고 계실 뿐 아니라 자비로운 마음을 지니고 계시오. 무엇보다도 내가 괴로움에 허덕일 때 그 자비심을 베풀어주셨소. 나에게 화형처럼 괴로운 고통을 가슴에 달고 다니게 하심으로써 말이오! 그리고 여기 있는 음흉하고 무서운 노인을 내게 보내 그 고통의 낙인을 언제나 빨갛게 타오르게 하신 것도 그러하오! 또한 나를 이곳으로 데려와 많은 사람들 앞에서 자랑스러운 치욕의 죽음을 맞게 하신 것도 그렇소! 만일 이러한 고통들 가운데 어느 하나라도 빠졌더라면 나는 영원히 파멸해 버렸을 것이오! 하나님의 이름을 찬미할지어다! 하나님의 뜻이 이루어지이다! 그럼 잘 있어요!"

이 마지막 말을 남기고 목사는 숨을 거두었다. 그때까지 잠잠했던 군중은 이상하리만큼 나직한 소리로 일제히 두려움과 놀라움을 나타냈다. 그들의 두렵고 놀라운 감정은 세상을 떠난 영혼의 뒤를 따라 무겁게 흐르고 있는 이런 웅성거림으로밖에 달리 표현할 길이 없었던 것이다.

뒷 이야기

앞에서 이야기한 사건에 대해 사람들이 생각을 정리할 만한 충분한 시간이 지났을 무렵, 처형대 위에서 벌어졌던 일에 대한 설명이 여러 가지로 나타났다.

대부분의 목격자들은 그 불행한 목사의 가슴에 헤스터 프린이 달고 있던 것과 아주 흡사한 주홍글자가 아로새겨진 것을 보았다고 증언했다. 주홍글자의 기원에 대한 여러 가지 설명들이 난무했지만 모두 추측에 불과한 것들이었다. 헤스터 프린이 처음으로 치욕의 표적을 달았던 바로 그날부터 딤스데일 목사는 자신의 몸에 끔찍한 고통을 가함으로써 일련의 고행을 시작했으며, 그 후로도 갖가지 부질없는 방법으로 고행을 계속했다고 말하는 이도 있었다. 어떤 사람들은 그 낙인이 오랜 시간이 흐른 뒤에도 나타나지 않았으나, 능숙한 마술사인 로저 칠링워스 노인이 마술과 독기 있는 약물의 힘을 빌어 그것을 밖으로 드러나게 한 것이라고 주장했다.

그런가 하면 목사의 독특한 감수성과 육체에 미치는 정신의 놀라운 작용을 가장 잘 이해하는 사람들은, 그 무서운 상징은 끊임없이 움직이고 있는 참회의 이빨이 만들어낸 자국이라고 수군거렸다. 가슴속 깊은 곳을 좀먹고 있던 그 이빨이 바깥으로 뚫고 나와 마침내 눈에 보이는 주홍글자로 나타남으로써 하나님의 무서운 심판을 증명한 결과라는 것이었다. 이런 여러 가지 설 가운데 어느 것을 선택하느냐는 독자들의 마음에 달렸다. 이 기적의 글자에 대하여 우리가 얻을 수 있는 단서는 모두 다 제시했고, 또한 그 글자도 맡은 바 임무를 다했으니 이제 우리 머릿속에 아로새겨진 그 흔적을 기꺼이 지워버리고자 한다. 너무 오랫동안 골똘히 생각했기 때문에 싫증이 날 정도로 우리의 뇌리에 강해진 인상이 남아 있으니 말이다.

그런데 처음부터 끝까지 그 광경을 목격했고, 딤스데일 목사로부터 시선을 돌린 적이 한 번도 없다고 장담하던 사람들이 갓난아기의 가슴처럼 목사의 가슴에는 아무런 표적도 없었다고 주장하는 것은 참으로 이상한 노릇이다. 그들의 말에 의하면, 목사가 숨을 거둘 때 한 말은 헤스터 프린이 그토록 오랫동안 주홍글자를 달게 된 그 죄와 자신 사이의 관계를 조금도 인정하지 않았거니와 막연하게나마 암시조차 하지 않았다는 것이다. 지극히 존경할 만한 이 목격자들의 말에 의하면, 자신의 임종이 가까이 다가왔음을 알고 또한 사람들이 너무 존경하는 나머지, 자신을 성자나 천사와 같은 존재로 여긴다는 사실도 알고 있는 목사가 타락한 여인의 팔에 안겨 마지막 숨을 거둠으로 말미암아 인간의 정의(正義)라는 것이 제아무리 훌륭하더라도 실은 한낱 보잘것없는 것에 불과하다는 사실을 세상 사람들에게 알리고자 하였다는 것이다. 인간의 영적인 행복을 위해 일생을 바친 목사는 자신의 죽음을 하나의 우화로 만들어, 하나님의 무한한 순결에 비하면 인간은 모두 다 죄인이라는 슬프고도 위대한 가슴 아픈 교훈을 자신의 교우들 가슴속에 심어주고자 하였다는 것이다.

그 우화는 우리 중에서 가장 거룩한 사람도 단지 하늘에서 굽어보시는 하나님의 자비를 좀 더 뚜렷하게 인식할 수 있을 만큼 동료들보다 뛰어났을 뿐임을 가르쳐주고, 또한 하늘 위를 동경하는 인간이 땅위에서 정의롭고 가치 있다고 믿는 것들이 실은 환영에 지나지 않는 것이며, 자신은 그것들을 보다 철저히 부정할 따름이라는 것을 가르쳐주고자 하였다는 것이었다.

이러한 심오한 진리에 대한 논의는 이제 그만두기로 하자. 다만 주홍글자를 비추고 있는 한낮의 햇빛처럼 명백한 증거들을 통해 딤스데일 목사는 거짓되고 죄에 물든 먼지 같은 인간에 불과하다는 사실이 드러났음에도 이런 식으로 해석된 그에 관한 이야기는 사람들, 특히 목사의 벗들이 그의 인품을 옹호해 주려는 뿌리 깊은 의리의 한 본보기라고 생각하기 바란다.

지금까지 우리가 주로 의지해 온 믿을 만한 근거는 헤스터 프린을 직접 아는 사람들과 그 당시의 목격자로부터 이야기를 전해 들은 사람들의 구두 증언을 자료삼아 작성된 고문서에 의한 것인데, 이 책에서 취한 견해가 전적으로 옳다는 것을 충분히 확증해 주고도 남음이 있다. 이 불행한 목사의 비참한 경험이 우리에게 주는 감명적인 교훈 몇 가지 가운데서 한 가지만 적어두기로 하자.

"참되거라! 참되거라! 참되거라! 그대가 범한 최악의 죄는 아닐지라도 최악의 죄를 짐작할 수 있는 특징을 서슴지 말고 세상에 밝히어라!"

딤스데일 목사가 숨을 거둔 직후에 로저 칠링워스로 알려진 노인의 모습과 태도에 나타난 변화만큼 놀라운 것은 없었다. 그의 모든 힘과 정력, 생명의 힘과 지성의 힘이 그에게서 일시에 소멸되어 버린 것 같았다. 마치 뿌리 뽑힌 잡초가 햇볕에 시들어 말라버린 것처럼 사람의 시야에서 거의 사라져버렸다. 이 불행한 사나이는 원수를 쫓아 빈틈없는 복수를 실행하는 것을 삶의 원리로 삼았었다. 하지만 최고의 복수로 완전한 승리를 거두고 목적을 달성함으로써 그 사악한 원리를 떠받쳐줄 대상이 더 이상 남아 있지 않자, 다시 말해 그가 행할 악마의 일이 지상에서 없어지게 되자 이 인간성을 잃은 사나이가 할 수 있는 일은 그의 주인인 악마가 일거리와 그만큼의 보수를 지불해 주는 곳으로 가는 것뿐이었다.

그러나 지금까지 우리가 오랫동안 친근하게 접촉해 온 인물들, 즉 딤스데일 목사나 헤스터 프린뿐만 아니라 로저 칠링워스까지도 자비롭게 대하고 싶다. 미움과 사랑은 근본에 있어 서로 같은 것이 아니냐 하는 문제는 흥미 있는 관찰과 연구의 주제이다.

미움과 사랑이 극도로 발전하는 데는 고도의 친밀감과 마음의 상통(相通)이 필요하다. 이 둘은 개인으로 하여금 자신의 애정과 정신적 생활의 양식을 위해 서로 의존하도록 만든다. 애정과 증오는 대상에 집착하는 것이기에 복수에 불탔던 원수도 그 대상이 없어지고 나면 열렬히 사랑하던 사람이나 또는 이에 못지않게 열렬히 증오하던 사람도 외롭고 쓸쓸해지기 마련이다. 그래서 철학적으로 생각하면 이 두 가지 감정은 근본적으로 동일한 것이다. 다만 차이점이 있다면 하나는 천상의 광채 속에 나타나는 것이고, 다른 하나는 어둡고 침침한 빛 속에서 나타난다는 것이다. 영혼의 세계에서는 서로가 희생자였던 늙은 의사와 목사는 지상에서의 증오와 반감이 자신들도 모르는 사이에 황금빛 사랑으로 변한 것을 알게 되었을지도 모른다.

이런 논의는 접어두고, 독자에게 알려야 할 사실이 한 가지 남아 있다. 그런 사건이 일어나고 일년이 채 지나지 않은 어느 날, 로저 칠링워스 노인은 세상을 떠났다. 그는 유언을 통해 뉴잉글랜드와 영국에 있는 상당히 많은 재산을 헤스터 프린의 딸인 어린 펄에게 물려주었다. 벨링엄 총독과 윌슨 목사가 유언의 집행자가 되었다.

그때까지도 일부 사람들이 악마의 자손이라고 여겼던 꼬마 요정 펄은 그 당시 신세계에서 가장 부유한 유산 상속자가 되었다. 이러한 사정 때문인지 펄에 대한 사람들의 견해는 실질적으로 달라졌다. 만일 그들 모녀가 이곳에 머물렀더라면 어린 펄은 혼기가 되어 그녀의 야성적인 피를 신앙심이 매우 돈독한 이곳 청교도의 혈통과 섞게 되었을지도 모른다. 하지만 의사가 죽은 후 얼마 지나지 않아 주홍글자를 달았던 여인은 펄과 함께 자취를 감추고 말았다. 여러 해 동안 마치 이름의 머리글자가 새겨진 볼품없는 나무토막이 표류하여 해변으로 떠밀려오듯 때때로 애매한 소문이 바다를 건너 전해지기는 했지만 믿을 만한 소식은 하나도 없었다. 이제 주홍글자에 관한 이야기는 하나의 전설이 되고 말았다. 그러나 주홍글자의 마력은 여전히 살아 있어서 불쌍한 목사가 숨진 처형대와 헤스터 프린이 살았던 바닷가에 자리잡은 오두막집은 무서워서 사람들이 접근하기를 꺼리게 만들었다.

어느 날 오후, 이 오두막집 부근에서 놀고 있던 아이들은 회색 옷을 입은 키 큰 여인이 오두막집 문으로 다가가는 모습을 보았다. 그 문은 오랜 세월 동안 한 번도 열린 적이 없었다. 그런데 그 여인이 자물쇠를 열었는지, 또는 문짝의 나무와 쇠붙이가 썩어서 여인이 슬쩍 잡아당기기만 했는데도 힘없이 떨어져 나갔는지, 아니면 그 여인이 그러한 방해물들을 유령처럼 미끄러지듯 통과해 들어갔는지는 모르지만 어쨌든 그녀는 집 안으로 들어갔다.

문턱에서 멈춰선 여인은 잠시 뒤를 돌아보았다. 예전과 비교해 너무나도 많이 변했지만 옛 추억을 되살아나게 하는 그 집에 혼자 들어간다는 생각이 참기 어려울 만큼 서글프고 처량하게 여겨졌는지도 모른다. 하지만 여인의 망설임은 아주 짧은 순간에 불과했고, 가슴에 주홍글자를 다는 데는 충분한 시간이었다.

이렇게 헤스터 프린은 자신이 살던 옛날 집으로 돌아와 오랫동안 저버렸던 치욕의 주홍글자를 다시 단 것이었다. 그렇다면 어린 펄은 어떻게 되었을까? 아직 살아 있다면 탐스럽게 피어난 꽃 같은 성숙한 여자가 되었을 것이다. 그 꼬마 요정이 요절(夭折)하여 무덤에 묻혔는지, 아니면 야성적이고 자유분방한 성격이 부드럽고 차분해져 여자로서의 조용한 행복을 누리게 되었는지 아는 사람이 아무도 없었으며 확실한 소식을 들은 이도 없었다. 다만 이 주홍글자의 여인이 조용히 여생을 보내는 동안 다른 나라에 살고 있는 어떤 사람의 관심과 사랑의 대상이 되어 있었다는 증거들이 나타났다.

문장으로 봉인되어 있는 여러 통의 편지가 왔는데, 영국의 문장학(紋章學)에는 알려지지 않은 것들이었다. 그리고 오두막집에는 안락과 사치를 위한 갖가지 물건들이 있었지만 헤스터는 전혀 쓰려고 생각하지도 않았다. 그런 것들은 부자가 아니면 살 수 없었고, 그녀에게 애정을 품은 사람만이 보낼 수 있을 만한 물건들이었다. 그 밖에도 조그만 장식품들과 언제까지나 추억을 떠올리게 해주는 아름다운 기념품 등 자질구레한 물건들도 있었다. 이러한 것들도 사랑의 충동에서 우러나와 섬세한 손가락이 손수 만든 것임에 틀림없었다. 또한 언젠가 한 번은 헤스터가 아기 옷에 수를 놓고 있는 모습이 사람들 눈에 띄었다. 휘황찬란한 그녀의 상상력을 쏟아부어 화려하게 만든 옷이었는데, 만일 어떤 아이가 이 옷을 입고 건전한 기풍을 지닌 이 사회에 나타났더라면 한바탕 큰 소란이 벌어졌을 터였다.

마지막으로 그 당시 남의 얘기를 하기 좋아하는 수다쟁이들이 믿었고, 그로부터 한 세기 뒤에 이 이야기를 조사한 검사관 퓨씨도 믿었으며, 또한 최근에 부임했던 퓨씨의 후임자 중 한 사람도 역시 믿었던 것처럼 펄은 살아 있을 뿐만 아니라 결혼해서 행복하게 지내며, 어머니를 극진히 생각한 나머지 슬프고 외로운 어머니를 자기 집 따스한 난롯가에 모시고 위로해 드리고 싶어했다는 것이다.

그러나 헤스터 프린에게는 펄이 가정을 이루고 있는 미지의 땅보다 여기 뉴잉글랜드에 보다 더 진실한 삶이 있었다. 이곳에는 그녀의 죄가 있고, 슬픔이 있고, 아직도 참회할 것이 남아 있었다. 그런 연유로 헤스터는 이 땅으로 되돌아왔고, 우리의 이 음울한 이야기와 관련 있는 그 상징적인 표적을 자의적으로 다시 가슴에 단 것이다. 아무리 냉혹한 시대의 엄격한 관리라 할지라도 다시 그것을 달라고 명령하지는 못했을 터였다. 그 후로는 그 상징이 헤스터의 가슴을 떠난 일은 결코 없었다.

그렇게 고통스럽고 사려 깊으며 자기 희생적인 헤스터의 인생이 흘러가는 동안 주홍글자는 더 이상 조롱과 혐오를 불러일으키는 낙인이 아니라 함께 슬퍼해야 하고 두려움과 존경 섞인 눈으로 바라봐야 하는 상징이 되었다. 게다가 헤스터 프린은 이기적인 목적이 전혀 없었고, 자신의 이익과 쾌락을 위해 살지도 않았기 때문에 사람들은 슬프고 당혹스런 일이 생기면 엄청난 시련을 겪은 경험이 있는 그녀를 찾아와 조언을 구하곤 했다. 특히 여자들은 사랑으로 상처 입고 버림받고 부당한 취급을 당하고 불의에 빠지고 잘못되고 죄를 짓는 등 끊임없는 시련을 당할 때, 또는 아무도 찾아주는 사람이 없어서 마음을 의지할 데가 없거나 외롭고 답답해서 견딜 수 없을 때 헤스터의 오두막집을 찾아왔다. 그들은 왜 자기들이 이토록 불행하게 되었는지, 어떻게 하면 그것을 극복할 수 있는지를 물었다. 헤스터는 그들을 위로해 주었고 할 수 있는 한 최선을 다해 조언을 해주었다. 그리고 보다 밝은 시대가 오면, 즉 하나님 뜻대로 살 수 있는 세상이 되면 새로운 진리가 계시되어 남녀의 모든 관계가 서로의 행복을 위한 보다 굳건한 토대 위에 수립될 수 있을 것이라는 그녀 자신의 확고한 믿음을 그들에게도 심어주었다.

헤스터는 젊은 시절 한때 자신이 선지자가 될 운명을 타고난 것이 아닌가 하는 헛된 상상을 한 적도 있었다. 하지만 신성하고 신비스러운 진리를 전하는 사명이 죄로 더럽혀지고 수치 때문에 고개도 들지 못하고 심지어 일생을 슬픔 속에서 지내야만 하는 여자에게 절대로 맡겨질 리 없다는 사실을 이미 오래전에 깨달았다. 장차 하나님의 계시를 전할 천사나 사도는 여자일 것임에 틀림없다. 그 여자는 고상하고 순결하면서도 아름다워야 하며, 무엇보다도 어두운 슬픔이 아닌 영혼의 기쁨을 통해 얻은 지혜를 지닌 현명한 여자여야 할 것이다. 그리고 인생의 참다운 시련을 통해 얻어진 신성한 사랑이 우리를 얼마나 행복하게 만드는지 보여주는 그런 여자여야 할 것이다!

헤스터 프린은 이렇게 말을 맺고 나서 슬픔 어린 눈으로 주홍글자를 바라보았다. 그로부터 여러 해가 지난 먼 훗날, 오래되어 움푹 내려앉은 옛 무덤 옆에 새로운 무덤 하나가 생겼다. 이곳은 뒤에 킹스 교회가 세워진 곳이었다. 오래된 무덤과 새로운 무덤 사이에는 약간의 간격이 있었는데, 마치 그 밑에 잠든 두 유해는 함께 할 권리가 없다는 듯이 멀리 떨어져 있는 것 같았다. 그러나 두 무덤을 위한 묘비는 하나뿐이었다. 그 주변에는 문장이 새겨진 근사한 비석들이 즐비했으나, 한 장의 석판으로 된 초라하기 짝이 없는 이 묘비에는 방패 모양의 문장 비슷한 것이 새겨져 있었다. 지금도 호기심 많은 사람들이 그것을 발견한다면 그 뜻을 몰라 머리를 갸우뚱할 것이다. 거기에는 명구(銘句) 하나가 새겨져 있었는데, 문장관의 표현을 빌린다면 그것은 이제 결말에 이른 이 전설의 제목이자 그에 관한 간단한 서술이라고 볼 수도 있었다. 음침하기 이를 데 없는 그 문장은 그림자보다도 더 어둡게 끊임없이 타오르는 한 점의 주홍빛으로 겨우 알아볼 수 있을 정도였다.

〈검은색 바탕 위에 주홍글자 A〉

주홍글자의 저자 너새니얼 호손은 미국 매사추세츠에서 태어났는데 그의 작품이 주로 청교도라는 종교와 관련한다는 것이 매우 흥미롭다. 그 이유를 보면 그의 조상이 청교도를 선조로 모신 집안이었기 때문이다. 그러나 그런 청교도 집안이었기 때문에 너새니얼 호손은 유럽 세계 중세시대를 암흑기로 몰고 간 이 종교를 비판하기 위해 그 문제점을 정밀하게 관찰, 풍자하는 소설을 썼다. 조상은 청교도를 모셨지만 후손은 그 문제점을 비판하기 위해 청교도를 모셨으니 흥미로운 일이다. 그의 대표작 《주홍글자》 역시 청교도의 절대적 지배 하에 펼쳐지는 이야기로서 청교도에 대한 철저한 비판이 나타나는 작품이다.

너새니얼 호손이 《주홍글자》에서 다루는 소재는 자칫 진부하게 보일지 모르지만 그 주제는 대서양처럼 깊고 넓다. 지금까지 비평론자들은 여러 각도에서 이 작품의 주제를 분석해 왔다. 그런데 이러한 주제 가운데에서도 특히 죄를 둘러싼 문제는 첫 손가락에 꼽을 만하다. 이 주제를 좀 더 쉽게 이해하기 위해서는 작품의 맨 첫 장면을 좀더 자세히 눈여겨보아야 한다.

텁수룩하게 기른 수염에 음울한 잿빛 옷차림과 끝이 뾰족한 모자를 쓴 사나이들 한 패거리가 머리에 수건을 동여매기도 하고 혹은 맨머리 바람인 여인네들과 한데 뒤섞여 목조 건물 앞에 모여 있었다. 튼튼한 참나무로 만든 목조 건물의 대문에는 커다란 장식용 쇠못들이 군데군데 박혀 있었다.

이렇게 음울한 옷차림을 하고 있는 사람들은 신대륙에 새 예루살렘을 건설하려고 대서양을 건너온 청교도인들, 그중에서도 교회 장로들이다. 쇠못이 박혀 있고 참나무로 튼튼하게 짠 문은 다름아닌 감옥 문이다. 교회의 기둥이라고 할 장로들은 지금 아낙네들과 함께 감옥 문앞에 서서 헤스터 프린이 밖으로 나오기를 기다리고 있다. 영국에서 종교적 박해를 피하여 남편과 함께 네덜란드의 암스테르담으로 건너온 헤스터는 그곳에서 다시 남편보다 먼저 대서양을 건너 보스턴에 도착한다. 그러나 2년이 넘도록 남편이 오지 않자 결국 그녀는 교회의 젊은 목사 아서 딤스데일과 은밀한 정교를 맺어 사생아 펄을 낳게 된다. "간음하지 말라."는 십계명 가운데 일곱 번째 계명을 어긴 그녀는 이 무렵의 준엄한 청교도 사회의 법에 따라 사형을 당해야 마땅하지만, 어쩌면 남편이 항해 도중 조난을 당해 사망했을 가능성을 감안하여 극형만은 가까스로 면한다. 그러나 그 대신 감옥 생활을 마친 뒤 몇 시간 동안 처형대 위에서 공개적으로 치욕을 당하는 처벌을 받게 되어 있다.

《주홍글자》는 바로 헤스터가 태어난 지 3개월 된 펄을 가슴에 안고 감옥 문을 나서는 장면에서 시작한다. 그런데 여기에서 한 가지 찬찬히 눈여겨볼 것은 호손이 헤스터가 죄의 삯을 치르고 감옥 문을 나서는 장면부터 이 소설을 시작한다는 점이다. 처벌을 받기 이전의 사건에 대해서는 한마디 언급도 하지 않는다. 가령 누가 먼저 상대방을 유혹했는지, 그들이 어디에서 육체적 관계를 맺었는지, 몇 번이나 그러한 관계를 가졌는지 따위의 동기나 과정에 대하여 작가는 이렇다 할 만한 관심이 없다. 물론 마침내 질식할 것 같은 청교도 사회를 탈출할 것을 결심하는 숲 속 장면을 보면 전혀 짐작할 수 없는 것도 아니다. 모르기는 몰라도 아마 헤스터가 먼저 딤스데일을 유혹했을 것이고, 지금 두 사람이 만나는 바로 그 숲 속에서 정교를 맺었을 것이다.

독자의 성적 호기심을 자극하려는 삼류 작가 같았으면 아마 헤스터와 딤스데일의 간음 장면에 초점을 맞추었을 것임에 틀림없다. 바꾸어 말해서 감옥 생활 이후보다는 오히려 감옥 생활 이전의 사건을 작품의 중심적인 플롯으로 삼았을 것이다. 실제로 존 깁슨 록하트라는 작가는 《애덤 블레어(1822)》라는 소설에서 한 젊은 여성이 목사와 간음을 범한 이야기를 다루어 큰 인기를 끈 적이 있다. 그러나 삼류 작가가 아닌 호손은 두 주인공이 죄를 범하는 동기나 과정에는 이렇다 할 관심이 없고 오히려 그 죄를 지은 뒤의 결과나 반응에 깊은 관심을 보일 뿐이다.

이 작품에서 호손은 인간이 저지르는 죄와 그 죄의 삯을 둘러싼 문제를 다룬다. 자칫 이 작품의 주제를 간음은 죄이며 이 죄를 범한 사람은 마땅히 고통을 받아야 한다는 점에서 찾을지도 모른다. 실제로 적지 않은 비평가들이 이러한 관점에서 이 작품의 주제를 분석했다. 그러나 그것은 소금이 짜다고 말하는 것과 크게 다르지 않다. 호손은 도덕 교과서 같은 진부한 교훈을 주려고 이 작품을 쓴 것이 아니다.

호손은 이 작품에서 죄의 성격을 새롭게 규정짓는다. 전통적인 기독교 교리의 관점에서 보면 죄란 절대적이고 객관적이다. 이렇게 바윗덩어리처럼 굳건한 계율에 어떤 개인적인 변명이나 핑계가 끼어들 틈이란 아예 없다. 그러나 호손은 《주홍글자》에서 죄란 어디까지나 상대적인 것일 뿐 절대적인 것이 아니요, 주관적일 뿐 객관적이 아니라는 사실을 보여준다. 바꾸어 말하면 죄는 그것을 범한 사람이 죄라고 생각할 때에만 비로소 죄가 될 따름이다. 그 죄가 초월적인 신, 자연 법칙, 공동 사회가 정한 법규와 관습, 또는 개인의 도덕적 규범이나 양심 가운데 어느 것과 관련된 것이든 어디까지나 그것을 저지른 사람의 주관적인 판단에 따라서 죄가 될 수도 있고 죄가 되지 않을 수도 있다. 예를 들어 아서 딤스데일 목사는 자신들의 간음 행위를 죄로 받아들임으로써 무서운 죄의식으로 고통받고 있지만, 헤스터 프린은 자신들의 행동에는 그 나름대로 '신성함'이 깃들어 있다고 생각한다. 오히려 '신성한 인간 마음'을 범하는 로저 칠링워스의 계산적이고 이지적인 행동이야말로 정욕에서 비롯한 자신들의 죄보다 훨씬 더 무겁다고 생각하기도 한다.

"…… 헤스터, 우리가 이 세상에서 결코 가장 사악한 죄인은 아니오. 이 타락한 목사보다도 더 흉악한 죄인이 하나 있소. 그 노인네의 복수야말로 내 죄보다 훨씬 더 흉측하오. 그 작자는 잔인무도하게 신성한 인간의 마음을 짓밟았소. 헤스터, 적어도 당신과 나는 결코 그런 죄를 범한 적은 없소!"

"그래요, 그런 짓은 절대로 하지 않았죠!"

그녀가 속삭였다.

"우리가 한 일에는 나름대로 신성한 데가 있었어요. 우리들 자신은 그것을 느꼈고, 서로 그렇다고 얘기했었지요. 벌써 잊으셨어요?"

기독교에서는 흔히 '일곱 가지 죄(七宗罪)'라고 하여 지옥에 떨어질 만한 큰 죄로 일곱 가지를 꼽는다. 오만·탐욕·분노·간음·질투·나태·탐식 등이 여기에 속한다. 이 일곱 가지 중에서도 인간 지성이 저지르는 오만이야말로 가장 범하기 쉽고 가장 무서운 죄로 '용서받지 못할 죄'에 해당한다. 한편 정욕의 결과인 사음의 죄는 고행하고 회개하면 얼마든지 용서받을 수 있다. 호손은 《이선 브랜드》라는 단편소설에서 주인공이 갖은 편력 끝에 찾아낸 것은 정욕의 죄란 '용서받지 못할 죄'가 아니라는 사실이다. 이 점과 관련하여 주인공 이선은 "나는 죄 많은 욕정으로 불타고 있는 저 용광로보다 더 뜨거운 인간의 마음을 들여다보았다. 하지만 나는 그곳에서 내가 찾던 것을 발견하지 못했다. 아니, 거기에는 '용서받지 못할 죄'가 없었다."고 밝힌다. 그에게는 동료 인간에 대한 따뜻한 형제애와 하나님에 대한 존경심을 잃어버린 인간 지성의 죄야말로 '용서받지 못할 죄'였던 것이다. 그렇다면 로저 칠링워스는 바로 이러한 죄를 범하는 가장 대표적인 인물이다. 딤스데일이 칠링워스를 두고 '타락한 목사보다도 더 흉악한 죄인'이라고 부르는 까닭이 바로 여기에 있다.

더구나 호손은 이 작품에서 죄의 삯은 죽음이라는 전통적인 기독교의 가치관을 무너뜨림으로써 죄의 결과에 대한 새로운 해석을 내린다. 전통적으로 죄는 인간을 하나님이나 사회로부터 소외시키는 무서운 결과를 낳을 뿐 아니라 마침내는 죽음을 가져온다고 여겼다. 기독교에서는 실제로 간음을 범하는 것 못지않게 마음속에서 음란한 생각을 품는 것조차 간음죄로 여긴다. 하물며 헤스터는 보통 사람도 아니고 목회자와 육체적 관계를 맺음으로써 "간음하지 말라."는 일곱 번째 계명을 어긴다. 그러므로 기독교 교리에 따르면 그녀는 오직 죽음으로밖에는 달리 속죄할 길이 없을 것이다. 또한 〈신약성서〉에서도 "욕심이 잉태하면 죄를 낳고, 죄가 자라면 죽음을 낳습니다(야고보서 1장 15절)." 하고 가르친다. 간음도 육체적 욕망을 표현한 것이라는 점에서 욕심의 한 형태로 볼 수 있고, 욕심이 낳은 자식인 죄의 삯은 두말할 나위 없이 죽음이다.

그러나 호손은 죄에 대한 이러한 기독교의 가치관을 완전히 뒤엎는다. 헤스터 프린에게 죄는 죽음에 이르는 길이 아니라 오히려 동료 인간을 좀 더 깊이 이해할 수 있는 계기가 된다. 바꾸어 말해서 만약 그녀가 죄를 짓지 않았더라면 지금처럼 동료 인간을 깊이 이해하고 동정할 수 없었을 것이다. 헤스터는 바로 자신의 죄로 말미암아 다른 동료 인간에 대하여 전보다 훨씬 쓸모 있는 인간이 될 수 있다. 그리하여 낯선 사람이 마을에 나타나면 마을 사람들은 그에게 헤스터를 가리키며 "수놓은 글자를 달고 다니는 여인을 보셨나요?" 하고 말한다. "그 여자가 바로 우리의 헤스터랍니다. 우리 마을 사람 헤스터예요. 가난한 사람들에게는 친절을 베풀고, 병든 사람들을 돌봐주고, 불행한 사람들에게는 위로를 주는 여자랍니다!" 하고 말하기에 이른다.

청교도 사회에 정면으로 맞서는 헤스터는 여러 모로 에덴동산에서 선악과를 따먹고 추방당한 아담과 하와를 떠올리게 한다. 사회 구성원의 행동을 엄격히 제약한다는 점에서 청교도 사회는 정의와 분노의 신 야훼와 크게 다르지 않다. 그런데 몇몇 신학자들은 아담과 하와의 낙원 추방을 그렇게 부정적으로만 보지 않는다. 아담과 하와가 에덴동산에서 쫓겨난 것은 저주가 아니라 오히려 다행스러운 축복이라는 것이다. 어떤 비평가는 《주홍글자》를 바로 이 '펠릭스 쿨파(Felix Culpa)'의 관점에서 읽으려고 한다. 실제로 작품 곳곳에는 이 주장을 뒷받침할 만한 내용이 들어 있다. 비록 정도는 조금 다르지만 사정은 딤스데일도 마찬가지이다. 죄의식에 시달리고 있기 때문에 그는 인간의 연약함에 대하여 어느 다른 목사보다도 설득력 있는 설교를 하여 회중을 감동시킬 수 있다. 딤스데일 목사에 대하여 이 소설의 화자는 "육에는 병으로 고통받고 영혼은 비참한 번민 때문에 괴로움을 당하고 고문당한 채 가장 치명적인 원수의 흉계에 사로잡혀 있으면서도 성직자로서는 그 명망이 눈이 부실 만큼 자못 높았다."고 밝힌다. 젊은 처녀에서 나이 지긋한 집사에 이르기까지 그는 참으로 거룩한 목사로 존경을 한 몸에 받고 있다. 그러면서 화자는 "실제로 그가 그런 명망을 얻은 것은 대부분 그의 슬픔 때문이었다. 타고난 지적 능력이며 도덕적 감수성이며 감정을 느끼고 전달하는 힘이 날마다 겪는 가책과 고뇌로 이상하게 활발한 상태에 놓여 있었다."고 말한다.

너새니얼 호손이 《주홍글자》에서 보여주는 죄에 대한 새로운 해석은 자연스럽게 개인과 사회의 주제로 이어진다. 청교도 사회의 비인간성과 경직성에 맞서는 헤스터 프린의 모습을 통하여 작가는 개인과 사회의 영원한 갈등과 긴장을 보여준다. 이 둘 사이에는 마치 자석의 두 극처럼 언제나 긴장과 갈등이 있을 수 있다. 사회의 구성원인 개인에게 자유를 보장해 주다 보면 사회의 질서는 무너지고 혼란에 빠질 수밖에 없을 것이다.

한편 사회 질서에 무게를 싣다 보면 어쩔수 없이 개인의 자유가 제한을 받지 않을 수 없을 것이다. 이 둘 사이에서 균형과 조화를 찾기란 무척 어렵거나 마치 무지개를 좇는 것처럼 아예 불가능할지 모른다. 너새니얼 호손은 개인과 사회 중에서 과연 어느 쪽에 무게를 싣고 있는가? 아무래도 사회 쪽보다는 개인 쪽에 손을 들어준다고 보는 쪽이 더 옳다. 한편으로는 청교도 사회의 준엄성에 비판의 칼날을 들이대고, 다른 한편으로는 헤스터 프린의 용기 있는 행위에 박수 갈채를 보낸다. 호손에게 헤스터는 경직되고 준엄한 청교도 사회와는 달리 용기 있고 위엄 있고 상상력이 뛰어나고 정령과 사랑을 지닌 인물이다.

《주홍글자》의 작가는 헤스터 프린에 대한 태도에서 개인 쪽에 편들어 준다는 것을 볼 수가 있다. 즉 만약 이 청교도들의 무리 속에 가톨릭 신자가 아니더라도 펄을 가슴에 안고 처형대에 서 있는 그녀의 모습에서는 죄를 지은 여인보다는 차라리 아기 예수를 안고 있는 성모마리아를 떠올릴 독자가 적지 않을 것이다. 헤스터 프린의 이름도 성모마리아와 관련이 있다. 헤스터라는 이름은 본래 구약성경에 나오는 인물 에스더를 가리킨다. 에스더는 모르드개의 친척으로 페르시아 아하수에르 왕의 왕비이다. 그녀는 페르시아의 함므다다의 아들 하만이 유대인들을 집단으로 학살하려는 계획을 미리 알고 왕을 설득하여 동족을 구했다. 그런데 에스더는 구약시대부터 현재까지 전통적으로 성모마리아의 이미지와 연관된 인물로 존경을 받아 왔다.

《주홍글자》는 청교도의 식민지 보스턴에서 일어난 간통사건을 다룬 작품이다. 책은 물론 영화로도 소개되어 큰 인기를 끌었던 작품인데 이야기의 시작은 이러하다.

늘은 의사와 결혼한 헤스터 프린이라는 젊은 여자는 남편보다 먼저 미국으로 건너와 살고 있는데 남편으로부터 아무 소식이 없고 그러는 동안 그녀는 '펄' 이라는 사생아를 낳게 된다. 헤스터는 남편이 없는데도 아이를 낳아 간통 혐의를 받게 되고 간통한 벌로 공개된 장소에서 'A' 라는 Adultery(간통)를 의미하는 주홍글자를 달고 일생을 살라는 형을 받게 된다. 그러나 헤스터는 그런 벌을 받으면서도 끝내 간통한 상대, 즉 펄의 아버지의 이름을 밝히지 않는다. 그 상대는 그 마을의 고독한 목사였던 아서 딤스데일이었다. 딤스데일은 양심의 가책에 시달리면서도 사람들에게 죄의 두려움을 설교하는 위선적인 생활을 하면서 당장에라도 헤스터와 간통한 사람이 자신이라고 말하고 싶지만 두려워 말하지 못한다. 그는 양심의 가책에 시달리며 몸이 점점 쇠약해지고 뒤늦게 아내의 간통 사실을 안 헤스터의 남편이 우연한 기회에 딤스데일이 그 간통 상대임을 알아차리고 그에게 정신적 고통을 자극시킨다. 사건이 발생한 지 7년 뒤 딤스데일은 새로 부임한 총독의 취임식 날 설교를 끝낸 뒤 헤스터와 펄을 데리고 올라가 자신의 죄를 모두에게 공개한다. 그의 가슴에는 자신만 알게 표시했던 'A' 라는 주홍글자가 새겨져 있었으며 죄를 고백한 목사는 편히 눈을 감는다.

《주홍글자》. 워낙 유명한 작품이라 처음부터 대강 줄거리를 알고 읽기 시작해서 다른 책을 읽을 때보다 더 주인공과 주변인물에 대해 깊이 관찰할 수 있었던 것 같다. 나는 이 작품에 나오는 세 명의 인물(헤스터 프린, 아서 딤스데일, 그녀의 남편) 모두가 각자의 고통을 지니고 살아 매우 안타깝다고 느꼈다. 먼저 헤스터 프린은 간통을 한 뒤에 그 아이를 자신이 키우기 위해 모든 고생을 감수하고 평생 주홍글자를 달고 사는 치욕을 감수하는 강인한 정신력을 보여주었다. 그러나 사회의 냉대에 겪었을 고통은 우리가 생각하는 것보다 훨씬 컸을 것이다. 또한 이 주홍글자의 공범자인 아서 딤스데일 목사 역시 자신을 위해 모든 치욕을 혼자 감당해내는 헤스터를 보는 고통과 목사의 신분으로 다른 사람에게는 죄의 두려움을 설교하면서 정작 자신의 죄는 가슴에 꼭꼭 숨기고 혼자 양심의 가책으로 힘겨워 했을 것이다. 그러나 이 두 사람은 마지막에라도 사람들 앞에서 고백하고 죄를 회개할 수 있었기 때문에 덜 안타까웠다. 이 작품에서 가장 불쌍하고 안 된 사람은 그녀의 남편이나.

그는 뛰어난 의사였고 또한 냉철하고 이지적인 인물이었다. 그러나 자신의 아내가 주홍글자를 달고 평생을 살아야 한다는 사실을 알고 나서 그 간통 상대에게 복수하고자 철저한 계획을 세운다. 후에 그 상대가 아서 딤스데일 목사라는 걸 알고 나서 그는 목사의 주치의가 되어 치료를 해주면서 정신적인 자극을 주어 목사의 몸을 더 쇠약하게 만들고 그의 마음을 더욱 아프게 몰고 갔다. 그러나 목사가 죽은 뒤 그는 어떠했는가 보자. 그는 자신이 해야 할 일의 대상이 사라졌음에도 불구하고 다른 삶의 목표를 찾지 못하고 허망하게 죽어간다. 복수와 증오만이 남은 그는 주홍글자로 고통받고 비난받았지만 진정한 사랑과 죄의 회개를 할 수 있었던 두 사람보다 더 불쌍한 사람이다. 세 사람의 잔인한 운명이 몰고 간 비극. 그 뒤에는 청교도라는 종교의 억압성이 있었기 때문에 고통이 더 극대화된 것을 너새니얼 호손은 비판하고 있다. 청교도의 암흑주의를 상징한 이 작품을 통해 나는 중세 유럽사회와 아메리카의 암흑기를 더 자세히 알게 되어 뜻 깊은 소설이었다.

호손이 헤스터의 간통 과정을 묘사하지 않고 그 결말부터 쓰기 시작한 것은 수정되어야 할 불완전함을 만들어내는 데에 우선 관심이 있었기 때문이라고 할 수 있다. 또 벨링엄 총독을 비롯한 모든 보스턴 시민이 무쇠같이 엄격한 인간으로 묘사된 것은 지상에 완전한 '하나님의 집'을 건설하려는 종교적 이상주의자들이었던 청교도들이 사실은 상당히 비인간적이었다는 사실을 드러냄으로써 19세기 미국의 도덕적 완벽주의자들을 비판한 것이라 할 수 있다.

보스턴 시민이 헤스터에게 프린에게 A자를 달아주려고 했던 것과 같은 의도에서 칠링워스는 딤스데일의 가슴에 A자를 달아주려 했다. 둘 다 사회의 질서를 파괴하려는 자를 처분하려 했던 점에서 보스턴 시민과 칠링워스의 공통성을 발견할 수 있다. 또 이 양자에 있어 A라는 글자는 무엇보다도 불완전함의 상징이었다. 펄의 아버지가 발견되지 않는 한 이 지상의 부정은 제거되지 않는다는 것이 의사의 신념이고 그런 점에서 의사는 보스턴 시민과 마찬가지로 완전한 세계의 실현을 원하고 있었다. 그러나 그러한 그가 마지막에 가서는 스스로도 인정하고 있듯 무서운 악마로 변신하고 만다. 호손의 말을 빌면 비인간화한 그는 인간적인 마음의 신성함을 짓밟는 최대의 죄악을 범한 것이었다. 작가는 신학적인 상징을 들어 에덴동산과 같은 완전함을 기대하는 이상주의의 꿈이 얼마나 위험하고 실현 불가능한 것인가를 보여주고 있다. 완전함을 지향하는 칠링워스는 오히려 인간 이하로 떨어져 타락하게 된다.

이에 반하여 헤스터와 딤스데일은 처음부터 죄를 범한 불완전한 인간으로 등장하고 있다. 숲 속에서 헤스터와 만난 다음 딤스데일이 말할 수 없는 혼란에 빠지는 것은 그가 죄의식에서 해방되는 세계, 즉 낙원적인 완전함이 지배하는 이상세계를 한순간이나마 꿈꾸고 있었기 때문이었다.

《주홍글자》에서 가장 인상적인 인물이 헤스터 프린이라는 것은 대체로 일치된 의견이다. 미국 문학 사상 처음으로 여성다운 여성을 창조했다는 것만으로도 호손의 이 작품은 미국 고전에 한몫 낄 수 있는 자격이 있다고 할 수 있다. 이 작품에서 헤스터는 낙원적인 무구한 세계와는 인연이 없는 인간으로 그려지고 있다. 헤스터를 훌륭하게 속죄한 성녀로 보는 사람도 있으나 그것은 올바른 견해라고는 할 수 없다. 《주홍글자》에 등장하는 어느 누구보다도 활기에 넘쳐 있는 것은 그녀가 A자 때문에 세상에서 격리되어 자유분방한 상상력의 세계로 들어갈 수 있었기 때문이었다.

헤스터가 항상 가슴에다 달아야 했던 '주홍글자'는 그녀가 불완전한 죄인이라는 것을 상징하는 한편, 그녀가 인간적인 생활을 누릴 수 있었던 것은 오히려 그녀가 죄를 범했기 때문이었다. 다시 말해서 불완전했기 때문에 인간적일 수 있었던 것이다. 이야기의 결말에 가서 유럽에서 돌아온 헤스터가 가슴에 A자를 달고 여생을 보냈다는 것은, 죄를 짊어진다는 것은 가장 인간적인 일이며 참다운 미국인은 완전한 낙원에 살 수 있는 이상적인 인간이 될 수 없다는 호손의 주장을 재확인한 것이다. 따라서 주홍글자를 다는 것이 바로 참다운 미국인이 되는 증명이라면 헤스터가 달아야 했던 A자를 다름아닌 '아메리카인'의 머리 글자라고 생각하는 것도 전혀 터무니없는 것은 아닐 것이다. 또한 펄은 처음부터 자연의 아이로 설정되었으며 작가 자신도 에덴동산에 태어나기에 적당한 아이였다고 써놓았다. 참으로 미국인이 좋아할 순결한 영혼의 소유자임에는 틀림없으나 최후의 감동적인 장면에서 딤스데일에게 키스한 펄이 비로소 기쁨과 슬픔 속을 걸어갈 수 있는 인간으로 성장했다는 한 구절은 매우 중대한 의미를 내포하고 있다. 펄이 죄인 딤스데일 목사가 집례한 세례를 받고 비로소 세상에 나아간다는 것은 자연 그대로의 인간, 에덴 동산에서 살 수 있는 자격을 갖춘 인간은 참다운 뜻의 인간이 될 수 없다는 것을 의미하기 때문이다.

그동안 《주홍글자》에 대한 책이 여러 출판사에서 번역, 출간되었다. 파이데이아(paideia) 독서 공교육 운동을 행하는 1세대로 위대한 저서 읽기 프로그램(Great Books Program)을 소개하고, 고전읽기를 권장하는 독서운동을 전개하면서 《주홍글자》를 번역해 새롭게 출간하고 싶은 것은 정말 우리가 살아가는 사회 구조 속에 드라마와 영화로 제작되고 케이블 방송 매체 등에서 《주홍글자》 이름을 사용하여 다루는 이슈들에 대해 본질을 파악하지 못하는 세대들에게 너새니얼 호손의 《주홍글자》 작품세계를 제대로 알게 하고 싶은 심정으로 작업을 하게 되었다. 대한민국 미래를 책임질 다음 세대 젊은이들에게 이 번역 서적을 통해서 성숙된 생각을 넓혀주는 책읽기 생활인들이 확산되어 《주홍글자》 속에 전개되는 시대적 배경과 현재 우리들의 모습을 재조명해 보면서 관심 있는 독자들이 읽어 보고 권할 수 있도록 하였다.

2011년 6월 서울 우이동 한국멘토링하우스에서
박 안 석

● 너새니얼 호손Nathaniel Hawthorne
연보

- 1804년 7월 4일, 미국 매사추세츠주 세일럼에서 출생함.
- 1821년 메인주 브런즈윅의 명문 사립학교 보든 칼리지에 입학함. 소설 집필을 시작함.
- 1828년 익명으로 첫 장편소설 〈팬쇼(Fanshawe)〉를 자비 출판함.
- 1830년 세일럼 발행지 〈세일럼 가제트(Salem Gazette)〉에 스케치와 단편소설을 발표함.
- 1836년 보스턴 발행지 〈아메리카 매거진〉의 편집자로 취직함.
- 1837년 호레이쇼 브리지(Horatio Bridge)의 재정 지원으로 첫 번째 단편집 〈두 번 들은 이야기(Twice‒Told Tales)〉를 출간함.
- 1839년 보스턴 세관 계량사로 취직함. 단편집 〈얌전한 아이 : 세 번 들은 이야기(The Gentle Boy : A Third‒Told Tales)〉를 출간함.
- 1841년 보스턴 세관을 그만두고 세일럼으로 돌아와 초월주의자들이 만든 공동체 농장인 '브룩 농장(브룩팜)' 에 참가함.

■1842년 소피아 피바디(Sophia Peabody)와 결혼함.

■1846년 세일럼 세관의 수입품 검사관으로 임명됨. 두 번째 단편집 〈옛 목사관의 이끼(Mosses from the Old Manse)〉를 출간함.

■1850년 〈주홍글자(The Scarlet Letter)〉를 출간함.

■1851년 장편소설 〈일곱 박공의 집(The House of Seven Gables)〉을 출간함. 〈눈 이미지 및 다른 두 번 들은 이야기(The Snow – Image and Other Twice – Told Tales)〉, 〈기적의 책(The Wonder Book)〉을 출간함.

■1852년 장편소설 〈블라이드데일 로맨스(Blithedale Romance)〉를 출간함. 동창생 프랭클린 피어스가 대통령 후보로 추대되자 선거용 자서전인 〈프랭클린 피어스 전기〉를 출간함.

■1853년 어린이를 위한 단편을 묶어 〈탱글우드 이야기(Tanglewood Tales)〉를 출간함. 영국 리버풀과 맨체스터 영사로 취임함.

■1860년 이탈리아를 무대로 한 장편소설 〈대리석 목양신(The Marble Faun)〉을 출간함. 이 작품은 이보다 한 달 앞서 영국에서 〈변형〉이라는 제목으로 출간됨.

■1861년 〈그림쇼 박사의 비밀(Dr. Grimshaw's Secret)〉, 〈조상의 발자국(The Ancestral Footstep)〉, 〈셉티미어스 펠튼(Septimius Felton)〉, 〈돌리버 로맨스(The Dolliver Romance)〉를 집필하기 시작하지만 모두 미완성 작품으로 끝남.

■1864년 프랭클린 피어스와 함께 여행 중 뉴햄프셔주 플리머스에서 사망함.

그리스도의 심부름꾼

靈泉 박안석

박안석 목사는 충남 서천에서 출생하였다. 초등학교 3학년 때 동네 친구들과 찾아간 주일학교에서 처음 예수 그리스도를 영접한 후, 1986년 만 23세 때 하나님의 복음전도자가 되고 싶은 열정에 남다른 회심을 경험한 후 문서선교를 하면서 주경야독하며 칼빈신학대학, 미국 Bethany Bible College(Th.B)를 거쳐 총신대 신학대학원에서 공부하였다.

가족적인 공동체 교회를 세우는 비전을 가지고 예수사랑교회를 개척, 설립하여 섬기고 있으면서 교회 갱신과 사회 속에 하나님의 일하심에 합당한 다양한 계층의 전문적인 그리스도인들을 양성하기 위한 비전을 품고, (사)한국젊은이리더협회(K.Y.L.A), 한국멘토링연구원, 한국양서보급중앙회, 파이데이아 독서문화운동본부를 설립하여 교육의 장을 펼치고 있다. 한국출판문화교육 세대로서 한국멘토링하우스를 통해 통합세대 젊은이들의 건전한 문화를 세우기 위한 사역을 멘토링, 코칭, 리더십, 독서법, 자기계발, 북멘토 & 북코치 활동으로 섬기고 있다.

한국독서문화 경영연구원, CEO 독서문화경영, 클라우드리딩전문학교, 파이데이아독서문화 아카데미, 한국출판문화연구원, 한국멘토링연구원, 한국멘토링하우스, 한국미래가족연구원, 한국역사문화연구소, 한국지도력개발원, 파이데이아독서문화운동본부를 통해서 멘토링, 코칭 원리 기본으로 북멘토, 북코치 등을 양성하고 있으며, 네트워크 형성, 자기계발 교육, 양방향 독서토론을 통해 읽고, 쓰고, 말하는 교육을 온라인 웹회원 60만 명 정보 제공을 하고 있다.

현재 서울 도봉구 창동 교육원에서 매월 10여 차례 이상 교육 강의 행사를 진행하고 있으며, 전국을 다니면서 다양한 주제로 강연을 하고 있다. 주된 강연은 멘토링, 코칭, 리더십, 생각하며 책읽기, 토론식 강의 기술, 성공학, 게릴라 확산 마케팅, 클라우드리딩, NCD교회 컨설턴트, 자기계발, 인맥관리, 커뮤니케이션 등이다. 그밖에 출판물 전문기획, 컨설턴트, 출판문화평론가로 책과 문화를 위한 전국민 독서 생활을 위한 북코치 활동을 하고 있다.

　　저서로는 《청소년 멘토링 사역 가이드북》, 《여성 멘토링》, 《젊은이 멘토링》, 《생각하며 책읽기》 등이 있으며, 번역서로는 《도전을 주는 청소년 멘토링 1권(멘토용)》, 《도전을 주는 청소년 멘토링 2권(멘토/멘티용)》, 《카네기 경전》, 《한 권으로 읽는 데일 카네기》, 《주홍글자》, 《천로역정》 외 다수가 있다.

- ●**이메일 |** mentorpark21@naver.com
- ●**블로그 |** 한국양서보급중앙회(파이데이아독서문화)
　　http://blog.naver.com/mentorpark21

파이데이아독서교육(클라우드리딩전문학교)

◉ 한국양서보급중앙회
독서진흥단체, 독서클럽 회원들을 대상으로 도서판매를 통한 수익금을 책보내기 기금으로 적립하고자 하면서, 불공정거래가 아닌 건강한 도서보급을 위한 영리를 목적으로 하는 일을 하고자 한다 (선정도서 위주 2000권).

◉ 파이데이아독서문화운동본부(책나누기국민운동본부(도서유통))
책읽기 현실화와 국민독서 인구를 확대하면서 책과 문화를 통해 통합형 리더들을 배출하여 전 세계 영향력 있는 지도자 배출과 진정한 연합을 위한 모임을 지원하고, 책이 필요한 곳에 양서를 전달해 주는 일들을 하고자 한다.

- ●한국양서보급중앙회(파이데이아독서문화북카페)
　　http://cafe.naver.com/bookmentorclub

"21세기 인간 사회에 던지는 주홍글자"

21세기 한국 교회와 병리적 혼탁한 세상을 바라보며 주홍글자 시대 속 등장인물들과 비교하면서 이 책을 읽어보았다.

1850년에 간행된 너새니얼 호손의 〈주홍글자〉는 17세기 청교도 식민지였던 보스턴에서 실제 일어난 간통사건을 다룬 작품으로, 죄를 지은 자와 그들을 손가락질하는 사회의 심리를 탁월하게 묘사했다.

"그 여자가 바로 우리의 헤스터랍니다. 우리 마을 사람 헤스터예요. 가난한 사람들에게는 친절을 베풀고, 병든 사람들을 돌봐주고, 불행한 사람들에게는 위로를 주는 여자랍니다!"

요즘 한국 교회는 세상으로부터 돌팔매질을 당하고 있다. 우리는 안티 기독교와 같은 못된 세력이 음해하고 있다고 분노하지만, 그들의 주장을 면밀히 살펴보면 과히 틀리지 않았다는 사실을 알게 된다. 최근 대형교회 목사들과 지도자급 인사들이 보여주는 행태는 부끄럽기 짝이 없다. 돈으로 선거를 치른 목사와 장로도 있고, 교회 개혁에 앞장섰던 어떤 젊은 목회자는 헤스터 프린처럼 성적 문제로 넘어지기도 했다. 기독교에 환멸을 느낀 평신도들이 타종교로 빠져나가고 있다.

알게 모르게 사회 속에서 기독교는 또 다른 21세기판 주홍글자를 달고 사는 꼴이다. 헤스터 프린은 '간통'의 A자를 가슴에 달았다면, 지금 우리의 가슴에는 '탐욕(avarice)'의 A자를 달고 사는 형국이다. 이제 우리는 헤스터 프린에게 본받아야 한다. 죄악의 이미지를 이겨내고, 천사의 이미지로 자신을 승화시킨 원동력은 그녀의 '바늘'이었다.

지금 우리에게는 사회를 사랑으로 섬겼던 '헤스터 프린의 바늘'이 필요하다. 모든 분야에 있어서 주홍글자를 지워내기 위해 우리들은 무엇을 해야 할 것인가? 이 세상은 유혹이 많고 현대인의 일곱 가지 죄에 무감각적인 현실 속에서 안주하는 것은 아닌가 하는 생각을 해본다.

(사)한국 젊은이 리더협회(K.Y.LA), 한국양서보급중앙회,
파이데이아독서문화운동본부 간사들에게 이 책을 소개하면서

국립중앙도서관 출판시도서목록(CIP)

주홍글자 / 너새니얼 호손 지음 ; 박안석 옮김. -- 고양 : 현대문화
센타, 2011
  p. ; cm. -- (세계명작시리즈)

원표제: Scarlet letter
원저자명: Nathaniel Hawthorne
영어 원작을 한국어로 번역
ISBN 978-89-7428-382-7 03840 : ₩10000

주홍 글씨 [朱紅--]

843.4-KDC5
813.3-DDC21   CIP2011002414

주홍글자

초판 1쇄 인쇄일 | 2011년 6월 20일
초판 1쇄 발행일 | 2011년 6월 27일

지은이 | 너새니얼 호손
옮긴이 | 박안석
발행처 | 현대문화센타
발행인 | 양장목
출판등록 | 1992년 11월 19일
등록번호 | 제3-448호
주소 | 경기도 고양시 일산동구 백석동 1309
대표전화 | 031-907-9690~1   팩시밀리 | 031-813-0695
이메일 | hdpub@hanmail.net
ISBN 978-89-7428-382-7 (03840)

잘못 만들어진 책은 구입하신 서점에서 교환하여 드립니다.